Ophelia lernt schwimmen

Susanna Kubelka

Ophelia lernt schwimmen

Der Roman
einer jungen Frau
über vierzig

Scherz

Jede Ähnlichkeit mit lebenden Personen
ist ungewollter, purer Zufall.

Erste Auflage 1987

Schutzumschlag Zembsch Werkstatt unter Verwendung
einer Zeichnung von Alain Fretet.

1

In Paris sind die Betten weicher als bei uns zuhause in Kanada. In Paris sind die Betten aber auch breiter, die Decken leichter, die Kissen dauniger und die Laken seidiger als in Toronto, Zürich, New York oder Wien. Der Grund dafür ist schnell erklärt: Franzosen sind dünner als Deutsche, kleiner als Amerikaner, anspruchsvoller als Kanadier, wehleidiger als Schweizer, sie haben weniger Fett am Leib, deshalb auch ein empfindlicheres Hinterteil und dieses - wen wundert's? - betten sie gern weich.

Franzosen hassen harte Matratzen. Außerdem schlafen sie nicht gern allein. Und so erfanden sie das wollüstige, weiche Doppelbett, das herrliche unentbehrliche Grand Lit, das zusammen mit Cognac und Champagner, Chopin und Chablis, Impressionisten, Loire-Schlössern, Colette und der Concorde erheblich dazu beigetragen hat, die Welt zu verschönern.

Doch was rede ich von Betten! Die Pariser Sofas sind auch nicht ohne. Ich liege auf einer prächtigen antiken, mit dicker gelber Seide bezogenen Méridienne, den linken Arm lässig auf der geschweiften Lehne, den Kopf bequem auf einem Berg sonnengelber Kissen. Und wenn ich so an mir hinunterblicke, an meinen wilden roten Locken entlang, über Busen, Taille, Hüften, Oberschenkel bis hin zu den kleinen gepflegten Zehen - wenn ich meine schlanken Beine auf der glänzenden Seide bewundere und erst die Strümpfe, hauchdünn, mit kleinen schwarzen Punkten drauf (*moucheté* heißt das, und in Paris ist es der letzte Schrei!), dann kann ich nur verwirrt den Kopf schütteln und reinen Gewissens behaupten: Es ist mir im Leben schon viel, viel schlechter ergangen.

Meine Mutter behauptet zwar, daß ich ein Glückskind bin. Schönheit, Reichtum, Erfolg, Berühmtheit - das Leben wird es mir zu Füßen werfen. Doch der Beweis ließ lange auf sich warten, viel zu lange, um noch daran zu glauben. Vor ein paar Wochen aber hat sich das Blatt gewendet. Unglaubliche Dinge sind geschehen, und so befinde ich mich nicht wie sonst um diese Jahreszeit zuhause in Kanada, bei Eis und Schnee und zwanzig Grad minus, versteht sich, sondern hier in Paris, auf meiner Méridienne, in einem prunkvollen Salon, der dem französischen Präsidenten alle Ehre machen würde. Und das, meine Lieben, ist erst der Anfang!

Ich bin nämlich nicht im Hotel abgestiegen. O nein! Ich habe ein eigenes Appartement zur Verfügung, mit sechs großen Zimmern und Fenstern, die bis zum Boden reichen. Paris liegt mir zu Füßen, im wahrsten Sinne des Wortes. Der Anblick ist grandios.

Geradeaus, ziemlich weit weg, doch deutlich sichtbar, das weltberühmte Sacré-Cœur, weiß, verspielt und wie aus Zuckerguß. Links, so nahe, daß man sie mit der Hand berühren könnte, die mächtige Kuppel des Panthéon. Dazwischen die malerischen grauen Blechdächer, mit gewölbten Mansarden, Dachgärten, Blumentöpfen, Schornsteinen und Dienstbotenzimmern, ein kompaktes, aufregendes Durcheinander, so fremd und stimulierend, daß man vom Hinsehen allein schon Herzklopfen bekommt. Über dem Ganzen ein strahlend blauer Frühlingshimmel. Warum auch nicht? Es ist April, und die Sonne scheint.

Ich heiße Ophelia und stamme aus Port Alfred in der schönen Provinz Quebec. Und wie alle französischen Kanadier habe ich schon als Kind von Paris geträumt, denn Paris ist für uns der Nabel der Welt, das Zentrum der Liebe, der Inbegriff der Eleganz, ja in meiner Verehrung habe ich sogar an freien Abenden den Pariser Stadtplan auswendig gelernt.

Vor ein paar Jahren flog ich dann zum erstenmal hierher, auf Kurzurlaub zwischen Rom und London, und eines ist mir dabei klargeworden: Ich kam im falschen Land zur Welt. Ich gehöre nicht nach Kanada, schon gar nicht nach Quebec, ich gehöre hierher, an die Seine, mit Haut und Haar. Ich passe nach Paris wie der Liebhaber ins Bett (das sagt man so bei uns daheim), und die Pariserinnen, die unten auf der Straße so schlank und frech auf ihren sündteuren Schuhen dahintrippeln, die werden mir auch bald keinen Schrecken mehr einjagen. Denen werde ich es schon noch zeigen, spätestens in sechs Monaten. Jawohl! Die werden sich noch wundern!

Ich bleibe nämlich ein halbes Jahr. Von April bis Oktober. Ich habe einen Auftrag angenommen, keine leichte Sache, das ist wahr, doch wenn ich will, dann kann ich, das habe ich schon als Kind bewiesen. Ich rede nicht, ich handle. Und darin unterscheide ich mich vom Großteil des menschlichen Geschlechts, das immer nur redet und Pläne macht und lockt und verspricht, und was wird daraus? Nichts! Und das hängt mir zum Hals heraus. Wenn *ich* etwas sage, dann tue ich es auch. Und so wahr ich hier liege, im Oktober werde ich nicht mehr dieselbe sein.

Ich war eigentlich immer anders als die andern, das beginnt schon bei meinem Namen. Ich heiße nicht zufällig Ophelia. Alle erstgeborenen Töchter unserer Familie heißen so. Meine brasilianische Urgroßmutter bestand darauf. Sie war Schauspielerin und vermachte uns diesen Unglücksnamen, damit uns das Leben nichts anderes als Glück bescheren sollte. Zusammen mit dem Namen vererbte sie uns auch ihren üppigen Busen, ihre wallenden feuerroten Locken und erfreulicherweise auch ihren Lieblingsring, den ich genau wie sie am Zeigefinger meiner rechten Hand trage.

Der Ring zieht alle Blicke auf sich. Er ist aus 22karätigem, ziseliertem Gold, und der Stein, ein seltener oranger Feueropal ist mit kleinen, ungeschliffenen, funkelnden Diamanten umgeben. Alles stammt aus Brasilien: das Gold, die Edelsteine, meine roten Haare, mein Temperament, nur der Name Ophelia nicht. Der stammt aus England. Shakespeare hat ihn erfunden.

Kennen Sie Shakespeare? Höchstwahrscheinlich. Schreiben konnte er, daran ist nicht zu rütteln. Doch wenn Sie seinen Hamlet gelesen haben und wissen, was der armen Ophelia dräute, dann brauche ich nicht extra zu erklären, warum ich anders bin als alle, die einfach Jane, Mary, Michelle oder Rosy heißen.

Ich bin seit meiner Taufe geschädigt. Ich bin ein Opfer der männlichen Autoren, die uns Frauen in ihren Büchern (und Filmen und Theaterstücken) so unwahrscheinlich gerne sterben lassen. Ophelia kann nicht schwimmen, springt jedoch sofort ins Wasser, als Hamlet, dieser Kümmerling, sie nicht heiraten will. Schreibt Shakespeare. Bar jeder Logik hat er meine Namensschwester ertränkt, denn in Wahrheit hätte sie nur kurz gelacht, sich umgedreht und einen feschen Offizier vernascht! Meine ich. Und meine Urgroßmutter, die eintausendvierhundertvierundvierzig Mal die Rolle der Ophelia gespielt hat, meinte das ebenfalls.

Man geht nämlich als Frau nicht gleich ins Wasser. Man bleibt einfach ledig und macht Karriere. Oder man lernt schwimmen und stellt Rekorde auf. Oder man lernt, die Liebe genauso leichtzunehmen wie die Männer. Oder man wirft sich voll in den Beruf, wird reich und berühmt und heiratet den Mann, den man liebt, auch wenn er gar nichts hat und vielleicht sogar noch zwanzig Jahre jünger ist.

Oder man macht es so wie ich, das ist überhaupt das Beste!

Auf jeden Fall verpflichtet der Name Ophelia zum Erfolg, denn keiner läßt sich gern ertränken. Von Kindheit an war ich also äußerst vorsichtig, dachte kritisch, beobachtete genau, las, was ich erwischen konnte, und lehnte alles ab, was mir suspekt erschien. Das erste war der amerikanische Jugendkult, der ganz Kanada überschwemmte und dem alle meine Freundinnen zum Opfer fielen.

Die armen Lämmer fanden sich mit achtzehn schon so alt, daß sie auf Ausbildung und Studium verzichteten und hinab ins Grab der Liebe stiegen. Genauer gesagt, sie heirateten, und man hat nie wieder von ihnen gehört. Meine beste Freundin, die große Ambitionen hatte und die berühmteste Schauspielerin Kanadas werden wollte, landete mit neunzehn prompt im Wochenbett, und die Karriere war beim Teufel.

Sie nahm fünfzehn Kilo zu, schlug sich jahrelang mit Windeln, Schmutzwäsche und einem unzufriedenen Ehemann herum. Das war mir eine Lehre! Den andern erging's nicht besser, allen voran jenen, die in der Schule über mich gelacht hatten, weil ich offensichtlich «sitzenbleiben» würde.

Wie sah ihr Leben aus? Sparen, Knausern, ums Wirtschaftsgeld streiten. Kochen, Waschen, Kinder bedienen. Ein Liebhaber, der zum Ehemann wird und abends mit einer Bierdose in der Hand vorm Fernseher schnarcht. Darauf kann ich verzichten!

Port Alfred ist eine Hafenstadt, und ich wollte keinen Hochseefischer, keinen Dockarbeiter, keinen Matrosen, keinen Reedereiangestellten (die Reederei*direktoren* holten sich ihre Frauen aus Paris!). Ich wollte auch keinen Holzfäller, keinen Pelztierjäger, keinen Goldsucher, keinen Robbenschlächter und schon gar keinen Arbeiter aus der Fischfabrik. Ich verließ Port Alfred mit dem Segen meiner Mutter, die Lehrerin war und für diese Dinge Verständnis hatte.

Ich ging nach Toronto aufs College. Und weil ich anschließend das Gefühl hatte, noch viel, viel lernen zu müssen, arbeitete ich zwei Jahre lang in der Universitätsbibliothek und las in meiner Freizeit sämtliche Biographien über berühmte Frauen, die je geschrieben worden waren. Das machte mir Mut. Was die können, kann ich auch, dachte ich und beschloß, auf eigene Faust reich und berühmt zu werden und der Welt zu zeigen, aus welchem Holz ich geschnitzt bin.

Als nächstes arbeitete ich mich von Bibliothek zu Bibliothek durch ganz Kanada. In Vancouver eröffnete ich einen gutgehenden Buchladen. In Montreal leitete ich das Archiv der besten Tageszeitung. In Ottawa investierte ich meine gesamten Ersparnisse in ein Literaturcafé, das in kürzester Zeit zum Treffpunkt von Regierungsbeamten, Diplomaten, Schauspielern und Künstlern wurde. Nach fünf Jahren verkaufte ich es mit Gewinn und legte das Geld vorsichtig an. So bringt es zwar wenig Zinsen, läuft jedoch nicht Gefahr, von einem Tag zum andern spurlos zu verschwinden.

Wie alle französischen Kanadier bin ich zweisprachig aufgewachsen. Doch im Unterschied zu den andern beherrsche ich seit dem College Englisch und Französisch in Wort und *Schrift.* Das beschleunigte meine Karriere, denn als ich mich auf die Medien verlegte, konnte ich mich teuer verkaufen.

Ich arbeitete für Spitzengehälter bei Radio Canada und Canadian Television. Dann kam Hollywood. Eine amerikanische Filmfirma engagierte mich als Pressechefin, und in vier Jahren hatte ich meine Geldanlagen verdoppelt. Meine letzte Stelle aber war die interessanteste, denn sie hatte wieder mit Büchern zu tun und bestand darin, für einen großen französischen Verlag in Montreal eine Zweigstelle zu eröffnen und zu leiten.

Und dabei habe ich eines gelernt. Wenn mich etwas interessiert, dann kann ich es auch. Da brauche ich keine Fachdiplome (nach denen fragt hier ohnehin keiner) und keine sündteuren Schulungskurse. Wenn mich etwas *wirklich* fasziniert, wie Bücher oder Film oder Geldverdienen, dann lerne ich es im Rekordtempo. Und genauso ist es mit der Liebe. Da habe ich die Grundregeln auch sofort kapiert.

Also! Man hat uns Frauen umsonst Angst eingejagt. *Sweet Little Sixteen* oder «Siebzehn Jahr, blondes Haar», diese ganze Kindererotik bedroht uns überhaupt nicht. Was im Leben zählt, ist nicht das Mädchen, sondern die Frau. Nicht die Knospe ist wichtig, sondern die Blüte. Außerdem weiß jeder, der schon öfter für sündteures Geld Blumen gekauft hat, daß sich manche Knospen überhaupt nicht öffnen. Und die intelligenten Männer wissen das auch.

Wer Frauen liebt, hat mehr davon. Ich selbst bin der lebende Beweis dafür. Seit ich dreißig bin, habe ich keinen Mann mehr enttäuscht. Vorher schon, das gebe ich zu. Da war ich viel zu gehemmt, empfand keinerlei Lust, und der nackte männliche Körper war mir ein Graus. Jetzt ist das anders, Gott sei Dank!

Jawohl! Ich bin ein Kind unserer Zeit, einer verrückten, wilden, gefährlichen Zeit, die jedoch den Vorteil hat, daß man langsam den Reiz der Reife wiederentdeckt. Ich sage absichtlich *wieder-*

entdeckt, denn Ovid behauptete schon vor zweitausend Jahren, daß Frauen erst ab sechsunddreißig voll erblühten, und - man glaube mir - der berühmte Mann wußte, wovon er sprach!

Doch was rede ich von den Römern!

Mae West, das erste amerikanische Sexsymbol, deren Autobiographie ich begeistert verschlungen habe, begann ihre Filmkarriere mit vierzig. Die hübsche blonde Catherine Deneuve ist *über* vierzig und gilt in Amerika als Inbegriff europäischer Schönheit und Eleganz. Und wer hat die besten Rollen in Dallas und Denver Clan? Die Frauen über vierzig. Und sie verdienen auch das meiste Geld. Ja, die temperamentvolle Joan Collins wurde erst mit *zweiundfünfzig* ein weltberühmter Fernsehstar - und scheffelt Millionengagen.

Es ist nicht mehr zu leugnen: Die selbstbewußten reifen Frauen sind im Vormarsch, und ich verfolge mit Vergnügen, wie sie sich ihre angestammte Stellung im Beruf und im Bett zurückerobern. Und deshalb liege ich hier so unbeschwert und zufrieden mit meinen einundvierzig Jahren auf meinem gelben Seidensofa und blicke zuversichtlich auf das, was kommen wird. Wenn ich fünfzig bin, werde ich es der Welt schon gezeigt haben. Ich habe alles bis ins Detail geplant, in Kürze ist es soweit, und momentan genieße ich die Ruhe vor dem großen Sturm.

Drehe ich den Kopf, so sehe ich mich in voller Länge in einem ovalen Wandspiegel, und das bringt mich auf eine blendende Idee. Ich werde mir meinen Kindheitswunsch erfüllen und mich malen lassen, solange ich in Paris bin. Ich werde mich von meinen roten Locken abwärts, über Busen und Taille, Hüfte und Oberschenkel bis hin zu den kleinen, gepflegten Zehen von einem echten Pariser Künstler verewigen lassen. Spätestens in sechs Monaten, vielleicht auch schon früher und höchstwahrscheinlich nackt, wie Manet seine Olympia gemalt hat.

Das ist zwar gewagt, dafür aber von bleibendem Wert, denn keiner kann mir später sagen: «Was habt ihr damals nur für lächerliche Kleider getragen?» Doch die Strümpfe mit den schwarzen *mouches* kommen mit aufs Bild. Und die rechte Hand mit dem brasilianischen Ring lege ich einladend auf die nackte Hüfte. Wenn schon, denn schon.

Und jetzt stehe ich auf. Unglaublich, wie die Zeit vergeht! Zwei Stunden habe ich auf meiner bequemen Méridienne gelegen. Aber ich habe nicht nur vor mich hingeträumt, ich war auch fleißig. Ich zählte nämlich meine Liebhaber. Das Resultat habe ich aufgeschrieben. Insgesamt waren es dreiundvierzig!

Dreiundvierzig ist für manche vielleicht eine stattliche Zahl. Und um ehrlich zu sein, mich hat sie auch überrascht. Ehe ich all die Namen niederschrieb, hätte ich geschworen, höchstens mit zwanzig Männern geschlafen zu haben. An manche kann ich mich kaum noch erinnern, und ich bin absolut nicht sicher, ob ich nicht den einen oder andern völlig vergessen habe. Doch soweit ich das überblicke, sind es dreiundvierzig, und obwohl das nach sehr viel klingt, man glaube mir, *so* aufregend ist das auch wieder nicht.

Außerdem bin ich schuldlos. Ich habe von meiner brasilianischen Urgroßmutter ein gewisses Temperament geerbt (das sich aus heiterem Himmel an meinem dreißigsten Geburtstag bemerkbar machte), und natürlich spüren das die Männer. Sie umschwirren mich zwar nicht wie Motten das Licht (das gibt's, glaub ich nur im Film), aber irgendeiner ist immer in Reichweite, und wer es auch ist, er gibt mir sein Bestes.

Bei mir kann nämlich jeder, auch wenn er noch so alt ist. Und er kann stundenlang. Und am Morgen vor dem Frühstück kann er noch einmal. Aber weil mit mir jeder kann, heißt das noch lange nicht, daß *ich* mit jedem *will.* Ich bin wählerisch, und in Zukunft werde ich noch wählerischer sein. Ich habe zwar viel Erfahrung, aber wenn ich mir die dreiundvierzig Namen betrachte, so waren meine Liebhaber reinstes Mittelmaß. Die meisten hatten weniger Bildung als ich, und viele verdienten weniger Geld. Einige waren verheiratet (wie sich nach und nach herausstellte), und nur sechs hatten einen wirklich interessanten Beruf. Bestimmt waren es lauter ernstzunehmende, liebe Männer. Aber keiner brachte mich dazu, zu heiraten. Und wenn ich ehrlich sein soll – ich kann mir den Mann gar nicht *vorstellen,* für den ich meine Freiheit opfern würde.

Doch ehe ich mir eingestehe, daß es ihn überhaupt nicht gibt, hätte ich gern einen wirklich einflußreichen Liebhaber: einen Minister oder Weltbankdirektor, einen Staatspräsidenten oder Nobelpreisträger, irgend jemand, der interessante Sachen sagt, der Ideen hat und Weitblick - und sich vor einer intelligenten Frau nicht fürchtet.

Erst dann, wenn ich das ganze Spektrum von unten nach oben durchhabe, vom arbeitslosen Einwanderer bis hinauf zum Staatsoberhaupt, erst dann werde ich Ruhe haben. Dann weiß ich, daß ich, was Männer und Ehe betrifft, nichts versäumt habe. Dann kann ich ruhig Überstunden machen, ohne mir einzureden, daß der Mann meiner Träume auf dem Fest ist, das ich eben abgesagt habe. Dann weiß ich erst, daß mein Leben, so wie ich es bisher gelebt habe, für mich das einzig Richtige war.

Das heißt, ich weiß es ohnehin. Doch ich hätte gern die Bestätigung.

Mein Salon hat drei große Fenstertüren. Ich trete hinaus auf die Terrasse - mitten hinein in den Pariser Frühling. Tauben gurren auf dem Dach gegenüber, und die Amseln singen so süß, daß mir das Herz aufgeht. Das Panthéon ist jetzt zum Greifen nahe. Die Kuppel wirkt wie eine pralle Mutterbrust, und die Sonne strahlt auf die weißen Säulen darunter. Und ich - ich fühle mich so frisch und schön und verführerisch wie noch nie zuvor in meinem Leben. *Das* ist offensichtlich der Zauber von Paris (nicht die Notre Dame, der Louvre und der Eiffelturm), daß man sich hier schöner fühlt als anderswo. Ja, das habe ich sofort durchschaut, *das* lockt die ganze Welt hierher an die Seine, das berauschende Gefühl, daß man einzigartig ist, daß man alle Chancen dieser Erde hat, daß selbst Weltbankpräsidenten und Staatsoberhäupter in den Karten stehen.

Mein Appartement liegt im Studentenviertel, im sechsten Stock eines Prachthauses in der Rue Lacépède. Beuge ich mich über das kunstvolle Eisengitter, das meine Terrasse umgibt, so kann ich die Straße in ihrer ganzen Länge verfolgen. Den Berg hinunter mündet sie in einen Park, den Jardin des Plantes, den Berg hinauf in den berühmten kleinen Place Contrescarpe, wo sämtliche Künstler, Schriftsteller und Maler irgendwann einmal im Laufe ihres Wanderlebens gewohnt haben. Die letzte Berühmtheit war Hemingway, und das erfüllt mich mit Genugtuung. Denn jetzt wohne *ich* hier. Und wenn man aus Port Alfred stammt, so ist das eine Leistung.

Doch ich wohne nicht nur in Paris, ich gehöre sogar schon dazu. Auf dem Place habe ich bereits ein Stammcafé, das Chope mit dem roten Baldachin und der gemütlichen Glasterrasse. Die Kellner kennen mich und begrüßen mich mit einem umwerfenden «*Bonjour madame!*» Und wenn sie in ihren weinroten Jacken und engen schwarzen Hosen ihre Tabletts voll mit Pastis, Wein und Diabolo-Menthe, ohne auch nur einen Tropfen zu verschütten, über den Köpfen der Leute balancieren und dazu rufen: «*Attention, ça tache!*», dann ist das wie im Film, nur viel, viel schöner.

Jeden Tag sitze ich im Chope, vormittags und nachmittags, wie's mich eben freut, und bewundere die alten Häuser, in denen nicht zwei Fenster gleich und sämtliche Wände schief sind. Nichts ist hier genormt, welch ein Genuß! So einen Platz gibt es in ganz Kanada nicht. In der Mitte stehen drei Jacaranda-Bäume, die um diese Jahreszeit noch keine Blätter tragen. Dafür aber blühen sie wie im Rausch, und so schwebt über dem Place und der altmodischen Straßenlaterne eine duftende lila Wolke.

Bei uns in Kanada ist alles steril, langweilig und übersichtlich. Hier herrscht faszinierendes Chaos. Unglaublich, was sich da alles zusammendrängt: insgesamt vier Cafés, fünf Restaurants, ein französischer Bäcker, ein tunesischer Zuckerbäcker, ein Selbstbedienungsladen, eine Charcuterie, eine Apotheke, ein Fleischer, ein Trödler und ein Laden für gebrauchte Kleider. Ja, und daß ich nicht vergesse: Ein Stück weiter weg, an der Ecke zur Rue Lacépède gibt's ein kleines Brausebad, damit die Clochards, die im Sommer auf dem Gehsteig unter den Jacaranda-Bäumen ihre Räusche ausschlafen, auch was vom Leben haben.

So dachte ich zumindest am Anfang. Inzwischen habe ich dazugelernt. Die Clochards sehen nämlich am Morgen auch nicht feiner aus als am Abend, und ich habe den Verdacht, daß sie sich *überhaupt* nicht waschen. Außerdem hat mir der hübsche tunesische Zuckerbäcker erklärt, daß das Brausebad nicht für die Bettler, sondern für die Leute aus unserem Viertel gebaut wurde, weil die Häuser hier alle historisch sind und aus der Zeit vor der letzten Revolution stammen. Damals aber gab es in den Wohnungen noch keine Bäder.

Keine Bäder! Das sitzt! Bei uns in Kanada hat *jeder* ein Bad. Sogar das schäbigste kleinste Holzhaus hat ein Badezimmer mit Dusche, und wenn man es nicht früh und abends benützt, gilt man sofort als asozial. Bei uns in Kanada sind nämlich nicht Terroristen Staatsfeind Nummer eins, sondern Bazillen und Viren und Bakterien und wie sie alle heißen, und wenn wir könnten, würden wir sie samt und sonders aus dieser Welt hinaussterilisieren. Wir Kanadier sind ein sauberes Volk. Wir benützen nie die Zahnbürste eines andern, und am liebsten würden wir jede Türklinke polieren, ehe wir sie anfassen.

Ich selbst bin zwar nicht so genau, doch ich bade mit Leidenschaft, allein und zu zweit, je nach Bedarf. (Nur lieben lasse ich mich nie in der Wanne. Das ist nicht mein Stil. Das ist unbequem, hat kein Niveau, ist akrobatisch, und Akrobatik zerstört die Erotik. Doch das nur nebenbei.)

Jedenfalls ließ mir die Sache mit dem Bad die ganze Nacht keine Ruhe, und so setzte ich mich gleich am nächsten Morgen alarmiert auf die Terrasse und fixierte eine Stunde lang den Eingang des Brausebades. Was ich sah, traf mich bis ins Mark. In vollen sechzig Minuten gingen nur zwei Leute hinein (mit Eimer, Putzlappen und Bürsten), und die waren *weiblichen* Geschlechts.

Glücklicherweise aber entdeckte ich zu Mittag, daß gerade Putztag war und nicht mehr Leute hätten hineingehen *können,* selbst wenn sie es *gewollt* hätten. Das gab mir meinen Seelenfrieden wieder. Ich ließ das Brausebad Brausebad sein und verschob die Bestandsaufnahme badefreudiger Pariser Männer auf einen anderen Tag. Was soll's! Sie werden sich schon waschen! Im Gesicht sehen sie ganz appetitlich aus. Näheres wird sich weisen. Ich habe sechs Monate Zeit für den Auftrag, kein Grund, die Sache zu überstürzen.

Der Auftrag! Du lieber Gott! Wie spät ist es? Fast fünf. Um sieben schließt die Post. Höchste Zeit, nach Amerika zu schreiben, der Brief muß heute noch weg. Also schnell ins Bad, Kleider vom Leib, auf die Waage stehen, Gewicht in die Tabelle eintragen, wieder anziehen, ins Arbeitszimmer gehen, an den Schreibtisch sitzen. Ausführliches Briefschreiben gehört zur Abmachung. Die Auftraggeberin wartet!

Um nichts zu verheimlichen, die Auftraggeberin ist meine Taufpatin. Das wäre an und für sich nichts Besonderes. Seltsam ist nur, daß ich sie erst zweimal zu Gesicht bekommen habe, einmal bei meiner Taufe, ein andermal kurz vor meiner Abreise nach Paris, und das ist schade, denn ich hätte sie gern näher kennengelernt.

Meine Taufpatin heißt Nelly. Sie war die beste Freundin meiner Mutter und die Frau unseres Bürgermeisters in Port Alfred. Zur Taufe schenkte sie mir sechs antike Silberlöffel und ein weiches Daunenkissen, auf das sie liebevoll mit gelbem Seidengarn, Schlingstich und *sehr* persönlicher Rechtschreibung folgenden Spruch gestickt hatte:

WIRFF DEN GREMBBEL ÜBER BORD!

Dann befolgte sie ihren eigenen Ratschlag, nahm sich einen Liebhaber, verließ den Bürgermeister und unsere schäbige Hafenstadt und ließ einundvierzig Jahre nichts mehr von sich hören.

Ich habe Nelly nie sonderlich vermißt. Doch meine Mutter ist eine treue Seele. Eine Jugendfreundin abzuschreiben kam nicht in Frage. Außerdem gab es gewisse Rätsel um ihr Verschwinden, die vage mit meinem verstorbenen Vater zusammenhingen. Wilde Gerüchte kursierten damals in Port Alfred, und obwohl heute kein Mensch mehr darüber spricht, war meine Mutter überzeugt davon, daß Nelly wiederkommen, sich rechtfertigen und den ganzen verdächtigen Sachverhalt aufklären würde.

Ich besuche jedes Jahr im April meine Mutter. Wo immer ich auch bin, was immer ich auch arbeite, der April gehört ihr. Ich nehme mir vier Wochen Urlaub, fliege nach Port Alfred und verbringe eine ruhige und sehr erholsame Zeit in dem vertrauten weißen Holzhaus, wo, zumindest für mich, alles begonnen hat.

Meine Mutter ist inzwischen zur Schuldirektorin avanciert. Doch das hindert sie nicht, mich nach Strich und Faden zu verwöhnen. Wenn ich ankomme, ist mein Schlafzimmer frisch tapeziert, mein Bett neu bezogen, und ein Stapel interessanter Bücher liegt auf meinem Nachttisch. Meine Freundinnen sind verständigt, meine Lieblingsgerichte stehen auf dem Speiseplan, und Alix, unsere wollige Mischung aus Pudel und Spaniel, weicht mir nicht von den Fersen.

Als Nelly von sich hören ließ, saß Alix froh auf meinem Schoß und leckte hingebungsvoll mit seiner langen roten Zunge die Reste einer Portion Rührei von meinem Teller. An und für sich ist das verboten, doch es war meine erste Woche daheim, da galten mildere Regeln.

Wir saßen im blauen Frühstückszimmer, es war Samstag, elf Uhr morgens, und ich ließ mir den neuesten Tratsch von Port Alfred erzählen, wer Kinder bekam, wer sich scheiden ließ, welcher Schiffskapitän unter Korruptionsverdacht stand und wie viele Boote im letzten Winter gesunken sind. Dazu gab es Kaffee und heiße Milch, frischgepreßten Grapefruitsaft, Toast, Butter, Orangenmarmelade und speziell für mich, auf einem großen blauen Teller, einen Berg appetitlich duftender Pfannkuchen.

Pfannkuchen sind meine Lieblingsspeise, und keine macht sie besser als meine Mutter. Gemeint sind aber nicht die europäischen Pfannkuchen, die diesen Namen gar nicht verdienen. Nicht die flachen, dünnen, tellergroßen, die man mit Marmelade bestreicht und wie Zigarren rollt. Ich spreche von den echten amerikanischen *pancakes,* klein, flaumig, dick und rund, die man mit Ahornsirup verfeinert, mit Butter veredelt und so heiß wie möglich hinunterschluckt. Ist man besonders hungrig, baut man einen Turm, häuft drei, vier, fünf übereinander, schiebt Butterstücke dazwischen, gießt einen Sirupsee darauf und ergibt sich voll dem Genuß.

Alix liebt Pfannkuchen ebensosehr wie ich, und so waren wir beide bei unserem zwölften Stück angelangt, als plötzlich im Nebenzimmer das Telefon läutete, und zwar, wie mir schien, viel lauter und eindringlicher als sonst. Mama sprang auf, und als sie zurückkam, konnte sie vor Aufregung kaum sprechen.

«Sie ist da!» würgte sie endlich hervor.

«Wunderbar», sagte ich und legte einen dreizehnten Pfannkuchen auf meinen Teller, «nur habe ich keine Ahnung, von wem du sprichst».

«Nelly!» Meine Mutter fand ihre Stimme wieder. «Nelly, deine Taufpatin! Sie ist hier, sie ist gerade angekommen, sie wohnt im Northern-Sun-Hotel - hast du Worte?»

Ich ließ die Gabel sinken. «Das heißt, daß sie steinreich geworden ist!» Das Northern Sun ist nämlich das teuerste Hotel der ganzen Gegend. Nur Generaldirektoren und Millionäre steigen dort ab. Es gibt keine Zimmer, sondern nur Luxussuiten, und die sind Wochen im voraus ausgebucht. Eine einzige Nacht kostet dort soviel wie zehn volle Tage in einem Mittelklassehotel. «Kommt sie zu uns?» fragte ich aufgeregt. Mama nickte.

«Sie ist schon unterwegs! Der Rolls-Royce vom Hotel bringt sie her. Ich muß mich umziehen und du auch. Hör auf zu essen, zieh dir was Hübsches an, mach dich schön - der Neid soll sie fressen, wenn sie sieht, was aus dir geworden ist.»

Nun, der Neid würde sie fressen, daran zweifelte ich keine Sekunde. Erstens hatte ich die Provinz überwunden, in den wichtigsten Städten Kanadas und sogar in Amerika gelebt. Ich hatte ein Studium absolviert, mich weitergebildet, fleißigst gearbeitet, erstaunlich viel Geld gespart und den Grundstein für eine große Karriere gelegt, die ich in Kürze beginnen würde.

Zweitens hat meine Mutter mein Selbstbewußtsein nicht zerstört und mir immer zu verstehen gegeben, daß es die Natur besonders gut mit mir gemeint hat. Ich weiß also, daß ich hübsch bin, ja ich gehöre zur ständig wachsenden Gruppe jener Frauen, die mit den Jahren immer attraktiver werden. Als Kind war ich zwar recht appetitlich, als Halbwüchsige vielversprechend, doch mit dreißig, als meine Sexualität erwachte, ließ ich mir die Haare wachsen, und das war der Durchbruch.

Meine roten Locken reichen bis zur Taille, meine Haut ist hell und seidenweich, ich habe große braune Augen, einen herzförmigen Mund, und meine Proportionen sind Stadtgespräch - oder waren es zumindest bis vor kurzem, als ich noch mehr Zeit für Gymnastik, Schwimmen und Schlankheitsdiäten hatte. Die letzten Jahre war mir die Karriere wichtiger, außerdem ging bei meinem letzten Umzug meine Waage verloren, und ich habe keine neue nachgekauft.

In meinem Schlafzimmer angekommen, begann ich zu grübeln. Was sollte ich anziehen? Die Auswahl im Kleiderschrank war nicht gerade betörend. Für einen Mann hätte ich mein Knöpfchenkleid gewählt, mein bestes Stück, extra für mich gemacht (von der besten Schneiderin in Montreal), aus glänzender gelber Seide, mit hübschen runden Knöpfchen vom Kinn bis zum Knie. Ganz nach Bedarf kann man drei, vier, fünf, im Extremfall sogar sechs Knöpfe offenlassen, je nachdem, welche Art von Mann man beeindrucken will.

Wenn ich keinen Freund habe, leistet mir das Kleid große Dienste. Da ich Männer nicht gerne anspreche, muß ich Zeichen setzen, die nicht zu übersehen sind. Zu Empfängen erscheine ich meist hochgeschlossen, man weiß ja nie, wer da ist, doch im Ernstfall, beim Erscheinen eines Lustobjekts, gehe ich diskret vier Knöpfe tiefer.

Vier Knöpfe genügen nämlich bei sensiblen Männern (andere reizen mich sowieso nicht). Wer erst bei einem Dekolleté bis zum Nabel in Schwung kommt, ist nicht mein Fall. Wer sich jedoch bei vier offenen Knöpfen zu mir setzt und fragt, ob mir der Abend gefällt - der hält gewöhnlich mehr, als er verspricht.

Doch was zieht man an für eine Taufpatin, die einen als süßen Säugling in keuschen Windeln in Erinnerung hat? Rock und Pullover? Nicht fein genug. Den rot-weiß gestreiften Hosenanzug? Derzeit leider viel zu eng. Bleibt nur mein klassisches grünes Wollkostüm von Jaeger, einer sehr teuren englischen Firma, das ich vor Jahren in Toronto unter großen Kosten gekauft, aber kaum getragen hatte. Es ist daher so gut wie neu, dazu damenhaft langweilig, unauffällig und in keiner Weise anstoßerregend. Das Kostüm ziehe ich an, es ist perfekt für die erste Begegnung mit einer Respektsperson.

Erleichtert riß ich mir den bequemen Hausanzug vom Leib, griff nach Unterwäsche (der besten, aus Seide), den Strümpfen und zwängte mich in den Rock. Mein Gott, war *der* eng! Und erst die Jacke! Ich brachte kaum die Knöpfe zu, dabei hatte ich gar keine Bluse drunter an. Seltsam. Bei meinem letzten Besuch vor einem Jahr war mir das Kostüm viel zu weit gewesen.

Verwirrt trat ich vor den bodenlangen Spiegel und musterte mich kritisch. Wenn ich den Bauch einzog, dann ging's. Doch die Schuhe mit den allerhöchsten Absätzen müssen her, da wirkt man größer und schlanker.

Die Schuhe waren meine Rettung! Erleichtert betrachtete ich mich von Kopf bis Fuß. Was soll ich sagen. Ich bin kein gertenschlankes Fotomodell, aber da mich dieser Beruf nie gereizt hat, stört mich das kaum. Zugegeben, ich habe üppige Stellen am Leib, doch dafür keine einzige Falte im Gesicht. Meine Proportionen sind äußerst weiblich, denn vorn und hinten wölbt es sich begehrlich, Taille und Beine jedoch sind wunderbar schlank. Was will man mehr? Das Ganze ist Ansichtssache. Nicht *ich* bin zu dick, nein, die andern sind *zu dünn!*

Kein Künstler interessiert sich für Bohnenstangen. Und soweit ich das feststellen kann, haben Männer gern was Handliches im Bett. Man braucht nur ins Museum zu gehen. Wen haben die Maler gemalt? Wollüstige Wesen mit Busen und Herz. Absolut! Rubens wäre vor meinen Proportionen in die Knie gesunken. Doch das Kostüm ist wirklich zu eng. Es zwickt bei jeder Bewegung.

Ich setzte mich an den Frisiertisch und bürstete meine wilden roten Locken, bis sie geradezu gefährlich glänzten. Dann balancierte ich auf meinen ungewohnt hohen Stöckeln nach unten. Noch auf der Treppe hörte ich den Wagen. Zweimal wurde gehupt,

Alix schoß bellend aus der Küche, meine Mutter lief hinterdrein, die Glocke läutete lang und stürmisch, und dann hörte ich überhaupt nichts mehr außer Lachen, Bellen, Küssen und Stimmengewirr, das immer lauter wurde und sich durch die Halle zurück zum Wohnzimmer bewegte.

Dort ging der Wirbel weiter. Und während ich überlegte, daß ich fast nichts von Nelly wußte, außer daß sie absolut nicht rechtschreiben konnte, Hals über Kopf unseren Bürgermeister verlassen hatte (und daß mein Vater zwei Tage später spurlos und auf Nimmerwiedersehen verschwand), hörte ich schon ihre Stimme: «Und *wo* ist der Nachwuchs?»

Da stieg ich die letzten Stufen hinunter und trat in Erscheinung.

2

Es war ein historischer Moment, und ich weiß nicht, wer überraschter war, meine Taufpatin oder ich. Nelly war nämlich ein unerwarteter Anblick. Erstens sah sie erstaunlich jung aus, mindestens fünfzehn Jahre jünger als meine Mutter, und dabei sind die beiden gleich alt und gemeinsam zur Schule gegangen.

Meine Mutter ist schon leicht ergraut und eher üppig. Nelly dagegen war schlank und elegant, mit kurzen schwarzen Locken und fröhlichen Augen. Sie stand in unserem Wohnzimmer wie ein verirrter Paradiesvogel, der gar nicht hereinpaßte, in einem leuchtendroten Strickkleid und einem auffallend schönen, mit abgesteppter roter Seide gefütterten schneeweißen Lamahaar-Mantel.

Sie trug sehr exklusiven Schmuck aus hellen Korallen und Brillanten, wie man ihn sonst nur auf den ganzseitigen Glanzfotos in *Vogue* und *Harper's Bazaar* sieht. Und sie strahlte jene berauschende Mischung von Erfolg und Weltgewandtheit aus, die ich als Kind in Port Alfred so verzweifelt gesucht, aber nie gefunden hatte. Deshalb war ich von zuhause fortgegangen, um draußen in der Welt Eleganz, Schliff und Bildung zu erwerben. Genau wie Nelly, nur war sie mir um Lichtjahre voraus.

Ein Blick genügte, und man wußte: Sie hatte auch die letzten Spuren einer Jugend in dieser schäbigen, provinziellen Hafenstadt von sich abgestreift. Sie paßte in die große Welt wie der Liebhaber ins Bett, und das Northern-Sun-Hotel samt Rolls-Royce und livriertem Chauffeur war für sie gerade gut genug. Hier stand eine Frau, die zumindest äußerlich so war, wie ich einmal werden wollte. Sie lächelte mich an, und ich war besiegt. Ich fiel ihr einfach um den Hals und küßte sie.

«Meine große Tochter», sagte meine Mutter stolz, «ja, so vergeht die Zeit. Da staunst du, was aus ihr geworden ist.»

«Nicht wiederzuerkennen», lachte Nelly und umarmte mich herzlich. Dann trat sie einen Schritt zurück, um mich interessiert zu begutachten.

«Alle Achtung», meinte sie schließlich, «das ist wirklich eine Überraschung. Viel zu gut für Port Alfred. Sag, wie hältst du es hier nur aus?»

«Genausowenig wie du», rief meine Mutter, ehe ich antworten konnte. «Das heißt: überhaupt nicht! Mit achtzehn ist sie weg aufs College, und seither war sie immer nur auf Besuch daheim. Aber dagegen habe ich nichts, es ist mir sogar recht.» Und sie erzählte kurz meinen Werdegang, den Nelly sichtlich erfreut zur Kenntnis nahm.

Anschließend gingen wir alle ins Frühstückszimmer.

«Komm», sagte meine Mutter und schenkte Nelly Kaffee ein, «im Sitzen kann man besser plaudern. Nelly, du siehst blendend aus. Wie ein Filmstar. Und so *jung!* Wie machst du das? Erzähl von dir, von Anfang an, Wort für Wort! Offensichtlich geht's dir hervorragend.»

«Das kannst du laut sagen», meinte Nelly, und ihre schwarzen Augen blitzten. «Ich habe mehr erreicht, als ich mir je zugetraut hätte. Stellt euch vor, mir gehört die feinste Schönheitsfarm von Kalifornien. Die Hollywood Bright Star Ranch!»

«Wirklich», sagte Mama ehrfürchtig, «mir fehlen die Worte!»

«Kein Wunder. Hast du schon von der Hollywood Bright Star Ranch gehört?»

«Nein. Aber es klingt phantastisch!»

Nelly lächelte gönnerhaft. «Ist es auch, meine Liebe. Ist es auch. Ich habe die besten Kunden von ganz Amerika. Den Gouverneur von Kalifornien samt Familie. Halb Hollywood. Europäische Fürsten, Prinzen und Prinzessinnen. Alle Größen der Musikwelt. Wenn du über irgendeine Berühmtheit in der Zeitung liest, dann war sie höchstwahrscheinlich auch schon bei mir.»

Sie lächelte entwaffnend und blickte siegessicher in die Runde. «Wißt ihr, ich habe eine bahnbrechende Methode entwickelt. Die hilft todsicher. Und ich kümmere mich um jedes Detail. Die Kosmetika werden bei mir im Haus hergestellt, alle frisch und ohne Konservierungsmittel. Das Essen ist rein biologisch. Meine Diätköche kommen aus Italien, meine Kosmetikerinnen aus Paris, meine Empfangsdamen aus der Schweiz und meine Masseure aus Ungarn. Meine Leute sind alle erstklassig, sogar die Zimmermädchen haben Hotelfachschule. Meine Preise sind – wie soll ich sagen – astronomisch. Ja, das ist das richtige Wort. Sie sind astronomisch hoch, aber ich bin das erste Haus der Welt, und die Leute rennen mir die Türen ein.»

«Hollywood Bright Star Ranch?» wiederholte ich überrascht. «Das kommt mir bekannt vor. Es gibt nämlich ein Buch ‹Die Hollywood-Bright-Star-Diät›. Ein internationaler Bestseller. Ich habe ihn für den französischen Verlag kaufen wollen. Erinnerst du dich, Mama? Wir haben darüber gesprochen. Aber der amerikanische Verleger ist größenwahnsinnig geworden. Eine Viertelmillion Dollar hat er für die Rechte verlangt. Das war dann leider unerschwinglich.»

«Ich erinnere mich genau», warf meine Mutter ein, «die verrückteste Diät der Welt. Man ißt nur Butterbrot, Pizza, Teigwaren, Kartoffeln, Reis, Spaghetti, Erbsen, Bohnen, alles, was dick macht, und angeblich nimmt man dabei auch noch ab! Unsere Hauswirtschaftslehrerin hat mir das Buch geschenkt. Es ist irgendwo oben in meinem Schlafzimmer. Ich habe es noch nicht gelesen, aber das werde ich jetzt sofort nachholen.»

«Weißt du, was mich interessiert?» sagte ich zu Nelly. «Wieviel Geld sie von dir verlangt haben, damit du den Namen verwenden darfst.»

«Keinen Pfennig natürlich.»

«Warum nicht? Ist der Verleger dein Freund?»

«Viel besser. *Ich* habe das Buch geschrieben!»

Einen Moment war Totenstille. Alix hob den Kopf und sah verwundert von einem zum andern.

«*Du* hast diesen Bestseller geschrieben?» fragte meine Mutter ungläubig. «Aber dann wäre mir dein Name aufgefallen. Glaubst du, ich habe deinen Namen vergessen?»

«Ich habe unter einem Pseudonym geschrieben.»

«Aber», rutschte es aus Mama heraus, «du warst doch die Schlechteste in Rechtschreiben in der ganzen Schule. Erinnerst du dich? Diktate und Aufsätze haben dich krank gemacht. Ich kann mir nicht vorstellen, daß ausgerechnet du dich hinsetzt und freiwillig ein ganzes Buch schreibst!»

«Bei einem Buch übers Abnehmen kommt es nicht aufs Schreiben an, sondern auf die *Idee!* Wenn du eine gute Idee hast und sie halbwegs verständlich zu Papier bringst, dann macht der Verlag den Rest.»

«Deine Idee war offensichtlich großartig.»

«Wieviel Bücher hast du verkauft?» wollte ich wissen.

«Ein paar Millionen», sagte Nelly geringschätzig.

«Ein paar *Millionen?*» wiederholte meine Mutter. «Und wieviel hast du dabei verdient?»

Nelly begann zu lachen. «Ein paar Millionen Dollar natürlich. Aber die hab ich gebraucht, denn damit habe ich meine Schönheitsfarm finanziert. Schaut her, das ist mein Palast am Pazifik!» Und sie hielt uns ein großes Farbfoto vor die Nasen.

Das Bild war eine Luftaufnahme. Es zeigte einen riesigen Park mit herrlichen alten Bäumen. Dazwischen lagen Schwimmbad, Tennisplätze, ein langgestrecktes weißes Herrenhaus mit Säulen und Veranda sowie mehrere kleine Pavillons, kokett zwischen blühenden Sträuchern versteckt. Zum Haupthaus führte eine Allee aus mächtigen Königspalmen, und über dem Eingang, der Straße zu, prangte ein weißes Schild mit der Aufschrift: THE HOLLYWOOD BRIGHT STAR RANCH. Rechts neben dem Park lag ein Golfplatz mit achtzehn Löchern und dahinter, blau in blau, der Pazifik.

Weder Mama noch ich sind um Worte verlegen, aber das raubte uns die Sprache.

«Das gehört wirklich *alles dir?*» hauchte meine Mutter schließlich kaum hörbar. «Nelly, so einen Besitz gibt es in ganz Kanada nicht.»

«Das kannst du laut sagen!» Nelly steckte zufrieden das Foto weg. «Und was mich am meisten freut, ich hab ihn nicht geerbt und nicht gestohlen, nicht erheiratet und nicht erschwindelt, sondern *selbst verdient*, mit meinen Ideen über Gesundheit und Schönheit. Und wie wichtig die sind, habe ich heute wieder gesehen, auf dem Weg hierher. Denn wenn ich *zwei* schönen, schlanken Menschen begegnet bin, dann ist das viel. Der Großteil der Leute ist hier immer noch unförmig, fett, häßlich verquollen, dümmlich brutal, genau wie in unserer Jugend. Leider!»

Meine Mutter begann zu kichern. «Wir zwei waren damals auch nicht gerade untererernährt. Bei deiner Heirat mit dem Bürgermeister hast du siebzig Kilo gewogen.»

«In der Tat», nickte Nelly düster, «ich werde es auch nie vergessen. Zuerst siebzig und dann *achtzig!* Die Ehe war eine einzige Katastrophe! Nie hat mich ein Mann so vernachlässigt. Politik, Politik, Politik, sonst hat ihn nichts interessiert. Im Bett war Wüste. Resultat: Ich habe gefressen. Was ich unten nicht bekam, hab ich oben durch Schokolade ersetzt. Jeden Tag meiner Ehe eine ganze Schachtel Pralinen. Ein volles Kilo. Hab ich dir das je erzählt? Nein. Ich glaube nicht. Hab mich zu sehr geniert. Ophelia, wir haben hinter dem Mond gelebt. Im Aufklärungsbuch meiner Eltern hat noch gestanden, daß Frauen keinen Orgasmus haben. Ehrlich, in Port Alfred wäre ich verkommen.»

Sie nahm einen Schluck Kaffee und hob Alix auf ihren Schoß. «Ihr könntet mich rollen wie ein Faß, und Alkoholikerin wäre ich obendrein.»

Meine Mutter räusperte sich. «Sag, Nelly, mit wem bist du denn damals durchgebrannt? Ich habe die wildesten Gerüchte gehört.»

«Mit einem Vertreter. Ein dänischer Einwanderer. Ich habe ihn bei einem Eishockey-Spiel kennengelernt.»

«Bist du sicher, daß es nicht Ophelias Vater war? Er ist zwei Tage nach dir verschwunden und nie wieder aufgetaucht.»

Nelly sah entgeistert auf meine Mutter. «Er ist nie wieder aufgetaucht?» wiederholte sie ungläubig und setzte den Hund zu Boden.

«Nie! Zehn Jahre später habe ich eine Todesanzeige aus Alaska bekommen.»

«Du Arme!» rief Nelly mitfühlend. «Aber ich habe noch nie einer Freundin den Mann weggenommen. Ich habe nichts damit zu tun, das mußt du mir glauben.» Alix begann zu bellen, dann gab er Pfötchen.

Meine Mutter seufzte und schenkte uns allen Kaffee nach. «Ich rede nicht gern darüber, es ist auch schon so lange her, aber leicht war's nicht. Ophelia war knapp fünf Monate alt, Geld war überhaupt keines da, und ich habe erst ein Jahr später eine Anstellung als Lehrerin bekommen...»

«Aber jetzt geht's dir gut?»

«Jetzt bin ich Schuldirektorin.»

«Gratuliere! Aber noch ein Wort zu deinem Mann. Er war überhaupt nicht mein Typ. Ich mag nämlich keine Kanadier. Die sind mir zu phantasielos. Ich mag Franzosen. Weißt du, ich bin sofort nach meiner Scheidung nach Paris gegangen und habe in verschiedenen Kosmetikinstituten gelernt. Zwei Diplome habe ich gemacht. Gut, nicht? Nebenbei habe ich mich ausgetobt. Die verlorene Jugend nachgeholt. Ich habe Unmengen Liebhaber gehabt. Alle Nationalitäten hab ich durchprobiert. Aber der beste war ein französischer Musiker. Sehr zärtlich. Aber schwierig und eifersüchtig. Du, ich war so verliebt in ihn, daß ich in einem Monat sieben Kilo abgenommen habe. Kannst du dir das vorstellen? *Sieben Kilo!* Ich bin überhaupt nicht mehr zum Essen gekommen. Aber dünn, richtig dünn, so wie jetzt, bin ich erst, seit ich strikt nach meiner Diät lebe.» Sie strich zufrieden über ihre mädchenhaft schlanken Hüften und gab dem Hund ein Stück Pfannkuchen.

«Interessant», sagte meine Mutter, «aber ein paar Sachen wegen damals möchte ich dich trotzdem noch fragen, später dann, wenn wir allein sind.»

«Frag, was du willst, ich habe nichts zu verbergen!» Nelly trank in einem Zug ihre Tasse leer und nickte mir zu. Ich lächelte zurück, war mir aber nicht sicher, ob sie die Wahrheit sprach. Peinliche Situation!

«Erkläre mir deine Diät», bat ich, um das Thema zu wechseln, «wie kann man abnehmen, wenn man Butterbrote ißt? Kohlenhydrate machen doch dick - zumindest liest man das überall.»

«Unsinn!» Nelly kam in Fahrt. «Kohlenhydrate machen nur dick, wenn man sie mit *Eiweiß* kombiniert. Dann werden sie nicht schnell genug verdaut und verwandeln sich in Fett. Zur Erläuterung werde ich jetzt euer Frühstück analysieren. Also –» sie machte eine wirkungsvolle Pause und betrachtete den Tisch mit Kennermiene. «Ihr eßt *völlig falsch,* vom Anfang bis zum Ende. Wenn ihr so weitermacht, ist es bald aus mit der Schönheit!»

Dann schüttelte sie stumm den Kopf, runzelte die Stirn und sah strafend auf Mama und mich. «Ihr hättet mein Buch lesen sollen. Euer Frühstück macht *dick!* Paßt auf. Die Pfannkuchen sind erlaubt. Butter und Toast ebenfalls. Marmelade und Ahornsirup gehen gerade noch, aber nur in winzigen Mengen. Was aber *nicht* geht, sind die Rühreier mit Schinken. Die sind pures Eiweiß, tierisches noch dazu, und das ist so schwer zu verdauen, daß dem Körper für die Kohlenhydrate keine Energie mehr bleibt. Resultat: Die Pfannkuchen werden nicht schnell genug verarbeitet, sie bleiben im Körper stecken und verwandeln sich in Fett.»

Nelly räusperte sich laut. «Wenn ihr *unbedingt alles* essen *müßt,* was hier auf dem Tisch steht, dann rate ich euch ein erstes Frühstück mit Butter, Toast, Pfannkuchen und etwas Sirup und erst zwei Stunden später, wenn die Kohlenhydrate verdaut sind, ein zweites Frühstück mit Rühreiern und Schinken, aber ohne Brot. Ihr könnt Eiweiß essen, soviel ihr wollt, und Kohlenhydrate, soviel ihr wollt, aber *nicht beides zusammen!* Das ist das ganze Geheimnis.»

«Und damit hast du so viel abgenommen?» fragte meine Mutter.

Nelly nickte. «Das ist der Grundstein meiner Diät.»

«Und wie bist du da draufgekommen?»

«Durch Zufall. Jemand hat mir ein Buch geschenkt über Massenhaltung und Tierversuche. Glaubt mir, das war der größte Schock meines Lebens. Der Appetit auf Tiere ist mir gründlich vergangen.»

«Und dann?»

«Dann kam das Schlüsselerlebnis. Ich war abends mit Freunden im Restaurant, und obwohl ich ab sechs Uhr nur noch Salat esse, weil ich sonst sofort zunehme, habe ich ausnahmsweise Spaghetti bestellt. Nicht mit Fleischsoße, sondern mit Olivenöl und Knoblauch. Und wißt ihr, was passiert ist? Am nächsten Tag war ich nicht ein Gramm schwerer. Ich habe überhaupt nichts zugenommen. Da habe ich natürlich sofort geschaltet.»

«Du ißt überhaupt kein Fleisch mehr?» wunderte sich Mama.

«Seit sechs Jahren keinen Bissen.»

«Auch keinen Fisch?»

«Keine Tiere!» sagte Nelly lächelnd.

«Und geht dir nichts ab?»

«Im Gegenteil! Ich habe mich noch nie so gesund gefühlt.»

«Du siehst wirklich sehr jung aus. Geradezu blühend. Aber gestatte eine indiskrete Frage. Hast du eine Schönheitsoperation hinter dir?»

Nelly lehnte sich zurück. «Wenn es nötig gewesen wäre, kannst du Gift darauf nehmen, ich hätte eine machen lassen. Aber es war nicht nötig, denn eine fleischlose Diät verjüngt die Haut. Was die meisten Menschen nicht wissen – die Haut ist ein Verdauungsorgan, ein ganz wichtiges Verdauungsorgan, das Wasser und Gifte aus dem Körper ausscheidet. Nichts produziert soviel Gift im Körper wie Fleisch. Wenn man also die Verdauung mit Gift überlastet, überlastet man zwangsläufig auch die Haut.»

«Interessante Theorie.» Mama betrachtete neidlos Nellys makellosen, frischen Teint. «Ich habe sie zwar noch nirgends gehört, aber bei dir hat sie offensichtlich gewirkt.»

«Sie wirkt bei jedem. Das ist doch logisch. Fleisch ist nichts anderes als ein Stück *Leiche,* das *Leichengift* entwickelt. Je länger Fleisch im Körper liegt, desto giftiger wird es.»

«Gnade!» unterbrach Mama. «Ich habe gerade gefrühstückt. Willst du, daß mir alles hochkommt?»

Aber Nelly ließ sich nicht beirren. «Jetzt kommt erst das Wichtigste: Jedes Fleisch enthält Fett, und tierische Fette sind Todsünde

Nummer eins! Speck, Schmalz, fettige Würste, fette Hamburger machen alt, dick und krank. Das sind reinste *Antischönheitsmittel.* Es sind *tote Fette, die schon einem Leben gedient haben.* Und weil sie schon einem Tier zum Leben gedient haben, können sie von uns nicht mehr in Energie umgewandelt werden. Pflanzenfette müßt ihr essen, die sind gesund!»

Nelly machte eine wirkungsvolle Pause, lehnte sich zurück und schlug ihre makellosen Beine übereinander. «Schönheit ist eine Sache der Verdauung, meine Liebe. Wenn du willst, kann ich dir das beweisen. Ich setze dich zuerst vier Wochen auf braunen Reis, Obst und Gemüse. Dann kommen meine Visagistin und meine Haarstylistin, dann kriegst du eine neue Garderobe, flotte Schuhe und neue Ohrringe, du, ich garantiere dir, ich mache dich in vier Wochen um zehn Jahre jünger.»

«In meinem Beruf hat man bessere Chancen, wenn man reif und würdig wirkt», sagte Mama störrisch.

Nelly hörte gar nicht hin. «Wieviel Kilo wiegst du?»

«Keine Ahnung. Ich besitze keine Waage.»

«Du hast *keine Waage?* Das ist Todsünde Nummer zwei! Ich habe immer eine Waage bei mir, auch auf allen meinen Reisen. Du kaufst dir heute noch eine Waage, meine Liebe, oder besser, du kaufst gleich zwei. Eine fürs Bad, die andere für die Küche, und die stellst du *neben* den *Kühlschrank.* Du wirst dich wundern, wie das den Appetit zügelt!»

«Fällt mir nicht im Traum ein», protestierte meine Mutter, «außerdem widersprichst du dir selbst. Vorhin hast du einen Pfannkuchen gegessen und *vier Stück Butter* draufgetan.»

«Na und? Butter ist erlaubt. Dafür bringst du kein Tier um. Ich esse Butter, soviel ich will. Sieh mich an. Ich bin 1 Meter 64 groß, wiege konstant dreiundfünfzig Kilo, habe keinerlei Cholesterinüberschuß und seit sechs Jahren keinen Tag mehr gehungert!»

«Ich habe mich entschlossen, dein Buch zu lesen», verkündete meine Mutter plötzlich, «heute abend werde ich anfangen. Wirklich, ich bin sehr gespannt! Nur das mit dem Fleisch wird ein Problem. Wie du weißt, ernährt man sich hier hauptsächlich von

Hamburgern, und wenn man eingeladen wird, hängen die Steaks über den Tellerrand.»

«Wem sagst du das», nickte Nelly, «und was die Leute essen, sieht man im Gesicht. Übergewicht, Doppelkinn, Falten, große Poren. Vollkommen überlastete Haut durch die vollkommen überlastete Verdauung. Da helfen auch die besten Kosmetika nichts, das kannst du mir glauben.»

«Und wie ist das mit der Liebe?» lenkte Mama ab.

«Was meinst du mit der Liebe? Willst du wissen, ob ich einen Freund habe?»

«Das auch. Aber mich interessiert, ob dein neuer Lebenswandel irgend etwas geändert hat. Vegetarisch klingt so... so asketisch, und ich frage mich, ob du... noch Lust auf Männer hast. Nicht umsonst heißt das Ganze *Fleischeslust!* Verstehst du?»

Nelly begann laut zu lachen, und es dauerte eine Zeit, bis sie sich wieder gefangen hatte. «Ich kann dich beruhigen. Je gesünder man sich fühlt – je schöner und leichter man wird, desto mehr *freut* einen das Ganze. Und weißt du, was sich noch geändert hat? Seit ich keine Tiere mehr esse, ist meine Migräne verschwunden, und ich war nie mehr krank. Sogar den kalifornischen Sommer überstehe ich problemlos. Dabei habe ich früher von den Klimaanlagen die fürchterlichsten Zustände bekommen. Husten, Schnupfen, wochenlang eine verstopfte Nase – das ist jetzt alles weg. Ich weiß überhaupt nicht mehr, was das Wort Schnupfen bedeutet. Außerdem bin ich Anhängerin der Neuen Romantik, weißt du, und dazu gehört fleischlos leben. Nichts umbringen, so wenig wie möglich Schaden anrichten, und dafür jung, schön und gesund bleiben. Nur das hat Zukunft, glaubt mir. Alles andere ist Grembbel.»

Auf dieses Stichwort hatte meine Mutter einundvierzig Jahre lang gewartet. «Pardon!» Sie stieß mich heimlich unter dem Tisch mit dem Fuß an. «Nelly, ich *muß* dich verbessern. Das Wort heißt *Krempel,* nicht Grembbel. Krempel. *Mit K!* Das wollte ich dir schon lange sagen. Auf das Kissen, das du Ophelia zur Taufe geschenkt hast, hast du es auch falsch gestickt, und sie hat in der Schule jahrelang schlechte Noten bekommen, weil sie «wirff» mit zwei F geschrieben hat. Das hast du auch total danebenbuchstabiert!»

«Wirklich?» Nelly war schockiert. «Das tut mir leid. Aber weißt du, mir kommen ständig die Sprachen durcheinander, vor allem in geschriebener Form. Aber die Sache hat auch ihr Gutes, denn sonst wäre ich nicht hier!»

«Weil du nicht *rechtschreiben* kannst?» fragte Mama verblüfft. «Ich hab gedacht, du hast Heimweh bekommen.»

«Heimweh? Nach Port Alfred? Du machst Witze! Nein, ich suche jemanden, der mir bei meinem nächsten Buch hilft. Das Manuskript ist halb fertig, und ich brauche jemanden, der das Ganze korrigiert und in Form bringt. Außerdem hätte ich gern, daß es hier, im französischen Teil Kanadas, erscheint, damit es nicht immer heißt, alle neuen Ideen kommen aus Amerika!»

«Schon wieder ein Buch?» fragte meine Mutter. «Worüber denn?»

«Über die Kunst, ewig jung zu bleiben, kombiniert mit meiner Philosophie über die Rettung der Welt. Da bist du mir eingefallen, du warst doch immer die Beste in Englisch und Französisch, und sehen wollte ich dich auch wieder einmal. Da hab ich die Auskunft angerufen und gefragt, ob es deine Telefonnummer noch gibt. Dann hab ich mich ins Flugzeug gesetzt und gedacht, ich frag dich, ob du mit mir zusammenarbeiten willst. Gegen Bezahlung natürlich.

«Liebend gerne», sagte meine Mutter, «aber hast du eine Ahnung, wieviel Zeit man braucht, um eine Schule zu leiten? Vor den Sommerferien kann ich dir nichts versprechen.»

«Das ist zu spät», sagte Nelly enttäuscht, «schade! Aber vielleicht hast *du* Lust?» Sie wandte sich zu mir. «Du hast doch für einen französischen Verlag gearbeitet. Du kennst doch sicher den Grembbel, Pardon Krempel.»

«Welchen Krempel?» fragte ich vorsichtig.

«Grammatik, Stil, Ausdruckskraft!»

«Ophelia schreibt noch besser als ich», sagte meine Mutter stolz, «sie ist ein ausgesprochenes Naturtalent.»

«Das paßt wie der Liebhaber ins Bett», meinte Nelly. «Also, was ist? Arbeiten wir zusammen?»

Ich sagte zuerst einmal gar nichts. Ich stand nämlich vor einem Dilemma. Einerseits war ich von Nelly fasziniert, andererseits war ich gerade dabei, die Karriere zu beginnen, auf die ich mich so lange vorbereitet und für die ich so verbissen gespart hatte. Ein Buch, das erst zur Hälfte aus einem chaotischen Manuskript besteht, braucht mindestens sechs Monate, bis es in Druck gehen kann, und so lange wollte ich mich nicht aufhalten lassen.

«Interessiert es dich nicht?» Nelly lehnte sich zurück und sah mich prüfend an.

«Doch. Sehr sogar. Aber ich habe auch ein Zeitproblem. Ich mache mich nämlich gerade selbständig. Nächste Woche fliege ich nach Paris zu einer wichtigen Besprechung, und wenn ich zurückkomme, habe ich höchstwahrscheinlich keine freie Minute. Aber was ich tue, wird dich interessieren. Ich mache nämlich einen eigenen Verlag auf. In Montreal. Und ich bedaure aus ganzem Herzen, daß ich nicht genug Geld für die Rechte an deinem Buch habe. Es wird sicher wieder ein Bombenerfolg, und es würde wunderbar in mein Programm passen.»

«Wirklich? Und was ist das für ein Programm?»

«Ganz auf deiner Linie. Ich bin zwar keine Vegetarierin, aber ich bin mir auch bewußt, daß wir dringend eine Neue Romantik brauchen. Weißt du, wenn man so lang wie ich in den Medien gearbeitet hat, dann steht einem Mord und Totschlag bis hierher. In allen Büchern hast du den Krempel, in allen Drehbüchern, im Film, im Fernsehn, im Radio, kein Wunder, daß unsere Welt immer brutaler wird. Weißt du, welche Bücher ich hier in Kanada am besten verkauft habe? Du wirst lachen. *Liebesromane!* Alles, was auch nur irgendwie mit Liebe und Gefühl zu tun hat, hat man mir aus der Hand gerissen. Ich werde Bücher verlegen, die amüsant sind und lehrreich und die die *Liebe* zwischen den Menschen fördern. Die gibt es nämlich auch noch!»

«Klingt alles recht und schön», sagte Nelly nachdenklich, «aber Verlage kosten Geld. Habt ihr welches?»

Das war *mein* Stichwort. «Ich werde ganz klein anfangen, außerdem habe ich gespart.»

«Wieviel?» fragte Nelly interessiert.

«Neunzigtausend Dollar», sagte ich stolz, «*amerikanische* Dollar.»

«Nicht schlecht!»

«Von mir kriegt sie sechzigtausend dazu», verkündete meine Mutter, «und wenn das nicht reicht, kann ich noch ein bißchen was zuschießen. Mein Gefühl sagt mir, jetzt oder nie. Nelly, wir brauchen deine Neue Romantik so dringend wie einen Bissen Brot. Und wie ich meine Tochter kenne, wird sie ihren Weg schon machen.»

«Da kannst du recht haben», sagte Nelly und stand auf. «Ich finde eure Idee großartig! Und ich möchte jedes Detail darüber hören. Wißt ihr was? Ich lade euch zum Mittagessen ins Northern-Sun-Hotel ein, da könnt ihr mir in Ruhe alles erzählen. Habt ihr Lust? Wunderbar! Ophelia, du ziehst dich besser um, irgendwas Hübsches. Weißt du, das Restaurant im Hotel ist *sehr* elegant!»

«Gefällt dir das Kostüm nicht?» wunderte sich meine Mutter. «Es ist von Jaeger. Bester englischer Wollstoff. Hat ein Vermögen gekostet.»

Nelly verbiß ein Lächeln. «Daß es teuer war, sieht man sofort. Aber es ist deiner Tochter zu eng. Zwei ganze Nummern zu klein, würde ich sagen. Außerdem steht ihr dieser langweilige Schnitt nicht. Wenn man Busen hat, muß man ihn auch zeigen, ganz gleich, ob der Bauch darunter flach ist oder nicht. Man muß sich zu seinem Busen bekennen und taillierte Jacken tragen, die die Figur betonen. Soll ich dir einen guten Rat geben, Ophelia? Morgen schenkst du das Kostüm der Heilsarmee!»

«Gern», sagte ich verblüfft, «und dann?»

«Dann machst du meine Hollywood-Bright-Star-Diät und nimmst zehn Kilo ab.»

«Zehn Kilo?» Meine Mutter schnappte nach Luft. «Da wird sie ja ein Skelett!»

«Unsinn», meinte Nelly liebenswürdig, «noch besser wären fünfzehn Kilo! Adieu, kleiner Hund» – sie gab Alix einen liebevollen Klaps – «wir fahren. Wir haben viel zu besprechen.»

In meinem gelbseidenen Knöpfchenkleid, das erstaunlicherweise in Nellys Augen Gnade fand – sie bestand sogar auf *fünf* offenen Knöpfen –, verbrachten wir zwei herrliche Stunden im Northern-Sun-Hotel. Nelly aß unglaubliche Mengen. Zuerst einen ganzen Teller Rohkost mit Butterbrot. Anschließend eine Gemüseplatte ohne Ei, dafür aber mit einer Doppelportion Bratkartoffeln, und zum Abschluß ein dickes Stück Erdbeerkuchen, alles erlaubt und im Rahmen der Hollywood-Bright-Star-Diät, wie sie uns vergnügt versicherte.

Noch mehr als Nellys Appetit überraschte mich aber ihre Überredungskraft. Vor dem Kaffee hatte sie mich bereits überzeugt, daß es absoluter Schwachsinn wäre, *nicht* mit ihr zusammenzuarbeiten. Sie bot mir zehn Prozent der Einnahmen ihres neuen Buches an, und da ich das Flugticket nach Paris schon in der Tasche hatte, schlug sie vor, daß ich gleich in Paris bleiben und dort ihr Manuskript in Form bringen sollte. Sie würde sich mit dem Schreiben sehr beeilen, und im Herbst könnte ich nach Kanada zurückkehren und meinen Verlag eröffnen.

In Paris würde sie mich natürlich standesgemäß unterbringen, mir jeden Monat fünfzehntausend Franc überweisen (als Gehalt, nicht als Vorauszahlung der Bucheinnahmen), ich dagegen mußte mich verpflichten, mindestens drei Monate lang strikt nach der Hollywood-Bright-Star-Diät zu leben, so gut es ging, auf Fleisch zu verzichten, mich täglich früh und abends zu wiegen und dreimal pro Woche ausführliche Briefe zu schreiben, mit ehrlicher und detaillierter Angabe meines Speiseplans und des erzielten Gewichtsverlusts.

Darüber hinaus sollte ich Lebensweisheiten und Schönheitsrezepte der Pariserinnen sammeln, ihr Liebesleben studieren und (falls es mir nichts ausmachte) mit möglichst vielen Franzosen schlafen. Nelly fand nämlich, daß die Französinnen länger jung blieben als andere Frauen, und war überzeugt davon, daß das irgendwie mit den Männern des Landes zusammenhing.

Das war natürlich ein verlockendes Angebot! Paris ist ein Zentrum von Schriftstellern und Verlegern, viele kanadische Autoren wohnen dort, und ich würde Gelegenheit haben, wichtige Kontakte zu knüpfen. Ich würde die Literaturszene in- und auswendig kennenlernen, sämtliche Neuerscheinungen lesen, ganz nebenbei meinen kanadischen Akzent im Französischen loswerden und eine ordentliche Portion Pariser Schliff abbekommen.

Und was die Franzosen betrifft, da braucht sich Nelly keine Sorgen zu machen. Ich kann mich verlieben, was das Zeug hält. Ich werde mich austoben, ein für allemal, wer weiß, ob ich in Montreal fürs Privatleben noch Zeit haben werde.

Meinen zweiundvierzigsten Geburtstag, Mitte August, feiere ich dann als Neue Frau, pariserisch schlank, bei Maxim oder im Tour d'Argent, in einem Abendkleid von Yves St. Laurent, mein französischer Liebhaber im Smoking – wir beide das faszinierendste Paar weit und breit. Und im Oktober geht's zurück nach Kanada. Dann werde ich der Welt schon zeigen, was eine einzige, tüchtige Frau alles auf die Beine stellen kann.

Nelly flog am Nachmittag zurück nach Kalifornien. Noch auf dem Weg zum Flughafen gab ich ihr meine Zustimmung. Spät am Abend, nach einem langen Gespräch mit meiner Mutter, beschloß ich, mich zum erstenmal in zwei Jahren wieder zu wiegen. Nelly hatte mir nämlich zum Abschied eine Waage geschenkt. Ich hatte sie schuldbewußt im Badezimmer abgeladen, und nun stand ich sinnend davor. Eine teuflische Erfindung! Hat die Menschheit das nötig gehabt? Wir sind wirklich dekadent. Es ist doch egal, ob man eine Karriere dick oder dünn beginnt. Nicht auf die Linie kommt es an, sondern auf die Tatkraft. Nicht die Kilos zählen, sondern der Verstand. Aus eigener Erfahrung weiß ich, daß man mit einem klaren Kopf im Leben bedeutend weiter kommt als mit einem flachen Bauch. Andererseits hat Selbstdisziplin noch keinem geschadet.

Ich seufzte tief und schritt zur Tat. Zuerst legte ich allen Schmuck ab, auch den Ring mit dem Feueropal, denn ein Gramm wiegt er auch. Ich zog die Kämme aus dem Haar, setzte mich verbissen aufs Klo und stieg dann mit angehaltenem Atem auf das Folterinstrument.

Doch ich stand nicht lange oben. Der Zeiger schnellte derart rasant in die Höhe, daß ich beinahe starr vor Entsetzen seitlich weggekippt wäre. Du lieber Himmel! War das möglich? Ich mußte nicht zehn, sondern *siebzehn Kilo* abnehmen, wenn ich Nellys Gewicht erreichen wollte. Wir sind nämlich beide gleich groß. Ich aber hatte auf dieser unverschämten Waage siebzig Kilo. SIEBZIG KILO! So schwer war ich noch nie!

Zitternd griff ich nach meinem Schlafrock. Ich brauchte dringend eine Stärkung. Sollte ich mich mit ein paar Bissen aus dem Kühlschrank trösten? Die herrlichen Bratwürste, die vom Abendessen übriggeblieben waren, standen wartend im ersten Fach. Schon war ich auf dem Weg nach unten, da kam es über mich. Nelly! Die Hollywood-Bright-Star-Diät! Paris! Die Franzosen! Die große, aufregende Welt! Nein! Um Gottes willen, nein.

Ich warf mich zu Boden und machte mitten auf der Treppe zehn Liegestütze. Als ich wieder hochkam, war mir der Appetit vergangen, außerdem war ich derart außer Atem, daß ich unweigerlich am ersten Bissen erstickt wäre.

Triumphierend schlich ich zurück in mein Schlafzimmer und legte mich ins Bett. *Das* war ein Sieg. Zum erstenmal seit zwei Jahren hatte ich der Versuchung widerstanden. Ach, wie gut schmeckt Erfolg. Wer braucht da noch fettige Würste und Mitternachtshäppchen? Wirf den Krempel über Bord!

Zufrieden schloß ich die Augen.

Und so begannen die aufregendsten sechs Monate meines jungen Lebens.

3

Meine Mutter gab mir einen guten Rat mit auf den Weg. «Ophelia», meinte sie und sah mir verständnisvoll in die Augen, «amüsiere dich, soviel du willst, aber sei diskret, und mach es so, daß keiner etwas merkt. Frauen, die zu viele Liebhaber haben, schaden ihrer Karriere.»

Dieser Rat war mir nicht neu. Vor der Abreise aufs College hatte sie mir dasselbe gesagt, nur etwas anders formuliert. «Vor den Professoren darfst du auf keinen Fall das Weibchen herauskehren», hieß es damals, «wenn du von den Männern ernst genommen werden willst, mußt du sexuell unsichtbar sein!»

Jahrelang hatte ich mich an diesen Rat gehalten, und es war mir nicht einmal schwergefallen. Im Unterschied zu vielen anderen Frauen interessiere ich mich nämlich nicht nur für Liebesgeschichten, sondern auch für alles, was in der Welt vorgeht. Ich lese täglich die *New York Times.* Das *Wall Street Journal* habe ich abonniert. Früh und abends höre ich Welt- und Kulturnachrichten, und seit meinem achtzehnten Lebensjahr verfolge ich Dollar-, Börsen-, Gold- und Ölkurse mit Spannung.

Auf dem College habe ich mich wochenlang in meine Bücher vergraben und alle Examen mit «ausgezeichnet» bestanden. Ich habe mich von *jeder* Versuchung ferngehalten, obwohl ich schnell herausfand, daß für Männer andere Regeln gelten.

Männer sind nämlich keinesfalls sexuell unsichtbar, wenn sie Karriere machen. Im Gegenteil! Es gibt Sänger, die Millionen verdienen, und doch weiß jeder, daß nach dem Konzert in der

Garderobe schon eine Gespielin auf sie wartet, und zwar jede Nacht eine andere! Es gibt Staatschefs, die ungehindert die Welt bereisen, über Krieg und Frieden bestimmen, und doch weiß jeder Hotelportier in London, Paris, Washington und Rom, daß der Gute nach dem Festbankett sein Vergnügen will, ja, handelt es sich um arabische Monarchen, werden gleich zehn oder elf willige Damen hinaufgeschickt in die Zimmerflucht.

Männer können sich leisten, was sie wollen, es tut ihrer Karriere keinen Abbruch. Das war schon immer so. Und weil ich viel gelesen habe, kann ich mit netten Beispielen aus der Geschichte aufwarten. Eines sei herausgegriffen: der große König Salomon! Die Bibel bezeichnet Salomon als weisesten aller Monarchen, dabei hatte er einen Verschleiß von siebenhundert Ehefrauen und dreihundert Mätressen! Unglaublich, womit die Männer davonkommen, ohne daß ihr Ruf zugrunde geht!

Man muß sich das nämlich umgekehrt vorstellen. Würde die Königin von England im Buckingham-Palast siebenhundert junge, kräftige Männer einsperren und von kastrierten Freistilringerinnen bewachen lassen, *siebenhundert* gesunde, gutaussehende Burschen, deren einziges Lebensziel darin bestände, um die Gunst der Hohen Frau zu buhlen, also ehrlich, ich bezweifle, ob ihr das den Ruf großer Weisheit einbrächte.

Selbst wenn sie durch ihren Pressesprecher verlauten ließe, daß alle siebenhundert gut behandelt werden, daß jeder sein eigenes Zimmer hat, genug zum Essen, Trinken und Anziehen bekommt, daß auch von sexueller Vernachlässigung keine Rede sein kann, da jede Nacht drei der Auserwählten ihr Lager teilen dürfen (und somit *jeder* mit Sicherheit einmal im Jahr an die Reihe kommt), so kann ich mir beim besten Willen nicht vorstellen, daß ihr Volk sie darob vergöttern würde.

Im Gegenteil! Kein einziger Geschichtsschreiber ließe ein gutes Haar an ihr, selbst wenn sie die wichtigsten philosophischen Werke verfaßt und nebenbei auch noch den Bürgerkrieg in Irland beendet hätte. Ihre Kurzbiographie würde keinesfalls lauten: «Elisabeth II., die Weise, Königin von England, siebenhundert Ehemänner, größte Philosophin des Abendlandes.» O nein! Auf Grund ihres Privatlebens wäre sie unten durch.

Ja, das ist die Welt, in der wir leben. Tun's die Männer, sieht man weg, tun's die Frauen, kostet es sie die Karriere. Aus diesem Grund (bestärkt durch den Namen Ophelia) hielt ich mich an den Rat meiner Mama. Ich war nicht nur sexuell unsichtbar. Bis zu meinem dreiundzwanzigsten Lebensjahr war ich sexuell überhaupt nicht *vorhanden!* Außerdem hatte ich mich in jugendlicher Unwissenheit mit einem Tampon selbst entjungfert (an meinem sechzehnten Geburtstag, um genau zu sein), und das schmerzte derart, daß ich beschloß, den Männern völlig zu entsagen.

Doch dann kam ein deutscher Einwanderer. Und war mir so hartnäckig auf den Fersen, daß ich ihm an meinem dreiundzwanzigsten Geburtstag den Gefallen tat. Er hatte monatelang keine Frau berührt, mich wochenlang mit Blumen, Anrufen, Einladungen bombardiert. Also gab ich schließlich nach. Doch vorher färbte ich meine Schamlippen rot. Die inneren, versteht sich!

Ich weiß! Sich die Schamlippen rot zu färben ist ungewöhnlich. Ich wollte aber verrucht und erfahren wirken. Außerdem habe ich von meiner brasilianischen Urgroßmutter einen untrüglichen Schönheitssinn geerbt, und da ich eine *echte* Rothaarige bin, sowohl oben als auch unten, und mir selbst bei der wohlwollendsten Betrachtung zwischen den Beinen zu blaß vorkam, beseitigte ich den Umstand mit Henna und ein paar Tropfen körperfreundlicher Kleiderfarbe.

Das Resultat war umwerfend. Purpurrot leuchtete die zarte Haut aus den roten Haaren, ein lebendes Kunstwerk, appetitlich zum Anbeißen. Mit einem Handspiegel bewunderte ich minutenlang das Farbenspiel. Gewonnen! Kein Mensch würde mich jetzt noch für eine Jungfrau halten. Und das war der Sinn der Sache.

Meine erste Liebesnacht brachte mir keine Schmerzen, aber auch kein sonderliches Vergnügen. Trotzdem blieben wir zehn Wochen zusammen, dann kam Nummer zwei, ein Architekturstudent aus Toronto. Nummer drei war ein netter Kollege aus der

Bibliothek in Montreal. Wir teilten sogar eine Wohnung, elf Monate lang, und obwohl, wie schon erwähnt, mein Leben als Frau erst mit dreißig begann, habe ich bei den ersten drei Männern das Grundsätzliche gelernt.

Also: Ich ertrage nicht, wenn ein Mann auf mir liegt. Das heißt, er kann schon auf mir liegen, aber nicht auf meinem Bauch. Er kann auf meinem Rücken ruhn oder hinter mir knien, er kann neben mir liegen und mich von der Seite lieben, wie das schon die Römer schätzten, wunderbar, wunderbar! Doch die Stellung, die die Kirche und die männlichen Aufklärungsschreiber als die «menschlichste» und empfehlenswerteste bezeichnen, die finde ich ausgesprochen bestialisch.

Allen Ernstes bezweifle ich, daß je eine Frau in der Missionarsposition zum Höhepunkt kam. Ich jedenfalls hatte keinen einzigen. Liege ich auf dem Rücken, ein schnaufender Mann auf mir drauf, fehlt mir jede Bewegungsfreiheit, und das versetzt mich schon in Panik.

Ja, der Gute kann noch so schön sein, kniet er über mir auf allen vieren, plump auf die Ellbogen gestützt, verliert er jeden Reiz, denn ich fühle mich wie ein Insekt kurz vor dem Aufspießen.

Die Missionarsstellung ist zum Abgewöhnen. Und das war zweifellos der Sinn der Sache. Den Missionaren sollte die Lust vergehn und den Missionarinnen erst recht! Die Stellung ist nämlich die einzige, die verhindert, daß Frauen dort gestreichelt werden, wo sie gestreichelt werden *müssen,* um von der Erde abzuheben. Diese Stellung macht Frauen frigide. Wehrt euch, meine Lieben, wehrt euch!

Liebe muß bequem sein, sonst hält man nicht stundenlang durch. Am schönsten ist's von hinten und von der Seite. Doch obwohl ich die frohe Kunde verbreite, hat sie sich noch immer nicht herumgesprochen, und anfangs meint jeder Mann, er muß unbedingt «von vorn».

Noch etwas habe ich von meinen ersten drei Liebhabern gelernt. Ich bin für die Ehe ungeeignet. Leider! Ich ertrage nämlich den Alltag nicht.

Wenn der Alltag kommt, wird man als Frau tatsächlich unsichtbar. Erst langsam, dann aber immer schneller. Ständig muß man beweisen, daß man auch existiert, daß man begrüßt, geküßt, geschätzt und ernstgenommen werden will.

Wenn der Alltag kommt, werden die Männer furchtbar müde. Wenn der Alltag kommt und der anfangs so hilfsbereite Freund weder einkauft noch abwäscht, noch kocht, noch die Betten macht, wenn er im Gegensatz zu früher mit verbissenem Gesicht zuhause erscheint und wartet, daß man ihn bedient (obwohl er weiß, daß man selbst den ganzen Tag gearbeitet hat), so beginnt für mich der Anfang vom Ende.

Ich *kann* nicht unsichtbar sein. Ich weiß, was ich wert bin. Ich will lieben und geliebt werden. Ich will Gefühl und tiefe Blicke. Ich will Herzklopfen, wenn ich einen Mann berühre. Ich will zittern und seufzen und vor Begehren vergehen. Ich will *viele* Männer glücklich machen, doch gleichzeitig will ich eine Bombenkarriere. Und mit diesen Vorsätzen kam ich nach Paris.

Wir landeten am 13. April auf dem Flughafen Charles de Gaulle, und die Sonne schien, wie sie nur über Paris scheinen kann. Mein Gepäck war leicht, denn auf Nellys Geheiß hatte ich nicht nur mein grünes Kostüm der Heilsarmee geschenkt, sondern meine ganze restliche Garderobe dazu. In Kürze würde ich ohnehin eine neue Kleidergröße haben, und ab fünfundfünzig Kilo Lebendgewicht – das hatte ich schriftlich – durfte ich bei Yves St. Laurent kaufen, was ich wollte. Nelly hatte dort ein offenes Konto, man wartete bereits auf mich. Samt und Seide, was das Herz begehrt, ab fünfundfünzig Kilo waren meiner Kauflust keine Grenzen gesetzt.

Ich betrat Pariser Boden in meinem gelbseidenen Knöpfchenkleid, dem einzigen, das ich gerettet hatte. Darunter trug ich ein enges Mieder, darüber nichts als meine langen roten, frischgewaschenen Haare. In der linken Hand hielt ich die Reisetasche, in der rechten einen bildschönen, neuen moosgrünen Samtmantel mit Kapuze, und ich wage zu behaupten, daß ich auf dem Flughafen mehr Aufsehen erregte als die beiden funkelnagelneuen

Überschallmaschinen, die zur allgemeinen Bewunderung mitten auf dem Rollfeld standen. Nach mir drehte sich *jeder* um – und dabei hatte ich nur vier Knöpfe offen!

Ja, das ist das Schöne an Paris, hier ist man nicht unsichtbar, hier werden Frauen geliebt und bemerkt. Leider entdeckte mich auch der Zoll, und ein Mann in dunkelblauer Uniform versperrte mir den Weg. Er war überzeugt, daß ich nur aus einem einzigen Grund nach Frankreich gekommen war: um zu schmuggeln.

«Halt! Mit welcher Maschine sind Sie gelandet?»

«Air Canada.»

«Aha!» Das klang unheilverkündend. Er wies auf meine Reisetasche. «Aufmachen! Heraus mit dem versteckten Pelzmantel!»

«Wie bitte?» sagte ich in bestem Hochfranzösisch. «*Pelz*mantel? So was besitze ich nicht, und zwar aus moralischen Gründen. Erstens lebe ich nicht mehr in der Steinzeit, daher hülle ich mich nicht in Felle. Zweitens tun mir die armen Tiere leid. Ich bin dagegen, daß man sie abschlachtet und ihnen den Pelz über die Ohren zieht!»

Der Beamte war verblüfft. Aber er faßte sich schnell.

«*Alle* Kanadier schmuggeln Pelze nach Frankreich. Die verkaufen sie dann teuer, und damit finanzieren sie ihren Aufenthalt. Glauben Sie, ich bin von gestern? Aufmachen!»

Ich tat ihm den Gefallen und sah zu, wie er den spärlichen Inhalt meiner Tasche durcheinanderbrachte. Als er fertig war, hatte er einen roten Kopf. Daß er keinen Pelzmantel gefunden hatte, paßte ihm gar nicht.

«Ist das Ihr ganzes Gepäck?» fragte er drohend. Ich nickte. «Sie wollen mir weismachen, daß Sie von Kanada nach Paris geflogen sind, mit einer einzigen, *halbleeren* Tasche?»

«Genau!» sagte ich von oben herab. «Vornehme Leute reisen immer nur mit Handgepäck. Eigentlich dürfte Ihnen das nichts Neues sein!» Dann lächelte ich mein süßestes Lächeln und schritt an ihm vorbei zum Taxistand.

Der Taxifahrer war nicht viel freundlicher. Er war Araber, saß in einem verbeulten grauen Peugeot und nahm die Adresse, die ich ihm angab, stumm zur Kenntnis. Er sagte nicht «*bonjour*», hielt mir auch nicht die Tür auf und sah mich durchdringend an, als ich mich auf den abgewetzten Rücksitz fallen ließ.

Kaum aber saß ich fest, wurde er lebendig, gab Gas und brauste davon, daß es mich fast durch die Heckscheibe schleuderte. Das Beunruhigende dabei war folgendes: Er fuhr zwar nach *vorne,* aber er sah ununterbrochen nach *hinten,* und das verheißt nichts Gutes. Er hatte den Rückspiegel voll auf mein Dekolleté gerichtet, und nichts brachte seine blutunterlaufenen Augen davon ab – außer ein vollbesetzter Bus, der uns auf der Autobahn fast gerammt hätte, und die riesigen Lastwagen, die bei jeder Einfahrt von rechts auf uns zurasten. Erst im allerletzten Moment, wenn alles rundum hupte, bremste, kreischte und schrie, wechselte er die Spur und gaffte dann wieder blöd nach hinten.

Nach fünf Minuten war ich reif für die nächste Nervenklinik. Noch *nie* bin ich in einem Taxi derart herumgeschleudert worden wie auf dieser Fahrt vom Flughafen durch die wuchernden Vorstädte über den Boulevard Périphérique hinein nach Paris. In der Stadt wurde es auch nicht besser. Der Mann steuerte sofort in den größten Stau (was nicht schwer war, denn der Verkehr war atemberaubend), und kaum steckten wir ordentlich fest, sah er *überhaupt* nur auf mich.

Es war zum Verzweifeln. Im Schrittempo schlichen wir über die herrlichen Boulevards, und ich konnte sie nicht genießen, denn sein Blick brannte Löcher in meine Haut. Im ersten Gang krochen wir vorbei an der Bastille, der Notre Dame und über die Seine, und noch immer starrte er auf meinen Hals (obwohl ich inzwischen das Kleid bis oben zugeknöpft hatte). Daß er auch sprechen konnte, erfuhr ich erst, als wir vom Boulevard St. Germain in die Rue Monge einbogen und den Berg hinauf in Richtung Panthéon fuhren. Als wir endlich, *endlich* in der Rue Lacépède stehenblieben, sagte er unvermittelt:

«Hundertzwanzick Frang!» Sein Akzent war zum Erbrechen. Während ich nervös das Geld zusammensuchte, machte er noch einmal den Mund auf. «Sind Sie Franshösin?»

«Nein», murmelte ich, «Kanada. Ich komme aus Kanada.»

«Verreiraded?»

«Wie bitte?»

«Sind Sie verheiraded?»

Ich nickte und gab ihm das Fahrgeld. Aber er glaubte mir nicht.

«Wie viele Kinder?» fragte er herausfordernd.

«Keine!» Ich suchte den Türgriff, fand ihn aber nicht.

«Wieviel Jarre mit dem Mann?»

«Sieben», log ich, ohne zu überlegen, denn langsam bekam ich Angst.

«*Zieben?*» wiederholte der Chauffeur verächtlich und zählte das Geld nach. «Sie verheiraden mit *mir,* Madame! Wir haben in zieben Jarren zieben Kinder. *Garantiert!*» Und er grinste anzüglich.

«Das glaube ich sofort!» Wo zum Teufel war der Türgriff? Du lieber Himmel! Es war überhaupt keiner vorhanden.

«Zieben Zööhne!» grinste der Mann, kurbelte das Fenster herunter und spuckte kräftig auf die Straße. «Ich bin Arrrab! Madame, Sie kommen am Zamstag mit mir essen!»

«Das geht nicht!» Panik stieg in mir auf. «Mein Mann ist wahnsinnig eifersüchtig! Mein Mann –»

Er hob die Hand. «Franshose?»

Ich nickte. Er ließ die Hand sinken und starrte mich an.

«Wirrd erledigt!»

«Wie bitte?» rief ich ungläubig.

«Ich errledige», wiederholte der Taxifahrer und kurbelte das Fenster wieder hoch, «*zu viele Franshosen in Frangreich!* Viel zu viele! Madame, am Zamstag. Vor dieser Türr. Um acht. O.K.?»

Ich saß wie gelähmt. Offensichtlich war der Mann nebenberuflich Terrorist.

«O.K.?» wiederholte er eindringlich und fixierte mich auf eine Art, daß ich kaum zu atmen wagte. «Am Zamstag. O.K.?»

Ich nickte schwach. Hauptsache, ich kam aus dem Auto heraus.

«Ich bin serr symbaddisch, *non?* Du magst mich? *Non?*»

«Ja, ja!» rief ich sofort. «Ungeheuer! Wirklich!»

«O.K.!» Er stieß die Tür für mich auf, knallte sie hinter mir wieder zu und brauste mit aufheulendem Motor davon.

Ich stand wie angenagelt auf der Straße. War das *Paris?* Offensichtlich hat sich in dieser Stadt einiges geändert, seit ich zum letztenmal hier war. Auf dem Flughafen hatte ich schon fast so viele dunkle Gesichter gesehen wie weiße, und die Nachricht von Bombenattentaten auf Kinos, Postämter, Restaurants und Synagogen war bereits bis Kanada gedrungen. Seit zwei Jahren kracht es immer irgendwo in Paris, obwohl - wenn ich mich hier so umsehe - absolut nichts davon zu merken ist. Im Gegenteil.

Ich schritt auf das Haus zu, das mich die nächsten sechs Monate beherbergen würde. Es war ein prachtvoller Bau aus der Jahrhundertwende, und die Eingangstür war ein Kunstwerk aus Schmiedeeisen und Glas. Die Halle dahinter war nicht weniger fein: Marmorboden, riesige Wandspiegel und Stuck. Das Treppenhaus ganz mit roten Teppichen ausgelegt. Davor zwei weiße Säulen mit bauchigen Amphoren voller Pflanzen, deren grüne Ranken bis zum Boden wucherten. Wer hätte gedacht, daß ich in Paris so vornehm wohnen würde?

Auch der Lift war ein Kunstwerk aus Schmiedeeisen und Glas, und während ich lautlos nach oben schwebte, verbesserte sich meine Laune zusehends. Je heller es um mich wurde, desto schneller verließ mich die Erdenschwere, desto klarer wurden meine Gedanken. Das ist bei mir immer so. Die allerbesten Ideen habe ich im Flugzeug, denn da hat man den Überblick. Doch für's erste ist auch der sechste Stock nicht schlecht, denn hier bin ich nun, und diese hohe, polierte Eichentür mit den fünf Schlössern, das ist meine neue Wohnungstür.

Ich schließe auf, trete ein und befinde mich zu meiner Überraschung in einem prächtigen Salon. Er reicht über die ganze Breite des Hauses und ist von einem Ende zum andern mit rosa Spannteppichen ausgelegt. Links führen drei bodenlange Fenstertüren auf eine Terrasse, rechts strahlt die Sonne durch eine gläserne Balkontür, vor der zwei kugelige Lorbeerbäume stehen. Die Aussicht ist nach beiden Seiten herrlich.

Vergnügt trete ich hinaus auf den Balkon und atme tief durch. Sonne, Wärme, Vogelgezwitscher. Die Lorbeerbäume voll frischer, heller Triebe. Ich beginne mich unglaublich wohl zu fühlen. Kaum zu glauben, daß ich gestern im tiefsten Winter bei minus vier Grad ins Flugzeug gestiegen bin.

Doch die Sache wird immer besser. Vom Balkon aus führt eine weißlackierte Wendeltreppe hinauf auf einen Dachgarten, der zum obersten Geschoß des Hauses gehört. Ich biege den Kopf zurück und entdecke einen mächtigen, weißblühenden Margeritenbaum, darauf ein paar eifrige Spatzen, daneben in hölzernen Bottichen rote Tulpen. Weiter hinten blühende Sträucher, weiß, rosa und dunkelrot. Vom Dachgeschoß selbst sieht man nur eine efeubewachsene Wand, an der ein zusammengeklappter gelber Liegestuhl lehnt.

Begeistert gehe ich zurück in den Salon. Ich bin ein Glückskind! Nelly hat nämlich nicht irgendeine Wohnung für mich gemietet, sondern die des Pariser Operndirektors, der sich auf Studienurlaub in Amerika befindet. Und daß es eine echte Künstlerwohnung ist, sieht man sofort. In der Mitte des Salons thront ein glänzender schwarzer Konzertflügel, flankiert von zwei antiken Sofas, einer sonnengelben Méridienne und einer zartlila Chaiselongue. Eine ganze Wand ist voller Schallplatten, eine andere voll mit Büchern über Opern, Sänger und Komponisten.

Ich ziehe meine Schuhe aus und gehe auf Entdeckungsreise. Lustvoll versinken meine Zehen in dem rosa Teppich, mit dem das ganze Appartement ausgelegt ist, der dickste und weichste, über den ich je in meinem Leben geschritten bin.

Voilà! Ich besitze zwei Luxusbäder, zwei Gästezimmer, ein Eßzimmer für große Gesellschaften und ein wunderschönes, gemütliches Arbeitszimmer. Das Schlafzimmer aber ist der Gipfel, denn das Bett, ein echtes Grand Lit, steht unter einem Baldachin aus indischen Seidenstoffen und ist so breit, daß ein ganzer Opernchor mühelos darauf Platz finden könnte.

In sämtlichen Zimmern, sogar in den Bädern gibt es einladende Seidensofas mit Bergen von schimmernden Kissen in rosa, violett, taubengrau, beige, sonnengelb und weiß. Den Korridor entlang, auf schwarzen Säulen, stehen Büsten von Komponisten, insgesamt dreizehn Stück, und überall sind Bilder und Bücher, Marmorkamine und Antiquitäten, Samtvorhänge und Spiegeltüren. Ein zarter Duft von Jasmin hängt in der Luft. Die Wohnung ist sicher 250 Quadratmeter groß und eine gelungene Mischung aus Sultanspalast und Opernbühne. Arme Nelly! Das kostet Geld!

Dann räume ich meine Reisetasche aus. Viel ist nicht drin. Eine Waage, die Kilo und Pfunde anzeigt, Nellys Grembbelkissen, Seidenwäsche und ein sehr schicker weißer Badeanzug, denn ich habe vor, diesen Sommer endlich schwimmen zu lernen.

Ferner gibt es einen grünen Hausanzug sowie zwei Samthosen, die mir für die Durst- oder besser *Hungerstrecke* bis zu meinem Idealgewicht genügen müssen. Ich verstaue meine minimale Garderobe in einem der rot-gold tapezierten Einbauschränke, die sowohl im Schlafzimmer als auch im dazugehörigen Ankleideraum in großer Zahl vorhanden sind, lege Nellys Kissen auf die gelbe Méridienne im Salon und beschließe nach langem, ausführlichem Gähnen (ich habe die Nacht im Flugzeug vor Aufregung kaum geschlafen), meinen ersten Tag in Paris im Bett zu verbringen.

Wahrlich, eine weise Entscheidung. Bin ich unausgeschlafen, habe ich ständig Heißhunger und esse ununterbrochen. Mein erster Tag in Paris ein *Freßtag?* Die erste Eintragung in die nagelneue Gewichtstabelle womöglich zweiundsiebzig Kilo?

Nie und nimmer!

Eine Stunde später liege ich im Bett, frisch gebadet, nach Rosenöl duftend, nackt (ich besitze weder Nachthemd noch Pyjama), entspannt und glücklich. Ich habe die schweren indischen Vorhänge zugezogen und bewundere den Baldachin aus kostbaren Stoffen, der sich direkt über mir bis hinauf zur Decke wölbt. Dann schließe ich die Augen und befehle mir, vierundzwanzig Stunden durchzuschlafen. Und während ich sanft und problemlos hinübergleite, weiß ich plötzlich mit absoluter Sicherheit, daß ich hier, in diesem Grand Lit, diesem weichen, breiten, einladenden französischen Luxusbett, die entscheidenden Nächte meines Lebens verbringen werde.

4

Entscheidende Nächte? Daß ich nicht lache! Noch kann davon keine Rede sein. Ich mache nämlich eine furchtbare Entdeckung, die mein Selbstbewußtsein derart erschüttert, daß ich die ersten drei Wochen kaum das Haus zu verlassen wage.

Aufgefallen war es mir schon am Flugplatz, aber da habe ich es noch erfolgreich verdrängt. Der erste Spaziergang durch Paris jedoch bringt die Wahrheit ans Licht: Die Menschen hier in Frankreich sind dünner, *sehr* viel dünner sogar als bei uns daheim in Kanada.

Nirgends entdecke ich jene vertrauten, unförmigen, zentnerschweren Männer und Frauen (Produkte der Hamburger- und Coca-Cola-Gesellschaft), die mir zuhause und auch in Amerika die angenehme Illusion vermittelten, selbst eigentlich gar nicht so dick zu sein. Nirgends sehe ich keulenförmige Oberarme in T-Shirts, fette Wabbelhintern in Trainingshosen, überquellende Hausfrauengesichter zwischen Lockenwicklern und Doppelkinn. Dafür wimmeln die Boulevards und Cafés von zierlichen Gestalten, und verglichen mit diesen fühle ich mich wie ein Faß!

Die Franzosen sind aber nicht nur schlanker, sie sind auch *kleiner* als wir Kanadier, was zur Folge hat, daß ich mit meiner Größe jede zweite Frau nicht nur an Breite, sondern auch an Höhe überrage. Entsetzlich! Sofort betrachte ich mich in jedem Schaufenster, an dem ich vorbeikomme. Also: Mein Gesicht nimmt es mit den schönsten auf. Meine roten Locken sind absolut konkurrenzlos. Auch meine Proportionen machen Staat (schöne Busen sind hier rar!). Doch das Urteil lautet niederschmetternd: Für Paris bin ich zu üppig.

Dazu kommt noch was: Ich *gehe* anders als die Einheimischen. Ich habe einen sportlichen Gang, die Französin aber trippelt. Sie trägt sündteure Schuhe (offensichtlich hier ein Statussymbol), macht nervöse kleine Schrittchen und wirkt dadurch noch kleiner und zarter, als sie ohnehin schon ist. Ich bin am Boden zerstört. Ich komme mir vor wie ein Elefant! Mit letzter Kraft kaufe ich ein paar neue Schuhe, so filigran und zart, daß man darin trippeln *muß*, dann winke ich dem nächsten Taxi und fahre erschöpft nach Hause.

Und zuhause bleibe ich die nächsten drei Wochen. Ich gehe nur zum Einkaufen auf den Place Contrescarpe oder schnell die Rue Mouffetard hinunter zum Markt. Ansonsten bleibe ich unsichtbar, auch am Samstagabend, als Punkt acht der arabische Taxifahrer in seinem verbeulten grauen Peugeot vorfährt. Von der Terrasse aus beobachte ich ihn. Er parkt in zweiter Spur und bleibt eine Dreiviertelstunde stehen. Dann fährt er weg, kommt aber um neun wieder zurück und wartet noch einmal zwanzig Minuten. Dasselbe wiederholt sich am Sonntag, am Montag und am Dienstag. Erst am Mittwoch gibt er auf. Offensichtlich habe ich bei dem Mann einen bleibenden Eindruck hinterlassen!

Ja, Paris ist voller Überraschungen. Auch der Verleger, für den ich in Kanada so erfolgreich gearbeitet habe, verhält sich anders als erwartet. Er ist nämlich überhaupt nicht *da!* Er ist unerwartet nach London geflogen, und kein Mensch im Verlag weiß, wann er zurückkommt. Dabei habe ich seit Wochen einen festen Termin mit ihm.

Unverschämt so was! Dabei brauche ich den Mann dringend. Ich will die Rechte einiger Bücher kaufen, die mir besonders gut gefallen. Der Mann *muß her,* denn eines habe ich im Verlauf meines Berufslebens gelernt: Mit Franzosen verhandelt man am besten von Angesicht zu Angesicht. Dann läßt man sich *sofort* den Vertrag ausfertigen und unterschreiben, denn am nächsten Tag ändern sie sicher ihre Meinung. Deshalb bin ich von Kanada nach Paris geflogen. Übers Telefon kann man mit Franzosen keine

Geschäfte machen. Alles, was sie versprechen (und in Versprechungen sind sie groß), vergessen sie in dem Moment, wo sie den Hörer auflegen.

Die größte Überraschung von allen aber ist Nellys Manuskript. Jetzt weiß ich, warum sie so viel zahlt. Die hundertfünfzig Seiten, die sie mir geschickt hat, sind ein derartiges Chaos, daß ich mit Sicherheit das ganze Buch neu schreiben muß. Aber wenn es fertig ist, wird es ein Bombenerfolg, das spüre ich bis in die Fingerspitzen. Die Ideen sind großartig, aufmunternd und voller Lebensfreude. Nelly beweist, daß es tatsächlich möglich ist, jung zu bleiben, geistig wie auch körperlich. Ihre praktischen Ratschläge sind unbezahlbar.

Unter anderem behauptet sie, daß man Falten nicht *bekommt,* sondern daß man sie sich *selbst macht.* Durch schlechte Gewohnheiten! Und die allerschlechteste ist das *Kopfkissen.* Ein Kopfkissen kann man sich laut Nelly nur dann leisten, wenn man gewohnheitsmäßig auf dem Rücken schläft. Liegt man aber auf der Seite (wie die meisten Menschen), so verdrückt das Kissen die empfindliche Haut auf den Schläfen und um die Augen.

Kaum habe ich das gelesen, laufe ich ins Bad, um einen Spiegel zu holen, lege mich in meiner gewohnten Stellung ins Bett (rechte Seite) und kontrolliere mein Gesicht. Tatsächlich! Der Kopf sinkt tief in die Federn, und die ganze Schläfen- und Augenpartie ist zerknittert.

Ich werfe das Kissen zu Boden, lege den Kopf ganz flach aufs Laken und betrachte mich genau im Spiegel. Nelly hat recht! Liegt man flach, ruht das Gesicht auf Stirn und Wangenknochen, und die kostbare Haut um die Augen wird geschont.

Sofort bin ich blendender Laune. Nelly hat mich soeben von einem Alptraum befreit. Ich bin nämlich stolz auf meine glatte, frische Haut, die nicht die geringsten Ermüdungserscheinungen zeigt, vor allem dann nicht, wenn ich ausgeschlafen bin. In letzter Zeit aber entdecke ich manchmal nach dem Aufstehen eine feine Falte, die vom rechten Augenende schräg zur Nase hin verläuft, und je länger ich geschlafen habe, desto schärfer ist sie. Die Falte macht mir schwer zu schaffen. Sie ist zwar zu Mittag verschwunden, doch am nächsten Morgen ist sie wieder da, denn sie widersteht auch der teuersten Nachtcreme. Dank Nellys Scharfsinn weiß ich jetzt todsicher, daß es nicht das Alter ist (mit 41 wäre das ohnehin kaum möglich), sondern daß ich sie mir selbst *angeschlafen* habe. Welch eine Erleichterung!

Und noch was verstehe ich plötzlich. Die Japanerinnen haben das gewußt, und die Französinnen früherer Jahrhunderte ebenfalls. Das Wissen ist nur verlorengegangen. Aber die japanischen Kopfstützen, die wie große, lackierte Ziegelsteine aussahen, die in den Nacken geschoben wurden, um angeblich die Frisur zu schonen, dienten in Wahrheit zur Schonung der Haut.

Und die Kissen*berge,* auf denen die Pariserinnen des 18. Jahrhunderts ihre Nächte verbrachten, erfüllten denselben Zweck. Beim Betrachten alter Stiche habe ich mich immer gefragt, warum diese Frauen darauf bestanden, ihre Nächte fast sitzend zu verbringen. Sieben, acht, neun, ja sogar zehn Kissen waren keine Seltenheit. Jetzt weiß ich, daß es Schönheitsgründe waren. In dieser Stellung *muß* man nämlich auf dem Rücken schlafen. Man *kann* sich gar nicht zur Seite drehen und das Gesicht ruinieren. Offensichtlich war man damals klüger als heute. Gut, daß mir das eingefallen ist. Ich werde es in Nellys Buch einfügen, das gibt dem Ganzen eine historische Dimension. Vielleicht finde ich auch einen alten Stich zur Illustration. Auf jeden Fall muß das Wissen unters Volk, das erspart den Leserinnen Unsummen an Kosmetika.

Ich selbst schlafe natürlich ab sofort auf dem Rücken oder kissenlos auf der Seite (man gewöhnt sich an alles), und siehe da: es wirkt. Es wirkt tatsächlich! Zehn Tage später ist die Falte weg und die Stelle unter dem rechten Auge beim Aufwachen vollkommen glatt. Um dem Ganzen nachzuhelfen, habe ich während der zehn Tage reines Avocado-Öl (aus dem Reformhaus) um die Augen getupft, gewartet, bis es aufgesogen war, und dann (ebenfalls ein Rat von Nelly) Vaseline drübergetan. Die Prozedur wiederhole ich seither morgens und abends, und das Resultat ist eine junge, straffe, glatte Haut, frischer als nach der teuersten

Gesichtsbehandlung im Kosmetiksalon. Und der Kostenpunkt? Praktisch gar nichts.

Aber das ist nur der erste Streich. Ich lebe nämlich strikt nach der Hollywood-Bright-Star-Diät, nähre mich von *Brot* und *nehme* trotzdem *ab.* Zweimal am Tag kaufe ich ein herrlich frisches, knuspriges *baguette,* dazu wunderbare Butter aus der Charente, frische Tomaten, Radieschen, Paprika und Gurken. Dazu trinke ich Mineralwasser, denn Milch ist Eiweiß und laut Nelly zu Kohlenhydraten verboten.

Aber seltsam ist es schon. Unser ganzes «normales» Essen macht dick. Schinken-, Wurst- und Käsebrote sind Gift für die Linie. Dagegen machen Schnittlauch-, Radieschen-, Tomaten- und Gurkenbrote wunderbar schlank, auch wenn man fingerdick Butter draufstreicht. Im Ernst! Ich esse Brot, bis ich nicht mehr «Papp» sagen kann, abends dann zwei große Becher Yoghurt zur Eiweißversorgung, und ich nehme ab, daß es geradezu unheimlich ist. Ich habe keinen Hunger, brauche keinerlei Appetitzügler, bin weder nervös noch schlecht gelaunt, und die Arbeit geht leicht von der Hand.

Die Kapiteleinteilung für Nellys Buch ist in zwei Tagen fertig. Dann kommt die Einleitung, und jeden Tag schreibe ich mindestens zehn flotte Seiten. Abends lese ich dann die Börsenberichte, um über den Wert meiner Geldanlagen auf dem laufenden zu bleiben. Nachrichten höre ich kaum. Es ist sowieso immer dasselbe: Mord und Totschlag im Libanon, Iran und Irak, Terroranschläge in Madrid, Brüssel, Rom und Wien ... Ich verdränge den Krempel und konzentriere mich auf *mich.* In drei Wochen habe ich tatsächlich sechs Kilo abgenommen!

SECHS KILO! Das macht sich eindeutig bemerkbar. Mein Bauch ist flacher, meine Hüften schmaler, der winzige Ansatz zum Doppelkinn völlig verschwunden, und die runden Pölsterchen am Rücken, direkt über der Taille, die mir sehr viel Kummer bereitet haben, schmelzen dahin.

Und erst mein Gesicht! Die Wangenknochen treten deutlicher hervor, und meine großen Augen wirken noch größer als sonst.

Außerdem bin ich dazu übergegangen, meine Haare (oben und unten) mit Henna zu waschen, das macht sie dunkler und läßt meine Haut noch zarter und heller erscheinen, als sie ohnehin schon ist.

Mit einem Wort: Nach drei kurzen Wochen bin ich bereit für mein Pariser Debüt. Ich fühle mich leichter, beweglicher, eleganter und schöner als zuhause in Kanada. Gertenschlank bin ich noch lange nicht, doch von dick kann keine Rede mehr sein. Es gibt also keinen Grund, mich länger zu verbergen, ich bin bereit für Nellys Auftrag Nummer zwei, nämlich, dem Liebesleben der Franzosen nachzuspüren. Wie ich mich kenne, wird mir das nicht schwerfallen.

Ich befinde mich genau in der richtigen Stimmung. Seit vier Wochen habe ich keinen Mann mehr berührt – geschweige denn geküßt, und vier Wochen Enthaltsamkeit fallen mir schwer. Bereits nach drei Wochen habe ich erotische Träume, und am ärgsten ist das Verlangen während der gefährlichen Tage in der Monatsmitte, ehrlich, da könnte ich mich selbst vergessen, auf die Straße stürzen, mich dem Nächstbesten an den Hals werfen: «Liebster, küß mich! Komm mit mir ins Bett!» Vorausgesetzt, er ist groß, blond, intelligent, sensibel, kinder- und tierliebend, musikalisch und sprachbegabt.

Und greift er sich gut an? Ist er auch nicht pervers? Zufällig frisch gebadet? Gesund? Zärtlich? Rücksichtsvoll? Ausdauernd genug, um nicht mitten im schönsten Geplänkel einzunicken und einen frustriert liegen zu lassen? Alles Fragen, die sich Männer nicht zu stellen brauchen. Man muß das nämlich wieder einmal umgekehrt betrachten. Die Männer kriegen ihren Höhepunkt sicher. Sie hören einfach nicht früher auf, bis sie die Engel singen hören.

Wir Frauen wissen nie, was uns erwartet. Das ist der Hauptgrund, warum wir nicht ebenso freudig mit fremden Männern ins Bett hüpfen wie Männer mit fremden Frauen. Wüßten wir ganz sicher (so wie das die Männer wissen), daß wir mit *jedem* Partner Orgasmen bekämen, so wären wir bedeutend williger. Nicht Prüderie, Gefühlskälte, Desinteresse läßt uns spontane Abenteuer meiden, sondern die *Vorsicht.* Und weil ich äußerst vorsichtig bin (der Name Ophelia verpflichtet), bin ich noch *nie* in meinem ganzen Leben auf die Straße gestürzt, um wildfremde Männer zu umarmen und in mein Schlafzimmer zu bitten.

Doch ich kenne andere Mittel, um die Misere zu mildern. Vier Wochen ohne Mann in Paris (der Stadt der Liebe!) ist echter Notstand, also werde ich die Einladung annehmen, die ich vor ein paar Tagen nach dem Einkaufen im Chope erhalten habe, und am Samstag auf das Fest gehen. Es ist zwar kein französisches Fest, sondern ein tunesisches, doch da sich die Franzosen zurückhalten und mich die Araber umschwirren wie die Fliegen den Honig, so sollen sie den Anfang machen.

Das Fest ist ein Abschiedsfest. Der Besitzer des tunesischen Zuckerbäckerladens auf dem Place Contrescarpe fährt nach Hause zurück (irgendein Verwandter übernimmt das Geschäft), und am Samstag gibt er für seine Freunde ein großes Essen. Er heißt Nouri, ist immer elegant gekleidet, begrüßte mich stets höflich, und als er mich neulich im Chope sitzen sah, kam er herüber, stellte sich neben mich, zog eine gelbe Metrokarte aus der Tasche und kritzelte seine Adresse drauf.

«Am Samstag bist du mein Gast», sagte er mit haarsträubendem Akzent, «die Karte ist gültig, damit fährst du zu mir. Wenn du um acht Uhr da bist, ist alles perfekt.»

Zuhause sehe ich auf dem Stadtplan nach und entdecke, daß die Straße am andern Ende von Paris liegt, und zwar auf dem Montmartre. Es ist auch keine richtige Straße, sondern eine winzige Sackgasse, ziemlich weit von der nächsten Metrostation entfernt. Das Viertel kenne ich überhaupt nicht. Ist das was für anständige Leute?

Während ich noch überlege, was ich tun soll, ruft Nelly an, um sich für die fertigen Seiten zu bedanken. Ich habe ihr die Durchschläge geschickt, und sie findet alles ganz hervorragend. Meine Briefe hat sie auch bekommen, und die sechs Kilo verlorenes Fett imponieren ihr. Ganz nebenbei erwähne ich, daß ich am Samstag eingeladen bin. Ihre Reaktion überrascht mich.

«Tu, was du willst», meint sie nach einer kurzen Pause, «aber wenn du *mich* fragst, rate ich dir ab. Araber sind nämlich Gift für die Linie!» Dann hängt sie ein, denn Ferngespräche von Kalifornien nach Paris kosten Geld.

Fünf Minuten denke ich ernsthaft darüber nach, warum Araber Gift für die Linie sein sollen, doch ich finde keine Antwort. Hätte ich eine gefunden, wäre ich vielleicht zuhause geblieben. Aber so gibt es keinen Grund dafür. Außerdem will ich endlich wieder Leute sehen. Ich will Wein trinken, vielleicht sogar Champagner, ich will mich amüsieren und lachen und eventuell jemand kennenlernen. Ich habe absolut keine Lust, auch noch das kommende Wochenende allein herumzusitzen. Drei sind genug.

Ich fahre nicht mit der Metro zum Montmartre, sondern mit einem Taxi. Mein Fahrer ist ein stämmiger Franzose aus der Provinz. Er raucht zwar Gauloise, bis ich fast ohnmächtig bin, dafür aber will er mich in keiner Weise mit Söhnen beglücken. Er ist der Meinung, daß die Welt ohnehin schon übervölkert ist und daß zu viele Menschen für diese Erde genauso schädlich sind wie zu viele Blattläuse für einen Rosenstock. Dann versucht er mich in eine komplizierte politische Debatte zu verwickeln, und als ich nicht einsteige, dreht er beleidigt das Radio auf. Wunderbar! Jetzt kann ich ungestört aus dem Fenster sehen.

Paris Anfang Mai! Die Boulevards voller Menschen, die Kastanien bereits über und über mit weißblühenden Kerzen bedeckt. Die Platanen sind noch schläfrig, haben erst kleine zartgrüne Blättchen. Sie lassen sich Zeit. Dafür halten sie sich am längsten. Bis Ende November bleiben sie grün. Ah, Paris!

Die Stadt ist eine Pracht. Wann hat man diese Unzahl herrlicher Häuser gebaut? Jedes ist anders, überall entdeckt man Schönheit. Figuren, Stuck, gegliederte Fassaden, schmiedeeiserne Balkone. Eingangstore, die bis in den zweiten Stock reichen und oben ein Fenster haben. Man kommt aus dem Staunen nicht heraus.

Und erst die Läden, Boutiquen, Kaufhäuser, Cafés, die Restaurants, Brasserien und Straßenmärkte. Bei uns in Kanada gibt es ein paar Einkaufsstraßen und dazwischen nichts als langweilige

Wohnviertel, wo sich überhaupt nichts rührt. Hier aber kauft und wohnt (und liebt und ißt) man *überall.* Und das Leben quillt aus jeder Tür.

Ich lasse mich nicht bis zu Nouris Haus fahren. Ich steige ein paar Straßen früher aus. Die Gegend hier ist für mich Neuland, und ich möchte mich umsehen. In Kanada geht man zwar *nie* zu Fuß, man fährt *überallhin* mit dem Auto (und ich habe es früher genauso gemacht), aber seit ich sechs Kilo abgenommen habe, fühle ich mich so leicht, daß das Gehen auf einmal Spaß macht.

Um es gleich zu sagen, ich fühle mich *hervorragend!* Wenn ich ausgehe, bin ich immer bis an die Zehenspitzen gepflegt, denn eine Frau von Welt erkennt man unter anderem daran, daß sie sich jederzeit und überall splitternackt ausziehen kann, ohne sich zu blamieren. Ich bin daher frisch gebadet und geschrubbt, ohne ein einziges Haar an den Beinen und unter den Achseln. Ich habe französisches Badeöl verwendet, zarte Körpermilch und sündteures Parfüm. Meine Haut ist seidenweich und duftend, meine Beine stecken in hauchdünnen Strümpfen mit Naht, und die neuen Schuhe sind ein Traum aus spitzen Stöckeln und süßen Spangen. Bequem sind sie nicht, aber selbst die verwöhnteste Pariserin wird bei ihrem Anblick vor Neid erblassen. Es sind echte Trippelschuhe, zum Gehen ungeeignet, und in Kanada wären sie unmöglich. Doch sie passen nach Paris wie der Liebhaber ins Bett. Und daß ich nicht vergesse – mein Knöpfchenkleid ist offen bis Nummer drei, und darunter trage ich nichts als ein verführerisches duftiges weißes seidenes Hemdhöschen.

Wo ist das Fest? Erwartungsvoll stöckle ich über das alte Kopfsteinpflaster Nouris Haus entgegen. Ruhig ist es hier und leider ziemlich schäbig. Kein Baum, kein Strauch, nur dunkelgraue Mauern. Sieht gar nicht wie Paris aus. Und erst die Sackgasse! Direkt zum Fürchten – wohnt hier überhaupt jemand? Das ist doch eine verlassene Fabrik, und daneben sind Garagen! Aber hier ist ein Haus. Leider. Ich habe mich also nicht in der Adresse geirrt. Ich vergleiche die Nummer. Kein Zweifel, hier muß ich hinein. Der Lack am Tor ist abgeblättert, die Fassade schwarz – meine

Laune sinkt ins Bodenlose. Hat Nelly das gewußt? Hausen die Araber etwa alle in so fürchterlichen Löchern, daß man aus purer Verzweiflung doppelt soviel ißt wie daheim?

Zögernd wage ich mich durch die dunkle Einfahrt in den Hof. Laute arabische Musik und starker Geruch nach Essen kommen mir entgegen. Da geht auch schon eine Tür auf, und Nouri winkt mich zu sich. *«Bonsoir, ma belle!»* Er trägt verwaschene Jeans und ein weißes Hemd, offen bis zum Gürtel. Gute Figur. Starker Brustkorb. Unbehaart (gefällt mir). Schwere Goldkette (gefällt mir weniger). Sein Kinn ist glatt, und er duftet nach Jasminblüten. Einen guten halben Kopf ist er größer als ich.

Nouri beugt sich zu mir herunter und küßt mich auf beide Wangen, wie das in Paris so üblich ist. «Komm herein, du bist die erste!» Sein Parfüm ist überwältigend.

Besitzergreifend legt er den Arm um meine Schulter. Ein attraktiver Mann. Vielleicht dreißig? Oder fünfunddreißig? Auf jeden Fall etwas jünger als ich, und dagegen ist nichts einzuwenden. Drinnen dreht er das Radio leiser und bringt mir ein Glas unerträglich süßen Pfefferminztee.

«Du hast ein sehr hübsches Kleid!» Eigentlich ist sein Akzent gar nicht so arg. «Rauchst du, Hoflila?»

«Nein danke. Aber ich heiße Ophelia. O-F-E-L-I-A!»

«Tu es très belle!» Er hört mir gar nicht zu. «Du bist die schönste Frau, die ich in meinem Leben gesehen habe. Ich habe eine Schwester, sie hat rote Haare, genau wie du. Sie ist das schönste Mädchen in Sfax. Magst du kosten?» Er hält mir einen Teller mit Datteln hin. Sie sind kernlos, klebrig und mit Marzipan gefüllt. «Alles selbst gemacht. Greif zu, Ofilla! Greif zu! Du mußt essen, damit was aus dir wird.»

Ich koste, um ihn nicht zu kränken, und sehe mich um. Das Haus ist eine Bruchbude und die Wohnung – verglichen mit meiner – ein besseres Zeltlager. Aber ein romantisches, zugegeben. Überall liegen schöne bunte handgewebte Decken: auf dem alten Messingbett, auf den beiden Sofas; der Boden ist ganz mit Teppichen ausgelegt, darauf dicke bunte Kissen und niedrige Tischchen.

Offensichtlich wird in dieser Wohnung mehr gelegen als gesessen, denn Stühle sind keine vorhanden. Soll ich mich auf das Messingbett setzen? Lieber nicht. Messingbetten kenne ich, sie quietschen fürchterlich bei der kleinsten Bewegung. Das Sofa daneben wirkt zwar zerbrechlich, doch ich werde es versuchen. Gekonnt nehme ich Platz - und stelle fest, daß die Matratze durchhängt!

«Setz dich zu mir», meint Nouri, der sich auf einem roten Kissen am Boden niedergelassen hat und mich mit den Augen beinahe auffrißt, «hier ist es bequemer.»

Ich folge seinem Rat, halte jedoch Distanz. Wer weiß, was der Abend noch bringt. Höchstwahrscheinlich taucht in Kürze seine Freundin auf (oder seine Frau mit fünf Kindern), und ich will niemanden kränken. «Wann kommen die andern?» Er lächelt nervös.

«Erst um halb neun. Aber zu dir habe ich *acht* gesagt, weil ich mit dir allein reden muß. Sag, bist du verheiratet?»

«Nein! Und du?»

Er ist sichtlich erleichtert. «Ich auch nicht.» Er sieht mich bedeutungsschwer an. Dann bricht es aus ihm heraus: «Seit drei Wochen denke ich nur an dich! Weißt du das? Jeden Tag warte ich darauf, daß du einkaufen gehst oder ins Café kommst. Den ganzen Vormittag denke ich nur: Wann kommt sie? Warum ist sie noch nicht da? Vielleicht kommt sie heute überhaupt nicht? Ich werde wahnsinnig, wenn ich dich um elf noch nicht auf dem Place gesehen habe!»

Er rückt näher, verzieht schmerzvoll sein Gesicht. Seine Zunge, rosa und appetitlich, schiebt sich zwischen seine Lippen. Er beginnt stoßweise zu atmen. «Ich *liebe* dich! Weißt du das? Seit drei Wochen kann ich nicht mehr schlafen. Ich bin verzweifelt. Ich liebe dich, *ma belle,* meine Blume, *ma chérie* -»

«Wie alt bist du?» unterbreche ich ihn, denn das geht mir zu schnell (ist mir aber absolut nicht unangenehm).

«Fünfundzwanzig». Er greift nach meiner Hand. «Und du?»

«Einundvierzig!» Ich lüge nie über mein Alter. Sollen sie nur sehen, die Schnuckis, wie schön und begehrenswert man heutzutage mit vierzig ist. Ich will aber auch keine Staatsaffäre daraus machen, und als Nouri erstaunt die Augen aufreißt, lenke ich geschickt ab, indem ich ihn frage, warum er Paris verläßt. Das wirkt. Sofort beginnt er von sich zu erzählen. Sein Vater ist der größte Hotelbesitzer von Sfax, sagt er. Im Sommer wird er ein weiteres Hotel eröffnen, da gibt es viel vorzubereiten. «Deshalb», schließt Nouri stolz, «werde ich mit meinem Vater arbeiten. Ich bin der älteste Sohn, auf mich kann er sich verlassen!»

Dann seufzt er schwer und sieht mich aus halbgeschlossenen Augen an. «Aber seit ich dich gesehen habe, denke ich nur an dich!» Sein Blick schweift ab, ruht lang auf meinem Mund, streift kurz meinen Busen. Ich lächle und schweige.

«Wenn die andern gegangen sind, heute abend, nach dem Essen, bleibst du... bleibst du dann bei mir?» Er beginnt heftig zu atmen. Seine Brust hebt sich unter seinem frischen weißen Hemd, seine Hand, die er zögernd nach mir ausstreckt, zittert. Er hat dichte schwarze Locken und lange glänzende Wimpern. Ich komme in Stimmung, lasse mir aber nichts anmerken.

«Vielleicht», sage ich verheißungsvoll.

Da kann er sich nicht mehr beherrschen. «Küß mich, *chérie!* Küß mich!» Sein Ton ist halb erstickt vor Aufregung, sein Mund ist an meinem Ohr, sein Arm umschlingt meine Taille, seine plötzliche Nähe und der Duft nach Jasmin benebeln meine Sinne.

Warum soll ich ihn eigentlich nicht küssen? Kann mir das bitte jemand beantworten? Ich bin eine junge Frau. Im Vollbesitz meiner Kraft. Ich bin schön, begehrenswert, frisch gebadet und niemandem Rechenschaft schuldig. Außerdem bin ich ausgehungert nach Berührung und Zärtlichkeit. Jawohl! Seit Tagen quälen mich erotische Träume. Mitten unter der Arbeit, während ich am Schreibtisch sitze und Nellys verwirrte Sätze glätte, schweifen meine Gedanken ab.

Ich sehe nackte Körper vor mir, vom Nabel abwärts. Pralle Phalli! Einsatzbereit! Ich brauche einen Mann! Sofort! Nouri könnte lahm sein, bucklig, blind und taub, in meinem gegenwärtigen Zustand würde ich ihn unwiderstehlich finden.

Wir küssen uns minutenlang.

Halb bei Bewußtsein fühle ich den weichen Teppich in meinem Rücken, wir liegen plötzlich beide am Boden, ineinander verkeilt, atemlos, gierig. Ich habe die Augen geschlossen und fühle, wie Nouris appetitliche rosa Zunge von meinem Hals nach unten gleitet, in die Halsgrube, auf mein Dekolleté, zwischen meine Brüste.

«Ohhhhhh...» Jetzt entdeckt er, daß ich praktisch keine Unterwäsche trage. «*Chérie,* du machst mich verrückt. Du machst mich wahnsinnig!»

Er beginnt, mein Kleid aufzuknöpfen, sein Atem geht stoßweise, seine Finger zittern. Jetzt küßt er die Spitzen meiner Brust. Er stöhnt und schluchzt, preßt sich wild gegen meine Oberschenkel - warum zum Teufel hat er Leute eingeladen?

Der Gedanke an Leute ist ernüchternd. Womöglich sind sie schon im Anmarsch. Ich erwache aus meinem Taumel, nehme seinen Kopf in beide Hände und zwinge ihn, mich anzusehen.

«Die Gäste kommen jeden Moment!»

Er hört mich nicht. Er hat die Augen offen, doch sein Blick ist verschleiert. Er nimmt überhaupt nichts wahr, preßt sich noch enger an mich, stammelt irgend etwas auf arabisch, keucht und zuckt - der Mann ist ein Vulkanausbruch. Endlich wird er ruhiger, und auf dem blauen Stoff seiner Hose erscheint ein dunkler Fleck.

So ist das also! Offensichtlich ist er genauso ausgehungert wie ich. Wer hätte das gedacht?

«*Tu restes avec moi, chérie?* Bleibst du bei mir?» Er hält mich noch immer umklammert.

«Ich bleibe. Aber wir müssen aufstehen. Die Gäste kommen. Es ist gleich halb neun.»

Das wirkt. Nouri springt auf die Beine und hilft mir hoch. Wir umarmen uns, wiegen uns im Stehen hin und her. Eine Hitzewelle entspringt unten in meinem Körper und schlägt bis hinauf in mein Gesicht. Meine Schläfen glühen. Es summt in meinen Ohren. Ich kann kaum atmen. Es ist herrlich! Herrlich! Ich stelle mich auf die Zehenspitzen und lege die Arme um seinen Hals. Jawohl! Ich bin zu *allem* bereit.

«Du bleibst, meine Blume?»

«Ich bleibe.»

«*Merci!*» Er läßt mich los, blickt an sich hinunter und entdeckt den nassen Fleck. «Ich muß mich umziehen. Du machst mich verrückt, *chérie,* weißt du das?» Er sieht mich an, und wie auf Kommando beginnen wir zu lachen. Dann küssen wir uns wieder. Endlich befreie ich mich aus seinen Armen.

«Machst du das immer so mit deinen Gästen?»

«Nur wenn sie lange rote Locken haben und die zarteste Haut der Welt», sagt Nouri poetisch und verschwindet ins Nebenzimmer. «Moment», rufe ich ihm nach, «wo kann man sich hier die Hände waschen? Gibt es irgendwo ein Bad?» Ich fühle mich zerzaust und möchte meine Frisur in Ordnung bringen.

«Leider kein Bad. Aber im Klo ist ein großer Spiegel. Wasser zum Waschen auch!»

«Und wo ist das?»

«Hinaus in den Hof. Rechts um die Ecke, den Gang entlang die letzte Tür. Und geh dem Hausmeister aus dem Weg. Er ist meistens besoffen.»

Ein verrückter Abend, denke ich, während ich den Hof betrete, vollkommen wahnsinnig. Was habe ich hier verloren? Das Haus ist unter jeder Kritik, die Wohnung ebenfalls, Nouri ist mir völlig fremd, am besten, ich gehe nach Hause.

Aber die ganze Zeit fühle ich mein Herz klopfen, und ich lächle wie hypnotisiert vor mich hin. Ich weiß ganz genau, daß das Rundherum nicht wichtig ist. Es ist nur Kulisse im faszinierenden Schauspiel Mann-Frau. Ich gehe *nicht* nach Hause, denn das Stück hat schon begonnen, und das Stichwort ist gefallen. Zugegeben, die Inszenierung ist die schäbigste meines ganzen Lebens, doch die Rolle ist faszinierend. Ich spiele die jugendliche Geliebte – und darin bin ich unschlagbar.

Es wird in der Tat ein verrückter Abend.

Eine Überraschung jagt die andere. Die erste ist das Klo. Um es gleich zu sagen – ich hätte es auch ohne Nouris Anweisung gefunden. Der Geruch, der mir in dem dunklen Gang mit dem schlüpfrigen Steinboden entgegenwallt, ist nämlich derart trächtig, daß man es nicht einmal mit Gasmaske verfehlen kann.

Noch mehr als der Gestank aber entsetzt mich das, was ich hinter der angegebenen Tür entdecke: ein kahler grauer Raum mit dem Charme einer Zuchthauszelle. Der Boden besteht aus grauem Beton, an der Wand klebt ein winziges, schiefes Waschbecken, darüber ein Spiegel - und ein alter Spülgriff hängt verloren von der Decke.

Der Spülgriff läßt darauf schließen, daß hier irgendwann einmal ein Klo gestanden *hat.* Aber jetzt ist weit und breit keines zu sehen. Nur ein kreisrundes, stinkendes Loch im Boden, groß genug, um hineinzufallen.

Mein Herz sinkt. Ich starre auf das Loch und halte mir die Nase zu. Das darf doch nicht wahr sein. Eine Wohnung ohne Bad ist schon eine Katastrophe. Doch eine Wohnung *ohne Klo?* Ist so was überhaupt möglich? In einer Weltstadt wie Paris? Oder ist das Ganze ein Scherz? Ein *practical joke,* wie man sie bei uns in Kanada so gerne praktiziert?

Ja, das muß es sein! Irgend jemand will Nouri blamieren. Der weiß, daß er heute sein Abschiedsfest gibt, und hat ihm das Klo abmontiert. Kein Klo und das Haus voller Gäste - eine echte Horrorvision.

So schnell ich kann, laufe ich auf meinen Luxusschuhen in die Wohnung zurück. Atemlos stürze ich durch die Tür.

«Was gibt's?» Nouri stopft gerade das Hemd in eine neue Hose. «Hat dich der Hausmeister erwischt?»

«Man hat euer Klo gestohlen!»

«Was?!» Er sieht mich fassungslos an, folgt mir aber doch durch den schlüpfrigen Gang. Ein Blick durch die Tür, und er sagt verblüfft: «Aber da ist es ja!»

«Wo?» Aufgeregt dränge ich mich neben ihn.

Nouri zeigt auf das Loch. «Da, *chérie,* wo sonst?»

Verstehe ich richtig? Das Klo ist nicht gestohlen, sondern nur in das Loch gefallen? Ob so was möglich ist? Offensichtlich ist der Boden in diesen alten Häusern brüchig. Doch warum ist Nouri so gelassen? Ich beuge mich vor, um zu sehen, was da passiert ist, kann aber in der Dunkelheit nichts erkennen. Die Sache ist dramatischer, als wir denken. Wenn wir Pech haben, verstopft es bereits den Kanal! Panik ergreift mich.

«Was machen wir jetzt? Irgendwie müssen wir das wieder herauskriegen, bevor es eine Katastrophe gibt.»

«*Was* müssen wir herauskriegen?» fragt Nouri neugierig und beugt sich ebenfalls über das Loch.

«Das Ding! Zum Draufsetzen!»

«Draufsetzen?» Nouri weicht vor mir zurück. «Du willst das stinkende Zeug von da unten heraufholen und dich *draufsetzen?* Bist du *krank,* Hoflila?»

Ich schnappe empört nach Luft. So eine Unterstellung! «Nicht *das* Zeug! Das Klo! Die Muschel! Der Sitz!»

«Sitz?» Nouri schüttelt verwirrt den Kopf. «Hier gibt's nichts zum Sitzen. Hier erledigt man alles blitzschnell und verschwindet. *Voilà.*» Er zeigt auf den Betonboden. *«Das ist das Klo!»*

«Das ist das Klo?» wiederhole ich, und langsam dämmert es mir.

«Genau!» Nouri grinst.

«Das *Loch* ist das Klo?»

«Erraten, meine Blume!» Er zieht mich hinaus auf den Gang und küßt mich aufs Ohr. Dann gehen wir eng umschlungen zurück. Was soll ich sagen. Am besten, man nimmt's von der heiteren Seite. Außerdem werde ich das Klo nicht benützen, keine zehn Pferde bringen mich hier herein.

Im Hof riecht es nach Frühling. In der Wohnung aber riecht es nach Essen. Neben der Tür befindet sich eine kleine Kochnische, bestehend aus Holztisch, Propangasflasche, dreiflammigem Kocher und drei Töpfen, in denen es vielversprechend brodelt. Nouri stellt sich davor, rührt temperamentvoll um und kostet dann ungeniert (und ziemlich laut). Er schmatzt viermal hintereinander, streckt seine spitze rosa Zunge heraus und schleckt den Löffel samt Stil gründlich ab. Anschließend rührt er weiter, mit dem *gleichen Löffel!* Und mit *dem* Mann soll ich schlafen?

Kanadische Sitten sind anders. Alarmiert sehe ich zu, wie seine Bazillen in mein Abendessen wandern, wie sie sich dort in rasender Eile vermehren, Kolonie um Kolonie gründen. Jetzt gehen sie sicher schon in die Millionen, und bis serviert wird, haben sie den ganzen Topfinhalt erobert. Was tun?

Nouri führt meinen starren Blick auf seine Kochkünste zurück. «Riecht umwerfend, *non?* Ich habe vier Stunden gekocht. Kleine Kostprobe?» Er hält mir besagten Löffel vors Gesicht, gehäuft voll mit Kichererbsen in einer roten Brühe. Ergeben mache ich den Mund auf.

«Wie schmeckt's?»

«Gut!» Gut ist es wirklich. Doch es paßt zu meiner Diät wie die Faust aufs Auge. Die Soße ist voller Fleischfasern, das bedeutet Eiweiß, die Kichererbsen sind pure Kohlenhydrate. Trotzdem schlucke ich, es ist ohnehin alles egal.

Außer ich gehe nach Hause, aber das ist nicht mehr möglich. Nach vier Wochen Enthaltsamkeit ist der fremde, exotische Mann, der hier vor mir steht, zu verlockend. Er ist zwar kein Staatspräsident (und wird nie einer werden), er ist nicht einmal frisch gebadet (wie sollte er auch), sein Klo hätte mir beinahe den Rest gegeben, ja nicht einmal meinen Namen spricht er richtig aus. Doch das alles ist nicht wichtig.

Ich sehe seine langen, muskulösen Beine, sein festes Hinterteil, den kräftigen Oberkörper, den starken Hals, das frischrasierte Kinn, die rosa Zunge, die sich immer zwischen die Lippen schiebt, sobald er mich ansieht (und an später denkt). Ich sehe die halbgeschlossenen dunklen Augen und die langen Wimpern. Ein *Prachtexemplar* von einem Mann!

Nouri bringt mir ein zweites Glas von dem gräßlich süßen Pfefferminztee. Dann kniet er vor mir nieder und legt seinen Kopf in meinen Schoß. Sein Atem erhitzt meine Schenkel, seine Hände graben sich in meine Hüften, daß ich sicherlich blaue Flecken davontragen werde. Gleich zerreißt er mein Kleid.

Diese Art Temperament ist in Kanada unbekannt. Bei uns daheim faßt man Frauen sanfter an. Angenehm? Unangenehm?

Eher letzteres, wenn ich ehrlich sein soll. Mit achtzehn hätte ich mich vor ihm gefürchtet.

Aber mit einundvierzig kennt man die Bestie und weiß, wie man sie bändigt.

Denke ich zumindest.

Doch das Leben ist voller Überraschungen, und dieses Fest wird mir unvergeßlich bleiben. Ich weiß jetzt, warum die Araber so viele Kinder kriegen. Ich weiß jetzt, warum sich die Völker in Afrika wie rasend vermehren. Am eigenen Leib lerne ich, was da unten los ist. *Sehr* seltsame Sitten, kann ich nur sagen.

«*Je t'adore, mon amour,* mein Kohl, meine kleine, gelbe Ente», flüstert Nouri mit haarsträubendem Akzent.

Die ersten Gäste kommen über den Hof.

Ich setze mich auf und streiche meine Haare zurecht.

Es wird die lehrreichste Nacht meines Lebens.

5

Zwanzig Gäste sind geladen, und schlagartig ist die Wohnung voll. Überall sind fremde Leute, vier auf dem Messingbett, je fünf auf den beiden Sofas, und der Rest liegt in malerischer Unordnung auf den bunten Kissen am Boden. Alle haben die Schuhe ausgezogen, rauchen, und in Kürze ist die Luft kaum zum Atmen. Graue Schwaden trüben den Blick, aber ich sehe genug: Von den Männern gefällt mir kein einziger - und *ich* bin wie immer die hübscheste im ganzen Raum.

Nouri präsentiert mich stolz seinen Freunden. Automatisch versuche ich mir die vielen Namen zu merken, denn wir Kanadier sind ein höfliches Volk und sprechen jeden, den wir kennenlernen, sofort mit Vornamen an (damit der andere merkt, man interessiert sich für ihn). Ich habe ein berühmtes Gedächtnis, und zwanzig Namen bewältige ich daheim spielend. Hier aber versage ich - zum erstenmal in meinem Leben. Die Namen sind zu fremdartig (bis auf fünf Mohammeds und zwei Jussufs) - außerdem reden sich sowieso alle nur mit «du» oder «mein Alter» an.

Wie gesagt, die Namen sind mir unverständlich. Etwas anderes aber ist sonnenklar. Die Männer sind alle Araber, die Frauen ausnahmslos Europäerinnen. Offensichtlich handelt es sich hier um fortschrittliche Tunesier, die vom radikalen Islam nichts wissen wollen. Nouris Freunde sind glatt rasiert, westlich gekleidet, trinken Alkohol (billigen afrikanischen Rotwein, keinen Champagner, leider!) und finden nichts dabei, in aller Öffentlichkeit mit ihren Freundinnen zu reden. Was heißt reden. Sie geben derart ordinäre Sprüche von sich, daß es mir die Haare aufstellt. So gut ich kann, höre ich weg, tröste mich damit, daß sich hier Nord und Süd verbrüdern, und das ist gut.

Oder sind wir Frauen hier nur Zufallsbekanntschaften? Das sündige Vergnügen, während die arabischen Angetrauten zuhause brav die Kinder hüten und sich aus Verzweiflung zehn Kilo Übergewicht anfressen? Alles möglich. Nur erfahren werde ich es nie, denn nach dem heutigen Abend werde ich mich sicher nicht mehr in diesen Kreisen bewegen.

Teller und Löffel werden ausgeteilt. Wir scharen uns um den Holztisch. Jeder kriegt eine Riesenportion, und gegessen wird, wo man gerade Platz findet. Ich zwänge mich neben Nouri auf ein Sofa und versuche, nichts zu verschütten, was gar nicht so leicht ist. Rundherum wird geschmatzt und ordinär geblödelt.

«Nouri», fragt ein Mädchen mit kurzen Haaren und Glitzerohrringen, «hast du einen Schluck Milch zuhause? Ich mag keinen Wein.»

«Milch?» amüsiert sich ein dunkler kleiner Bursche, der vor ihr am Boden hockt. «Wozu brauchst du Milch? Hast du denn *selber* keine?» Und er fixiert unverschämt grinsend ihren Busen.

«Halt den Mund», weist ihn Nouri zurecht und bietet dem Mädchen Pfefferminztee an. «Iß», sagt er dann zu mir, und es klingt wie ein Befehl, «ich habe stundenlang gekocht. So was Gutes wie heute kriegst du nie wieder!»

Es gibt Couscous, ein arabisches Nationalgericht, bestehend aus grobem Maisgrieß, fettem Hammelfleisch und dicker roter Gemüsebrühe – und nichts auf der ganzen weiten Welt ist besser geeignet, meine Diät zu ruinieren. Ich esse betont langsam, kaue minutenlang und stelle dann unauffällig den halbvollen Teller zu Boden. Nouri schlingt in sich hinein, soviel nur geht. In fünf Sekunden hat er alles vernichtet und holt Nachschub.

«Ich weiß, daß du mich liebst», verkündet er dann kauend, «sei still, sag kein Wort. Ofilla, meine Blume, es ist ein offenes Geheimnis!»

«Interessant! Und woher weißt du das?»

«Weil du immer *dünner* wirst! Du nimmst ab wie verrückt. Jeden Tag wirst du weniger. Glaubst du, ich bin blind?» Er lacht triumphierend. «Vor drei Wochen warst du mindestens fünf Kilo schwerer. Stimmt's?»

«Stimmt!»

«Wenn man abnimmt, ist man entweder krank oder verliebt. Krank bist du nicht.» Er sieht mir tief in die Augen, legt den Arm um meine Schultern und drückt mich. «Ich liebe dich auch», flüstert er mir zu, «wo ist dein Teller? Iß, soviel du kannst! Iß, Ofilla! Wir haben eine schwere Nacht vor uns. Wir brauchen Kraft für später, verstehst du?»

Ich verstehe und schiebe den Teller mit der Ferse unters Sofa. Aber Nouri holt einen neuen, füllt ihn voll bis zum Rand und läßt mich nicht aus den Augen, bis ich ihn leergegessen habe.

Anschließend gibt es Mandeln, Datteln, Nüsse, Halva, Marzipan und honigtriefende Kuchen. Dazu süßen Feigenlikör für die Frauen und starken weißen Dattelschnaps für die Männer. Was soll's! Die Diät ist sowieso schon hin. Ich will nicht unhöflich sein und greife zu. Doch da ich seit Wochen vorsichtig esse, bin ich diese Kost nicht mehr gewöhnt. Nach der zweiten Marzipankugel sitze ich da wie mit einem Stein im Bauch.

Vielleicht hilft ein Glas Schnaps? Als Medizin sozusagen? Es wirkt tatsächlich. Aber der Alkohol steigt mir sofort zu Kopf. Rundherum beginnt alles zu verschwimmen. Trotzdem nehme ich wahr, was sich neben mir auf dem Sofa abspielt.

Da sitzt nämlich Jussuf, Nouris Cousin, der temperamentvoll auf eine sehr hübsche Schwedin namens Gunilla einspricht. Er redet und redet und redet, während sie nur den Kopf schüttelt.

Sie ist eine sympathische Person, die einzige aus dem ganzen Kreis hier, die ich eventuell wiedersehen möchte. Offensichtlich ist er ihr Freund. Fragt sich nur, wie lange noch, denn der Mann ist unmöglich. Er kennt nur ein Gesprächsthema: seine Potenz. Er kann nicht aufhören, damit zu prahlen, und zwar so laut, daß man mithören *muß*.

«He!» er stößt Nouri unsanft in die Seite. «Hast du schon das letzte gehört? Mein Rüssel wird immer länger.»

Nouri grinst ungläubig und fragt dann irgendwas auf arabisch, das Jussuf furchtbar komisch findet. Er windet sich vor Lachen, schlägt sich klatschend auf die Schenkel und antwortet mit einem arabischen Wortschwall, der mich ganz schwindlig macht. «Ja, ja!» ruft er laut auf französisch. «Heute nachmittag habe ich es Gunilla gleich viermal gezeigt, und zwar in einer Viertelstunde!»

Rundherum wird es still. Alle hören plötzlich interessiert zu.

«Das war aber nur der Anfang. Zum Anwärmen, sozusagen!» Er macht eine spannungsgeladene Pause und beugt sich vor. «Gunilla steht nämlich auf, will sich anziehen, aber so weit kommt sie nicht. Ich springe aus dem Bett, reiße ihr die Wäsche herunter und beglücke sie mit der Schönsten der Schönen. *Voilà!* Sie schimpft und schreit, aber ich kann gleich noch einmal. Das war die Glorreiche. Dann will sie sich frisieren, stellt sich vor den Spiegel, nimmt die Bürste in die Hand, aber weiter kommt sie nicht. Ich packe sie, wie sie da steht, ganz genauso, und schaffe die Unvergeßliche. Aber das ist noch nicht alles. Gunilla rennt in die Küche, sperrt sich ein, spielt Verstecken, aber nicht mit mir, Nouri, mein Alter. Ich trete die Tür ein, und schon geht's wieder los - das war die Glückselige. *Voilà!* Ich schwöre bei meinem Leben, *je l'ai baisée* achtmal in einer halben Stunde! Und wenn du uns nicht zum Essen eingeladen hättest, wäre ich noch immer in Aktion. Wie der Schmetterling auf der Blume oder, besser, auf dem Küchenboden. So gut in Form war ich nämlich noch nie!»

Die andern lachen, aber ich verstehe die Welt nicht mehr. Tür eintreten? Wäsche herunterreißen? Und dann achtmal in einer halben Stunde? Das sind nicht einmal vier Minuten pro Mal. Unmöglich! Wenn ich mit einem Mann ins Bett gehe, lieben wir uns mindestens eineinhalb Stunden. Sogar der schlechteste meiner dreiundvierzig Liebhaber hielt fünfzig Minuten durch. Vielleicht habe ich Jussuf falsch verstanden. Ich trinke fast nie Alkohol. Hat der Schnaps mein Denkvermögen geschädigt?

«Wovon spricht dein guter Cousin?» frage ich Nouri. «Kläre mich bitte auf, ich komme aus einem anderen Land, eure Sitten sind mir unverständlich.»

Nouri grinst und zwingt mir ein Glas Feigenlikör auf. «Von der Hochzeit spricht er. Adam und Eva. Mann und Frau. Kennt man das nicht bei euch in Kanada?»

«Mann und Frau?» wiederhole ich empört. «Und das Ganze dauert nicht einmal vier Minuten? Das muß ein Witz sein!»

«Ist es auch!» ruft Gunilla, greift nach ihrer Handtasche und rennt hinaus in den Hof.

«Merde!» schreit Jussuf, springt auf und stürzt ihr nach. Wir sehen die beiden nicht wieder.

Nouri lacht dümmlich und drückt mich fest an sich. Seine freie Hand wandert über meine Hüften auf meine Oberschenkel. Sie ist heiß und so feucht, daß ich es durch die gelbe Seide hindurch spüre. Offensichtlich erregt ihn das Thema derart, daß ihm das Verlangen bereits aus allen Poren bricht.

«Meine Blume! Meine Fatima!» flüstert er mir ins Ohr, und sein Atem ist nicht weniger naß als seine Hände. «Du hast eine Ausstrahlung, du machst mich ganz verrückt. Mit dir kann ich die ganze Nacht! Hundertmal! Bis die Sonne aufgeht, keine Sekunde weniger. Mein Cousin ist ein Versager gegen mich. Ich kann stundenlang. *Stundenlang!* Wetten?»

Bei mir stehen alle Zeichen auf Alarm. Aus Erfahrung weiß ich, daß Männer, die mit ihrer Potenz prahlen, unmögliche Liebhaber sind. Ein Könner schweigt. Er gibt nie mit Worten an. Er brüstet sich nie mit seinen Eroberungen, prahlt nie damit, wie lang oder hart oder groß oder ausdauernd sein bestes Stück ist, behauptet nie, daß er jede Frau befriedigen kann, und erzählt nie ordinäre Witze. Ein Könner hält den Mund und läßt Taten sprechen.

Nouris Prahlerei, der nasse Fleck, der so bereitwillig auf seiner Hose erschien, seine feuchten Hände, sein gieriger Blick – ich weiß genug. Aber vier Wochen Enthaltsamkeit und ein paar Gläser Schnaps hemmen meine Entschlußkraft. Na gut, ich werde bleiben und sehen, was der Abend noch bringt. Betrachte ich eben das Ganze als Experiment und nicht als Vergnügen. Man lernt aus allem und jedem. Wie ich mich kenne, werde ich schon irgendeinen Nutzen daraus ziehen.

Um ein Uhr früh gehen die letzten Gäste. Wir sind allein. Die Wohnung sieht aus wie ein Schlachtfeld, die Luft ist zum Schneiden, aber Nouri stört das nicht. Er zündet eine dicke gelbe Kerze an, die sofort süßen Duft verströmt, und kommt zu mir.

Ich liege auf dem Sofa, habe die Schuhe ausgezogen, die Arme hinter dem Kopf verschränkt und harre der Dinge, die da kommen werden. Von der Höhe meiner einundvierzig Jahre blicke ich auf den jungen Mann hinunter, der mich überhaupt nicht mehr reizt. Schön ist er, das stimmt. Aber schön bin ich selbst. Warum gehe ich nicht heim?

Nouri beginnt ungeschickt mein Kleid aufzuknöpfen. Dreiunddreißig Knöpfe. Seine Finger sind hektisch, sein Atem geht stoßweise. Endlich ist er fertig. Wie eine Schale schlägt er die gelbe Seide rechts und links von meinem Körper zurück.

Dann starrt er mich an. Seine appetitliche rosa Zunge schiebt sich zwischen seine Lippen, er beginnt zu keuchen und legt seine aufgeregten Hände auf meine Schenkel, auf das Stück nackte Haut, dort, wo die Strümpfe enden. Seinem Blick entnehme ich, daß er noch nie etwas derart Begehrenswertes gesehen hat.

Ich warte darauf, daß er mir hilft, das Kleid ganz auszuziehen. Daß er die hauchdünnen Strümpfe von meinen Beinen rollt, meine kleinen gepflegten Füße in die Hand nimmt und die makellosen Zehen bewundert. Ich warte auf irgendeine zärtliche Geste, die mich wieder in Stimmung bringt. Doch nichts dergleichen geschieht.

Nouri stößt plötzlich einen Schrei aus, springt auf, reißt sich die Kleider vom Leib. Sie landen in einem vollen Aschenbecher, doch er bemerkt es nicht einmal. Dann dreht er sich zu mir, und ich sehe ihn zum erstenmal nackt. Schöner, muskulöser Körper, gutproportionierte Beine. Was er in der Hose versteckt hielt, ist klein, braun, beschnitten und gebogen. Ziemlich gebogen! Der türkische Halbmond, das arabische Krummschwert – nichts anderes als phallische Symbole? Sähe ihnen ähnlich, den Männern!

Jedenfalls eine faszinierende Anatomie.

Interessiert strecke ich die Hand danach aus, doch ich komme nicht dazu. Nouri stöhnt herzzerreißend und wirft sich auf mich, daß das Sofa fast unter uns zusammenbricht. Dann will er sich einen Weg in meinen Körper bahnen, was nicht gut möglich ist, denn das Hemdhöschen hindert ihn daran.

Zuvorkommend will ich mich zur Seite drehen, um wenigstens die Arme aus dem Kleid zu befreien, aber Nouri liegt wie ein Felsblock auf mir und hält mich umklammert.

Er keucht, zuckt, röchelt, stöhnt und preßt – habe ich das heute nicht schon einmal erlebt? Und schon fühle ich etwas Nasses zwischen meine Schenkel rinnen.

Das darf doch nicht wahr sein!

Ich bin ehrlich erschüttert. Ist das jetzt ein erwachsener Mann oder ein Volksschüler, der zum erstenmal eine Frau berührt? Die Szene erinnert mich an meine Schulzeit, an die ersten verbotenen Küsse hinten auf dem Rücksitz irgendeines großen Autos, das den Eltern gehörte. Damals spielte sich Ähnliches ab – und es hat mir damals schon nicht gefallen, obwohl zur Verteidigung der Jungens gesagt werden muß, daß sie erst fünfzehn oder sechzehn Jahre alt waren. Nouri aber ist fünfundzwanzig. Erwachsen. Ein Mann. Ehrlich, die Welt ist voll Überraschungen!

«*Chérie,* du machst mich wahnsinnig! Ich halte das nicht aus! Ich sterbe!»

Er knetet meinen Busen, was ich auch nicht leiden kann, denn es tut weh. Langsam werde ich ungeduldig.

«Laß mich los, sonst gehe ich nach Hause. Du drückst mich zu fest!»

«Ich bin ein Mann, und du machst mich verrückt!»

Faule Ausrede, denke ich und sage: «Ein Mann muß sich beherrschen können! Du bist zu ungeduldig, das vertrage *ich* nicht.»

«Aber *du* bist schuld!» Er vergräbt den Kopf in meinen Locken. «Du raubst mir den Verstand! Das ist mir noch nie passiert. Noch nie! Noch nie!»

Mit achtzehn hätte ich den Unsinn geglaubt und mich prompt schuldig gefühlt. Aber mit einundvierzig kennt man die Männer und weiß, daß sie ihr Versagen im Bett *immer* auf die Frauen schieben. «Laß mich los», sage ich bestimmt, «und sieh mich an!»

Gehorsam hebt er den Kopf. Seine Augen sind blutunterlaufen und glänzend. Weint er? Offensichtlich hat er überhaupt keine Erfahrung im Bett, und natürlich weigert er sich, das zuzugeben. Unwillkürlich seufze ich tief auf. Die letzte Hoffnung auf eine erfreuliche Nacht ist entschwunden, aber ich kann mich nicht dazu bringen, ihn in diesem Zustand allein hier liegenzulassen. Na gut! Ich werde ihm eine kostenlose Lehrstunde geben. Seine zukünftige Frau wird mir dafür dankbar sein.

«Nouri, Liebe ist nur dann schön, wenn man alles langsam und zärtlich macht. Verstehst du mich? Wir haben die ganze Nacht Zeit. Du versäumst nichts! Küß mich, *chéri!* Und streichle mich ein bißchen. *Nicht so wild!* Du tust mir schon wieder weh! Hörst du nicht? Langsam, habe ich gesagt. Und zart!»

«Aber ich bin ein Mann!»

«Das weiß ich, mein Häschen!»

«Männer sind nicht zart!»

«Bei uns zuhause schon. Frauen haben viel lieber zärtliche Männer, hat dir das noch niemand gesagt? Dann merk es dir für die Zukunft. Und noch was. Keine Frau schätzt es, wenn man sich so wild auf sie wirft, daß sie blaue Flecken kriegt. Ist das so schwer zu verstehen?»

Die blauen Flecken läßt er gelten. *«Pardon chérie!»* Er steht auf, holt ein Geschirrtuch und wischt damit meine Schenkel trocken. Dann wirft er es auf den Kleiderhaufen am Boden. «Ich mache jetzt alles genau, wie du willst!» erklärt er sanft und sieht mich erwartungsvoll an. «Du mußt mir nur sagen, was ich tun soll!»

«Dann hilf mir beim Ausziehen!»

Nouri nickt pflichteifrig und beginnt mit den Strümpfen. Langsam rollt er sie von meinen Beinen. Seine Goldkette schwingt hin und her, seine schwarzen Haare glänzen im Kerzenlicht. Sein Parfüm dringt in meine Nase.

«Jetzt das Kleid. Und nun die Wäsche.»

Nouri nickt und gehorcht. Endlich sind wir beide nackt.

«Fertig», verkündet er und sieht mich erwartungsvoll an.

Ich aber stehe vor einem Dilemma.

Ich nehme keine Pille, denn ich vertrage sie nicht. Ich habe auch keine Spirale, denn es fällt mir nicht im Traum ein, in den empfindlichsten Teil meines Körpers ein Stück Draht bohren zu lassen. Schaumpillen lehne ich ebenfalls ab, denn Chemie, die stark genug ist, Spermen zu töten, *kann* nicht gut für mein Inneres sein. Ich bin doch nicht verrückt und schädige meine Gesundheit! Frauen tragen ohnehin die ganze Last mit Monatsregel, Schwangerschaft und Geburt – da können die Männer zumindest aufpassen. Die meisten tun es auch, wenn man sie bittet. Aber seltsamerweise fällt selbst im letzten Viertel des zwanzigsten Jahrhunderts Millionen gesunder Frauen das Bitten so schwer, daß sie lieber jahrelang Hormone schlucken und sich Drähte in den Unterleib bohren lassen – und dann wundern sie sich, daß sie später krank werden.

«Bitte, paß heute auf, heute ist es gefährlich!» Sie bringen den Satz einfach nicht über die Lippen.

Aber *ich* schon. Ich werde noch ganz andere Sachen sagen und Nouri damit unbezahlbare Dienste erweisen. Frauen müssen endlich lernen, im Bett den Mund aufzumachen – woher sollen die Männer erraten, was gewünscht wird? Ja, das ist der Vorteil, wenn man älter ist. Man ist mutiger, spricht aus, was man denkt, und trägt dazu bei, die Zahl der guten Liebhaber zu vermehren. Und das, meine Lieben, hat die Welt *bitter* nötig!

«Fertig!» wiederholt Nouri irritiert. «Woran denkst du die ganze Zeit? Ich bin fertig, und du mußt mir sagen, was ich jetzt tun soll.»

Er sitzt kerzengerade vor mir, beißt auf seine Zunge und zwingt sich, nicht auf meine nackte Haut zu blicken. Er wirft sich zwar nicht auf mich, aber er küßt mich nicht, streichelt mich nicht, berührt micht nicht, denn das würde ihm offensichtlich den letzten Rest von Beherrschung rauben. Eine bizarre Situation! Wollte ich auf einen zärtlichen Blick warten, auf irgendein liebes Wort, das mich endlich in Schwung bringt, so könnte ich zweifelsohne bis zum Jüngsten Gericht hier liegenbleiben.

«Kannst du mir jetzt bitte sagen, was ich *tun* soll?» Nouris Stimme zittert vor Ungeduld.

«Bring mir einen Schnaps!» Er gehorcht stumm, und ich trinke das Glas in einem Zug leer.

«Also, paß auf. Ich nehme keine Pille, und heute ist es gefährlich!»

«Was? Gefährlich?» unterbricht er entsetzt. «Du bist also doch verheiratet, und dein Mann weiß, wo du bist?»

«Aber nein! Schwanger könnte ich werden!» Das gefällt ihm.

«Ahhhhh, *mon amour!* Du bist an den richtigen Mann gekommen. Ich mache dir ein wunderbares Kind!»

«Ich will aber keines!»

«Du willst *kein Kind?*» Er kann es nicht fassen. «Hast du schon Kinder?»

«Nein. Keine Zeit dazu. Ich muß arbeiten, ich muß mich selbst erhalten. Und in Kürze muß ich nach Kanada zurück. Hast du ein Präservativ zuhause?»

Nouri schüttelt empört den Kopf. Natürlich hat er keines. Was erwarte ich? O Gott! Meine erste Liebesnacht in Paris habe ich mir leichter vorgestellt.

«Kannst du aufpassen?» frage ich mißtrauisch.

«Sag mir, was ich tun soll.» Er beißt sich auf die Lippen.

«Ich *sage* es doch gerade. Du mußt *aufpassen.* Weißt du, wie das geht?»

«Ja! Ja! Ja!» Es klingt nicht überzeugt. «Ich passe immer auf. Bei allen meinen Frauen habe ich aufgepaßt!»

«Du darfst nicht *in mir* kommen. Du mußt dich zurückhalten, so lang wie möglich. Wenn's nicht länger geht, sagst du es mir. Versprichst du das? Kein Orgasmus *in mir. Tu comprends?*»

«Ja! Ja! Ja!» Er sieht mich noch immer nicht an, starrt auf die Wand hinter meinem Kopf und spricht wie in Trance.

«Hörst du mir überhaupt zu?»

«Ja! Ja! Ja! Ich werde aufpassen!»

Na gut. Ich rücke auf dem unbequemen Sofa mit der durchhängenden Matratze zur Seite, um ihm Platz zu machen. Wer weiß, vielleicht schafft er es wirklich. Außerdem dürfte nach zwei Orgasmen der Druck von unten nicht mehr ganz so stark sein.

Orgasmen? Du lieber Himmel. Der Schnaps macht mich vergeßlich. Im gegenwärtigen Zustand ist Nouri Gift für mich. Höchste Zeit, den Sexualunterricht zu vertiefen.

«*Chéri,* ich sage dir jetzt etwas Wichtiges, das mußt du dir merken. Wenn es gefährlich ist und du nichts zum Verhüten zuhause hast, dann kann man normalerweise nur einmal Liebe machen.»

«Warum?» fragt Nouri ungläubig.

«Weil dein Ding da unten voller Samen ist, und in dem Moment, wo du wieder anfängst, ist es schon passiert.»

Nouri sitzt da wie versteinert.

«Keine Angst», beruhige ich ihn, «ich weiß, was man tun kann. Es ist ganz leicht. Hör mir zu. Du gehst schnell aufs Klo, auf die *kleine Seite,* damit alles herausgeschwemmt wird. Anschließend wäschst du dich da unten. Aber gründlich! Das ist alles. O.K.?»

Nouri starrt mich an, als ob ich chinesisch gesprochen hätte.

Ich gebe ihm einen Kuß. «Sei lieb, geh aufs Klo, mach Pipi, so viel du kannst, und wasch dich dann ordentlich *mit Seife*!»

«Ich muß aber nicht aufs Klo!» sagt Nouri empört.

«Doch, du mußt. Ein paar Tropfen genügen. Du mußt dich dazu zwingen!»

«Ich kann aber nicht, wenn ich so aufgeregt bin!» Wie ein trotziges Kind zeigt er auf seine senkrecht nach oben ragende Anatomie. «Da kann ich mich plagen, wie ich will, es kommt nichts heraus!»

«Dann mußt du es kleinkriegen! Probier's mit kaltem Wasser.»

«Was?» Er sieht mich an, als ob ich den Verstand verloren hätte. Will ich tatsächlich, daß er seinem geheiligten Phallus eine kalte Dusche versetzt? Ich will! «Du *mußt* es versuchen», sage ich unerbittlich, «sonst können wir nicht zueinander kommen!»

Er überlegt einen Moment, sieht, daß ich es ernst meine, und zieht seufzend sein Hemd an. Dann kramt er eine leere Konservendose hervor, stellt sich mit dem Rücken zu mir neben die Kochnische und wartet. Nach zirka fünf Minuten höre ich es zaghaft plätschern.

«Zehn Tropfen», schreit Nouri begeistert, befördert die Dose in den Abfalleimer und zieht sich blitzschnell aus. *«Voilà, chérie, ça marche!»* Dann wäscht er sich wie befohlen, trocknet sich mit einem frischen weißen Handtuch ab und eilt strahlend auf mich zu. «Ich habe alles gemacht, was du willst, jetzt sag mir, was ich tun soll!»

Na gut. In Kanada pinkelt man zwar nicht vor seiner Geliebten in Konservendosen, aber das stinkende Klo wäre noch viel unangenehmer gewesen, gut, daß er nicht dort war. Er hat eben doch mehr Feingefühl als ursprünglich angenommen. Braver Junge. Zur Belohnung (und um mich zu vergewissern, daß alles in Ordnung ist) werde ich ihn jetzt da unten küssen. Appetitlich genug ist er dazu.

«Leg dich zu mir, *chéri. Legen* hab ich gesagt, nicht *werfen.* Nein, nein! Nicht *auf* mich! Ich vertrage nicht, wenn ein Mann auf mir liegt. Komm her da. An meine *Seite. Voilà!* Und bleib ganz ruhig liegen. Ganz ruhig!»

Nouri atmet schwer, während ich mich zu ihm hinunterbeuge. Spermen haben einen scharfen, fast alkoholischen Geschmack, aber auf Nouris steifer, gebogener Männlichkeit ist nichts davon zu spüren. Ich probiere mit der Zunge herum und schmecke nur Seife. Gut. Das Kind ist sauber und gebrauchsfertig. Aber ich muß mit dem Herumschlecken aufhören, sonst gibt es sofort eine neue Katastrophe. Nouri stöhnt schon wieder und zittert. Er ist offensichtlich auf dem Weg zum nächsten Orgasmus. Ich beiße ihn in den Arm. Das wirkt. Er öffnet die Augen. «Ruhig, *chéri.* Du mußt dich beherrschen!»

Da schluchzt er plötzlich los. «Ich kann nicht. Ich will endlich Liebe machen. Ich halte das nicht aus, ich werde verrückt!» Dicke Tränen quellen aus seinen schwarzen Augen, und sofort fließt auch mein Mitleid über.

«O.K.! O.K.! Ist schon gut. Komm her zu mir. Dreh dich um und schmiege dich ganz eng an meinen Rücken. So! Leg den Arm um mich, wunderbar! *Voilà! On fait l'amour.*»

Ich greife mit der Hand zwischen meine Beine, fasse sein Ding und lasse es gekonnt in mich hineingleiten. Nach einem Monat Enthaltsamkeit muß ich zugeben, daß es sich sehr angenehm anfühlt.

«*Mon Dieu! Mon Dieu!*» keucht Nouri und beginnt wie wild zu stoßen. «*Mon Dieu, chérie!*» Er wird immer schneller.

Ich gerate in Panik. So kann das nicht weitergehen. Noch eine Sekunde, und ich bin geschwängert. Mit einer geschickten Bewegung drehe ich mich zur Seite, und er rutscht aus mir heraus. Das ist der Vorteil dieser Position, daß man als Frau Herr der Lage ist. Offensichtlich war es keinen Moment zu früh.

«Was tust du?» schreit Nouri empört.

«Du mußt aufpassen!»

«Ich passe auf!» protestiert er.

«Du bist fast gekommen.»

«Das ist nicht wahr. Ich passe auf! Ich habe aufgepaßt!»

«Das werden wir gleich sehen», sage ich, drehe mich um, beuge mich hinunter und unterziehe ihn einer neuerlichen Prüfung. «O.K., O.K., du hast recht, entschuldige! Aber beweg dich nicht so schnell, sonst ist es gleich vorbei. Langsam, *chéri,* so langsam du kannst. Je länger es dauert, desto schöner wird es.»

Nouri bemüht sich nach besten Kräften, und ein paar Sekunden lang ist die Sache tatsächlich sehr erfreulich. Sein Ding ist zwar klein, aber dadurch, daß es gebogen ist, berührt es innen meine empfindlichste Stelle. Wirklich angenehm. Aber wie immer, wenn es für mich angenehm wird, ziehe ich da unten die Muskeln zusammen, das heißt, ich tue es nicht willkürlich, es geht ganz von allein. Meine Muskeln sind aber sehr gut entwickelt, zu gut für Nouris Widerstandskraft. Kaum fühle ich, wie ich unten enger werde, geht alles blitzschnell. Nouri stöhnt wollüstig auf, faßt meinen Busen, beginnt krampfhaft zu zucken, und wenn das kein Orgasmus ist, dann heiße ich nicht Ophelia!

Es *ist* ein Orgasmus. Und er hat dort stattgefunden, wo er nicht hätte stattfinden dürfen. Mir bleibt das Herz stehen. Das hat man davon, wenn man seinen Instinkt mißachtet und unbedingt Lehrerin spielen will.

Nouri ist am Boden zerschmettert. «*Pardon! Pardon! Pardon chérie!* Ich weiß nicht, was los ist! Es war keine Absicht. Wirklich nicht. Ich schwöre. Sonst kann ich immer *ewig*. Stundenlang! Weißt du was? Du kommst mit mir nach Tunesien. Wir heiraten. Wir kriegen viele Kinder. Wir bleiben immer zusammen!» Und er preßt sich ganz eng an mich und küßt und streichelt mich, daß ich ihm einfach nicht böse sein kann.

Außerdem steht die Sache so: *Wirklich* gefährlich war es vorige Woche. In der *wirklich* gefährlichen Zeit lasse ich mich mit niemandem ein außer mit einem festen Freund, dem ich absolut vertraue. Einen Fremden aber lasse ich da nicht an mich heran, soviel Selbstbeherrschung besitze ich. Heute ist bereits der neunzehnte Tag nach der Regel. Wenn ich Glück habe, ist nichts passiert!

«*O.K., honey, it's all right!*» tröste ich Nouri. Warum spreche ich auf einmal englisch? Weil mein letzter Freund Amerikaner war und ein ausgezeichneter Liebhaber? Weil ich ihn sehnlichst hierher an Nouris Stelle wünsche? Höchstwahrscheinlich.

«*Je t'aime, chérie!*» Nouri streichelt meinen Busen. Dann steht er auf, holt einen Kamm, wickelt meine langen roten Locken um seine Hand und beginnt die Spitzen zu frisieren.

«Du bist so schön! *Ma belle, mon amour! Je t'adore!* Du kommst mit mir nach Tunesien.»

«Vielleicht!» Ich bin zu müde, um lange Gespräche zu führen. «Bitte, kannst du das Fenster aufmachen? Die Luft ist zum Schneiden!»

«Nein», sagt Nouri bestimmt, «der Hausmeister schleicht draußen herum. Er weiß, daß ich Besuch habe, und ich will nicht, daß er uns sieht! Sag», fragt er dann hoffnungsvoll, «muß ich jetzt noch aufpassen?»

«Nein, jetzt nicht mehr!»

Nouri wirft den Kamm zu Boden und drückt mich, daß ich keine Luft mehr kriege. Sein Atem ist heiß, er küßt mich wild ins Ohr.

«*Chérie*, meine Blume, *mon chou, mon lapin!* Ich liebe dich! Heute ist unsere Hochzeitsnacht! Du und ich, wir sind unschlagbar. Jussuf stirbt vor Neid. Die Schönste der Schönen, die Unvergeßliche, die Glückselige - jetzt zeig ich dir, was ich kann! Du bleibst bei mir. Morgen auch. Ja! Ja! Ja! Wir bleiben den ganzen Tag im Bett. Abends lade ich dich zum Essen ein. Ins Restaurant. Und ins Kino! Magst du? *Voilà, chérie.* Schau her, ich kann schon wieder!» Und er zeigt mir stolz, daß er zu neuen Taten bereit ist.

Diesmal brauche ich ihm nicht mit meiner Hand zu helfen. Er findet den Weg allein, und das Spiel beginnt von vorne. Nouri beherrscht sich, so gut er kann, bewegt sich langsam und vorsichtig, es wird angenehm, ich fühle, wie ich unten enger werde, worauf Nouri wild zu stoßen beginnt, beglückt aufschreit und seiner Lust freien Lauf läßt. Diesmal dauert das Ganze zwei Minuten!

Ich erspare mir, den Rest der Nacht zu erzählen. Besagte Szene wiederholte sich nämlich bis zum Morgengrauen, mit dem einzigen Unterschied, daß die Intervalle zwischen Nouris Blitzaktionen immer länger wurden.

Um fünf Uhr früh, nach sechs «Liebesakten» von je zwei Minuten, habe ich endgültig genug. Ich bin ein geduldiger Mensch, aber alles hat seine Grenzen. Nouri ist gerade eingeschlafen, ich stehe vorsichtig auf und ziehe mich geräuschlos an. Ein letzter Blick auf den schönen Körper, der entspannt auf dem Sofa liegt (*der* hat's gut!), auf den roten Mund, die langen dunklen Wimpern - so ein appetitlicher Mann und so danebenprogrammiert!

Dann blase ich die heruntergebrannte Kerze aus. Adieu, Nouri. Und mehr Glück in Tunesien.

Draußen wird es bereits hell, und wenn ich mich nicht irre, drückt sich ein schwarzer Schatten in den dunklen Gang, der zum Klo führt. Der Hausmeister? Hat er wirklich an der Tür gelauscht?

Na und? Er kennt mich nicht und wird mich nie wieder zu Gesicht bekommen. Ich atme tief ein. Die Luft ist herrlich frisch. Die Vögel beginnen schon zu zwitschern, und auf einmal fange ich an zu laufen und kann nicht mehr aufhören. Die Straßen sind leer, und ich laufe auf meinen zierlichen Luxusschuhen, die überhaupt nicht dafür gemacht sind, den ganzen Montmartre hinunter und den langen Weg nach Hause. Ich bin kein sportlicher Mensch, aber das Laufen ist unglaublich erleichternd. Die ganze Frustration der Nacht renne ich mir vom Leib. Schweißüberströmt komme ich daheim an, mein Herz klopft zum Zerspringen, Luft kriege ich kaum mehr, und die Füße schmerzen derart, daß ich keine Worte dafür finden kann.

Mit letzter Kraft schleppe ich mich in den Salon und sinke in die weichen Seidenkissen auf der Méridienne. Gerettet! Ich streife die Schuhe ab, reiße mir die Strümpfe herunter, konstatiere, daß sie Laufmaschen haben, und werfe sie auf den rosa Spannteppich. Als ich wieder ruhig atmen kann, gehe ich barfuß ins Bad, um meine blauen Flecken zu zählen. Insgesamt sind es fünf, zwei auf dem rechten Oberarm, drei auf den Hüften. Ich hasse blaue Flecken!

Mißmutig stelle ich mich unter die Dusche. Doch kaum stehe ich drunter, wird mir besser. Herrlich, das warme Wasser. Und die duftende Seife. Und erst die flauschigen Handtücher. Und der weiche weiße Bademantel mit Kapuze, den mein Operndirektor zurückgelassen hat und in den ich mich jetzt von Kopf bis Fuß einhülle.

Herrlich, das luxuriöse Klo, ganz mit dicken, rosa Spannteppichen ausgelegt – das beglückt die Sinne! Ich besprühe mich mit meinem Lieblingsparfüm, atme tief ein und stecke meine roten Locken hoch. Dann breite ich ein dickes weißes Handtuch auf dem Boden aus, setze mich darauf und beginne mit einem Ritual, das mich noch nie im Leben im Stich gelassen hat. Wann immer mich etwas aus der Fassung bringt, wann immer ich gründlich nachdenken will, massiere ich meine Füße.

Die Idee stammt von meiner brasilianischen Urgroßmutter, und ich kann sie nur weiterempfehlen. Nichts entspannt so nachdrücklich, nichts rückt die Dinge so sehr ins rechte Licht, wie eine ausgiebige, wohlige Fußmassage.

Ich verwende dazu eine duftende Mischung aus Gardenienblüten und Kokosöl – das Produkt ist ein Geheimtip und stammt aus Tahiti –, und ich höre nicht eher auf, bis die Haut gut durchblutet ist und rosig schimmert. Dann feile ich die Nägel nach (jawohl, ich mache mir die Mühe und *feile* auch meine *Zehennägel!*). Und wenn nötig, trage ich frische rote Farbe auf. Oder rosa mit Perlschimmer. Oder orange. Je nach Laune.

Sind die Füße fertig, ohne die kleinste Stelle harter Haut, habe ich gewöhnlich meine Ruhe wiedergefunden und meine Schlüsse gezogen.

Genauso ist es diesmal.

Also: Keiner kann mir erzählen, daß Nouri und Jussuf und weiß Gott wie viele andere Araber von Natur aus sexuell geschädigt sind. Wie ich die Dinge sehe, nahmen die lieben Schnuckis die Sache selbst in die Hand. Sie haben fleißigst darauf hintrainiert, möglichst schnell hintereinander möglichst viele Orgasmen zu kriegen. Das nennen sie Potenz!

Jawohl! So muß es sein. In der Pubertät fangen sie damit an, heimlich, *à la main,* im stillen Kämmerlein, und dann prahlen sie mit ihren Höchstleistungen vor ihren Freunden, genau wie Jussuf heute vor Nouri angegeben hat.

Es ist unfaßbar! Sie erziehen sich selbst zu sexuellen Schnellfeuergewehren. Und warum? Weil sie Quantität mit Qualität verwechseln. Jawohl! Weil sie aus einer Kultur stammen, in der Frauen nichts zu melden haben. In der schwule Liebesgeschichten das Wahre sind (wie hat das gestern auf Nouris Fest einer ausgedrückt? *A woman for business – a boy for fun – and a goat for pleasure!*). Wenn aber ein Mann einen andern in den Hintern beglückt, das sagt doch der Verstand, kommt es nicht darauf an, wie lang er kann. Im Gegenteil! Je länger er braucht, desto lästiger ist es für den Partner.

Auch für die Vielweiberei ist es ideal! Jawohl! Dafür ist der Schnellfeuermann maßgeschneidert. Nur zwei Minuten, und schon knallt's! Nur zwei Minuten, und schon ist wieder eine geschwängert. *Voilà! Voilà!* Schon wieder ein Sohn gezeugt. Jetzt weiß ich, woher das Wort Bevölkerungs*explosion* kommt.

Ahhhhh, meine Lieben, das sind Einsichten hier in Paris um sechs Uhr früh im Luxusappartement des Herrn Operndirektors. Nicht nur ein Licht, ganze *Scheinwerfer* gehen mir plötzlich auf! Jahrelang zerbrach ich mir den Kopf, warum in vielen islamischen Ländern Frauen sexuell verstümmelt werden, warum man ihnen das kleine Lustorgan zwischen den Beinen nicht vergönnt.

Nach der Nacht mit Nouri ist alles klar. Wer nichts fühlt, verlangt nicht nach *mehr!* Der fällt den Schnellfeuermännern nicht lästig, braucht kein Streicheln und keine Rücksicht. Zwei Minuten sind O.K. Oder dreißig Sekunden. Wer diese Frauen kauft (und gekauft werden sie immer noch), kriegt pflegeleichte Ware.

Bin *ich* froh, daß ich in Kanada zur Welt kam und nicht in einem Land, in dem die Mullas walten! Noch *nie* war ich so dankbar für meine dreiundvierzig westlichen Liebhaber, jawohl, einer ist mir teurer als der andere. Und erst mein letzter, Leslie Rubin, mit dem ich mich dummerweise zerstritten habe, weil er nicht wollte, daß ich hierher nach Paris komme. Leslie, Baby! *Where are you?* Wenn ich nur an dich denke, könnte ich weinen.

Ganze Nächte haben wir uns geliebt, langsam, ausdauernd (und nie von vorn). Es war jedesmal perfekt. Stundenlang haben wir uns geküßt und gestreichelt. O Les! *I miss you!* Aber jetzt gehe ich ins Bett und streichle mich selbst. Ein weiser Entschluß, denn so frustriert war ich in meinem ganzen Leben noch nie! Zum Glück hat Mutter Natur dafür gesorgt, daß Orgasmen ohne fremde Hilfe zu haben sind.

Ja, meine Lieben, peinlich wäre es, sich in Notfällen nicht selbst helfen zu können. Ein unerträglicher Gedanke! Man wäre den anderen völlig ausgeliefert, noch abhängiger, als man ohnehin schon ist, ständig nervös, frustriert, pikiert, irritiert, immer auf der Suche nach jemandem, der einem Höhepunkte beschert. Als Frau könnte man nicht mehr allein auf die Straße, und – von Vergewaltigungen ganz abgesehen – ginge jeder jedem auf die Nerven mit dem ewigen Drängen in Richtung Bett.

Ich gleite nackt zwischen die duftenden Laken, in der Hand das kleine Fläschchen mit Avocado-Öl aus dem Reformhaus. Zuerst werde ich mich links streicheln, da ist das Wohlgefühl dunkler, samtiger, wie Zimt. Rechts ist es heller, durchdringender, strahlender. Ich sehe Schneekristalle. Sterne. Weiße Orchideen.

Ja, das habe ich auch erst mit vierzig entdeckt, daß man rechts anders empfindet als links. Man wird mit den Jahren immer feiner. Die Wollust nimmt zu. Und am Schluß streichle ich mich mit *zwei* Fingern. Dann ist der Höhepunkt wie eine Explosion. Woran soll ich denken? An die letzte Nacht mit Les? An sein schönes, großes, ausdauerndes Ding? Ich versuche es ein paar Sekunden lang, doch es gelingt mir nicht. Andere Bilder sind plötzlich da. Ein glatter, schlanker Männerkörper. Gepflegte Hände mit langen, sensiblen Fingern. Ein romantischer See. Der Duft nach Wasser und Rosen. Ein Bootshaus. Eine riesige dreistöckige weiße Torte mit vielen brennenden Kerzen. Champagner, Luxus, Überfluß!

Kein Zweifel! Das ist mein dreißigster Geburtstag. Der Tag, an dem alles begann. Die Nacht, als meine Sexualität erwachte. Wunderbar, das ist genau das richtige. Der ideale Ausgleich nach dem verkrachten Abenteuer auf dem Montmartre.

Dieser Geburtstag änderte *alles!* Unglaubliche Dinge geschahen, Dinge, die ich nicht für möglich hielt. Ereignisse von derartiger Tragweite, daß ich mich innerlich und äußerlich völlig veränderte. *Vor* dem Geburtstag sah ich nämlich ganz anders aus als heute. Nicht wiederzuerkennen. Und der Mann hieß Tristram. Ein Gottesgeschenk. Doch das, meine Lieben, ist ein Kapitel für sich.

6

Mein dreißigster Geburtstag änderte mein Leben. Ich verbrachte ihn bei meiner Tante Ophelia, der ältesten Schwester meiner Mutter, die durch die Einfuhr exquisiter Pariser Seidenwäsche nach Kanada steinreich geworden war. Sie besitzt ein großes Haus in Vancouver, wo sie das ganze Jahr über lebt, da ihr das milde Klima wohlbekommt, und eine Insel in einem großen See nördlich von Toronto, wo sie die Sommermonate verbringt.

Die Insel ist ein Paradies. Es gibt Wildenten, Schwäne, seltene Singvögel, Schmetterlinge und mächtige Ahornbäume, aus denen meine Tante ihren eigenen, unübertrefflichen Sirup gewinnt. Betritt man die Insel, so glaubt man sich in die zwanziger Jahre zurückversetzt. Alles stammt aus der damaligen Zeit: die Herrschaftsvilla, das hölzerne Bootshaus, der Rosengarten, der schon zweimal für die Illustrierte *Country Living* fotografiert wurde, so einmalig schön ist er. Aber auch sämtliche Möbel, Lampen, Vasen, Teppiche, Bilder, bis hin zum Geschirr und der seidenen Bettwäsche. Selbst das Segelboot ist stilecht, von den Ruderbooten ganz zu schweigen. Neu ist nur das Wasserflugzeug. Das stammt aus dem Jahre 1976.

Meine Tante besitzt natürlich den Pilotenschein, und als ich in Vancouver meinen Buchladen führte, waren wir einander sehr nahe gekommen. Sie hatte zwar nie viel Zeit, denn sie ist eine tüchtige Geschäftsfrau, deren Erfolg unter anderem darin besteht, daß sie gute Ideen hat, nichts dem Zufall überläßt und auch das kleinste Detail doppelt und dreifach überprüft. Doch sie ist kinderlos und hat mich ins Herz geschlossen. Außerdem ist meine Mutter ihre einzige Schwester (Brüder gibt es keine), und ich bin der einzige Sproß der Familie, der die Opheliatradition weiterführen wird.

Als ich Ende August auf die Insel kam, um meinen Geburtstag zu feiern, war ich sehr mit mir zufrieden. Es war ein strahlender Sommer, ich hatte mein Literaturcafé in Ottawa für eine feine Summe verkauft, das Geld sicher angelegt (amerikanische Staatsanleihen für 7 Prozent!) und wollte etwas ganz Neues beginnen. Ich wußte noch nicht, daß Radio, Fernsehen und schließlich sogar Hollywood in den Karten standen, doch ich fühlte, daß aufregende Zeiten auf mich warteten. Ich besitze einen sechsten Sinn für diese Dinge, er hat mich noch nie enttäuscht. Dementsprechend optimistisch blickte ich in die Zukunft.

Äußerlich war damals nicht viel los mit mir. Ich trug kurze Haare und eine Nickelbrille mit runden Gläsern, denn ich war überzeugt davon, daß dies zu einer jungen Bibliothekarin, Buchhändlerin und Literaturcafé-Besitzerin paßt. Ich versteckte meine perfekten Proportionen in langweiligen, hochgeschlossenen Kleidern, die meine Mutter für mich aussuchte, verbarg meinen schönen großen Busen unter weißen Seidenblusen mit Schalkragen und verhüllte meinen lebensfrohen Popo unter geradefallenden, braven Plisséröcken.

Schminke benützte ich keine, ja ich besaß nicht einmal einen Lippenstift. Meine ganze Energie ging in den Beruf, das Privatleben floß ruhig und nichtssagend dahin. Ich lebte zwar mit einem vielversprechenden Jungdiplomaten, befand mich jedoch bereits in einem Zustand, der nichts Gutes verheißt und den ich schlicht «das Vaselinestadium» nenne.

Dieses tritt ein, wenn mich ein Mann im Bett überhaupt nicht mehr reizt. Wenn trotz intensivster Bemühungen seinerseits meine intimsten Stellen bröseltrocken bleiben und ich Vaseline zu Hilfe nehmen muß, damit es funktioniert.

Meiner Meinung nach befindet sich ein Großteil der Ehen im Vaselinestadium (auch wenn die Männer oft gar nichts davon merken), und offensichtlich gewöhnt man sich daran. Für mich aber ist es der Anfang vom Ende. Steigt mein Vaselineverbrauch, so sinkt mein Interesse an der Sache, und kurz danach gibt es meist einen neuen Freund.

Denn Freunde gab es immer. Auch damals schon, obwohl ich aussah wie ein Bücherwurm und von meiner sexuellen Begabung nicht die geringste Ahnung hatte. Männer aber fühlten sich zu mir hingezogen. Offensichtlich kannten sie mich besser als ich mich selbst, und ihr untrüglicher Instinkt sagte ihnen, daß hier ein Schatz verborgen lag.

Außerdem – so seltsam das auch klingt – gab es damals wenig Konkurrenz für mich. Kanada war bis vor kurzem ein äußerst uneleganter Boden. Man sah wenig feine Geschäfte, Haute Couture war praktisch unbekannt, jedes hübsche, ausgefallene Kleid mußte man sich aus Paris oder Rom schicken lassen. Frauen und Mädchen trugen grundsätzlich Trainingshosen und Dralonpullis oder Jeans und Windjacken.

Ungeniert gingen sie in Lockenwicklern aus dem Haus, Fettcreme im Gesicht, doch sie waren weder faul noch schlampig. Nein! Sie wollten nur den Neid der andern erregen, denn es bedeutete, daß man abends eingeladen war und sich darauf vorbereitete. Mit meiner Nickelbrille, den kurzen Haaren und braven Tageskleidchen mit Stehkragen gehörte ich daher zu den Apartesten – ja, ich war sogar «ein Typ», den man schamlos imitierte.

Und noch etwas hatte ich den anderen voraus: die reizvollste Unterwäsche Kanadas, mit der mich meine Tante Ophelia versorgte. Ich trug Seide, als die anderen noch Barchentschlüpfer bis zum Knie trugen, sogenannte «Männerschocker», denn die waren damals allgemein verbreitet. Ich trug Spitzen und Rüschen, Halbschalen und bestickte Hemdchen, während sich die anderen mit dicker Baumwolle zufriedengaben und ihren Busen in biedere Korsagen aus Kretonne quetschten. Denn das fabrizierte man damals hierzulande, Unterwäsche, wie man sie in Europa seit dem Ersten Weltkrieg nicht mehr trug. Kein Wunder, daß meine Tante mit ihren Pariser Luxuskreationen ein Vermögen verdiente.

Ich kam auf die Insel mit einem tragbaren Plattenspieler, einem roten Kofferradio, meinem blauen Briefpapier sowie einer Reisetasche voller Bücher, samt und sonders Biographien berühmter Leute, die ich noch nicht gelesen hatte.

Für meinen Geburtstag hatte ich ein blau-weiß gestreiftes Jackenkleid eingepackt aus leichtem Baumwollstoff mit geradem Rock und lose fallendem Oberteil, das Taille und Busen unsichtbar machte. Eigentlich gefiel es mir nicht sonderlich, ich kam mir darin vor wie eine Krankenschwester. Doch es war ein Geschenk meiner lieben Mutter, außerdem würde es für die Insel genügen. Es kamen nur ein paar entfernte Verwandte und unsere Nachbarn vom Festland, alles nette ältere Leute, vor denen man sich nicht sonderlich aufzuputzen brauchte. Kleidervorschriften auf der Insel waren ohnehin auf Sommer abgestimmt. Badeanzug, Shorts und Bermudas waren erlaubt. Nur eines war strikte verboten: im Badeanzug zum Essen zu erscheinen. Abends hatte man außerdem lang zu tragen, darauf legte Tante Ophelia größten Wert. *Long dress* war Pflicht zum Dîner in der weißen Herrschaftsvilla, auch wenn man nur mit hübschen, bunten, handgefältelten, bodenlangen Baumwollröcken aufwarten konnte.

Ich flog von Ottawa nach Toronto, nahm mir dann einen Mietwagen bis zum See, und dort wartete bereits die erste Überraschung auf mich. Als ich zum Landesteg kam, sah ich weit und breit kein Wasserflugzeug. Auch Jay war nirgends zu sehen, Tante Ophelias Majordomus, der mit seiner Frau das ganze Jahr über auf der Insel wohnt und nach dem Rechten sieht. Jordan, der zwei Meter große schwarze Herkules, seines Zeichens Chauffeur und Gärtner, blieb ebenfalls unsichtbar, dafür erspähte ich unser schönes altes Segelboot weit draußen auf dem Wasser in einer Totalflaute.

Ergeben setzte ich mich auf meine Büchertasche und wartete. Endlich, nach gut zwei Stunden, kam Wind auf, die Segel füllten sich, das Boot glitt näher, aber es dauerte noch lange, bis ich erkennen konnte, wer die Schnapsidee hatte, mich bei diesem strahlenden Wetter mit dem Boot abzuholen. Jay? Jordan? Oder Tante

Ophelia selbst? Aber nein, es war ein fremder Mann. Und je näher er kam, desto fremder wurde er. Seltsam. Wer konnte das sein?

Ich stand auf, ging über den Steg, fing das Seil, das er mir geschickt zuwarf, vertäute es gekonnt und reichte ihm mein Gepäck. Dann streckte er den Arm aus, um mir ins Boot zu helfen.

«Ich bin Tris Trevor», sagte er dann mit unverkennbar vornehmem englischen Akzent, «ich wollte unbedingt dieses herrliche alte Segelboot ausprobieren. Es tut mir leid, daß Sie so lang gewartet haben. Wie kann ich das wiedergutmachen?»

Tristram Harrison Trevor kam direkt aus London. Er lebte in Mayfair, war Häusermakler, genau so alt wie ich und hatte sich vor drei Jahren selbständig gemacht. Seither hatte er nur gearbeitet, keinen Urlaub gemacht, dafür aber viel Geld verdient. Er war der Bekannte eines Bekannten eines Geschäftsfreundes meiner Tante, hatte sich plötzlich entschlossen, Kanada kennenzulernen, und irgendwie war er hier gelandet, als Hausgast auf der Insel.

Tris paßte in diese elegante, romantische Umgebung wie der Liebhaber ins Bett. Er war musikalisch, intelligent, spielte ausgezeichnet Klavier und konnte spannend erzählen. Damit nicht genug, war er auch noch 1 Meter 90 groß, schlank, blond, mit kühn geschwungener Nase und blaugrünen Augen. Er wollte vierzehn Tage bleiben. Ich hatte absolut nichts dagegen einzuwenden!

Bis zu meinem Geburtstag verkehrten wir miteinander wie Fremde. Wir segelten zwar zusammen, spielten Krocket, tranken Kaffee auf der schattigen Terrasse, doch wir waren nie allein. Das Haus war voller Gäste, meine Mutter ständig um mich herum, Jay und Jordan immer präsent, und obwohl wir einander täglich sympathischer wurden, hatten wir keine Gelegenheit, es uns mitzuteilen. Bis auf lange, nachdenkliche Blicke, die einer dem anderen zuwarf, wenn er dachte, daß es unbemerkt bleiben würde, und eine gewisse Befangenheit, wenn wir uns unvermutet irgendwo im Park oder im Haus begegneten.

Tris war kein Frauenheld. Er hatte es nicht nötig. Er sah viel zu gut aus, um sich aufzudrängen. Er wartete, und ich wartete auch. Erst als ich ganz sicher war, daß er sich in mich verliebt hatte, tat ich den ersten Schritt. Jawohl. *Ich* tat ihn, nicht er. *Ich* lud ihn ein, mit mir schwimmen zu gehen, in eine versteckte Bucht an der Westseite der Insel, die außer mir niemand benützte. Dort küßten wir uns zum erstenmal, mehr geschah nicht.

Doch diese Küsse waren herrlich. Ich sank zum erstenmal in meinem Leben in die Arme eines Mannes und vergaß alles rundherum. Ich wußte nicht mehr, wo ich war, wie spät es war, ja sogar die Angst, daß jemand vorbeikommen und uns entdecken könnte, löste sich in Luft auf. Ich war vollkommen glücklich, und es war sonnenklar, daß ich ihn heute nach dem Fest hinauf in mein Schlafzimmer bitten würde, mit dem breiten geschwungenen Schwanenbett und dem Blick auf den Rosengarten.

«Kommst du nachher zu mir?» flüsterte ich ihm während der Geburtstagsfeier zu, und Tristram akzeptierte die Einladung mit einem verstohlenen Händedruck. Er sagte kein Wort, blickte nur stumm auf mich hinunter - auf eine Art und Weise, daß mir die Knie versagten. Da wußte ich, daß etwas Einmaliges, Niedagewesenes, Unvergeßliches passieren würde.

Der Geburtstag hatte noch eine Überraschung auf Lager. Ohne Vorwarnung schenkte mir Tante Ophelia ihren kostbaren Ring. Sie griff plötzlich nach meiner Hand, sagte: «Es ist Zeit, meine Kleine!» und steckte ihn mir an den rechten Zeigefinger, den brasilianischen Feueropal mit den blitzenden ungeschliffenen Diamanten und dem wunderbar ziselierten, breiten 22karätigen Goldreif.

«Paß gut auf ihn auf», flüsterte sie und küßte mich.

Abends gab es ein Festessen, doch ich war viel zu aufgeregt und brachte keinen Bissen hinunter. Ich wußte, daß Tris die Nacht mit mir verbringen würde. Jedesmal, wenn ich an ihn dachte, fühlte ich einen Stich im Magen, und mein Herz begann wie rasend zu schlagen.

Als er endlich um drei Uhr früh an meine Tür klopfte, war ich so nervös, daß ich fürchtete, ohnmächtig zu werden. Meine Knie begannen derart zu zittern, daß ich ihm nicht entgegengehen konnte, ja ich mußte mich an die Wand neben dem Fenster lehnen, um nicht kraftlos zu Boden zu sinken.

Tris war nicht weniger aufgeregt als ich. Doch als Engländer aus guter Familie hatte er in teuren Schulen gelernt, Herr seiner Gefühle zu bleiben und sich zumindest äußerlich nichts anmerken zu lassen.

Er wirkte nur ziemlich blaß. Doch er kam mir schnell entgegen, schloß mich in die Arme und begann mich wortlos zu küssen. Ich trug ein Negligé aus schimmernder taubengrauer Seide mit Spitzen. Es paßte hervorragend zu meinen roten Haaren und ließ meine helle Haut leuchten, als ob sie von innen heraus strahlen würde. Vorne war es offen, nur zwei rosa Schleifen über Brust und Taille hielten es zusammen.

Tristram machte die Schleifen *nicht* auf.

«Meine schöne, kostbare Ophelia», flüsterte er mir ins Ohr und hielt mich fest, als ob das alles wäre, wonach er sich sehnte. Das war mir neu! Ich war gewohnt, daß Männer keine Zeit verloren, mich zielstrebig entblätterten, um sofort ans Werk zu gehn.

Tristram aber kannte keine Hast. Erst als *ich* ungeduldig wurde und sein Hemd aufzuknöpfen begann, entschloß er sich zum nächsten Schritt: Er hob mich vom Boden auf, leicht, ohne die geringste Anstrengung, hielt mich wie ein Kind auf seinen Armen und trug mich vorsichtig aufs Bett. Dann streifte er seine Schuhe ab, legte sich neben mich und öffnete die rosa Seidenbänder.

Wir liebten uns die ganze Nacht. Zuerst zärtlich, dann immer leidenschaftlicher. Wir gerieten beide in einen Rauschzustand, konnten nicht voneinander lassen, waren unfähig, vom Bett aufzustehen und uns zu trennen.

Am nächsten Tag erschienen wir nicht zum Frühstück, nicht zum Mittagessen und auch nicht zum Tee auf der Terrasse. Erst abends präsentierten wir uns den erstaunten Verwandten (die höflich vorgaben, nichts zu merken), bleich, unausgeschlafen, immer noch zitternd vor Sehnsucht nacheinander.

Wir aßen zwar, wußten jedoch nicht was, hielten uns heimlich an den Händen und zogen uns zurück, sobald wir konnten, ohne unhöflich zu scheinen.

Nach der ersten Nacht war ich verliebt, restlos, himmelstürmend, und Tristram, der kühle, unnahbare Engländer war es ebenfalls. Wir erlebten beide unsere erste große Leidenschaft. Die kleinste Trennung tat weh. Jede Sekunde, die wir nicht aneinandergeschmiegt verbringen konnten, brachte echte körperliche Schmerzen.

Bis dahin hatte ich mich allen Ernstes für kalt gehalten. Mit dreiundzwanzig, bei meinem ersten Mann, fühlte ich absolut *nichts*, ja die Sache war mir lästig, wenn nicht geradezu peinlich. Mit fünfundzwanzig, ein paar Männer später, war es immer noch nicht schön. Mit neunundzwanzig, als ich meinen jungen Diplomaten kennenlernte, schaffte ich in den ersten sechs Monaten zwei zaghafte Orgasmen. Seither hatte ich mich mit ihm nur gelangweilt.

Niemals, niemals hätte ich gedacht, daß ich *freiwillig* mit einem Mann tage- und nächtelang im Bett liegen würde. Genau das war mit Tristram der Fall. Zum erstenmal in meinem Leben begehrte ich einen Mann genauso stark wie er mich. Zu meiner größten Überraschung fand ich jetzt auch die Bewegungen der Liebe schön, ein wahres Wunder, denn die hatten mich früher am meisten abgestoßen. Tristram und ich – das war reine Naturgewalt! Es war stärker als alles, was ich bisher empfand. Es ging an die Wurzeln meines Seins.

Plötzlich begriff ich auch, warum in vielen Kulturen Sexualität heilig ist. Sie ist ein Jungbrunnen (mit dem richtigen Mann)! Schon nach der ersten Nacht fühlte ich mich schöner, stärker, lebensfroher als je zuvor. Ich war stolz, wie auf eine schwere Prüfung, die ich mit Erfolg bestanden hatte.

Ich konnte FÜHLEN!

Jetzt war ich erwachsen!

Am liebsten wäre ich hinuntergelaufen auf die Terrasse, wo meine Mutter, meine Tante und etliche Gäste von der Nachbarinsel bei Tee und feinen Brötchen beisammensaßen, um ihnen brühwarm, mit glühenden Wangen sämtliche Details der letzten Nacht zu erzählen.

Ob sie das auch erlebt hatten? Meine Mutter? Tante Ophelia? Mrs. Keller, mit den schönen, weißen Haaren? Kannten sie das? Oder war ich die einzige?

Heute weiß ich, was damals geschah. Wie bei vielen Frauen war mein Körper um die Dreißig zur Reife gelangt, und ich hatte das Glück, genau zu diesem Zeitpunkt Tristram zu begegnen. Ich fiel ihm in den Schoß wie eine reife Frucht. Er war hungrig. Ich wollte gegessen werden. Das war alles!

Nach drei Nächten hatten wir uns wundgeliebt. Wir waren beide an unseren zartesten Stellen derart aufgewetzt, daß wir eine Pause einlegen mußten, um nicht selig zu verbluten.

Also verließen wir untertags das Schlafzimmer, gingen hinaus in frische Luft, segelten, ruderten und machten Ausflüge.

Noch nie war das Leben so schön! Das Wetter blieb gnädig, ein Tag war strahlender als der andere. Und täglich verliebte ich mich mehr in Tristram. Alles an ihm gefiel mir. Seine schlanken Hände. Seine kühn geschwungene Nase. Seine Zärtlichkeit, seine Güte, sein vornehmer englischer Akzent. Seine Art, mich anzulächeln und dabei nachdenklich mit dem Kopf zu nicken, als würde er sagen: «Das haben wir davon! Jetzt sind wir einander verfallen!»

Er konnte wunderbar erzählen, besaß jenen feinen englischen Humor, den ich unwiderstehlich fand. Er liebte Kinder, Tiere, Pflanzen und betrachtete sie mit den Augen der Neuen Romantik.

«Sieh dir dieses kleine Ding an», sagte er zum Beispiel und zeigte auf ein hübsches Gänseblümchen, das sich den Rand unseres Krocket-Rasens als Heimat erkoren hatte, «sieh dir an, wie es da steht. Diese Haltung! Das nenne ich Selbstbewußtsein! Wetten, es hält sich für das schönste Geschöpf weit und breit?» Seither schätze ich Gänseblümchen und trete nicht auf sie!

Zu einem seltenen bunten Singvogel, der sich auf dem Bootshaus niedergelassen hatte und mir auffiel, weil seine Kopffedern wie eine Bürste keck in die Höhe standen, meinte er: «Der Junge ist aber *sehr* elegant! Und die hübsche Frisur, die er hat. Wenn ich ein Vogel wäre, würde mich der Neid fressen!»

Ich fand diese Aussprüche so originell, ich wäre ihm am liebsten sofort um den Hals gefallen. Aber in Kanada ist es nicht üblich, vor anderen seine Verliebtheit zu zeigen. Sich öffentlich zu küssen oder Händchen zu halten gilt als ordinär und *low class.*

Wir Kanadier sind, wie schon erwähnt, ein höfliches Volk. Ostentativ sein Glück zu zeigen ist peinlich für alle, die gerade niemand haben und zusehen müssen. Im Unterschied zu den Franzosen, die ihre Gier ganz bewußt auf der Straße zur Schau stellen, die in Paris auf Parkbänken ungeniert zur Paarung schreiten, verbannen *wir* unsere Gefühle ins Schlafzimmer - aus Rücksicht auf unsere Mitmenschen. Also beherrschte ich mich, auch wenn es mir schwerfiel.

Dafür gab es keine Grenzen, wenn wir allein waren. Unsere Liebeswunden verheilten erstaunlich schnell, und die letzten Tage bis zu Tristrams Abreise liebten wir uns morgens, abends und auch am Nachmittag, wenn das große weiße Haus still wurde, die Rosen zu duften begannen und die anderen sich zurückzogen, um ihr Schläfchen zu halten.

Ich weiß! Dreimal am Tag ist nicht normal. Doch wir waren wie von Sinnen. Die Anziehungskraft war zu groß. Kaum waren wir allein, sanken wir uns in die Arme.

Tris warf sich nie auf mich. Zwang mich nie zu Experimenten, streichelte mich an der richtigen Stelle, liebte mich von allen Seiten (nur nicht von vorn), und zu meiner größten Überraschung hatte ich einen Höhepunkt nach dem andern.

Zum erstenmal in meinem Leben konnte ich mich restlos verlieren. Tristram bewegte sich in mir auf eine Art und Weise, die verriet, daß es stundenlang dauern würde. Und kaum sagte ich mir: «Das dauert jetzt ewig, das hört nie auf. Das dauert jetzt, so lange ich will!», entspannte ich mich wohlig und kam mühelos, mit einem wilden Höhenflug.

Nie zuvor war es mir gelungen, das lustvolle Gefühl zu genießen, zu halten und nach oben zu steuern. Immer beobachtete ich ängstlich den Mann. Kaum wurde es schön, begann ich zu zittern. Gleich ist es aus. Kommt er schon? Jetzt stöhnt er bereits!

Jetzt wird er immer schneller. Jetzt streichelt er mich nicht mehr. Jetzt ist es vorbei! Wieder viel zu früh, schade!

Welche Frau kennt das nicht? Zum Teufel! Kaum steigt die Lust, versagt das Ding. Passiert das öfter, ist man fürs Leben verkrampft. Man zwingt sich, nichts mehr zu fühlen, um nachher nicht zu leiden. Ich kenne das, war auf dem besten Weg dorthin. Doch Tristram sprach den magischen Satz: «Ich höre nicht auf, bis du kommst, entspann dich, vertraue mir.» Schon ging alles glatt, denn ein Orgasmus (und das lernte ich an meinem dreißigsten Geburtstag) ist auch Vertrauenssache!

Jawohl! Ich vertraute ihm. Seinen Armen, seinen Händen, seinem Mund, seinem Herzen und natürlich auch seinem besten Stück, das mir so viel Freude bereitete. Es war umwerfend schön: ziemlich lang, vorne rund, rosa, naturbelassen und gesund. Kein Arzt hatte daran herumgeschnipselt. Zog man die Haut zurück, war darunter alles glatt und prall und appetitlich zum Anbeißen.

Zwar fehlte mir die Technik (das lernte ich erst in Paris, wo sonst!), doch ich küßte ihn da unten stundenlang und wollte ihn zum Höhepunkt bringen. Doch bei den Engländern herrschen andere Sitten! «Du machst mich verrückt», stöhnte Tris und zog mich zu sich hoch, «hör auf, Ophelia! Ich will das nicht!»

«Warum nicht?»

«Du tust es nicht gern.»

«Doch! Doch! Doch! Laß mich. Bitte!»

Doch er hielt mich fest und war nicht umzustimmen. Überhaupt wurde er immer nachdenklicher.

«Ophelia», sagte er an unserem letzten gemeinsamen Nachmittag, «ich weiß nicht, wie es weitergehen soll. Ich habe noch niemanden so lang und oft geliebt wie dich. Ich habe auch nicht gewußt, daß man so lange in einer Frau bleiben kann. Zwei ganze Stunden! Verrückt!» Er nahm meine Hände, küßte sie. «Ich liebe dich! Wirklich! Aber du hast eine Ausstrahlung, die holt das letzte aus mir heraus. Soll ich dir was sagen? Es ist mir unheimlich! Ich kann völlig erschöpft hier liegen, wundgeliebt, mit Rückenschmerzen – in dem Moment, wo du zur Tür hereinkommst, bin ich schon wieder bereit. Ich kann schon wieder – auch *gegen* meinen Willen!» Er ließ meine Hände los, starrte mich an.

«Das stört mich! Ich bin nämlich kein Potenzprotz. Zweimal pro Woche genügt mir. Aber *dreimal am Tag?* Das ist nicht normal! Da kriegt man Angst. Dabei ist es das Schönste, was ich je erlebt habe!»

«Warum fürchtest du dich dann? Das verstehe ich nicht.»

«Du hast Macht über mich.»

«Und du über mich. Mir geht's genau wie dir.»

«Nur jetzt. Du bist zum erstenmal verliebt. Alles ist neu. Ich habe mehr Erfahrung als du. *Ich* bin gewöhnlich. Das weiß ich. *Du* bist die Ausnahme, mein Schatz. Das Beste, was sich ein Mann wünschen kann.»

«Meinst du das ernst?»

«Todernst.» Tristram nickte, schwieg versonnen vor sich hin. Plötzlich küßte er mich. «Auf jeden Fall bist du das beste Mittel gegen Impotenz. Ich bin selig, daß ich dich gefunden habe.»

«Wieviel Frauen hast du gehabt? Zehn? Zwanzig? Mehr?» (Tris war meine Nummer sieben, das hatte ich ihm auch gesagt!)

Doch ein echter Brite bleibt selbst im Bett diskret. Tris begann zu gähnen. «Gar nicht so viele», meinte er leichthin, «nichts Wichtiges. Was einem halt im Lauf der Zeit in London so unterkommt.» Dann legte er den Arm um mich und schloß die Augen.

Ich aber setzte mich auf.

Ich würde ihn etwas anderes fragen, was mir schon die längste Zeit am Herzen lag. «Tristram, du kennst doch den alten Spruch: In der Nacht sind alle Katzen grau. Stimmt das wirklich? Ist es für einen Mann mit jeder Frau gleich?»

«Dummes Kind!» Er begann zu lachen. «Natürlich nicht! Das kannst du vergessen. Das ist absoluter Mist. Im Gegenteil. Es ist mit jeder Frau *anders.* Es gibt riesige Unterschiede. Ein Mann *kann* gar nicht mit jeder Frau. Außerdem gibt es Frauen, die sind innen, wie soll ich sagen, nicht sehr aufregend. Sie fühlen sich auch nicht gut an. Woran das liegt, weiß ich nicht. Aber es stimmt.»

«Und ich?»

«Von dir kann man kaum die Hände lassen! Bitte, tu nicht so, als ob dir das noch keiner gesagt hätte!»

«Doch, das hat man mir gesagt. Aber ich habe es nicht geglaubt, denn *ich* habe nie was gespürt. Mit anderen Männern war mir das immer nur lästig.»

«Das Stadium hast du hinter dir. Ab jetzt wird es dir gefallen.»

«Aber nicht mit jedem. Nur mit dir. Nur mit dir, Tris, das schwöre ich!»

«Natürlich nicht mit jedem. Aber zu lange aus den Augen lassen darf ich dich nicht. Werde ich auch nicht, da wäre ich der größte Trottel auf Gottes Erdboden. Ophelia, Darling, woran denkst du? Du hörst mir gar nicht zu.»

«Morgen fährst du weg. Um acht Uhr früh.» Tränen stiegen in meine Augen. «Das überlebe ich nicht.»

Er lachte, umarmte mich, küßte meine nasse Nase. «Natürlich überlebst du das. Es gibt keinen Grund zu weinen. Ich habe eine Überraschung für dich. Wir werden uns bald wiedersehn. Früher, als du denkst. Das schwöre ich!»

Tristram Harrison Trevor hielt Wort.

Aus Liebe zu mir verlegte er seine Geschäfte von London nach Toronto. Ein ganzes Jahr lebten wir zusammen, und der Anfang war reinstes Glück. Ich ließ mir die Haare wachsen, warf meine Nickelbrille weg und trug entzückende neue Kleider mit breiten Gürteln, um meine Figur zu betonen. Von allen Seiten bekam ich plötzlich Komplimente, meine Proportionen galten auf einmal als «perfekt», ja in Kürze waren sie Stadtgespräch.

«Ich habe gar nicht gewußt, daß du so schön bist», sagten Freunde, die mich jahrelang kannten, «seit wann hast du so große Augen? Und diese tolle Figur. Hast du abgenommen? Oder machst du Gymnastik?» Das freute mich natürlich, um so mehr, als ich überhaupt nichts tat, außer das, was ich immer schon besaß, zur Geltung zu bringen.

Tris wäre *fast* mein Mann geworden. Er wollte heiraten, Kinder in die Welt setzen, er drängte, bettelte und steckte sich hinter meine Mutter. Die hätte ihn sehr gern als Schwiegersohn gesehen, doch ich konnte mich nicht entschließen Ehefrau zu werden. Ein ganzes Jahr lang tat ich nichts anderes als kochen, waschen, bügeln, einkaufen und putzen. Arbeit suchte ich keine, denn Tris wollte mich ganz für sich. Er verdiente genug, wir kamen durch.

Doch nach sechs Monaten stellte ich traurig fest, daß der Alltag, den ich so unerträglich fand, auch vor meiner großen Liebe nicht haltmachte. Ich langweilte mich im Haushalt zu Tode, Kinder wollte ich noch keine, Tris arbeitete wie besessen, und wenn er abends nach Hause kam, war er erschöpft und verlangte seine Ruhe. Wir liebten uns längst nicht mehr dreimal am Tag. Zweimal die Woche war das höchste der Gefühle. Als er mich aber einmal *vierzehn Tage* nicht berührte, beschloß ich, den Zustand zu ändern. Etwas mußte geschehen!

Ich sagte kein Wort und begab mich auf Arbeitssuche. Kaum hatte ich meine Nase in die Welt hinausgesteckt, verlockte es mich noch weniger, meine Tage als Ehefrau zu beschließen. In kürzester Zeit hatte ich mir eine Stelle erkämpft, als Chefin der Hörspielabteilung bei Radio Kanada.

Ich sage absichtlich erkämpft, denn es gab damals überhaupt noch keine Hörspielabteilung. Ich überzeugte die Direktoren, daß es unbedingt eine geben müßte und daß niemand als ich besser dazu geeignet sei, diese Abteilung aufzubauen und zu leiten. Wozu hatte ich studiert? Wozu konnte ich Sprachen? Wozu hatte ich die gesamte englische und französische Literatur von A bis Z durchgelesen?

Meine Überredungskunst siegte. Nach kurzer Bedenkzeit und dreiwöchigen Verhandlungen um Vertrag und Gehalt wurde ich hochbezahltes Mitglied der ehrenwerten Canadian Broadcasting Corporation, mit einer eigenen Sekretärin, einem schönen Büro im vornehmsten Wolkenkratzer Torontos und einer Arbeit, die mich begeisterte.

Ich wählte die Stücke aus (leichenfrei, ohne Mord und Totschlag, Schießereien und Greueltaten – Stücke, die die *Liebe* unter den Menschen förderten). Ich setzte mich mit dem Theater in Verbindung und bestimmte, welche Schauspieler welche Rollen sprechen würden. Ich war bei den Aufnahmen dabei, kämpfte wie eine Löwin um die besten Sendezeiten für «meine» Hörspiele und bekam bei Umfragen immer die beste Wertung, da ich die Leute nicht deprimierte, sondern aufmunterte, unterhielt und weiterbildete. Ach, es war herrlich!

Bald arbeiteten vier Leute unter mir, das einzige Problem war nur, daß es viel zu wenig leichenfreie Stücke gab. Also ließ ich welche schreiben, setzte Wettbewerbe an, kämpfte um Geld für Prämien und Literaturpreise und überredete die reichste Frau Torontos, eine verwitwete Multimillionärin, eine Stiftung für talentierte kanadische Schriftsteller zu gründen.

Ich hatte viel Erfolg, doch es war nicht leicht. Ich arbeitete bald genauso hart wie Tristram, der Haushalt interessierte mich überhaupt nicht mehr. Daß ich aus der gemeinsamen Wohnung ausziehen würde, war vorauszusehen. Als es dann soweit war, gab es keine Szenen. Tristram ertrug es mit typisch englischer Fassung, half mir beim Übersiedeln und besuchte mich oft in meiner sonnigen Atelierwohnung in der Nähe des Senders. So ging das jahrelang dahin. Wir haben uns nie formell getrennt, sind auch heute noch in Verbindung, sehen einander ein-, zweimal im Jahr, und wenn wir beide niemand anderen haben, verbringen wir auch unseren Urlaub zusammen.

Tris hat übrigens große Karriere gemacht. Er besitzt die beste Immobilienfirma Kanadas und ist der angesehenste Mann in der Branche. Er ist sehr wohlhabend, hat nie geheiratet und wartet immer noch auf mich. Tristram Harrison Trevor! *Das* war eine Liebe. Ob ich so was noch einmal erleben werde? Vielleicht im Sommer? Hier in Paris? Irgendwie habe ich das Gefühl, daß die Zeit reif ist. Aber wer? Es muß ein wichtiger Mann sein. Ich habe genug von Zuckerbäckern, Studenten, Beamten, Einwanderern und Lehrern. Ich will endlich einen von *ganz oben.* Aber wichtige Männer sind dünn gesät, und das größte Problem ist: Wie lernt man sie kennen?

Die wirklich Großen und Mächtigen gehen nicht ins Café um die Ecke. Sie gehen schon gar nicht in die Diskothek, sitzen nicht im Lesesaal einer Bibliothek, gehen nicht allein ins Restaurant, sind heutzutage meist von Leibwächtern umgeben und fast immer verheiratet. Wie kommt man an sie heran? Das ist die Frage. Doch seit meinem dreißigsten Geburtstag weiß ich, daß ich *jeden* Mann bekomme, wenn ich nur will. Und ich *will!* Der Rest ist Krempel! Wirf ihn über Bord!

Ich gähne ausgiebig und strecke mich dann wohlig. Längst habe ich aufgehört, mich zu streicheln, es wird nichts Rechtes, ich bin zu müde, um mich in wollüstige Visionen hineinzusteigern.

Da klingelt das Telefon.

Ich schrecke auf, bin sofort hellwach. Wer um Himmels willen kann das sein? Nouri? Gott behüte! Woher hat er meine Nummer? Ich habe ihm nicht einmal meine genaue Adresse gegeben.

Zögernd greife ich nach dem Hörer. Es ist Nelly!

«Hallo! Hallo! Endlich erwische ich dich. Du kommst ja überhaupt nicht mehr nach Hause. Oder hab ich dich aufgeweckt?»

«Nein, nein. Ich war noch wach. Wie spät ist es bei euch in Kalifornien?»

«Acht Uhr abends. Und in Paris?»

«Sechs Uhr früh. Die Vögel singen schon.»

«Wie war die Party?»

«Mäßig. Ich bin viel zu lang geblieben. Warum, weiß ich auch nicht.»

Nelly lacht. «War er wenigstens hübsch?»

«Das schon. Aber sonst war alles ziemlich frustrierend.»

«Viermal in zehn Minuten? Hab ich recht? Und stolz war er auch noch drauf!»

Jetzt muß *ich* lachen. «Woher weißt du das?»

«Liebes Kind, ich war lange in Paris, und an den Arabern kommt keiner vorbei. Aber tröste dich, es sind nicht alle so. Du hast einen Urwüchsigen erwischt. Es gibt auch bessere. Ich habe einmal einen sehr netten Tunesier gehabt, ausgezeichnet im Bett. Der war aber nicht Zuckerbäcker, sondern Lehrer.»

«Warum habt ihr euch getrennt?»

«Er war zu eifersüchtig. Aber deshalb rufe ich nicht an. Hör zu, Ophelia, du hast doch Erfahrung mit den Medien. Warst du schon im Fernsehen? Ich meine *vor* der Kamera.»

«Natürlich. Ich habe doch meine eigene Sendung gehabt. Hab ich dir das nicht erzählt?»

«Nein. Oder ich hab's vergessen. Jedenfalls paßt das wie der Liebhaber ins Bett. Sag, hast du Lampenfieber?»

«Keine Sekunde. In dem Moment, wo die Scheinwerfer auf mich gerichtet sind, kommen mir die besten Ideen.»

«Gut, mein Kind! Hast du Lust, im Juli nach London zu fliegen? Zu einer Talkshow über Schlankheitskuren? Als meine Vertretung? Ich würde ganz gerne selber fliegen, aber ich komme momentan hier nicht weg.»

«Natürlich! Mit Freuden! Wenn du willst, schon morgen. Oder gleich jetzt.»

Nelly lachte. «Jetzt gleich bist du noch nicht dünn genug. Im Juli, mein Kind! Bis dahin wird's dann schon gehen. Aber ich brauche dich wirklich *gertenschlank,* damit du meine Diät glaubhaft unter die Leute bringst. A propos Diät. Hast du dich heute schon gewogen?»

Du lieber Himmel! Das habe ich in der Aufregung völlig vergessen. «Noch nicht», sage ich kleinlaut, «aber warte eine Sekunde, ich hole das gleich nach.»

«Nein, das dauert zu lange. Sag's mir nächste Woche oder schreibe es mir. Du schuldest mir sowieso einen Brief. Und wie geht's mit dem Manuskript?»

«Kein Problem. Ich schick dir morgen abend zwei fertige Kapitel. Die sind *sehr* gut geworden.»

«Tüchtiges Mädchen. Aber ich war auch fleißig. An dich sind fünfzig neue Seiten unterwegs. Und jetzt hören wir zu reden auf, ich bin zum Abendessen eingeladen und muß mich noch umziehen. Also, adieu, meine Kleine! Nächste Woche ruf ich wieder an. Und sei nicht traurig wegen heute nacht, es kommt garantiert was Besseres nach!»

Nelly legt auf, und ich gehe vergnügt ins Bad. Die Aussicht auf eine Fernsehshow, noch dazu in London, erstickt die Angst vor dem Übergewicht, das ich heute auf die Waage bringen werde. Brot, Wein, Schnaps, Feigen, Datteln, Marzipan, dazu eineinhalb Teller fettiges Couscous - zwei Kilo mehr wiege ich sicher.

Aber was ist das?

Kann das sein? Ich starre auf den Zeiger und fasse es nicht. Gestern früh hatte ich vierundsechzig Kilo, und jetzt wiege ich nicht sechsundsechzig oder siebenundsechzig, nein, ich bin nur noch dreiundsechzig Kilo schwer. Das muß ein Irrtum sein!

Ich steige von der Waage, schüttle sie ein bißchen durch, stelle mich vorsichtig wieder drauf - tatsächlich! Dreiundsechzig Kilo! Hurra!! Ich wiege DREIUNDSECHZIG KILO! Ein ganzes Kilo weniger als gestern morgen. Wer hätte das gedacht?

Nelly ist eben doch nicht allwissend! Araber sind nicht Gift für die Linie, wie sie sagt, nein, sie sind *gut* für die Figur, weil sie einen so frustrieren, daß man anschließend aus Wut durch halb Paris rennt. Und dabei nimmt man ab!

Stolz male ich eine große 63 in die Tabelle, dann gehe ich endgültig schlafen, erleichtert, beglückt! Ich habe meine Diät nicht vertan, ich fliege nach London, trete im Fernsehen auf - werde sicherlich in einem Luxushotel wohnen. Und am nächsten Tag fliege ich nicht sofort nach Paris zurück. Nein. Ich gehe in die Tate Gallery zu meinen Lieblingsmalern. Und anschließend ins British Museum. Und dann zu Dillons, meinem Lieblingsbuchladen. Vielleicht kriege ich auch Karten für Covent Garden oder für irgendeinen Shakespeare im Aldwych Theatre. Das wird ein Fest!

Halb im Traum beschließe ich noch, zu Libertys zu fahren, dem elegantesten Kaufhaus in London, nach Harrods natürlich. Ach, ich freue mich wie ein Kind!

Und ohne die geringste Ahnung von dem Nachspiel, das die Nacht mit Nouri noch haben wird, drehe ich mich zur Seite, um selig zu entschlummern.

7

Der nächste Tag beginnt harmlos, dafür endet er in einer Katastrophe. Etwas Schreckliches geschieht, ohne Vorwarnung und ohne die geringste Schuld meinerseits.

Es ist wie ein Blitz aus heiterem Himmel. Um ein Haar hätte ich die Flucht ergriffen, alles hingeworfen, Paris verlassen, meine Karriere vergessen, meine Zukunft aufs Spiel gesetzt. Gott sei Dank bleibe ich stark, und es kommt nicht zum Äußersten. Doch ohne Übertreibung darf ich sagen, daß an diesem Sonntag im Mai mein Leben in andere Bahnen geleitet wird.

Ich wache bereits am Mittag auf, von eigenartiger Unruhe erfüllt, und obwohl sechs Stunden Schlaf für mich viel zu wenig sind, beschließe ich, sofort aufzustehen und einkaufen zu gehen. In Paris sind auch am Sonntag Läden offen, ja um die Ecke auf dem Place Monge gibt es sogar vormittags einen Bauernmarkt. Wenn ich mich beeile, komme ich noch rechtzeitig hin.

In einer Viertelstunde bin ich fertig, die langen Haare aufgesteckt, bequeme Schuhe an den Füßen, einen Einkaufskorb am Arm. Ich trete hinaus in die warme Frühlingssonne, ohne Mantel, Schal oder Handschuhe. Die Straßen sind voll Menschen, alle leicht gekleidet, und wenn ich daran denke, daß es bei uns zuhause sicherlich noch schneit, beginne ich fröhlich vor mich hinzusummen und komme mir vor wie an der Riviera. Tatsächlich! Der Tag beginnt verlockend!

In Paris kann man einfach nicht traurig sein. Vor allem dann nicht, wenn man einkaufen geht. Beim Einkaufen beginnt sie nämlich schon, die berühmte französische Eßkultur. Lebensmittel, die man in der Neuen Welt einmal im Monat in Plastik verschmolzen, in Dosen verlötet, zähgetrocknet oder hartgefroren in Monsterpackungen aus dem Supermarkt schleppt, achtlos hinten ins Auto wirft, achtlos kocht und ebenso achtlos hinunterschlingt, kauft man hier frisch und saftig und immer nur so viel, wie man in zwei Tagen essen kann.

Bei uns zuhause ist Einkaufen Arbeit. Hier in Paris ist es ein sinnliches Vergnügen. Außerdem flirtet man mit den Verkäufern, das ist Pflicht und gehört dazu. Franzosen sind mein Fall. Sie lachen gerne, sind charmant, wortgewandt, für ihren Humor bekannt. Ihre Komplimente sind kindlich (und unverbindlich!). *Nie* wird man um ein Rendezvous gebeten oder das nächstemal mit Anzüglichkeiten bedacht. Nein, man spielt ein Spiel. Beide Parteien wissen es. Man amüsiert sich, das genügt.

«*Bonjour monsieur*», begrüße ich meinen Zeitungshändler, dessen beste Kundin ich bin, denn ausländische Blätter sind teuer, «heute ist ein echter Frühlingstag. Haben Sie es schon bemerkt?» Er ist groß, hager und lächelt betörend.

«Aber sicher! *Bonjour madame.* Sie sehen heute sehr vergnügt aus.» Bewundernd blickt er auf mich herab.

«*Merci, monsieur!* Sie aber auch!»

«Ich? Mir geht es *schlecht!* Oh la la! Ich glaube, ich erhänge mich!» Er schließt die Augen und seufzt erbärmlich.

«Um Gottes willen! Was ist passiert?»

«Alles, Madame! *Alles!* Ich kann nicht anders. Ich hänge mich auf, und zwar sofort!»

«Aber wo? Wo wollen Sie sich aufhängen?»

«An Ihrem Hals natürlich! Sie süße kleine Frau!»

Darauf lachen wir gemeinsam, und dann erst kaufe ich meine *Times* vom Samstag mit der Literaturbeilage, *Le Monde* und das *Wall Street Journal.* Ja, das ist Paris. Warum kann das nicht bei uns zuhause auch so sein? Kokettieren kostet nichts und macht das Leben schöner. Außerdem ist Lachen gesund!

Also: was leiste ich mir heute Gutes zum Essen? Die Wahl wird mir schwer. Mühsam zwänge ich mich durch die Menge, vorbei an den vielen Menschen, die an den Marktständen Schlange stehen, vorbei an duftenden Bergen frischer Erdbeeren, Kirschen, Pfirsiche, Papayas, Mangos hin zum Gemüse. Da liegen sie. Dicke weiße Spargel in appetitlichen Holzkisten. Genau die will ich. Gesund, entwässernd, kaum Kalorien. Etwas Salat dazu. Und die sieben Kräuter, die hineingehören: Petersilie, Dill, Schnittlauch, Kerbel, Zitronenmelisse, Basilikum, Estragon. In Paris ist das kein Problem, man kriegt die Kräuter frisch, in kleine Sträuße gebunden. Billig sind sie nicht! Doch wenn man sie ins Wasser stellt und im Kühlschrank aufbewahrt, halten sie über eine Woche. Noch ein paar Kartoffeln? Wunderbar.

Sorgfältig verstaue ich alles in meinem Korb. Dann schnell an den Fischen vorbei, mit abgewandtem Kopf. Sie tun mir leid, wie sie da liegen, auf Eis, die Mäuler aufgerissen, die Augen offen. Das Fleisch ist mir auch nicht geheuer, oft liegen blutende abgehackte Köpfe neben den Koteletten. Von Hasen, Ziegen, Schweinen. Nein, das ist gar nicht mein Fall. Doch heute kaufe ich ein großes, teures Steak und schlendere dann zur Rue Mouffetard hinüber, vorbei an Butterbergen, Käseschlössern, Eierpyramiden, Pasteten in irdenen Tiegeln und kunstvollen Knoblauchzöpfen.

Auch in der Rue Mouffetard ist Markt. Ich will mich an dem bunten Gewimmel ergötzen und mir im Tabac einen Kaffee leisten. Halt! Fast hätte ich vergessen: Ich brauche frische gelbe Tulpen für den Konzertflügel und ein paar duftende Fresien, weiß, lila und rosa für meinen Schreibtisch. So! Das genügt!

Doch plötzlich, ich weiß nicht warum, wie und weshalb, erfaßt mich eine unbändige Gier nach Süßem. Eine Bäckerei befindet sich neben dem Blumenladen und duftet verführerisch. Schon bin ich drinnen und verlange zwei Rosinenbrötchen und eine Haselnußkrone und verschlinge sie, ehe ich das Wechselgeld in der Hand halte. Doch das genügt nicht. Nein! Ich will mehr! Mehr! Mehr! Eine gefüllte Nonne mit Schokoladenglasur! Ein Blitzschlag mit

Kaffeecreme! Ein alkoholtriefender Papa im Rum, letzterer allein eine nette Kleinigkeit von rund siebenhundert Kalorien.

Um das Ganze abzurunden, kaufe ich noch zwei große Tafeln Haselnußschokolade, und kaum stehe ich wieder auf der Straße zwischen den Touristen und Marktschreiern, den vollbepackten Hausfrauen, den Vätern mit kleinen Kindern, reiße ich die Silberfolie herunter und stopfe eine Rippe nach der andern in den Mund, als hinge mein Leben davon ab.

Zuhause folgt der Tragödie zweiter Teil. Ein irrsinniger Heißhunger nach Käsetoast, Schinkenomelette und Butterbrot überfällt mich. Ich stürze in die Küche, um mit dem Kochen zu beginnen. Dann brate ich das Steak, kann es jedoch nur noch zur Hälfte bewältigen und stelle den Rest in den Kühlschrank.

Dort aber entdecke ich eine Kilodose Kastanienpüree (Edelkastanien, erste Güteklasse, gezuckert), nehme sie heraus, setze mich auf einen Hocker neben der Frühstücksbar und löffle sie leer, ohne auch nur eine Sekunde zu verlieren. Anschließend habe ich entsetzlichen Durst und trinke eineinhalb Liter Mineralwasser. Dann ist mir gründlich schlecht!

Zur Bestrafung stelle ich mich auch gleich auf die Waage. Gott steh mir bei! Kann das sein? Ich wiege sechsundsechzig Kilo!! SECHSUNDSECHZIG KILO! *Drei Kilo mehr* als heute früh. So einen Freßanfall habe ich jahrelang nicht mehr gehabt.

Offensichtlich sind das die Spätwirkungen von gestern nacht. Nelly hatte recht.

Na gut! Mit zwanzig wäre ich in eine Depression verfallen und hätte mir zum Trost gleich einen Berg Pfannkuchen mit Ahornsirup gemacht. Jetzt, mit einundvierzig, besitze ich mehr Selbstdisziplin, und so werde ich heute den ganzen Tag keinen Bissen mehr essen, nein, nicht einen. Sofort setze ich mich an den Schreibtisch, bis abends um acht! Anschließend gehe ich zwecks Ablenkung ins Kino. Normalerweise, um nichts zu verschweigen, leiste ich mir nämlich Sonntag abend ein Essen beim Chinesen. Jawohl. Ein sündiges Vergnügen, das ich Nelly verschweige und mir selbst kaum eingestehe (deshalb erwähnte ich es auch gar nicht erst). Doch der Mensch ist ein Gewohnheitstier. Einmal pro Woche esse ich normal. Ganz ohne Fleisch geht es doch nicht!

Heute aber habe ich genug gesündigt. Kino statt Restaurant ist beschlossene Sache, und ab morgen lebe ich wieder strikt nach der Hollywood-Bright-Star-Diät. Wie ich mich kenne, bin ich in drei Tagen das Übergewicht los!

Eisern halte ich mich an meine Vorsätze. Den ganzen Tag rühre ich mich nicht aus dem Arbeitszimmer, esse keinen Bissen, trinke nur Tee und Mineralwasser und schreibe elf Seiten über Schönheitspflege. Um neun Uhr abends fahre ich dann hinunter ins Quartier Latin, in ein winziges Kino in der Rue Galande und gönne mir die Monroe in «Bus Stop». Der Film ist ausgezeichnet, ich habe ihn auch schon fünfmal gesehen, aber er ist der einzige im ganzen Quartier, in dem nicht gemordet, geschossen, vergewaltigt oder gefoltert wird, und dabei gibt es *siebzehn* Kinos in diesem Stadtviertel!

Während ich mich an Marilyns Talent erfreue, braut sich bereits das Unheil über mir zusammen (nur merke ich nichts davon). Vergnügt folge ich der Handlung, und um Viertel nach elf stehe ich derart aufgekratzt wieder auf der Straße, daß ich beschließe, zu Fuß nach Hause zu gehen.

Die Beine schmerzen zwar noch vom gestrigen Marathonlauf, es ist auch schon spät, doch ich habe keine Angst. Das ist Paris und nicht New York. Hier können Frauen auch nachts allein unterwegs sein, hier kann man sich frei bewegen, hier fühle ich mich sicher.

Ungehindert gelange ich von der engen kleinen Rue Galande mit dem holprigen Pflaster hinauf zum Boulevard St. Germain. Doch wen entdecke ich dort, unter der großen Uhr, wo die Rue Monge beginnt? Kein Zweifel! Das ist Nouri, und neben ihm steht Jussuf, sein unsympathischer Cousin. Haben mich die beiden oben auf dem Place Contrescarpe gesucht?

Panik steigt in mir auf. Ich will ihnen auf keinen Fall begegnen, *muß* aber die Rue Monge hinauf, es gibt keinen anderen Weg. Was tun? Ein paar Sekunden stehe ich wie gelähmt auf der Straße und überlege blitzschnell hin und her. Die Metro! Das ist die Rettung. Ich nehme die Metro und verschwinde vom Erdboden. Gleich hier ist eine Station, wie heißt sie? Maubert Mutualité. Wunderbar. Nichts wie weg!

Ich laufe die Stufen hinunter. Haben sie mich am Ende erkannt? Atemlos verlange ich ein Ticket, drehe mich mehrmals um. Nein! Fehlalarm! Niemand folgt mir. Meine Flucht ist gelungen. Beruhigt begebe ich mich eine weitere Treppe hinunter zum Bahnsteig.

Die Station ist still, herankommender Zug ist noch keiner zu hören. Sie ist auch gähnend leer – bis auf vier unheimliche Gestalten ganz hinten am andern Ende, vier junge Männer mit dunkler Hautfarbe, die mir gleich nicht geheuer sind.

Mein Instinkt sagt klar und deutlich: umdrehen, Treppe hinauflaufen, sofort verschwinden! Sofort! Doch oben lauert Nouri auf mich, und wenn er mich sieht, werde ich ihn nicht wieder los. Nein, ich bleibe. Noch eine Nacht wie gestern, und ich gehe ins Kloster. Außerdem ist mir noch nie Böses geschehen, weder in Kanada noch in Amerika. Ich bin noch nie bedroht, überfallen oder ausgeraubt worden. Man darf nicht überängstlich werden. Positiv denken. Dann geht alles gut. In meinem geliebten Paris bin ich sicher.

Ich setze mich auf die lange Bank, die die ganze Station entlangführt, starre auf meine Schuhe und tue so, als ob ich nicht vorhanden wäre.

Das ist ein Fehler, wie sich sofort herausstellt.

Kaum sitze ich, spüre ich, wie die vier näher kommen. Ich höre sie nicht, denn sie bewegen sich lautlos, doch ich fühle, daß sie da sind! In Sekundenschnelle bin ich umringt.

Mein Herz beginnt wie rasend zu klopfen, doch ich spiele immer noch heile Welt. In Paris geschieht mir nichts.

«*Mademoiselle?*» fragt eine Stimme dicht hinter meinem rechten Ohr. Ich hebe den Kopf. Wenn sie Zigaretten wollen, sind sie an die Falsche gekommen. Mehr kann ich nicht denken, etwas Scharfes klatscht mir ins Gesicht, meine Augen beginnen wie Feuer zu brennen, ein Schwert durchbohrt meine Lunge, ich kann kaum atmen, keuche, huste, ringe nach Luft. Es ist entsetzlich! Grauenhaft! Es ist nicht wahr! Ich bilde mir das ein! In Paris geschieht mir... Da fühle ich, wie jemand an meiner Handtasche zieht.

DIE TASCHE KRIEGEN SIE NICHT! Das ist der einzige klare Gedanke in diesem fürchterlichen Moment. Ich beuge mich vor, um sie zu schützen, werde jedoch brutal auf den Kopf geschlagen und stürze zu Boden. Die Tasche liegt unter mir, und ich bedecke sie mit meinem Körper. Nein! Nein! Nein! Nein! Ich gebe sie nicht her! Sie kriegen sie *nicht! Niemals!* Doch vier Männer sind stärker als eine Frau. In zwei Sekunden haben sie die Beute und rennen davon.

Wie lange ich auf dem schmutzigen Boden liege, weiß ich nicht. Es kommt mir vor wie eine Ewigkeit. Als ich mich endlich aufrichte, habe ich das Gefühl, hundert Jahre alt zu sein. Alles schmerzt. Mein Kopf, meine Knie, mein Rücken. Und erst die Hände. Was ist das? Sie sind rot, grellrot, über und über rot, genau wie mein Kleid. Blut? Säure? Hilfe! Ich bin verstümmelt! Ich ersticke!

Keuchend und hustend wanke ich zur Treppe. Der Stationsvorsteher stürzt mir entgegen.

«Um Gottes willen, Madame, sind Sie verletzt?»

Schluchzend halte ich ihm meine roten Hände hin.

«Das ist nur Farbe», tröstet er mich, «Tränengas und rote Farbe. Das ist nicht gefährlich, Madame. Stützen Sie sich auf mich. *Voilà!* Ich helfe Ihnen hinauf!»

Er greift mir unter die Arme, zieht mich nach oben, holt mir einen Stuhl, hat auch schon die Polizei alarmiert. In zwei Minuten sind sie da, drei Männer in Zivil, die aussehen wie harmlose Familienväter. Aber sie werfen einen gezielten Blick auf mich, fragen kurz: «Wie viele waren es? Was haben sie an? In welche Richtung sind sie gerannt?» Und stürzen die Treppe hinauf, in die Nacht hinaus.

Ich sitze da und ringe nach Luft. Noch nie war mir so elend zumute. Ich fühle mich vollkommen nackt. Ein Stück Fleisch.

Kein Mensch mehr. So fühlt man sich, wenn man in den Schlachthof gezerrt wird. Jetzt weiß ich, wie das ist, wenn man umgebracht wird.

In dem Moment entdecke ich, daß mein Ring fehlt. Mein prachtvoller Ring mit dem Feueropal. Und die Schlüssel. Sie haben meine Schlüssel. Und mein Bargeld. Und meine Kreditkarten. Und meinen Paß. Sie kennen meinen Namen, meine Adresse, ich bin ihnen ausgeliefert. Vielleicht sind sie schon oben in der Wohnung und warten auf mich.

«Erstatten Sie Anzeige? Sie müssen Anzeige erstatten!» Der Stationsvorsteher hat Papier und Kugelschreiber in der Hand. Ich gebe an, was in der Tasche war, beschreibe auch den Ring bis ins kleinste Detail. «Wie groß ist die Chance, daß man sie schnappt?» frage ich, als ich fertig bin. Die Antwort ist ein Schulterzucken. Ich verstehe. Man erwischt die Typen nie! Aber wie komme ich ohne Geld nach Hause? Gehen kann ich heute keinen Schritt mehr. Und wie komme ich ohne Schlüssel in die Wohnung? Wie kriege ich meinen Ring zurück? Es ist zum Verzweifeln!

Ich beginne wieder zu husten, kann nicht mehr aufhören. Das Leben hat keinen Sinn. Ist nun alles verloren? Doch nein! Ich habe einen Schutzengel. Im Moment der größten Verzweiflung geschieht das Wunder, ich kann es kaum fassen.

Plötzlich höre ich Stimmen, Schritte, Schreie, Getrampel. Die Polizisten kommen zurück, poltern die Treppe herab. Und sie sind nicht allein. Sie haben tatsächlich drei von den vieren verhaftet. Die Burschen sind in Handschellen, gebärden sich wie rasend, brüllen, stoßen, spucken, am liebsten würden sie uns alle umbringen, das sieht man ihnen an.

«Sind sie das?» fragt ein Polizist, ohne sich um den Lärm zu kümmern.

Ich nicke. «Aber einer fehlt!»

Da dreht sich der größte der drei zu mir, ein furchterregender Bursche mit stechenden, blutunterlaufenen Augen. «Sie lügen!» brüllt er mich an, und seine Stimme überschlägt sich. «Sie haben mich noch nie gesehen! Noch *nie!* Sagen Sie das der Polizei. Sie haben mich nie gesehen, ich war den ganzen Abend in St. Michel, ich war *überhaupt nicht hier!* Sie verwechseln mich! Sagen Sie das der Polizei!»

Ich erkenne ihn sofort, es ist der, der mich niedergeschlagen hat. Ich wende den Kopf und lasse ihn toben.

«Das sind sie hundertprozentig», mischt sich der Stationsvorsteher ein, «ich habe sie ganz genau gesehen. Ich bin ihnen nach auf die Straße. Dort haben sie das hier weggeworfen. Sehen Sie!» Er reicht dem Polizisten eine kleine Sprühdose, Tränengas, vermischt mit roter Farbe. Man kann sie in jeder Drogerie kaufen. Sie sind zur Verteidigung gedacht. Aber wie man sieht, eignen sie sich auch hervorragend für den Angriff.

«Haben Sie meine Tasche gefunden?» frage ich zitternd. «Und meinen Ring? Den haben sie mir nämlich auch gestohlen!»

Die Antwort ist ein bedauerndes Kopfschütteln. «Noch nicht, Madame. Wir haben sie erst in der Rue St. Jacques gestellt, da war Ihre Tasche schon ausgeräumt und weggeworfen. Außerdem ist uns der Anführer durch die Lappen, der hat die ganze Beute, die sie heute abend gemacht haben. Auch Ihr Geld und Ihren Schmuck. Aber keine Angst, den kriegen wir schon noch. Sagen Sie, gehört das auch Ihnen?»

Er zieht einen zerknüllten Hundert-Mark-Schein aus der Tasche. «Das haben wir bei dem da gefunden.» Er zeigt auf den kleinsten der drei, einen jungen Mann, höchstens zwanzig Jahre alt, mit einer teuren, modischen Astronautenjacke und abstoßendem Gesicht. Dichte schwarze Augenbrauen, niedrige Stirn, dumpfer Blick und flachgedrückte Boxernase. Er hat mir das Tränengas in die Augen gesprüht. Jetzt steht er da, als ginge ihn das Ganze überhaupt nichts an.

«Nein, das gehört nicht mir. Ich habe nur französisches Geld gehabt. Glauben Sie wirklich, daß Sie meinen Ring finden?»

«War er echt?» will der Beamte wissen.

«Natürlich.»

«Dann stehen die Chancen schlecht. Wissen Sie, der Typ, der uns entwischt ist, ist längst oben am Pigalle und hat alles verscherbelt. Er will das Zeug loswerden, außerdem will er Geld sehen. Das geht blitzschnell. Der Schmuck, der in Paris gestohlen wird, verschwindet im Untergrund, dort bleibt er zwei Jahre. Dann taucht er in Marseille wieder auf oder in London oder in Rom. Das heißt, wenn es guter antiker Schmuck ist. Massenware wird eingeschmolzen.»

Mein Herz krampft sich zusammen. Mein Ring verkauft an einen Hehler. Jahrelang versteckt in einem Safe. Wie soll ich ihn je wiederfinden? Am liebsten wäre ich in Tränen ausgebrochen. Aber vor diesen Verbrechern weine ich nicht.

«So», sagt der Polizist, «wir gehen jetzt alle hinüber zur Wache und melden den Fall. Dann können Sie sich die rote Farbe herunterwaschen, Madame. Anschließend fahren wir zum Boulevard de l'Hôpital, dort ist das Hauptquartier der Kriminalpolizei. Ich fürchte, Sie werden heute nacht nicht viel zum Schlafen kommen.»

Gemeinsam machen wir uns auf den Weg. Die Burschen haben zu toben aufgehört und trotten schweigend dahin. Sie sind mit Handschellen an die Polizisten gefesselt und haben jeden Widerstand aufgegeben. Ich beobachte sie kopfschüttelnd. Jetzt zittern sie vor Angst. Typische Verbrecher. Mutig sind sie nur, wenn sie zu viert eine Frau niederprügeln können. *Vier* Männer gegen *eine* Frau! Da fühlen sie sich stark. Das sind die Helden unserer gefühlskranken Zeit!

Oben auf der Straße suche ich mit den Augen nach Nouri und Jussuf. Aber die beiden sind verschwunden. Wenn sie vorhin nicht dagestanden hätten, wäre mir dieser Alptraum hier erspart geblieben.

Auf der Wache folgt der nächste Schock. Eine hübsche blonde Polizistin in perfekt sitzender blauer Uniform nimmt sich meiner an, führt mich in einen Waschraum und bringt mir Seife und Papiertaschentücher.

Ich blicke in den Spiegel – und weiche entsetzt zurück. Das kann doch nicht wahr sein. Bin das wirklich ich? Mein Gesicht ist krebsrot, wie lackiert, die Augen fast zugeschwollen, die Haare verklebt und das Seidenkleid voll roter Flecken.

Verzweifelt beginne ich zu schrubben, Hände, Arme, Wangen, Nase. Endlich, nach vielen Minuten, ist das Gesicht wieder weiß. Dafür sehe ich jetzt aus wie ein Gespenst. Bleich, verschreckt, und sofort beginne ich am ganzen Leib zu zittern. Die Person im Spiegel bin nicht mehr ich, das begreife ich blitzartig. Nicht die lebenslustige Ophelia aus Kanada blickt mir entgegen, sondern ein weiteres anonymes Opfer unserer brutalen Großstädte, in denen sich das Faustrecht verbreitet wie eine tödliche Seuche. Was ich sehe, ist eine von vielen verzweifelten Frauen, denen heute nacht in Paris, London, New York, Rom und Los Angeles dasselbe oder noch viel Schlimmeres passiert ist. Ein Opfer unter vielen bin ich.

Und täglich werden es mehr. Im Hauptquartier der Kriminalpolizei geht es bereits zu wie in einem Bienenschwarm. Vierundsechzig Verbrechen sind schon gemeldet, dabei ist es erst kurz nach Mitternacht.

Ich sitze in einem großen Warteraum, der voll mit Menschen ist. Neben mir ein englisches Ehepaar, deren Auto man aufgebrochen und ausgeraubt hat. Sie sind auf der Durchreise nach Italien, dies ist ihr erster Urlaubstag. Sie haben nichts mehr anzuziehen, ihr ganzes Gepäck ist weg.

Sie unterhalten sich mit zwei Amerikanerinnen, denen man Geld und Dokumente gestohlen hat in der Metro, als sie vom Hotel zum Abendessen in ein Restaurant fahren wollten. Die beiden sind verzweifelt. Paß, Flugticket, Reiseschecks, Bargeld, das ganze Budget des Europaaufenthaltes, für den sie jahrelang eisern gespart hatten, ist verschwunden!

Um zwei Uhr früh komme ich endlich an die Reihe, werde durch einen langen kahlen Gang in ein winziges Büro geführt. Kaum bin ich durch die Tür, beginnt der Beamte zu niesen und hört nicht mehr auf. Es ist das Tränengas in meinen Haaren. Erst als er das Fenster öffnet, kann er das Protokoll aufnehmen. Er ist sehr nett, klein, jung, mit einem blonden Schnurrbart und großen roten Ohren.

Er schreibt und schreibt und schreibt. Es wird immer später. Zwischendurch fragt er gezielt. Die Zeit vergeht. Endlich ist er fertig, liest vor, was er verfaßt hat. Dann holt er mir Wasser, offeriert mir Zigaretten und bittet mich, eine Zeichnung meines Ringes anzufertigen. Während ich mich nach besten Kräften bemühe, wird plötzlich laut an die Tür geklopft. Ein schwarzer Polizist kommt herein und lächelt wie der Weihnachtsmann. In der Hand hält er – meine Tasche! Ich kann es nicht fassen!

«Gehört die Ihnen?» fragt er sicherheitshalber. «Wir haben sie in der Rue St. Jacques in einem Hausflur gefunden. Das Geld ist zwar weg, aber die Papiere dürften noch alle da sein.»

Das Geld ist meine geringste Sorge. Ich hatte nur hundert Franc mitgenommen, und die kann ich verschmerzen. Überschwenglich bedanke ich mich, nehme die Tasche in Empfang und kontrolliere sofort den Inhalt. Paß, Kreditkarten, Adreßbuch, Scheckheft, Schlüssel – es ist wirklich alles da. Mir fällt ein Stein vom Herzen. Ich bin gerettet! Ich kann nach Hause in die Wohnung! Jetzt ist alles nur noch halb so schlimm.

Um drei Uhr früh unterschreibe ich das Protokoll. Und da ich keinen Sou besitze, fährt mich der nette Beamte mit dem blonden Schnurrbart in seinem Privatwagen nach Hause. Es ist ein elender Kübel, ein schmutziggrauer Renault-Kombi, der knattert und rattert und schüttelt, aber er bewegt sich doch – und darauf kommt es an.

«Kennen Sie die Typen, die mich überfallen haben?» frage ich, während wir lautstark über die leeren Boulevards unterwegs sind. «Können Sie mir verraten, wo sie herkommen?»

«Natürlich. Aus einer ehemaligen Kolonie. Ile de la Réunion. Hinter der Bande sind wir schon seit Monaten her.»

«Werden sie ausgewiesen?»

«Nein. Das sind Franzosen mit französischen Pässen. Sie kriegen Gefängnis. Zwei Jahre schätze ich. Sie sind nämlich alle schon vorbestraft.»

«Vorbestraft? Aber sie sind doch noch so jung!»

«Der Kleine ist neunzehn, die beiden andern dreiundzwanzig. Der Anführer ist auch nicht viel älter, noch keine dreißig. Ein ehemaliger Berufssoldat. Deserteur. Den schnappen wir uns zum Frühstück.»

«Wo wohnt er denn?»

«In einem kleinen Hotel am Pigalle. Er weiß natürlich nicht, daß es uns schon bekannt ist, er glaubt, die andern verraten ihn nicht. Aber sie haben sofort die Adresse herausgerückt, dafür kriegen sie ein milderes Urteil. Haben sie auch bitter nötig. Heute abend haben sie nämlich schon eine Studentin, eine alte Dame und einen deutschen Touristen ausgeraubt, in knapp zwei Stunden zwischen neun und elf. Die letzte waren dann Sie.»

«Schuld sind die Medien», sage ich nach einer kurzen Pause, «überall wird geschossen und geprügelt, kein Film ohne Leichen. Die vier kommen sicher aus Verbrecherfamilien, sehen den ganzen Tag fern, lernen dabei, wie man raubt und mordet. Was passiert? Abends gehen sie auf die Straße und machen es genauso.»

«Kann sein. Aber ein bißchen Veranlagung ist auch dabei. Manche haben nämlich Geschwister, die sind brav und anständig. Nur einer ist das schwarze Schaf, verprügelt die Schwester, stiehlt der Mutter das Geld aus der Handtasche. Arbeit interessiert ihn sowieso nicht, also sucht er sich ein paar Gleichgesinnte und kommt nach Frankreich. Auf Réunion hat es sich nämlich in gewissen Kreisen herumgesprochen, daß man in fünf Jahren Millionär ist, wenn man in Paris auf der Straße Leute überfällt.»

«Und den Blödsinn glauben sie?»

«Natürlich. Es sind ja nicht die intelligentesten, die so was machen.»

«Und was passiert nach den zwei Jahren Gefängnis?»

«Da werden sie rückfällig.»

«Was?»

«Ja, leider. Es ist immer dasselbe. Vierzehn Tage lang nehmen sie sich zusammen, suchen sich vielleicht sogar eine Arbeit. Aber in der dritten Woche sind sie schon wieder oben am Pigalle, gehen in die gewissen Lokale, kontaktieren die alten Freunde, und am gleichen Abend kommen sie wieder mit dem Gesetz in Konflikt. Das geht dann so lang, bis man sie wieder erwischt. Ich beobachte das schon seit Jahren. Diese Typen lernen nichts dazu. Nur die Delikte werden schwerer!»

«Was kann man denn da machen?»

«Nichts. Einsperren und hoffen, daß sie von Frankreich genug haben und nach Hause verschwinden.»

«Und was machen sie zuhause?»

«Dasselbe wie hier. Nur wird drüben schneller geschossen, und irgendwann erwischt es sie. Diese Typen werden nicht alt. Aber das ist nicht unser Problem. Wir sind froh, wenn wir sie loshaben. Bei der Bande, die Sie überfallen hat, haben wir vielleicht Glück. Die haben schon beim letztenmal versprochen, daß sie abhauen. Ob sie es halten, ist eine andere Frage. Ich bin da nicht sehr optimistisch. Auf jeden Fall nehmen Sie am Abend nicht mehr die Metro, Madame, das ist zu gefährlich.»

Er beginnt zu niesen – das Tränengas in meinen Haaren steigt ihm in die Nase, und erst als er das Fenster herunterkurbelt, kann er weitersprechen.

«Ich nehme die Metro auch nur, wenn ich unbedingt *muß*. Und ich habe immer eine Sprühdose dabei, so eine, mit der man Sie heute überfallen hat.» Er zieht die mir schon bekannte Dose aus der Tasche und hält sie hoch. «Ohne die gehe ich nicht auf die Straße. Mir kann dasselbe passieren wie Ihnen, Madame. Eine Kollegin von mir hat man vorige Woche überfallen, die liegt heute noch im Krankenhaus.»

«Ich hätte nie gedacht, daß Paris so gefährlich ist. Für uns in Kanada ist Europa eine friedliche Oase. Seit wann passiert hier so viel?»

«Erst seit Beginn der achtziger Jahre. Da haben sich die Gewaltverbrechen verdoppelt. Leider werden es nicht weniger. Wir haben erst Anfang Mai, aber so viele Bomben wie jetzt und so viele Morde haben wir überhaupt noch nie gehabt. Das bricht alle Rekorde!»

«Schöne Aussichten. Können Sie mir sagen, wie das weitergehen soll?»

«Keine Ahnung!» Er zuckt die Achseln. «Da weiß ich genausowenig wie Sie. *Voilà,* Madame», er bremst scharf und biegt in die Rue Lacépède ein, «hier sind wir. Wie gesagt, ich melde mich sofort, wenn ich etwas über Ihren Ring erfahre. Und gehen Sie morgen gleich zum Arzt, Sie haben eine Platzwunde am Kopf. Den Befund heben Sie bitte auf, den brauchen wir für den Prozeß. Gute Nacht, Madame.»

Er wartet, bis ich sicher im Hausflur bin, winkt mir zum Abschied durch die Glastür zu. Ich lächle tapfer und winke zurück. Nur keine Schwäche zeigen.

Oben in der Wohnung aber verläßt mich die Kraft. Ich verriegle gerade noch die Tür, lehne mich an die Wand, stehe zitternd im Dunkeln und wage nicht, das Licht einzuschalten.

Noch nie in meinem ganzen Leben bin ich geschlagen worden. Gewalt kenne ich nur vom Hörensagen. Meine Mutter hat mir nie auch nur die kleinste Ohrfeige versetzt. Weder in der Schule noch im Kindergarten wurden wir gezüchtigt. Heute aber haben sich vier fremde Männer auf mich gestürzt und mich niedergeprügelt. *Das ist ein Schock!*

Plötzlich merke ich, wie verwundbar ich bin. Wie leicht es ist, einer Frau Gewalt anzutun. Wie schnell es aus sein kann mit diesem schönen Leben. Und das, meine Lieben, ändert alles!

Am ganzen Körper bebend, drücke ich mich an die Wand und horche angestrengt ins Dunkel. Beim kleinsten Geräusch zucke ich zusammen. In jeder Ecke vermute ich Verbrecher. Ist der Anführer, der uns entkommen ist, vielleicht doch in der Wohnung? Nein, Ophelia! Er ist oben am Pigalle und verkauft gerade deinen Ring für fünfzig Franc! Aber knarrt da nicht die Balkontür? Natürlich! Jemand will herein. Wo soll ich mich verstecken? Wie kann ich mich verteidigen? Ich bin eine Frau und wehrlos! Ich halte den Atem an, mein Herz klopft so laut, daß es in den Ohren dröhnt. Ich bin das Opfer *par excellence!* Ich warte auf den Mörder. Opfer? Ich? *Niemals!* Ich bin zwar wehrlos, aber feig bin ich nicht. Ich war immer mutiger als die andern. Deshalb drehe ich jetzt das Licht an. *Voilà!* Deshalb gehe ich jetzt zur Balkontür und sehe nach, wer da draußen herumschleicht, und wenn ich dabei *draufgehe!*

Auf dem Balkon ist niemand. Alles ist ruhig und friedlich. Die Lorbeerbäume stehen noch da, der Himmel wird langsam hell.

Die Spatzen zwitschern verschlafen oben auf dem Dachgarten. Erleichtert mache ich die Tür hinter mir zu. Nur nicht hysterisch werden, das ist momentan das wichtigste. Ganz normal handeln. Ich gehe in die Küche und mache mir eine Tasse Tee. Langsam trinke ich ihn, Schluck für Schluck, ziemlich heiß. Das tut gut!

Dann wasche ich die Haare. Das Tränengas muß heraus, damit endlich der Niesreiz verschwindet. Ich verbrauche eine halbe Flasche Shampoo, tonnenweise geht rote Farbe herunter, und erst beim fünftenmal Spülen bleibt das Wasser klar. Jetzt noch Balsam einmassieren, etwas Merfen auf die Wunde, so! Weg ist der scharfe Geruch. Die Haare duften wieder. Der Kopf ist in Ordnung gebracht.

Und nun das Kleid. Alle Spuren tilgen!

Ich fülle das Bidet mit warmem Wasser, gebe Seifenflocken dazu, tauche das Kleid hinein. Dann wickle ich ein frisches Handtuch um die nassen Haare, verknüpfe es zu einem Turban, setze mich auf den Bidetrand und sehe zu, wie das Wasser die rote Farbe aus der gelben Seide zieht.

Jetzt hat es mich also auch erwischt! Fast alle meine Bekannten in Kanada und Amerika inklusive Nelly und meine Mutter sind überfallen worden. Aber weil ich schön bin und niemandem Böses will, habe *ich* mich für unverwundbar gehalten! Ein Fehler, wie man sieht. Tatsache ist: Im letzten Viertel des zwanzigsten Jahrhunderts kann man sich als Frau nicht mehr leisten, abends allein in die Metro zu steigen. Schon gar nicht an einem Sonntag kurz vor Mitternacht, in einem auffallenden Seidenkleid mit einer neuen Lacktasche von Dior. Ich sehe teuer aus, ich habe etwas von einem Luxusgeschöpf an mir, höchstwahrscheinlich haben die Typen angenommen, daß ich Tausende von Franc in meiner Handtasche spazierentrage.

Aber was zum Teufel soll ich tun? Mich kleiden wie ein Clochard? Das Haupt verhüllen? Die Haare schneiden? Abends nicht mehr ausgehen? Karatekurse absolvieren? Schießen lernen? Eine Pistole mit mir herumtragen? Niemals! So kann und *will* ich nicht leben.

Oder doch?

Bleibt mir etwas anderes übrig?

Ich stehe auf, hülle mich in einen grünen Schlafrock, den ich im Bad gefunden habe (bester Samt, gehört meinem Operndirektor), und begebe mich in die Küche, um mir eine zweite Tasse Tee zu bereiten. Ich trinke sie im Salon, auf der sonnengelben Méridienne, und denke nach, bis es draußen hell wird.

Schießen ist mir zu brutal.

Aber warum soll ich nicht Karate lernen? Kann mir das bitte einer beantworten?

Nach dem heutigen Erlebnis ist mir eines klar. Frauen sind in der Großstadt Freiwild. Die Männer schützen uns nicht mehr. Was heißt schützen! Sie wagen sich selber nur mehr mit Tränengasdosen auf die Straße. Höchste Zeit, etwas zu unternehmen! Wenn ich die nächsten fünfzig Seiten fertighabe, lege ich eine Arbeitspause ein und absolviere einen Karatekurs!

Jawohl! Ich lerne Karate, um mich zu verteidigen. Nicht gegen wilde Horden eindringender Feinde, wohlgemerkt, sondern gegen meine *Mitmenschen,* die dieselbe Sprache sprechen, dieselbe Stadt bewohnen, dieselben Kinos, Bistros, Cafés besuchen. Wer wagt da noch zu behaupten, daß wir mitten im Frieden leben? Der *Bürgerkrieg* hat begonnen, machen wir uns nichts vor. Jeder gegen jeden. Das Faustrecht macht sich breit! Und, meine Lieben, wir haben *noch* ein Privileg. Wir leben in einer Zeit, in der der Kampf der Geschlechter *tatsächlich* stattfindet. Nämlich in der Metro, der U-Bahn, der Subway, in Vorortzügen, leeren Bahnhöfen, Autobushaltestellen, Tiefgaragen, Großparkplätzen, dunklen Parks, finsteren Hausfluren und einsamen Straßen. Überall dort, wo man ungesehen Frauen vergewaltigen, berauben und umbringen kann, werden Frauen vergewaltigt, beraubt und umgebracht. Nacht für Nacht. Tag für Tag!

Und von wem? Von unseren geliebten Schnuckis, unseren besseren Hälften, dem tapferen starken Geschlecht. Die Männer haben versagt! Sie regieren die Welt, aber sie haben sie schon längst nicht mehr im Griff. Sie treiben uns alle ins Verderben mit ihren Machtspielen, ihrem Größenwahn, ihren Intrigen, ihren ewigen Kriegen und ihrem Rüstungswahn!

Feministische Propaganda? Daß ich nicht lache!

Stellen wir uns das doch umgekehrt vor. Was würden die Männer über uns Frauen denken, wenn *wir* uns zu Banden zusammenrotten würden, um sie im Dunkeln zu berauben, zu verprügeln und zu ermorden? Wenn wir Frauen neunzig Prozent aller Verbrechen und die meisten Kriege der Geschichte auf dem Gewissen hätten? Wenn *wir* die Waffennarren wären und rüsten würden bis zum bitteren Ende?

Würden sie uns blind vertrauen, unsere Intelligenz bewundern und uns als Krone der Schöpfung verehren? Das würden sie *nicht!* Sie würden uns fürchten und verachten und uns die Herrschaft absprechen. Zu hart zu den armen Schätzen? Ahhhhhh, meine Lieben, das ist die Zeit der totalen Desillusion. Wir Frauen betrachten die Herren der Schöpfung mit Ernüchterung. Denn was sehen wir? Grausame Kinder. Entsetzliche Kinder, die Krieg spielen, vergewaltigen, rauben, morden und deren Bücher, Filme und Theaterstücke vor Grausamkeit und Selbstherrlichkeit strotzen.

Weiter komme ich nicht in meinen Überlegungen. Ruckartig setze ich mich auf, hülle mich enger in meinen grünen Schlafrock. Beginne ich jetzt die Männer zu hassen? Ausgerechnet ich, die ihr Lebenswerk darin sieht, die *Liebe* zwischen den Menschen zu fördern? Der Gedanke ist ernüchternd.

Ich stehe auf, beginne unruhig im Salon auf und ab zu gehen. Mein Kopf schmerzt, das Blut pocht in der Wunde, meine Lunge sticht, die Augen brennen – ich bin das Opfer von vier Straßenräubern! Zum Teufel! Kann man da nicht so denken? Man kann! Aber ich *will* nicht! *Ich will nicht hassen!* Das geht gegen meine Natur. Außerdem weiß ich eines so sicher, wie ich Ophelia heiße: Nichts ist heutzutage leichter, als Männer und Frauen gegeneinander aufzuhetzen. Ich verfolge diese Entwicklung seit Jahren, und ich will mit der Haßlawine dieses verfluchten Jahrhunderts nichts zu tun haben. Es gibt auch gute Männer! *Voilà!* «Die

Männer» existieren nicht. Es gibt gute und schlechte, so wie es überall gute Menschen gibt und kein Volk der Erde nur aus Bösewichten besteht. Ich will mich nicht verhetzen lassen. Ich will keine Amazonenschlacht. Umgebracht werden ohnehin immer die Falschen!

Aber ich lerne Karate. Und ich werde nie wieder eine Handtasche tragen. Brauche ich wirklich sämtliche Kreditkarten, Scheckbuch, Bargeld, Paß und Adreßbuch, wenn ich ins Kino will? Ich brauche es nicht! Frauen tragen viel zuviel Krempel mit sich herum. Nur Idioten schleppen heutzutage den halben Haushalt mit sich durch die Straßen, wenn sie abends ausgehen.

Ab sofort werde ich nur mehr das Nötigste mitnehmen. Und das werde ich in die Jackentasche stecken.

Noch etwas werde ich tun – und das ist das allerwichtigste. Ich werde mich zwingen, den heutigen Vorfall so schnell wie möglich zu vergessen. *Wer haßt, wird häßlich!* Ich bin viel zu intelligent, um von jetzt an mit hängenden Mundwinkeln herumzulaufen und zehn Jahre älter auszusehen. Die Welt ist voll von bitteren, ängstlichen, grauen, gebrochenen, haßerfüllten Menschen. Niemals werde ich so sein, niemals!

Mich bricht keiner!

Die Genugtuung soll niemand haben, schon gar nicht vier hergelaufene Verbrecher. Wirf den Krempel über Bord!

Abrupt bleibe ich vor dem Kamin stehen, blicke in den goldenen Spiegel darüber und zwinge mich zu lächeln. Na also! Es geht schon wieder! Die Augen sind bereits etwas weniger gerötet, die Haut wird auch schon klarer. Der Blick ist zwar todtraurig, aber das gibt sich. Nur nicht in Selbstmitleid versinken. Das wäre das Ende!

Hier stehe ich, allein in einer Millionenstadt, und habe niemanden, der mich tröstet.

Na und?

Ich tröste mich selbst.

Und morgen sehen wir weiter!

8

Der Überfall hat Konsequenzen.

Seltsame Dinge geschehen!

Ich erkenne mich nicht wieder!

Zum erstenmal in meinem Leben vernachlässige ich die Arbeit. Zwar setze ich mich jeden Morgen wie gewohnt an den Schreibtisch, lege alles bereit – Nellys schlampige Notizen rechts von der Maschine, die fertigen Manuskriptseiten links –, beginne zu lesen, spanne Papier ein, aber weiter komme ich nicht. Es hat alles keinen Sinn. Wozu arbeiten, wenn ich von einer Sekunde zur anderen tot sein kann? Wozu noch ein einziges Wort schreiben?

Eine Welle des Überdrusses erfaßt mich, wenn ich das vollgetippte Papier betrachte. Einhundertfünfzig fertige Seiten! Mühsam herauskristallisiert aus Nellys wirren Gedankenfetzen. Zu starken Sätzen geordnet, klar, voll Aussagekraft. Stilistisch geglättet, poliert, perfektioniert, um es leicht leserlich zu machen. Stunden um Stunden geduldiger, harter Arbeit. Und wozu das alles? Damit man in der Metro überfallen wird?

Ich rufe Nelly an, erzähle ihr die ganze Geschichte und bitte um ein paar Tage Urlaub. Sie versteht sofort, empfiehlt eine Reise zu den Loire-Schlössern. Die Rechnung soll ich ihr schicken. Meine Mutter ruft an, tröstet mich, bemitleidet mich. Ob ich nach Hause kommen will? Sie schickt mir die Flugkarte. Ich überlege lange. Das Angebot ist verlockend. Doch dann entschließe ich mich zu bleiben. Ich laufe nicht davon. Ich muß den Schock auf andere Art bewältigen.

Aus den paar Tagen Urlaub werden zwei ganze Monate.

Von Anfang Mai bis Anfang Juli bin ich unfähig, mich zu konzentrieren, und schreibe kein einziges Wort. Dafür stürze ich mich in das hektische Pariser Leben, denn die Freude an dieser prachtvollen Stadt ist mir geblieben. Die Metro betrete ich nie mehr. Ich fahre im Bus oder im Taxi zu Modeschauen, Konzerten und ins Theater. Ich besuche die Oper, sämtliche Museen, laufe durch die Straßen, sitze stundenlang auf den Caféterrassen und beobachte halbe Tage die vielen faszinierenden Menschen, die es genau wie mich aus den entferntesten Teilen dieser Erde hierher an die Seine gezogen hat.

Mein Leben ist voller Extreme. War ich die ersten drei Wochen nur zuhause, so bin ich die nächsten acht ständig unterwegs. Es hält mich nicht in der Wohnung. Kaum wache ich auf, muß ich unter Menschen, ziehe mich in rasender Eile an, stürze aus dem Haus, hinauf auf den Place Contrescarpe, um im Chope zu frühstücken. Erst wenn ein duftender *grand crème* vor mir steht (und in ganz Paris gibt's keinen besseren!), erst wenn ich reden höre und lachen, erst dann wird mir besser.

Ab und zu sehe ich Jussuf, der in der tunesischen Bäckerei aushilft. Einmal kommt er zu mir herüber, um mir Grüße von Nouri auszurichten. Ich soll ihm treu bleiben, er kommt mich im Sommer besuchen. Na gut! Der Sommer ist weit, darüber mache ich mir jetzt noch keine Sorgen. Jetzt will ich mich amüsieren! Jetzt, jetzt, jetzt! Solange dieses schöne Leben hält! Wer weiß, was morgen ist? Ich verlasse mich auf nichts mehr!

Ich gehe jeden Abend aus, komme keine Nacht vor vier Uhr früh nach Hause. Zufällig entdecke ich die Jazz-Clubs um Châtelet, «Der kleine Opportunist», «Der salzige Kuß», «Music-Hall», «Sunset», enge, verrauchte Lokale, meist in Kellern, in die mich früher keine zehn Pferde gebracht hätten. Aber hier sitze ich, Nacht für Nacht, und die Musik ist Balsam auf meine wunde Seele.

Die besten Musiker der Welt kommen nach Paris. Ich höre Dizzy Gillespie, Clark Terry, Buddy Tate, Chet Baker, Oscar

Peterson und Ray Charles. Ich bezahle dreihundert Franc, ein kleines Vermögen, um Ella Fitzgerald im Palais de Congrès zu hören, es ist vielleicht ihr letzter Auftritt, und ich will ihn nicht versäumen. Sie singt hervorragend. Die Leute toben!

Ich liebe klassische Musik, aber momentan brauche ich Rhythmus und Ekstase, will mit den Füßen den Takt mitklopfen und sehen, wie den Musikern der Schweiß in den Hemdkragen rinnt. Ich will Musik, die eben erst erfunden wird, die uns den letzten Rest von Beherrschung raubt, ich will die höchsten Töne, die schnellsten Läufe, die geilsten Harmonien.

Jazz ist sexuelle Energie, körperliches Verlangen musikalisch ausgedrückt. Die Luft in den Clubs schwirrt vor Erotik. Nach jedem Solo klatsche ich mir die Hände wund. Ich weiß, daß meine roten Locken im Dunkeln leuchten. Ich fühle, daß ich alle Blicke auf mich ziehe. Ich bin die geheimnisvolle Unbekannte, die allein kommt, allein geht. Was kann es Aufregenderes geben?

Die Musiker lächeln von der Bühne zu mir herunter. Die Männer neben mir rücken näher. Sie denken alle dasselbe. Wer ist sie? Woher kommt sie? Kann man es wagen, sie anzusprechen? Doch nach dem letzten Set zwischen zwei und vier Uhr früh stehe ich auf, gehe nach oben, winke ein Taxi und fahre allein nach Hause, erschöpft, glücklich, die Ohren voll Musik, den Rhythmus im Blut. Ich habe keine Angst mehr! Ich lebe! Alles wird gutgehen!

Ich gebe viel Geld aus.

Doch was soll's! Ich hab's ja! Zum erstenmal in meinem Leben gehe ich zur Kosmetikerin, aber nicht in einen der großen Salons. Ich gehe zu Jeanne in die Rue Lacépède, die ihre Cremen selber mixt, lasse die Haut gründlich reinigen, sanft massieren, mit Hochfrequenz stimulieren und freue mich über die Komplimente, die sie mir macht.

«Sie haben keine einzige Falte», sagt die große blonde Bretonin mit den feingeschwungenen Brauen und der römischen Nase, «auch die Ausdruckslinien sieht man kaum. Sie haben wirklich Glück. Ihre hohen Wangenknochen sind unbezahlbar. Die Haut ist ganz fest. Sie werden immer ein junges Gesicht haben. Mit vierzig sehen Sie noch genauso aus wie heute. Wetten?»

«Aber ich *bin* vierzig», lache ich vergnügt.

«*Sie* sind *vierzig?*» Sie kann es nicht glauben.

«Einundvierzig sogar.»

«Ich hätte sie auf Ende zwanzig geschätzt», meint Jeanne, die selbst wie keine dreißig aussieht, «also, ehrlich, *c'est formidable.* Wissen Sie was? Ich bin vierundvierzig. Aber ich lüge über mein Alter. Es glaubt mir sowieso keiner.»

Zuhause betrachte ich mich ausgiebig im Spiegel.

Die Haut leuchtet und wirkt gesund. Die schuppigen Stellen auf den Wangen, die das Tränengas verursacht hat, sind verschwunden. Das Gesicht ist glatt, die Augen klar, offensichtlich bin ich auf dem Weg zur Besserung.

Als nächstes schreibe ich mich für teures Geld in einen Sportclub ein, ein exklusives Etablissement, nicht weit von meiner Wohnung entfernt. Dort lerne ich schwimmen und die Kunst der Selbstverteidigung. Karate ist doch nicht mein Fall.

Ja, meine Lieben, man ist absolut nicht wehrlos als Frau! Wir haben Knie und Ellbogen, Zähne und Nägel, wir sind schnell und wendig, wir haben alle Chancen, wenn wir nur wollen!

Ich bekomme ein tolles neues Körpergefühl, entdecke Kräfte, die ich nie vermutet hätte, Muskeln, die ich früher nie gefühlt habe. Warum lernt man das nicht in der Schule? Was nützt der dumme Turnunterricht, was nützen rhythmische Gymnastik und Aerobic? Das ist Zeitverschwendung. Selbstverteidigungskurse brauchen wir heutzutage und Zivilcourage!

Wir brauchen den Mut, uns verteidigen zu *wollen.* Den hat man nämlich nicht als Frau. Man wartet immer noch auf den edlen Retter, und bis der kommt, ist man tot! Keiner hilft! Der moderne Mensch besitzt keine Zivilcourage, das ist die traurige Wahrheit. Auch *deshalb* nimmt das Verbrechen überhand.

Aber heute passiert mir das nicht mehr. Ein gezielter Hieb in die Magengrube, das Standbein ausgehoben – schon liegt er am Boden, und ich bin frei! Wie habe ich mich nur so lange fürchten können? Die Sache ist so einfach. Ich muß nur meine Kräfte mobilisieren und blitzschnell handeln. Überraschungseffekt. Das ist unsere Stärke.

«Wer Frauen überfällt, ist feige», erklärt unser Lehrer, «der geringste Widerstand schlägt ihn in die Flucht, weil er keinen Widerstand *erwartet!* Leider wissen die meisten Leute nicht, wie leicht sie sich wehren *könnten.* Das ist der Grund, warum so viel passiert!» Nun, ich glaube ihm. Und mit mir kann er zufrieden sein. Ich bin seine beste Schülerin, begreife sofort, und eines ist sicher: Mich überfällt so schnell keiner mehr!

Mit dem Schwimmen ist das anders. Das ist ein Kapitel für sich. Da habe ich ernste Probleme, denn beim besten Willen bleibt mir unbegreiflich, wie mich dieses dünne, durchsichtige Wasser tragen soll. Es trägt mich auch nicht. Kaum löse ich die Zehen vom Boden, versinke ich, um von allein nicht wieder aufzutauchen.

Mein Schwimmlehrer ist ein schöner Mann, mit großen dunklen, sanften Augen. Seine Hände sind stark, er hält mich um die Mitte, und ich fühle mich in seinen Armen geborgen. Hervé heißt er, seine Mutter ist Inderin, sein Vater Normanne. Er hat Geduld, viel Geduld, und die braucht er. Dies ist nämlich bereits mein *neunter* Versuch, schwimmen zu lernen.

Ich weiß genau, was es ist. Hamlet und Ophelia. Das tote Mädchen im Wasser. Gerade weil ich unbedingt schwimmen lernen *muß,* gelingt es mir nicht. Acht Sommer lang habe ich Stunden genommen, in Kanada, in Kalifornien, wo immer ich mich gerade befand, und es war immer umsonst. Im Wasser fühle ich mich *nicht* in meinem Element, nirgends kann man sich halten, und so strampeln wir uns ab, Hervé und ich, zweimal die Woche je eine halbe Stunde lang, und anschließend fahre ich frustriert hinunter zu Shakespeare & Co. am Quai de Montebello, gegenüber von Notre Dame. Dort, in meinem Lieblingsbuchladen, geht es mir dann langsam besser. Ich wühle mich durch die Kisten mit Neuanschaffungen, kaufe ein paar Bände und begebe mich anschließend ins Roselight, ein hübsches vegetarisches Restaurant, das hier in Paris gerade sehr gefragt ist.

Es ist nämlich noch etwas geschehen!

Seit dem Überfall kann ich kein Fleisch mehr essen. Die ersten drei Wochen in Paris war mir das schwergefallen. Ich habe mich zwar bemüht – doch die Gewohnheit war stärker!

Jetzt ist das anders. Das Steak, das ich an jenem verhängnisvollen Sonntag im Mai gekauft und nur zur Hälfte gegessen habe, verschimmelte im Kühlschrank.

Es ist ganz seltsam: Ich blicke auf das braune Stück Fleisch auf dem Teller, doch in Wirklichkeit sehe ich das ganze Tier vor mir, und für mich braucht keines mehr zu sterben.

Die ersten Tage nach dem Überfall konnte ich überhaupt nichts essen. Dann bekam ich vorzeitig die Regel, dazu fürchterliche Krämpfe. Vierundzwanzig Stunden mußte ich im Bett bleiben. Als ich wieder aufstand, sah ich vieles klarer.

Nelly hat recht! Bei den *Tieren* beginnt der Humanismus! Blut – Schlachthaus – Mord – Krieg –, das hängt ganz eng zusammen. Und davon sage ich mich los!

Ohne Fleisch ist das Leben leichter!

Plötzlich fühle ich mich besser, die Erdenschwere weicht, ich habe weniger Hunger, und das Abnehmen geht ganz von selbst. In Kürze bin ich auf neunundfünfzig Kilo herunter, und zum erstenmal seit Jahren finde ich meinen Körper wieder perfekt.

NEUNUNDFÜNFZIG KILO! So leicht war ich schon lang nicht mehr. Nackt stelle ich mich im Bad vor die Spiegelwand und betrachte mich von allen Seiten. Toll sehe ich aus! Mein Busen ist rund und fest wie immer, da ändert sich erfreulicherweise nichts. Die Hüften sind schmal, der Bauch flach. Die kleinen Pölsterchen am Rücken oberhalb der Taille vollkommen verschwunden. Das freut mich am meisten. Jetzt kann ich endlich einen Bikini kaufen, kann Kleider mit Rückendekolleté tragen – und enge Blusen. Der Sommer kann kommen!

Neunundfünfzig Kilo! Yves St. Laurent rückt immer näher. Wenn das so weitergeht, kriege ich noch meine Schulmädchenfigur zurück. Dabei ist fraglich, ob ich sie zurückhaben *will!* Neunundfünfzig Kilo bei 1 Meter 64 – nun – mir genügt das. Aber Nelly besteht auf fünfundfünfzig Kilo, vier Kilo weniger. Fragt sich nur, wo die herkommen sollen. Von den Oberschenkeln? Den Armen? Doch darüber mache ich mir jetzt noch keine Sorgen.

Und noch etwas geschieht! Nach sechs Wochen ohne Fleisch stelle ich fest, daß ich anders rieche. Nach dem Aufwachen am Morgen vermisse ich den schalen Geschmack im Mund. Auch die Verdauung funktioniert problemlos, in kürzester Zeit ist alles erledigt.

Ich schwitze weniger als früher und fühle mich jünger, gesünder, appetitlicher als je zuvor in meinem Leben. Ich bin bereit für die neue große Liebe. Für den einflußreichen Mann, den Minister, Weltbankpräsidenten, das Staatsoberhaupt, denn daß ich ihm begegnen werde, steht für mich außer Zweifel.

Nach dem Überfall schuldet mir das Schicksal eine Wiedergutmachung. Das war immer so in meinem Leben. Ein Unglück – und dann etwas Wunderbares. Warum sollte es diesmal anders sein?

Es *ist* nicht anders, und eines schönen Tages im Juni, Punkt ein Uhr mittags, läutet das Telefon.

Ich bin gerade sehr beschäftigt, sitze in meinem Arbeitszimmer und studiere intensiv sämtliche Finanzzeitschriften, deren ich habhaft werden konnte. Ich bin tief in Gedanken, denn etwas Sonderbares ist geschehen, das mich seit Wochen in Atem hält.

Seit meiner Ankunft in Paris ist der Dollar raketenhaft gestiegen. Ursprünglich war er sechs Franc wert, jetzt steht er auf 9.50 Franc, das bedeutet eine Steigerung von über fünfzig Prozent! Ich besitze, wie schon erwähnt, mit dem Zuschuß meiner Mutter einhundertfünfzigtausend Dollar Grundkapital für meinen Verlag. Im April waren sie neunhunderttausend Franc wert. Jetzt aber würde ich eine Million vierhundertfünfundzwanzigtausend Franc dafür bekommen.

Das muß man sich einmal vorstellen. Von April bis jetzt bin ich um eine halbe Million Franc reicher geworden – wenn ich mich entschließen könnte, die Dollar zu verkaufen und in Franc umzuwechseln.

Das Risiko dabei ist folgendes: Steigt der Dollar weiter, gewinne ich bei einem späteren Verkauf noch mehr Franc, und dann ärgere ich mich zu Tode, daß ich jetzt schon umgestiegen bin. Sinkt er jedoch, so muß ich *sofort* abstoßen, um später mit meinen eineinhalb Millionen Franc den billigen Dollar zurückzukaufen. Wenn ich Glück habe und er genauso rasant fällt, wie er gestiegen ist, könnte ich im Herbst durch meine Transaktionen fünfzigtausend Dollar verdient haben. Dann hätte ich *zweihunderttausend Dollar Einstiegskapital* für meinen Verlag!

Verlockender Gedanke!

Doch so leicht ist die Sache nicht. Ich kann auch sehr viel Geld dabei verlieren. Kein Mensch weiß, ob der Dollar weitersteigen oder ob er fallen wird.

Mit roten Wangen sitze ich über meinen Zeitungen, überlege hin und her, vergleiche Zahlen, Währungskurven, Meinungen.

In dem Moment läutet das Telefon.

Ich erwarte einen Anruf meiner Mutter, habe mich schon den ganzen Tag darauf gefreut. Aber es ist eine fremde Stimme. Ein Mann. Kein Franzose. Starker Akzent. Vielleicht ein Italiener? Oder Spanier? Irgendwie kommt er mir bekannt vor.

«*Bonjour, bonjour!* Ich will Valerie sprechen.»

Valerie Beltour ist mein Operndirektor.

«Tut mir leid, Herr Beltour ist in Amerika.»

«Das ist doch die Höhe! In *Amerika*? Wann kommt er zurück?»

«Im Oktober. Wollen Sie seine Adresse?»

«Nie im Leben. Telefonnummer! Falls er eine hat!»

Ich gebe die Nummer durch und wundere mich über den Befehlston. Doch ich kenne die Stimme. Wo habe ich sie schon gehört?

«So», sagt der fremde Mann mit dem starken ausländischen Akzent, «besten Dank. Und wer sind Sie, wenn man fragen darf? Die neue Freundin?» Es klingt impertinent.

«Ich habe die Wohnung gemietet», sage ich kühl.

«Sind Sie Sängerin?»

«Leider nein.»

«Haben Sie sonst irgendwas mit der Oper zu tun?»

«Nicht das geringste.»

«Wunderbar!» Kurzes Schweigen am anderen Ende. «Ich bin Reginaldo Rivera. Sagt Ihnen das was?»

Und ob! Reginaldo Rivera! Der weltberühmte Dirigent. Jetzt weiß ich, woher ich die Stimme kenne. Der Mann wird ständig interviewt, gilt als äußerst schwierig, verkracht sich täglich mit den Sängern, beflegelt die Musiker und wechselt alle zwei Jahre die Ehefrau.

Reginaldo Rivera. Das Enfant terrible der Musikwelt. Der Multimillionär, der das Riesenvermögen seines Großvaters geerbt hat und ein Leben führt wie ein indischer Maharadscha. Erst letzte Woche war er wieder in den Klatschspalten, weil er in Marseille eine Neuinszenierung von Donizettis «Maria Stuarda» dirigiert und sich wieder einmal scheiden läßt.

«Natürlich kenne ich Sie, Maestro», sage ich höflich.

«Vergessen Sie den Maestro. Sie haben eine nette Stimme. Woher kommen Sie?»

«Aus Kanada. Quebec. Waren Sie schon dort?»

«Klar! Großartiges Land. Wir müssen uns treffen, und Sie erzählen mir, was es drüben Neues gibt. Heute abend? Brasserie Lipp? Punkt sieben. Aber nicht auf der Terrasse, die Leute starren mir zuviel. Drinnen im Lokal. *D'accord?*»

«Gerne», sage ich sofort. Ich habe zwar eine Verabredung in einem Jazz-Club, doch weltberühmte Dirigenten gehen vor.

«Wunderbar!» Rivera klingt sehr erfreut und beginnt auf einmal englisch zu sprechen. Diesmal ohne Akzent. Sofort ist er mir sympathischer.

«*Well, my dear*» – seine Stimme hat den Befehlston verloren – «ich freue mich. Aber wie finde ich Sie?»

«Ich habe lange rote Locken und werde irgend etwas Schwarzes tragen.»

«*Mein* Gesicht kennen Sie. Oder irre ich mich?»

«Nein, gar nicht. Sie sind ja ständig im Fernsehen.»

Das gefällt ihm. Er lacht geschmeichelt und verabschiedet sich. Ich aber lege den Hörer auf und kann es nicht fassen! Ein weltberühmter Dirigent. Einer von den Großen. Dazu noch ein schöner Mann, fast zwei Meter und kein Gramm Fett am Leib. Schneeweiße Haare, feurige schwarze Augen, ein Auftreten wie ein Filmstar.

Riveras Frau ist übrigens eine erfolgreiche amerikanische Modeschöpferin. Schenkt man den Klatschspalten Glauben, so hat *sie* ihn kürzlich verlassen, mit einem Jüngling, den sie in Rom in einer Hotelhalle kennengelernt hat. Riveras vorletzte Frau war ein berühmter französischer Filmstar und seine vorvorletzte ein bildschönes englisches Fotomodell. Die hat sich umgebracht. Armes Kind!

Offensichtlich ein schwieriger Mann, und von schwierigen Männern halte ich mich sonst grundsätzlich fern. Doch wer weiß, vielleicht sind wir einander sympathisch? Außerdem imponiert mir sein Geld (gegen einen Freund mit Privatflugzeug habe ich nichts einzuwenden). Sein Ruhm, sein Einfluß - er wird interessante Sachen sagen. Ob er den Überblick hat, wird sich zeigen.

Als meine Mutter anruft, erzähle ich sofort die ganze Geschichte und erfahre von ihr eine umwerfende Neuigkeit. Angeblich war Nelly mit Rivera liiert, damals, vor vielen Jahren, in ihrer ersten Zeit in Paris.

«Bist du sicher?» frage ich verblüfft.

«Hundertprozentig. Rivera war der Mann, der sie so aufgeregt hat, daß sie in einem Monat sieben Kilo schlanker geworden ist. Erinnerst du dich an die Geschichte? Er war der beste Freund von Valerie Beltour. Mit dem hat sie auch was gehabt.»

«Woher weißt du das?»

«Nelly ruft öfter an. Wir haben Verschiedenes von früher geklärt. Auch die Sache mit deinem Vater...»

«Hat sie oder hat sie nicht?»

«Natürlich hat sie. Aber das erzähle ich dir, wenn du wieder da bist. Das kostet zu viel am Telefon. Aber eines muß man neidlos anerkennen: Nelly hat einen ausgezeichneten Geschmack, was Männer betrifft. Fast alle ihre Liebhaber sind berühmt geworden. Sie nimmt auch kein Blatt vor den Mund, erzählt alles, wie es war, ohne sich im geringsten zu genieren. Das mag ich an ihr. *Voilà, ma petite,* ich halte dich nicht länger auf. Amüsiere dich heute abend. Laß dich verwöhnen. Geht's dir gut? Fein! Schreib bald, nächste Woche rufe ich wieder an!»

Punkt sieben bin ich in der Brasserie Lipp.

Ich trage enge schwarze Satinhosen, eine schwarze, ärmellose Seidenbluse mit kleinen Knöpfchen und um die Mitte einen breiten, gelben Lackgürtel. Handtasche habe ich keine. Alles, was ich für den Abend brauche, Lippenstift, Schlüssel, Ausweis und dreihundert Franc Bargeld, steckt in einer raffiniert angebrachten Innentasche des Gürtels (Spezialanfertigung).

Es ist ein herrlicher warmer Abend, ich bin zu Fuß hierhergekommen, auf neuen, modisch flachen Ballerina-Schuhen, in denen das Gehen ein Vergnügen ist, und ich freue mich wie ein Kind an dieser prachtvollen Stadt, an der ich mich noch immer nicht satt sehen kann.

Paris ist in Ferienstimmung. Die Platanen auf dem Boulevard St. Germain haben große grüne Blätter, vor sämtlichen Lokalen stehen Tische und Stühle. Die Frauen tragen lange bunte, verrückte Kleider, die Männer elegante, weitgeschnittene Hosen und helle Sommeranzüge.

Hier trifft sich alles. Touristen und Einheimische, Künstler, Schauspieler, Sänger. *Alle* kommen nach St.-Germain-des-Prés. Man sieht viele bekannte Gesichter, fühlt sich im Zentrum der Welt. Die Lokale sind überfüllt, das ganze Quartier ist eine einzige, internationale Modeschau.

Doch die elegantesten Leute, die, nach denen man sich zweimal umdreht, die gehen nicht ins Flore oder ins Deux Magots, auch nicht ins Drugstore oder ins Bonaparte. Keine Angst! Die wirklich Extravaganten gehen *alle* zu Lipp. Genau wie ich!

Rivera ist schon da. Er sitzt links neben der gläsernen Drehtür und wartet. Ein Blick – sofortiges Erkennen! Er steht auf, lächelt, küßt mir vollendet die Hand. Einen ganzen Kopf ist er größer als ich. Sein heller Rohseidenanzug ist perfekt geschnitten, betont die breiten Schultern und die schmalen Hüften. Er ist eine derart auffallende Erscheinung, daß alle zu uns herüberstarren.

Aber ich bin auch nicht ohne. Meine roten Locken sind frisch gewaschen, ich dufte verführerisch nach einem neuen Nelkenparfüm, und mein Dekolleté (vier offene Knöpfe) schlägt alles, was man in Paris so zu Gesicht bekommt. Langsam setze ich mich (Schönheit kennt keine Hast), lehne mich zurück, lächle und schweige. Daß ich ihm gefalle, sieht ein Blinder.

Rivera räuspert sich. «Ich trinke *Whisky on the rocks.* Möchten Sie auch einen?»

«Nein, danke. Ich hätte gerne einen Tomatensaft und ein paar grüne Oliven.»

«Einen Schuß Wodka in den Tomatensaft?»

«*Non, merci.*»

«Schmeckt aber besser. Also. Eine *Bloody Mary!*»

«Nein, bitte nicht. Unblutig ist mir lieber.»

Das amüsiert ihn. Er lächelt verzeihend und teilt dem Kellner mit autoritärer Stimme meine Wünsche mit. Ich beobachte ihn verstohlen. Berühmtheiten aus nächster Nähe zu sehen ist immer interessant. Meist gibt es Überraschungen, so auch jetzt. Rivera ist nicht ganz so schön wie auf den Fotos oder im Fernsehen. Seine Haut ist grob, mit vielen roten Äderchen und eine Spur aufgedunsen. Trinkt er zuviel? Kann sein. Ist er mir sympathisch? Ich weiß es nicht.

Wenn er mit dem Kellner spricht (jetzt kommt auch noch der Besitzer und schüttelt ihm erfreut die Hand), wirkt er wie ein Tyrann. Zärtlich ist er jedenfalls nicht. Was hat nur Nelly an ihm gefunden? Der paßt doch überhaupt nicht zu ihr.

Jedenfalls ist er ein echter Gentleman und ein amüsanter Gesprächspartner. Wir unterhalten uns blendend über Kanada, dann erzählt er von seinen Konzerttourneen, seinen Opernaufführungen und seinen neuesten Schallplatten. Sämtliche berühmte Orchester hat er dirigiert. Die Amerikaner, sagt er, seien die nettesten, Franzosen und Österreicher dagegen unausstehlich. Die wüßten alles besser und ließen sich nichts sagen.

«Und das lassen Sie sich gefallen?» frage ich amüsiert.

Er lächelt vergnügt, seine feurigen schwarzen Augen leuchten. «*My love,* ich bin bekannt dafür, daß ich mir von den Musikern *überhaupt* nichts gefallen lasse. Das bringt zwar Probleme, aber ich bleibe mir selbst treu.» Und er erzählt von den Proben in Marseille, wo es ebenfalls Schwierigkeiten gibt, denn zwei weltberühmte Sängerinnen sind für die beiden Hauptrollen engagiert, und jede fühlt sich von ihm benachteiligt. Rivera erzählt *nur* von sich, denn er will mich beeindrucken. Es überrascht mich kaum. Ich kenne berühmte Leute und weiß, daß sie sich für den Nabel der Welt halten. Er spricht von *seinen* Erfolgen, *seinen* Häusern, *seinem* Flugzeug, und eine Jacht will er auch noch kaufen.

Er imponiert mir. Aber ich würde noch viel mehr von ihm halten, wenn er einen Funken Interesse für *meine* Arbeit zeigen würde. Ich sage absichtlich nicht für *mich,* denn daß ich ihn als Frau interessiere, ist sonnenklar. Er macht mir Komplimente über meine roten Locken, nimmt meine Hand und bewundert die zarten Finger, und seine Augen gleiten immer wieder verstohlen auf mein Dekolleté.

«Dirigieren ist Schwerarbeit», resümiert er dann mit einem tiefen Seufzer, «ich sitze viel lieber hier in Paris bei Lipp mit einer schönen Frau. Noch dazu einer Kanadierin. Kanadierinnen sind besonders charmant. Wissen Sie das?»

«Warum?» frage ich scheinheilig. «Haben Sie schon eine gekannt?»

«Vor vielen Jahren als ganz junger Mann in Paris.» Er trinkt in einem Zug sein Glas leer und bestellt ein neues. «Eine faszinierende Frau. Spanisches Temperament. Unvergeßlich!»

«Was ist aus ihr geworden?»

«Ich habe sie aus den Augen verloren.» Er greift abermals nach meiner Hand und senkt die Stimme zu einem verführerischen Murmeln. «Sagen Sie, *my dear!* Ich bin nur kurze Zeit in Paris – haben Sie etwas Zeit für mich?»

Ich habe. Wenn er mich jetzt fragt, ob ich mit ihm essen gehe, sage ich ja. Doch die Sache nimmt eine unerwartete Wendung. Plötzlich steht eine dunkelhaarige Frau an unserem Tisch. Sie trägt ein teures rosa Chanel-Kostüm und hat einen verbissenen Zug um den Mund. Große Brillanten blitzen an ihrer linken Hand, an den Ohren baumeln auffallende rosa Federgebilde (scheußlich!), sie starrt auf Rivera und würdigt mich keines Blickes. Offensichtlich eine Pariserin, denn bei uns zuhause haben Frauen mehr Respekt voreinander. Auch wenn es um einen Mann geht, vergißt man in Kanada seine Manieren nicht. Zumindest wünscht man höflich «Guten Abend», wenn man auf der Bildfläche erscheint!

Rivera ist plötzlich wie umgewandelt. Er steht auf, informiert mich kühl, daß er zum Essen verabredet ist und dankt mir höflich für die Unterhaltung. Dann legt er den Arm um die Schulter der Frau, und ich sehe ihnen nach, wie sie im Gleichschritt den Boulevard St. Germain hinuntergehen.

Was soll das Ganze? Ich sitze da und ärgere mich. Warum hat er mich herzitiert? Er hat doch gewußt, daß er eine andere trifft. Ich bestelle eine kleine Flasche Perrier und beginne zu grübeln. Aber ich komme nicht weit. Plötzlich steht Rivera wieder vor mir, allein und ziemlich außer Atem.

«Hören Sie», murmelt er hastig, «ich *muß* Sie wiedersehen. Wir treffen uns morgen zu einem späten Lunch im Hotel Ritz. Nicht im Restaurant, sondern vorne in der Bar. O.K.?»

Er sieht mich durchdringend an, und ich nicke wie hypnotisiert. «Sie sind eine Frau zum Verlieben!» Er faßt nach meiner Hand, küßt sie besitzergreifend. «Morgen, *my love,* zwischen zwei und halb drei. Bis dahin denke ich *nur* an Sie. Vergessen Sie mich nicht. *Au revoir!*»

Dann bezahlt er meinen Tomatensaft, die Oliven und das Mineralwasser, verabschiedet sich vom Besitzer, der herbeieilt und ihn zur Tür geleitet, lächelt mir verschwörerisch zu, hebt kurz die Hand – und weg ist er. Die Leute starren immer noch.

Nach einer halben Stunde gehe ich ebenfalls. Zu Fuß schlendere ich zu den Hallen, das Wetter ist herrlich, fast schon sommerlich, ich bin blendender Laune, bekomme aber langsam Hunger und beschließe, im Wunschbaum eine Kleinigkeit zu essen. Das Lokal habe ich vor ein paar Tagen erst entdeckt, es befindet sich gegenüber der Eglise St. Eustache, und für achtzig Franc erhalte ich vier kleine Schalen mit vegetarischen indischen Gerichten, Suppe und Nachspeise, und anschließend komme ich auch noch zu meinem Rendezvous zurecht.

Im Sunset treffe ich nämlich einen amerikanischen Gitarristen namens Buddy. Er weicht mir seit Wochen nicht von der Seite, ist auch ein lieber Kerl, interessiert mich aber nicht sonderlich. Buddy stammt aus Los Angeles. Er will hier sein Glück als Musiker versuchen, denn drüben in Amerika ist die Konkurrenz zu groß.

In Europa, erklärt er mir, gibt es weniger gute Jazzmusiker, hier hätten auch zweitklassige Leute eine Chance, und zweitklassig ist er leider wirklich. Die beiden Male, die ich ihn spielen hörte, waren enttäuschend. Er verdient auch nichts, haust in einem Dienstbotenzimmer am Place d'Italie (scheußliche Gegend), ist zweiundzwanzig Jahre alt und lebt von seinen Ersparnissen. Da der Dollar ziemlich hoch ist, kommt er gut durch.

Kurz nach elf Uhr bin ich im Sunset, und Buddys kleine, drahtige Gestalt ist nicht zu übersehen. Er sitzt hinten an der Wand, hat einen Platz für mich freigehalten und winkt mir zu. Seine Haare sind schulterlang, er trägt enge verwaschene Jeans und einen schwarzen Ledergürtel mit schwerer Messingschnalle, dazu Cowboy-Stiefel, reich bestickt, mit hohen Keilabsätzen. Seine Zähne sind weiß und ziemlich groß. Irgendwie erinnert er mich an einen Hamster.

«*Hi,* Buddy!»

«*Hi, there!*»

Ich setze mich neben ihn auf die harte Bank, und er küßt mich auf beide Wangen, wie das in Paris so üblich ist. Buddy hat den großen Vorteil, sämtliche Musiker von Paris zu kennen. Er weiß genau, wer wo spielt, er weiß, wer wann nach Paris kommt, ehe es noch in den Programmzeitschriften steht. Er kennt die Besitzer sämtlicher Clubs, und so hat er auch erfahren, daß Teddy Edwards heute in Paris ist, ausnahmsweise und gar nicht offiziell. Natürlich hat er mich angerufen, um mir das mitzuteilen, immerhin ist es ein Ereignis! Der Club ist voll.

Sämtliche Jazz-Liebhaber sind herbeigeeilt. Ich sehe viele bekannte Gesichter, grüsse nach links und rechts, fühle mich gleich zuhause. Teddy Edwards war gestern noch in New York, hat im

Flugzeug kaum geschlafen, der Zeitunterschied macht ihm zu schaffen, aber er spielt wundervoll. Er entlockt seinem Saxophon derart weiche, schmeichelnde Töne, daß mir die Tränen kommen. Nach seinem «Tenderly» sind alle verzaubert.

Beglückt sitze ich im Halbdunkel, lehne mich an die Wand, schließe die Augen und lasse mich von der Musik ganz nach oben tragen. Aber um Mitternacht, nach dem ersten Set, stehe ich auf und fahre zu Buddys großer Enttäuschung nach Hause. Ich habe gerade noch genug Geld für ein Taxi.

«Kommst du morgen ins Trois Maillez?» ruft er mir nach. «Freunde von mir aus Kalifornien singen. Gospel. Zum erstenmal in Paris. Das *mußt* du hören.»

«Vielleicht. Wie lang bleiben sie?»

«Nur drei Tage.»

«Gut, Ich komme. Wenn nicht morgen, dann übermorgen. Adieu, Buddy! Ich ruf dich an!»

In Wirklichkeit steht mir der Sinn nicht nach Gospel, sondern nach Rivera. Deshalb gehe ich heim. Ich will ausgeschlafen sein, ich habe morgen allerhand vor. Mein Instinkt sagt zwar, daß der Maestro nicht zu mir paßt. Doch ich will nicht immer auf Nummer Sicher gehen. Ich will etwas erleben. *Voilà!* Ins Ritz wird gegangen, auf Gedeih und Verderb!

Ich weiß zwar genau, daß Rivera nicht nur mit mir essen will. Und was will ich? Daß er sich in mich verliebt natürlich! Also werde ich morgen Theater spielen. Die ideale Begleiterin berühmter Männer nach dem Motto: Sei schön und halt den Mund. Das wirkt leider immer noch. (Bewundernde Blicke nicht vergessen!) Ich werde geheimnisvoll vor mich hinschweigen und erotische Signale aussenden. Wenn ihm das nicht den Kopf verdreht, heiße ich nicht Ophelia.

Doch der Mensch denkt und das Schicksal lenkt. War das nicht immer so? Und so schlittere ich in ein Abenteuer, so bizarr und verrückt, daß ich es mit Sicherheit mein ganzes Leben nicht vergessen werde.

9

Ehe ich mich zu Reginaldo Rivera ins vornehme Hotel Ritz wage, muß ein Problem praktischer Natur gelöst werden. Ich habe nichts anzuziehen, im wahrsten Sinn des Wortes! Das Knöpfchenkleid ist mir zu weit, damit kann ich keinen Staat mehr machen, Hosen und Blusen aber sind nicht fein genug. Nie mehr würde ich mich so unter seine verwöhnten Augen wagen.

Ich kenne die High Society. In Hollywood habe ich jahrelang Zeit gehabt, sie zu studieren, und eines weiß ich: Für diese Leute zählen Kleider *tatsächlich!* Wissen, Charme und Können hat man gern, nichts dagegen einzuwenden, doch Kleider sind wichtiger. Die Oberfläche zuerst! Der Rest ist sekundär. Wenn das Kleid nicht stimmt, ist man unten durch. Und die einzigen Kleider, die in diesen Kreisen Gnade finden, stammen von St. Laurent, Chacock, Dior, Montana, Castelbajac, kurz, aus der Haute Couture und kosten - wie jeder weiß - ein Vermögen.

Was soll ich tun? Ein paar tausend Franc für ein Kleid ausgeben? Ich bin doch nicht verrückt. Doch blamieren will ich mich auch nicht. Das bin ich mir schuldig!

Nach kurzem Nachdenken habe ich eine blendende Idee. Ich werde in den sechzehnten Bezirk fahren, das vornehmste Pariser Wohnviertel, und dort die *dépôts ventes* abklappern. Wenn ich Glück habe, bin ich aus dem Wasser!

Dazu muß man folgendes wissen: Es gibt Pariserinnen, die grundsätzlich nur Haute Couture tragen, und zwar immer nur die neuesten Kreationen. Aber kaum ist die Saison vorbei, verkaufen sie ihre gesamte Garderobe, auch wenn sie manches davon nur einmal oder überhaupt nie getragen haben. Diese Sachen findet man in den *dépôts ventes,* zusammen mit Modellen, die nur ein-, zweimal bei Modeschauen auf dem Laufsteg präsentiert wurden. Aber weil ihnen ein Knopf fehlt oder ein Saum aufgerissen ist, kosten sie anstatt *fünftausend* Franc nur *fünfhundert!* Da ich mir intelligenterweise gleich nach meiner Ankunft ein Buch *Paris pas cher* («Paris ganz billig») gekauft habe, weiß ich, wo man die *dépôts* findet. Ich kenne Adressen und Telefonnummern, also nichts wie hin!

Ich bin bester Laune, denn meine Angst vor den Pariserinnen ist verschwunden. Ich fühle mich nicht mehr wie ein Elefant, sondern leicht, elegant und dazugehörig. Ich habe elf Kilo abgenommen und entdecke in den *dépôts ventes* die schönsten Modelle in meiner Größe (ein *echtes* Erfolgserlebnis), und in kürzester Zeit besitze ich zwei Seidenkleider von Givenchy, ein süßes, dreiteiliges Ensemble von Chacock, ein reizendes, herzförmiges Silbertäschchen, das man an einer Kette unterm Kleid tragen kann, und das Ganze für den Preis von nur zwei Paar neuer Schuhe!

Schön ist die Welt!

Punkt zwei (es ist ein strahlender Tag mit tiefblauem Himmel) bin ich im Hotel Ritz. Frisch gebadet, die Locken mit Henna gewaschen, elegant wie ein Filmstar in wasserblauer, verführerischer Seide, mit einem Rückendekolleté bis hinunter zur Taille!

Ich betrete das legendäre Hotel, in dem Coco Chanel jahrzehntelang gewohnt hat, vom Place Vendôme aus, damit ich nicht überpünktlich bin und mich in dem langen Korridor, der nach vorne zur Bar führt, noch etwas beruhigen kann. Ich bin nämlich *sehr* aufgeregt, um nichts zu verschweigen, mein Herz klopft bis zum Hals, meine Wangen sind viel zu rot, und sicherlich beginne ich zu stottern, wenn ich nur den Mund aufmache.

Dem Portier fallen fast die Augen heraus, als ich an ihm vorbeischwebe. Die Pagen drehen die Köpfe und starren mir nach. Kein Wunder! Ich sehe mich in den verspiegelten Korridorvitrinen und muß ehrlich gestehen: So schön war ich noch nie! Was wird Rivera dazu sagen?

Der berühmte Maestro sagt gar nichts. Er wartet in der eleganten Bar Espadon auf mich, einem sehr gemütlichen Raum, geschmackvoll und elegant, bestückt mit Ledersesseln, Samtbänken, Marmorkamin - und als er mich in meinem neuen Kleid erblickt, fällt ihm das volle Glas aus der Hand. Er ist so hingerissen von meinem Anblick, daß er es nicht einmal bemerkt und um ein Haar über den Kellner stolpert, der sich diensteifrig auf die Knie niederläßt, um die verstreuten Eiswürfel vom Teppich einzusammeln.

Sofort verschwindet meine Nervosität. Amüsiert warte ich an der Tür und denke: Was tut er jetzt? Doch ein Weltmann überspielt derlei Kleinigkeiten problemlos. Reginaldo fängt sich kurz vor dem Fall, bürstet mit dem Handrücken die Tropfen von seinem weißen Maßanzug, breitet die Arme aus und kommt mir strahlend entgegen.

«Hallooooo, meine schöne Kanadierin!»

Er ist wirklich auffallend attraktiv. Seine weißen Haare sind dicht und genau richtig gewellt, um seinen prägnanten Hinterkopf zur Geltung zu bringen. Seine berühmten schwarzen Augen sind voll Feuer und Bewunderung. Auch seine Größe, sein Auftreten, seine Haltung imponieren mir. Er überragt alle Männer in der Bar, und er gefällt mir bedeutend besser als gestern abend in der Brasserie Lipp. Er ist sechsundfünfzig Jahre alt.

«Ophelia aus Kanada! Ich habe die ganze Nacht nur an Sie gedacht. Wissen Sie das?» Es klingt aufgeregt, fast atemlos. Diesmal küßt er mir nicht die Hand. Er faßt mich besitzergreifend an den bloßen Schultern und preßt seine Lippen auf meine Stirn.

«Haben Sie Hunger?» murmelt er dann in mein Ohr, und es ist klar, daß er nicht vom Essen spricht.

Ich nicke stumm, denn ich habe nicht gefrühstückt.

«Wunderbar!» Vielsagend blickt er mir in die Augen und läßt seine Hände langsam über meine bloßen Oberarme gleiten. Die Hände sind weich und gepflegt, die Berührung ist angenehm.

«Wir essen gleich hier. Ich habe einen Tisch dort in der Ecke, da sind wir ungestört. Man wird auch schneller bedient als drüben im Restaurant. Außerdem muß nicht ganz Paris wissen, mit wem ich mich zum Essen treffe.»

Er legt seine Hand auf meinen nackten Rücken, läßt mir den Vortritt und wartet höflich, bis ich mich gesetzt habe. Dann nimmt er mir gegenüber Platz und fixiert mich mit seinen dunklen Augen, bis der Kellner ein neues Glas und die Speisekarte bringt.

Getreu meinem Vorsatz, lächle ich süß und schweige.

«Räucherlachs!» befiehlt Reginaldo und bestellt zwei Portionen, ohne meine Antwort abzuwarten. «Champagner?»

«Gern. Aber nur ein Glas!» Ich lehne mich gekonnt zurück, schlage die Beine übereinander und genieße die vornehme Umgebung, die Blumen, die blitzenden Gläser und die eleganten Leute, die mich wohlwollend mustern. Ich habe das Gefühl dazuzugehören und scheue mich nicht, freundlich in alle Richtungen zu lächeln. In Kanada ist das keine Sünde. Bei uns darf man fremden Männern ab und zu ein Lächeln schenken, ohne sich zu kompromittieren. Rivera bemerkt es und beschließt, sofort dagegen einzuschreiten. Ihm gefällt es gar nicht. «Mit wem flirten Sie, meine Liebe?» Sein Tonfall ist leicht gekränkt. «Bin ich Ihnen nicht gut genug?» Er lehnt sich vor, greift nach meinen Händen und hält sie fest. «*Ich* sehe nur Sie!» (Kein Wunder. Hinter mir ist die Wand!) «Was ich Sie gestern schon fragen wollte, sagen Sie, von wem haben Sie eigentlich diese herrlichen roten Locken geerbt?»

«Von meiner brasilianischen Urgroßmutter.»

«Brasilianisches Blut?» Das beglückt ihn sichtlich. «Ahhh, das ist eine *gute* Mischung! Hier in Frankreich kommen die schönsten Freudenmädchen aus Brasilien. Und die faszinierendsten Transvestiten. Abends im Bois de Boulogne kann man sie stehen sehen. Eine schöner als die andere. Sie müssen unbedingt hinfahren. Wenn Sie wollen, können wir das auch gemeinsam machen. Haben Sie Lust?»

«Vielleicht», sage ich lächelnd, obwohl ich nicht im Traum daran denke. Das Milieu der käuflichen Liebe interessiert mich nicht. Ich finde es weder aufregend noch stimulierend, und im Grunde verachte ich jeden Mann, der sich daran begeilt.

«Sind Sie verheiratet?» fragt Rivera nach einer kurzen Pause und einem verstohlenen Blick auf meinen Busen, der zu seinem Leidwesen unter wasserblauer Seide versteckt ist (vorne ist das Kleid hochgeschlossen bis zum Hals). «Haben Sie Kinder?»

«Keinen Mann, keine Kinder. Oder besser: *Noch* keine!»

«Natürlich», pflichtet er bei, «Sie sind noch sehr jung. Das liegt alles noch vor Ihnen. Darf ich eine zweite indiskrete Frage stellen? Wie alt sind Sie?»

«Wie alt schätzen Sie mich?» Ich wette, daß er mir keine dreißig gibt.

Die Antwort kommt wie aus der Pistole geschossen. «Sechsundzwanzig. Nein? Siebenundzwanzig? Auch nicht? Auf jeden Fall sind Sie unter dreißig. Habe ich recht?»

Ich komme nicht mehr zum Antworten. Der Kellner serviert, und Rivera vergißt, was er wissen wollte. Er ist offensichtlich ziemlich hungrig, denn er greift sofort zu. Guten Appetit wünscht er mir nicht, denn in vornehmen Kreisen ist das nicht üblich.

Ich aber entdecke, daß ich auch keinen Fisch mehr essen kann. Ich greife zwar automatisch nach der Gabel, doch ich sehe nicht das Stück rosa Lachs auf dem Teller, sondern das ganze große schöne Tier. Weg ist der Appetit!

Na gut! Halte ich mich eben an den knusprigen, heißen Toast, die frische Butter und den herrlichen trockenen Champagner. Schließlich bin ich nicht hergekommen, um mich vollzustopfen. Außerdem, meine Lieben, ist das Hotel Ritz eine Welt für sich. Hier braucht man überhaupt nichts zu essen, um sich wohl zu fühlen. Der Rahmen allein genügt. Alles ist kostbar, elegant, gepflegt. Die Preise sind astronomisch hoch. Eine Flasche Wein kostet bis zu *dreitausend Dollar!* (Für zwei Flaschen kriegt man ein Auto!) Doch die Bar ist voll, alle Tische sind besetzt, und die Stimmung ist heiter und unbeschwert.

Rivera trinkt zuviel. Zuerst drei Whisky, dann vier große Wodka. Er hält sich aber gut. Offensichtlich ist er Alkohol gewöhnt, und nur der Blick, der sich jetzt leicht verschleiert, verrät, daß er nicht mehr ganz nüchtern ist.

Plötzlich entdeckt er meinen vollen Teller.

«Schmeckt Ihnen der Lachs nicht?» fragt er überrascht.

«Doch, doch. Aber mein Hunger ist plötzlich verschwunden.»

«Ein Appetit wie ein kleiner Vogel», stellt er fest. «Ich werde Ihnen ein Dessert bestellen. Es gibt frische Walderdbeeren. Sagt Ihnen das zu?»

«Gerne.» Ich lächle dankbar und falte die Hände in meinem Schoß.

«Sind Sie immer so schweigsam?» fragt er und läßt die Eiswürfel in seinem Glas klirren.

«Nur wenn es sein muß. Ich höre Ihnen sehr gerne zu. Ihr Englisch ist hervorragend. Haben Sie lang in Amerika gelebt?»

Rivera lächelt geschmeichelt. «Meine Frau ist Amerikanerin.» Er sagt Frau, nicht Exfrau. Also bekennt er sich nicht zur Scheidung?

«Hören Sie», fährt er fort, als hätte er meine Gedanken erraten, «falls Sie irgendwo gelesen haben, daß mich meine Frau verlassen hat, so ist das eine Lüge. Lisa ist eine treue Seele. *Ich* bin ständig auf der Suche. *Ich* brauche neue und starke Emotionen. Ohne Liebe kann ich nicht arbeiten. Verstehen Sie das? Ein Künstler braucht seine Freiheit.» Er nimmt meine Hand, küßt sie und hält sie fest. «Wenn ich Ihnen jetzt sage, daß ich eine schöne Frau wie Sie unwiderstehlich finde, sind Sie mir dann böse?»

«Nein. Natürlich nicht!» Ich ziehe die Hand zurück. «Aber man soll den Menschen, mit dem man verheiratet ist, nicht quälen. Das geht nicht gut!»

Verblüfft sieht er mich an. «Was geht schon gut im Leben?» fragt er dann provokant. «Können Sie mir das verraten?»

Viel, denke ich, viel geht gut. Aber ich bin nicht hergekommen, um mit ihm zu streiten, und begnüge mich mit einem geheimnisvollen Lächeln. Das fasziniert ihn.

«Meine schöne Kanadierin. Woran denken Sie?» (*Er* denkt offensichtlich ans Bett.)

«An Ihre Frau.»

«An *meine Frau?*» Er kann es nicht glauben. «Warum denken Sie an meine Frau, meine Teure, wo *ich* Ihnen hier in Fleisch und Blut gegenübersitze?»

«Es interessiert mich, wo sie ist.»

«Auf dem Land», sagt er mißmutig, «auf unserem Besitz in Südfrankreich.»

«Und was macht sie dort?»

Er seufzt gequält. «Sie arbeitet an ihrer neuen Kollektion.»

«Schöne Sachen?»

«Keine Ahnung. Von Mode verstehe ich nichts. Und jetzt wechseln wir das Thema. Ich kann mir Amüsanteres vorstellen, als über meine Frau zu sprechen.»

«Worüber möchten Sie sich denn unterhalten?» frage ich betont naiv. «Über die Dame von gestern abend? Eine Freundin von früher?»

Reginaldo beginnt laut zu lachen. «Sie amüsieren mich, Ophelia. So jung und schon so sarkastisch. Aber ich bin diskret, *my love.* Von mir erfahren Sie nichts. Mein Privatleben ist mir heilig, jawohl, eine Frau kann mir vertrauen. Sie kann die wildesten Orgien mit mir feiern, nie wird auch nur irgend jemand ein Wort davon erfahren. Ich kann schweigen wie das Grab. Bei mir sind Sie gut aufgehoben.»

«Ich hasse Orgien.»

«Warum?»

«Weil das mit Liebe nichts zu tun hat. Das ist etwas für Perverse oder für Männer mit Potenzproblemen.»

Daraufhin bestellt er noch einen Wodka. «Recht haben Sie», meint er nach dem ersten Schluck, «Orgien sind unappetitlich. Am schönsten ist es mit einer Frau allein. Aber jetzt werde ich mich zu Ihnen setzen. Sie sind viel zu weit weg, *my love.*»

Rivera erhebt sich und nimmt neben mir auf der braunen Samtbank Platz.

Die Walderdbeeren werden serviert, und er sieht mir zu, Wodkaglas in der Hand, wie ich esse. Als ich fertig bin, legt er seinen Arm um mich und drückt mich. «Was haben Sie heute nachmittag vor?»

«Ich weiß es noch nicht.»

»Darf ich einen Vorschlag machen?»

«Nein, lieber nicht.»

Er will seine Hand auf meinen Oberschenkel legen, doch ich lasse es nicht zu. Wäre ich verliebt, würde es mir nichts ausmachen. So aber stören mich die vielen Leute, die diskret in unsere Richtung blicken, um nur ja nicht zu versäumen, wie der berühmte Dirigent Reginaldo Rivera wieder einmal fremdgeht. Immerhin sieht man das nicht oft im Leben. Schon gar nicht aus nächster Nähe.

Noch mehr als die anderen Gäste aber stört mich der Mann, der eben erst hereingekommen ist. Er sitzt auf einem Hocker neben der Theke, bestellt laut einen Cognac, und zwar den weltberühmten *Cognac fine Champagne 1830,* für den das Ritz bekannt ist und von dem ein einziges kleines Glas *zweihundert Dollar* kostet. Er nimmt einen Schluck, seufzt erleichtert auf und starrt dann angewidert auf Rivera, als wäre er von der Sittenpolizei.

Irgend etwas stimmt nicht mit dem Mann. Er stand in der Halle, als ich das Hotel betrat, ging vorhin mehrmals an der offenen Tür zur Bar vorbei, mit gesenktem Kopf und aufgeregten Schritten, ein untersetzter, kräftiger, feister Mann in einem teuren braunen Anzug. Jetzt hat er sich hereingewagt, aber das ist noch nicht alles. Mein Instinkt sagt mir, daß er etwas von uns will. Nicht von mir, aber von Rivera.

«Kennen Sie den Mann an der Bar?» frage ich leise. «Der Mann mit dem auffallenden braunen Anzug?»

Rivera blickt kurz auf. «Nein, nie gesehen. Warum?»

«Er läßt Sie nicht aus den Augen. Vielleicht kennt *er* Sie?»

«Kann sein. Ich bin berühmt, meine Liebe. Mich kennen viele, die ich nie gesehen habe. Aber jetzt muß ich Sie küssen!»

«Nein, bitte nicht. Hier sind zu viele Leute.»

«Sie haben vollkommen recht.»

Reginaldo setzt sich auf, richtet seine Krawatte, zieht sein Jackett zurecht und winkt dem Kellner. «*Garçon,* noch einen letzten Wodka und die Rechnung.»

«Wohin wollen Sie?» frage ich betont naiv.

«Das wissen Sie ganz genau.»

«Und wenn ich nicht mitgehe?»

Rivera lächelt siegessicher. «Sie lassen mich nicht im Stich, das weiß ich. Nicht, wenn man sich so anzieht wie Sie. Ihr Kleid verrät alles. Es ist übrigens ganz bezaubernd. Hinreißend. Wenn Sie singen könnten, würde ich Sie sofort engagieren. So kann ich Sie nur hinaufbitten in meine Suite und Sie zu einem kleinen Drink einladen. Darf ich?»

Er greift nach meiner Hand und drückt sie fest.

Ein Drink? Daß ich nicht lache. Ich weiß genau, was er will. Doch es ist mir nicht unangenehm. Wochenlang war ich allein. Seit dem Überfall in der Metro hat mich kein Mann mehr geküßt. Ich *will* mich hingeben, in starke Arme sinken, alles Böse vergessen. Mit jemandem zu schlafen ist *immer* ein starkes Erlebnis. Und genau das brauche ich in meiner momentanen Verfassung. Ich will endlich die vier Verbrechergesichter loswerden, die mich Nacht für Nacht bis hinein in meine Träume verfolgen. Rivera ist zwar verheiratet, und Ehen störe ich prinzipiell nicht. Doch in diesem Fall nehme ich seiner Frau nichts weg. Er betrügt sie ununterbrochen. Da kommt es auf mich nicht mehr an.

«Ein einziges Glas», sage ich kokett, «ein kleines Glas, nicht mehr und nicht weniger. Versprechen Sie das?»

«Aber natürlich.» Er küßt meine Fingerspitzen. «Ich bin ein Spanier, und wir Spanier sind Gentlemen. Haben Sie das nicht gewußt, *my love?*»

Dann bezahlt er die Rechnung, eine unglaublich hohe Summe. Achtlos zieht er einen dicken Packen großer Geldscheine aus der Hosentasche, blättert etliche davon auf den Tisch, ohne genau hinzusehen, stopft den Rest ebenso achtlos wieder zurück, drückt dem Kellner noch einen Schein in die Hand und führt mich zum Lift.

Als wir an der Bar vorbeikommen, streckt der seltsame Mann im braunen Anzug die Hand aus, will etwas sagen, hält sich jedoch im letzten Moment zurück und wendet den Kopf ab.

«Der will ein Autogramm», meint Rivera selbstbewußt. «Ich werde ununterbrochen belästigt. Aber da kann man nichts machen, das gehört dazu, wenn man im Rampenlicht steht.»

Im Lift sind wir allein, und obwohl wir nur einen Stock hochfahren, geht er gleich aufs Ganze. Seine Hand ist auf meinem Busen, noch ehe sich die Tür geschlossen hat, mit der andern greift er mir unter den Rock, und als ich ihn abwehre, preßt er seinen Unterkörper so hart an mich, daß mir seine Anatomie nicht verborgen bleiben *kann*. Wenn ich nicht irre, ist er *sehr* gut gebaut, doppelt so groß wie Nouri würde ich sagen. Allerhand!

Normalerweise genügt das, um mich in Stimmung zu bringen. Ich bin eine leidenschaftliche Frau, ich mag den männlichen Körper, ich finde ihn wunderschön, und wenn sich da unten etwas regt, erwachen meine Lebensgeister. Diesmal aber regt es sich zu früh, das heißt, ich werde zu früh darauf aufmerksam gemacht. Und das bedeutet nichts Gutes!

Wenn ein Mann vor dem ersten Kuß meine Hand zwischen seine Beine zwingt oder wenn er mir ohne falsche Scham sein liebstes Stück ins Kreuz rammt (oder in den Bauch, das kommt aufs gleiche heraus), dann hat er Potenzprobleme und ist auf sein Lustorgan fixiert.

Jawohl, ich weiß, wovon ich spreche. Von meinen dreiundvierzig Liebhabern agierten zwei wie Rivera, und beide kann man vergessen. Kaum steht das Ding (das bei andern Frauen versagt), wollen sie Anbetung und Unterwerfung. Ich kenne das Szenarium. Am besten, man reißt sich los und ergreift die Flucht!

Reginaldo sagt etwas Unverständliches auf französisch (schrecklicher Akzent) und drängt mich an die Wand. Hat er das mit Nelly auch so gemacht? Die Sache wird immer interessanter. Neugierig bin ich, wie das weitergeht. Endlich hält der Lift, die Tür öffnet sich automatisch, und ich schwöre: hätte ich gewußt, was mir blüht, ich wäre umgekehrt! Auf der Stelle!

Der berühmte spanische Maestro bewohnt die beste Suite des ganzen Hotels. Türnummer 101. Ritzkennern ist das ein Begriff!

Die Zahl verursacht wohliges Kribbeln, denn dahinter verbirgt sich ein Märchenreich. Der riesige Salon ist eine Orgie aus Rot und Gold, Spiegeln und Marmor. Die ganze Glorie Frankreichs ist hier präsent. Die Decke ist vier Meter hoch - und ebenso wie Türen und Wände mit Goldornamenten verziert.

Die Vorhänge allein sind ein Vermögen wert - hundert Meter Stoff pro Fenster, schätze ich, Untervorhänge, Vorhänge und ein wasserfallartiges Gehänge oben drüber. Samt, Seide, Damast, Brokat, das teuerste vom Teuren!

Die Teppiche sind alle echt. Ebenso die Gemälde in schweren goldenen Rahmen. Überall stehen die kostbarsten Antiquitäten, und ich habe den Eindruck, ein Schloß zu betreten. Ein Lustschloß, um genau zu sein, denn das Himmelbett im Schlafzimmer (in Rosa, Mandelgrün und Elfenbein) verspricht unvergeßliche Nächte, und die Silberschalen mit Bonbons und tropischen Früchten, die daneben stehen, bestärken mich in meiner Annahme, daß nicht der Wunsch nach Ruhe dieses Lager beseelt, sondern der wilde Hang zur Ekstase!

Im Salon thront ein Champagnerkübel auf einer herrlichen antiken Kommode mit Marmorplatte. Was wird gerade eingekühlt? Eine Flasche *Bricout Brut Réserve,* hervorragende Marke. Daneben stehen Gläser griffbereit auf einem schweren Silbertablett, das mit einer Damastserviette ausgelegt ist.

Ein Entree, ein Salon, ein Schlafzimmer, ein Marmorbad in Schwarz, Beige und Rosa mit ovaler Wanne - unwillkürlich frage ich mich, ob *ich* im Leben je so weit kommen werde, daß ich auf Reisen in Suiten wie dieser absteigen kann.

Für Frauen ist es bedeutend schwerer, hier hineinzugelangen, aus eigener Kraft meine ich, wenn man kein Vermögen geerbt hat und keinen reichen Mann besitzt. Aber warum eigentlich nicht? Kann mir das bitte jemand erklären? Ich bin erst einundvierzig Jahre alt, da liegt die beste Zeit noch vor mir. Mit einundvierzig, meine Lieben, ist noch alles drin. Warum sollte ich eigentlich *nicht* in ein paar Jahren so weit sein, daß ich mir im noblen Hotel Ritz eine Suite leisten kann?

Der berühmte Maestro verliert keine Zeit. Anstatt mich zu küssen oder zu umarmen, zieht er seinen weißen Rock aus, öffnet seine Weste, unterdrückt ein Gähnen und läßt sich auf das riesige rot-goldene Kanapee im Salon fallen. Dann lockert er seine Krawatte und kommt direkt zur Sache.

Genauer gesagt, er macht sich an seiner Hose zu schaffen und – ich traue meinen Augen kaum – packt aus! Was er auspackt, ist von ansehnlicher Größe, steif und dick, und wenn ich mich nicht irre, hat er eine Vorhautverengung.

Was soll ich sagen. Die Neue Romantik ist das nicht! Eher die alte Pascha-Mentalität. Außerdem gibt es auf der ganzen Welt nichts Unerotischeres als einen vollständig bekleideten Mann mit offenem Hosenschlitz.

Was erwartet er sich eigentlich? Daß ich ihn jetzt wie eine Prostituierte bediene? Oder will er mir nur freundlicherweise zeigen, womit er aufwarten kann? Muß ich ihn jetzt loben? «Braver Junge, wirklich *schön,* was du da hast»?

Seltsame Sitten! Ich beschließe, Rivera taktvoll zu ignorieren, gehe zum Fenster und blicke hinaus auf den herrlichen, sonnigen Place Vendôme. Irgend etwas muß geschehen. Aber was?

«Ich bin *hier!*» beschwert sich der Maestro vom Kanapee.

Lächelnd drehe ich mich um. «Das sehe ich!» Dann beginne ich mich auszuziehen, langsam und gekonnt und ohne die geringste Scham, denn ich habe elf Kilo abgenommen und bin in Hochform. Jawohl. Ich fühle mich so schön und sicher, daß ich ohne weiteres nackt auf den Balkon treten würde, wenn irgend jemandem damit gedient wäre.

Und da Rivera mich nicht bewundert, stelle ich mich vor den nächsten Spiegel und bewundere mich selbst. Jawohl! Ich bin ein Bild für Götter. Nur ein Blinder kann mich übersehen! Ich räuspere mich diskret, schüttle meine roten Locken, doch Rivera ist wie in Trance. Sein Blick geht nach unten, ihn fasziniert sein Hosenschlitz. Doch das wird sich ändern. Wetten?

Sorgsam lege ich mein Seidenkleid auf das lachsrosa Sofa neben dem Fenster, stelle die Schuhe darunter, greife nach meinem Glitzertäschchen und wandle gezielt an Rivera vorbei in das pompöse Schlafgemach – ohne ihn auch nur eines einzigen Blickes zu würdigen. Dann sinke ich hüllenlos auf das seidene Himmelbett, drapiere meine langen Haare wirkungsvoll um meine Schultern und schließe die Augen.

So! Jetzt kriegt die Sache langsam Stil!

Kaum bin ich fertig, stürmt Rivera herein, in Unterhosen und flatternden Hemdschößen. Sein Gesicht ist gerötet, sein dichter weißer Haarschopf völlig durcheinander. Gleich wird er sich auf mich werfen. Mein Gott, es ist immer dasselbe! Jetzt hilft nur noch eines: Theater!

«Komm...», hauche ich verführerisch und strecke langsam meinen Arm nach ihm aus, «komm zu mir, *my darling!*»

Es klingt umwerfend theatralisch, Marlene Dietrich könnte es nicht besser – und es wirkt wie geplant.

Rivera sinkt auf die Knie, faßt die Hand, beginnt sie wild zu küssen, fährt mit der Zunge die Innenseite meines Arms entlang bis hinauf zum Ellbogen, küßt die Spitze meiner Brust, legt den Kopf auf meinen Bauch und bohrt seine Zunge in meinen Nabel.

«Meine schöne Kanadierin», stöhnt er, «deine Haut ist weich wie Samt, du bist aufregender als Kleopatra. Badest du den ganzen Tag in Eselsmilch?»

Dann reißt er sich Unterhose und Hemd vom Leib, stellt sich ans Kopfende des Bettes und hält mir sein aufgeregtes Ding vor den Mund.

Habe ich es nicht bereits im Lift geahnt? Der Mann ist penisfixiert! Gott sei Dank bin ich nicht mehr zwanzig, sondern einundvierzig und weiß, wie man sich wehrt. O nein! Ich lasse mich nicht mehr benützen. Ich tue nur noch, was mich freut. Also wende ich den Kopf ab – und nehme sein liebstes Stück in die *Hand.*

«Vorsicht!» brüllt Rivera und hält meine Finger wie in einem Schraubstock. Aber ich habe schon begriffen. Die Vorhautverengung ist fast total, und ich frage mich, wie der Mann Liebe macht. «Langsam! Ganz langsam!» befiehlt er auf englisch und schiebt meine Hand vor und zurück. «Ganz, ganz langsam. Ja!

So! So ist es gut!» Und wenn es nach ihm ginge, müßte ich jetzt stundenlang so weitermachen.

Unglaublich, der Egoismus mancher Männer. Dieser hier benimmt sich wie im Bordell, als ob er mich bezahlt hätte, und merkt es nicht einmal. Soll ich ihn zur Besinnung bringen, *seine* Hand auf die empfindlichste Stelle zwischen *meinen* Beinen legen und Befehle austeilen? Nein! Das überlebt er nicht.

«*Fester!*» unterbricht Rivera meine Gedanken. «Du mußt mich fester halten. Viel fester. Drücken! Richtig *drücken!* So!» Und er beginnt lustvoll zu stöhnen, während mir langsam die Finger absterben.

Ja, meine Lieben. Was nützt die schönste Suite, das feinste Himmelbett im Hotel Ritz mit dem falschen Mann? Nichts!

«Laß mich los», bitte ich mehrmals, «laß meine Hand los. Du tust mir weh!»

Er hört mich nicht. Er hat die Augen geschlossen und stöhnt vor sich hin. Er ist ein großer Mann, eineinhalb Köpfe größer als ich und sicherlich zwanzig Kilo schwerer. Aber ich bin nicht mehr das wehrlose kleine Weibchen von früher. Soll ich ihn mit einem geschickten Wurf zu Boden befördern? Verlockender Gedanke. Anschließend könnte ich ordentlich essen gehen, Rührei mit feinen Trüffeln im Café de la Paix, ich habe nämlich plötzlich fürchterlichen Hunger.

In dem Moment beginnt das Telefon zu läuten. Rivera zuckt zusammen, reißt die Augen auf, läßt meine Hand fallen und hebt ab.

«Keine Anrufe!» bellt er in den Hörer. «Nein! Keinen einzigen. Was? Von welcher Zeitung? Kenne ich nicht! Schicken Sie ihn weg. Verbieten Sie ihm das Hotel! Wer? Fotograf? Von welcher Illustrierten? Kommt nicht in Frage! Nein, sage ich! Ich bin beschäftigt! Ich will nicht gestört werden. Von *niemandem!* Verstanden?»

Dann dreht er sich zu mir und will weiter bedient werden. Aber ich denke nicht daran.

«Ich habe furchtbaren Hunger», sage ich und verschränke die Hände über meinem erfreulich flachen Bauch.

«Hunger?» Rivera blickt entgeistert auf mich herab. «Wir haben doch eben gegessen.»

«Ich nicht. Das heißt, bis auf zwei Scheiben Toast, ein Glas Champagner und zehn winzige Walderdbeeren.»

«*Ich* habe überhaupt keinen Hunger!»

«Das glaube ich aufs Wort!» Graziös erhebe ich mich von dem seidenen Luxuslager und begebe mich unter Riveras ungläubigen Blicken in Richtung Tür.

«Wohin wollen Sie?» schreit er auf französisch, und sein fürchterlicher Akzent bestärkt mich in meinem Entschluß, möglichst schnell von hier zu verschwinden. «Wo wollen Sie hin?»

«Ins Café de la Paix. Dort gibt es wunderbare Gemüseplatten.» Er schnappt nach Luft.

«Die kann ich Ihnen hier auch bestellen.»

«Nein danke, das dauert zu lang.»

«Ahhhh, meine Liebe, Sie können mich jetzt nicht allein lassen!» Er läuft mir nach, erwischt mich im Salon, umarmt mich von hinten, drückt sein Gesicht in meine Haare. «Sie bleiben bei mir, ich lasse Sie nicht weg.»

«Gefrühstückt habe ich auch keinen Bissen!»

«Nein, nein, ich lasse Sie nicht weg!» Er streicht meine Locken zur Seite und beginnt von hinten meinen Hals zu küssen. Dann hebt er mich hoch und trägt mich zurück ins Schlafzimmer. Das gefällt mir.

«Hier», er zeigt auf die Silberschale, die neben dem Bett steht, «bedienen Sie sich, meine Liebe. Oder warten Sie. Darf ich?» Er steckt mir ein Stück Schokolade in den Mund, das wirklich herrlich schmeckt. «Noch eins? *Voilà,* das zergeht auf der Zunge, stimmt's? Das ist meine Lieblingsmarke. Ich lasse sie von Brüssel einfliegen. Aber ich esse sie nicht, ich biete sie meinen Freunden an. Hier, nehmen Sie.» Und er stellt die hübsche Schale neben mich auf die seidene Bettdecke. Dann zieht er die Vorhänge zu und kommt im Halbdunkel zu mir zurück, um mich weiter mit Bonbons zu füttern.

Na endlich. Endlich denkt er an mich und nicht an seinen Ali Baba! Aber ich freue mich zu früh. Als ich keine Schokolade mehr will, geht das Theater von vorne los.

«Küß mich!» stöhnt er und zeigt auf sein himmelstürmendes Organ, «küß mich mit deinem süßen Schokoladenmund!»

«Muß das sein?» frage ich betont gelangweilt.

«Küß mich, meine schöne Kanadierin! Nimm mich in den Mund! In den *Schokoladenmund!*» Und er robbt auf dem breiten Bett nach oben, bis sein Unterkörper direkt neben meinem Kopf ist.

Wer hätte das gedacht? Der Mann ist auch noch pervers. Wenn ich nicht aufpasse, verlangt er womöglich noch, daß ich ihm seine sündteuren Bonbons aus Brüssel in den Hintern stopfe. Oder er stopft sie *mir* irgendwohin, wer weiß, was dem noch alles einfällt. Nein, nein, da hilft nur noch eines, damit er Ruhe gibt, und das wirkt todsicher.

Ich drehe mich zu ihm und beginne seine Hüften zu streicheln.

«Komm lieber zu mir», flüstere ich dann, als ob wilde Erregung mir die Stimme verschlagen hätte, «komm zu mir, ich will dich spüren. In meinem Körper. Ganz tief in mir. Verstehst du?»

Er versteht. Das Wort «tief» versteht jeder Mann. «Ganz tief» ist überhaupt unwiderstehlich, ich habe das immer wieder festgestellt, und Reginaldos beachtliche Anatomie schwillt auch prompt zu ungeahnter Größe an. Doch was nützt das schönste Ding am falschen Mann? Kleiner und mehr Finesse wäre mir lieber. Ich begehre ihn überhaupt nicht! Aber ich will endlich dahinterkommen, was Nelly an diesem Mann so unglaublich fasziniert hat. Irgendwelche Qualitäten als Liebhaber *muß* er besitzen.

Wer weiß! Er ist Musiker. Musik ist Rhythmus. Vielleicht bewegt er sich auf eine Art und Weise, daß man von der Erde abhebt? Alles möglich. Jedenfalls ist er groß genug gebaut dafür.

«Ahhh, *my love*», jetzt spricht er wieder englisch, «du hast recht, ich muß dich besitzen. Jetzt. Sofort!»

Und das Wunder geschieht. Reginaldo wirft sich nicht *auf* mich, o nein, er legt sich *hinter* mich, ohne daß ich die geringste Andeutung mache. Er drückt sich eng an meinen Rücken – wer weiß, vielleicht wird es doch noch schön? Und dringt vorsichtig, vorsichtig in mich ein. Aber was ist das?

Ich fühle überhaupt *nichts!*

Jetzt zieht er zurück. Ebenfalls im Zeitlupentempo.

Ich fühle wieder nichts. Nicht den kleinsten lustvollen Schauer. Ich habe dreiundvierzig Liebhaber gehabt, aber dies ist der langweiligste Beischlaf meines Lebens. Er ist so langweilig, daß es überhaupt kein Wort dafür gibt. Und das hat Nelly so toll gefunden, daß sie in einem Monat sieben Kilo abgenommen hat? Unbegreiflich! *Ich* kann kaum die Augen offen halten. Mit größter Mühe unterdrücke ich ein Gähnen. Plötzlich bin ich furchtbar müde.

Rivera aber ist voll bei der Sache. Er stöhnt, seufzt, zittert – und macht keinen einzigen Versuch, mich dort zu streicheln, wo es für mich wichtig wäre. Er fragt mich auch nicht, ob er aufpassen soll, kurz, er denkt nur an sich und sein Vergnügen! Er kann *ewig.* Leider!

Wie lange die Sache dauert, weiß ich nicht. Jedenfalls hört er nicht mehr auf, und mitten drunter schlafe ich ein. Das ist mir auch noch nie passiert. Als ich aufwache, schlummert er ebenfalls – immer noch mit mir verbunden und ohne die Sache zu Ende gebracht zu haben. Na gut! Wenigstens verstehe ich, warum er keine Kinder hat. Münder und Hände sind ihm lieber als der weibliche Schoß. Das erklärt auch die vielen Scheidungen. Mit *dem* verheiratet zu sein ist sexuelle Schwerarbeit!

Reginaldo schläft tief und fest (kein Wunder bei den vielen Whiskys und doppelten Wodkas) und bemerkt nicht, wie ich mich sanft von ihm löse, um mich bequem auf dem Rücken auszustrecken. Ein *herrliches* Schlafzimmer! Ein Himmelbett wie im Film. Ideal zum Träumen – wenn man verliebt wäre!

Aber so ist alles umsonst. Die ganze luxuriöse Aufmachung, die sündteuren Stoffe in Zartgrün, Rosa und Elfenbein, die seidenen Laken, die kostbaren Decken – es nützt alles nichts, das Bett wird mir in schlechter Erinnerung bleiben.

Und schon sehe ich die Sache wieder einmal umgekehrt. Würden die Männer so fleißig fremdgehen, wenn wir Frauen sofort bereit wären, die Röcke zu heben – aber nur, um uns da unten küssen zu lassen, bis *wir* genug hätten? Wenn *wir* nach zwei Minuten Liebe Orgasmen bekämen, uns anschließend zur Seite drehten – «war's schön für dich, Liebling?» – und sanft entschlummerten, während er daneben liegt mit seinem aufgeregten pochenden Ding und nicht weiß, wie er die Nacht durchsteht?

Wie würden sie reagieren, wenn das zwei- bis dreimal die Woche geschähe oder, wie bei Nouri, sechsmal Schlag auf Schlag am selben Abend? Also eines weiß ich: In kürzester Zeit wären die Männer das zurückhaltende Geschlecht. Und sie würden sich mit Geld und Geschenken überhäufen lassen, ehe sie einer Frau ins Schlafzimmer folgten oder zum Traualtar oder in ein Himmelbett im noblen Hotel Ritz!

Aber ich komme nicht zum Weiterdenken!

Plötzlich wird vehement an die Salontür geklopft. Und nun beginnt das Chaos!

Der Nachmittag nimmt eine Wendung, die ich mir in meinen kühnsten Träumen nicht hätte ausmalen können. Nur in Paris kann derartiges passieren. Und nur meinem Instinkt verdanke ich, daß mein Bild am nächsten Tag nicht in allen Skandalblättern Frankreichs steht.

Aber ich will nicht vorgreifen.

Heftig und ungestüm wird an die Tür geklopft, an die berühmte Tür 101, hinter der sich die prächtigste Suite des ganzen vornehmen Hotels befindet.

Und das Schicksal nimmt seinen Lauf.

10

Das Klopfen hört und hört nicht auf. Es wird lauter und schneller und reißt schließlich Reginaldo Rivera aus seinem alkoholbeschwerten Schlummer.

«Was ist los?» fragt er auf englisch.

«Jemand will herein!»

«Wie? Was? Um Gottes Himmels willen!» Er gerät in Panik, springt aus dem Bett, zieht die Vorhänge zurück und reißt die Fenster auf. «Ist es schon halb fünf? Es muß halb fünf sein! Ich habe völlig vergessen, um halb fünf habe ich einen Termin mit der Programmdirektorin von Polydor.»

Er starrt auf mich hinunter und wünscht offensichtlich glühend, daß ich mich in Luft auflösen möge. «Es geht um Plattenaufnahmen von ‹Maria Stuarda› in Marseille. Eine ganz wichtige Sache. Ungeheuer wichtig sogar!»

«Ich verstecke mich im Bad», beruhige ich ihn.

«Ja, ja! Gute Idee. Sie kennt nämlich meine Frau!»

Wieder wird geklopft, diesmal mit noch größerer Ausdauer.

«Sie weiß genau, daß ich da bin!» Rivera greift nach Unterhosen und Hemd, stürmt in den Salon und wirft die Tür hinter mir zu. «Ich komme, meine Liebe», ruft er in seinem fürchterlichen Französisch, «gedulden Sie sich noch eine kleine Sekunde. Sofort gehöre ich Ihnen!»

Hoffentlich versteckt er mein Kleid, denke ich. Hoffentlich zerdrückt er es nicht zu sehr. Und was macht er mit meinen Schuhen? Und dem hübschen weißen Spitzenunterhöschen?

«*Voilà! Voilà!* Meine Teure, ich eile!» Ist er schon angezogen? Unglaublich! Das ging wirklich schnell. Oder hat er Übung in diesen Dingen?

Auf Zehenspitzen schleiche ich zur Verbindungstür, um die Begrüßung nicht zu versäumen. Man hört wirklich alles durch, jetzt schließt er auf, jetzt kommt sie herein, jetzt stehen die beiden mitten im rot-goldenen Salon. Küßchen, Lachen, jedenfalls kennen sie sich *sehr* gut, daran ist kein Zweifel!

Das soll eine geschäftliche Besprechung sein? In diesen gurrenden Tönen? Niemals! Außerdem kenne ich die Stimme. Ich habe sie gestern abend gehört. In der Brasserie Lipp. Jawohl! Es ist die überspannte Person mit den großen Brillanten, dem verbissenen Zug um den Mund und den scheußlichen rosa Federohrringen!

Unwillkürlich beginne ich zu kichern.

Gestern abend hat sie mich nicht begrüßt. Soll ich mich revanchieren und splitternackt aus dem Schlafzimmer auftauchen? «*Bonjour madame!* Nett, daß Sie vorbeigekommen sind! Ich heiße Ophelia. Und Sie?»

Soll ich? Verlockender Gedanke! Es ist ohnehin alles ganz verrückt, wie im Film oder im Theater. Ehrlich, ich fühle mich wie in einer französischen Komödie, nur ist dies kein Dreiecks-, sondern ein *Vierecksverhältnis:* Frau auf dem Land, Mätresse im Salon, kleine Nebenfreundin nackt im Schlafgemach und der Mann mittendrin – verlangt das nicht nach einem Ende mit Pauken und Trompeten?

Die Trompeten schmettern tatsächlich – wenn auch noch nicht gleich. Ohne es zu ahnen, befinde ich mich nämlich mitten in einem saftigen Pariser Society-Skandal, und auch ohne mein Zutun kommt alles, wie es kommen muß.

Ich bleibe also hinter der Tür stehen und lausche.

Die beiden unterhalten sich im Prunksalon, und Rivera versucht höflich, sie loszuwerden.

«Ich bin heute sehr müde, meine Teure. Ich habe sogar geschlafen, bevor Sie gekommen sind.»

Wie erwartet, sagen die beiden «Sie» zueinander, denn in der französischen Gesellschaft ist das so Sitte. Kinder sagen «Sie» zu ihren Eltern, Männer sagen «Sie» zu ihren Frauen, Freundinnen und Bekannten, ja nicht einmal Braut und Bräutigam finden im Bett den Weg hin zum zärtlichen «Du»!

«*Geschlafen?*» wiederholt die unsympathische Stimme. «Da komme ich gerade recht, mein Lieber. Ich habe eine Bombenneuigkeit für Sie, da sind Sie sofort hellwach. Wollen Sie raten?»

«Spannen Sie mich nicht auf die Folter.»

«Raten Sie! Nein? Na gut. Ich werde es Ihnen sagen. Lisa hat die Scheidung eingereicht.»

«Sind Sie verrückt geworden?»

«Aber nein! Sehen Sie her!» Zeitungsrascheln. «*Voilà!* Ein ganz langer Artikel mit Fotos. Sie hat die Scheidung eingereicht, sie ist in London, und sie wird ihren süßen Bubi ehelichen!»

«Was ist das für ein Waschblatt?» brüllt Rivera.

«*France Soir!* Und es hat sich schon herumgesprochen. Die ganze Hotelhalle ist voller Journalisten. Von einer spanischen Zeitung ist auch einer unten, der hat mich gebeten, daß ich für ihn ein gutes Wort bei Ihnen einlege.»

«Was wollen diese Idioten?»

«Eine Stellungnahme. Lisa hat nämlich dem größten Skandalblatt in England ihre Lebensgeschichte versprochen. Bettgeschichten und alles. Sie meint, die Welt soll endlich wissen, was es *wirklich* heißt, mit dem weltberühmten Reginaldo Rivera verheiratet zu sein!»

«Sie hat den Verstand verloren!»

«Sie will Sie ruinieren, mein Lieber. Offensichtlich sind Sie zu viel fremdgegangen» – gurrendes Lachen – «worüber ich mich *absolut* nicht beschweren kann.»

«Hören Sie auf mit diesem Unsinn», schreit Rivera, «geben Sie endlich die Zeitung her. Unverschämt! Das ist unser Hochzeitsfoto. Ich werde klagen. Das ist Provokation. Ich fliege nach London. Ich reise ab. Lisa muß entmündigt werden. Gehen Sie jetzt. Gehen Sie! Ich muß allein sein, ich brauche einen klaren Kopf...»

«Vielleicht zuerst einen Whisky?»

«Ja! Ja! Gute Idee! Nein! Wodka! Einen Wodka!»

«Groß? Klein?»

«Ein volles Glas!»

Eiswürfel klirren, eine Flasche wird geöffnet.

«*Voilà chéri!* Trinken wir auf Ihre neue Freiheit! Geben Sie mir einen Kuß, es ist alles nur halb so schlimm. Übrigens kann ich noch nicht gehen, ich habe Room-Service bestellt. Der Kellner wird gleich da sein. Nur eine Kleinigkeit. Ich habe heute noch nichts gegessen.»

«Sie haben *was?*» donnert Rivera.

«Essen bestellt. Warum regt Sie das so auf? Ich bin wirklich hungrig. Außerdem haben sie in der Küche um diese Zeit nichts zu tun, in fünf Minuten wird serviert. *Voilà,* das habe ich Ihnen mitgebracht. Der Vertrag für die Plattenaufnahmen in Marseille. Warum lesen Sie ihn nicht gleich jetzt? Oder noch besser, wir gehen Punkt für Punkt *gemeinsam* durch. O.K., *chéri?*»

Rivera brummt irgendwas, doch ich höre, wie er sich setzt. Schöne Bescherung. Was tue ich nun? Die Sache zieht sich gefährlich in die Länge. Nach dem Vertrag wird sie essen, dann wird sie reden, *so* schnell wird er sie nicht los. Ich kenne diesen penetranten Frauentyp. Und ich habe keine Lust, stundenlang nackt in einem Hotelbadezimmer zu hocken, das ist unter meiner Würde, selbst wenn es sich um ein Luxusbad aus rosa und schwarzem Marmor im Hotel Ritz handelt.

Und was tue ich, wenn Rivera später wieder mit mir ins Bett will? Nein, nein, alles, nur das nicht! Soll er seiner Freundin einen Schokoladenmund anhängen, ich habe genug von Brüsseler Bonbons, beim bloßen Gedanken daran wird mir übel.

Ich muß weg. Aber wie?

Aus Erfahrung weiß ich, daß Hotelsuiten immer einen zweiten Ausgang haben, damit man im Bedarfsfall jedes Zimmer einzeln vermieten kann. Gezielt suche ich die Wände ab. Tatsächlich. Das Schlafzimmer ist durch eine direkte Tür mit dem Korridor verbunden. Sie ist zwar hinter einer schweren Samtportiere versteckt, aber mein kundiges Auge entdeckt sie sofort. Der Schlüssel steckt, der Riegel funktioniert. Gerettet!

Anzuziehen habe ich zwar nichts, denn Kleid und Schuhe sind draußen im roten Salon, doch ich besitze noch mein Silbertäschchen mit Schlüssel, Lippenstift und Bargeld – außerdem habe ich Mut, und darauf kommt es an!

Ich werde Riveras Bademantel entleihen (und morgen zurückschicken). Irgendwie werde ich schon am Portier vorbeikommen, hinaus zum Taxistand auf dem Place Vendôme.

Und wenn mich jemand fragt, warum ich barfuß und halb nackt im Hotel herumlaufe? Dann muß ich mir etwas einfallen lassen.

Der weiße Frotteemantel ist mir viel zu lang und zu weit. Doch er duftet nach teurem Eau de Cologne und hat eine große Kapuze. Ich stülpe sie über den Kopf, lasse meine Locken vorne herausfallen, ziehe die Lippen nach. Nicht schlecht, Weiß steht mir gut. In dem großen Mantel wirke ich zart und zerbrechlich, fast wie ein Weihnachtsengel.

Adieu, Rivera! Lautlos schleiche ich zur Tür, schließe vorsichtig auf und verlasse geräuschlos den Tatort (der keiner war). *Voilà!* Der Korridor ist leer, kein Mensch weit und breit. Jetzt muß ich nur noch unbemerkt ins Freie gelangen.

Plötzlich höre ich Schritte hinter mir. Jemand reißt mich grob am Arm, schlägt auf mich ein. «Du Luder! Du Schlampe! *Putain! Salope!*» Ich verstehe die Welt nicht mehr.

Schon wieder ein Überfall? Doch diesmal sind sie an die Falsche gekommen. *Dem* werde ich es zeigen. Dem Mann werde ich einen Denkzettel verpassen, daß er nie wieder eine Frau berührt! Blitzschnell drehe ich mich um, will dem Angreifer mein Knie in den Bauch rammen – um mitten in der Bewegung zu erstarren. Vor mir steht der Mann im braunen Anzug!

Er ist ebenso perplex wie ich. Sprachlos starren wir uns an.

«Was wollen Sie von mir?» frage ich schließlich.

Verlegen richtet er seine Krawatte. «*Pardon, madame,* ich habe Sie verwechselt... mit jemand – jemand anderem... ich meine, mit einer anderen Person, einer ganz anderen...»

«Die Sie erschlagen wollen?»

«Natürlich nicht!» Er erbleicht, weicht zurück, will verschwinden, doch in dem Moment öffnet sich die Tür zu Riveras Suite, und die Frau mit den rosa Federohrringen tritt heraus. Der Mann stößt ein Wutgeheul aus, boxt mich grob zur Seite und rennt los. «Du Luder! *Putain! Canaille!* Ich bring dich um!»

«Albert», schreit die Frau entsetzt, springt zurück, schlägt die Tür zu - und in dem Moment, wo er die Klinke ergreift, dreht sie innen den Schlüssel um.

Was passiert jetzt? Die Sache wird langsam spannend. Albert überlegt nicht lang. Er holt tief Luft und beginnt zu brüllen, daß die Wände zittern. Das meiste bleibt mir unverständlich, aber soviel kann ich entnehmen, daß es seine Frau ist, die sich da mit Rivera eingeschlossen hat, und daß sie nicht mehr lebend durch diese Tür kommen wird.

Wie ein Wahnsinniger tritt er mit den Füßen, hämmert mit beiden Fäusten und wirft sich schließlich mit voller Wucht gegen die Tür 101. Er macht einen fürchterlichen Krach, und ich frage mich, ob ich noch rechtzeitig verschwinden kann, ehe die Polizei eintrifft. Nein. Zu spät. Da kommt sie schon!

Was soll ich tun? Aber halt! Fehlalarm. Nicht die Polizei, sondern der Zimmerkellner biegt um die Ecke. Er schiebt einen hübschen weißgedeckten Tisch auf Rädern vor sich her. Appetitlich sieht das aus. Teller, Silberbesteck, Butterstücke auf Eis, eine Käseplatte, eine Rose in einer Silbervase, zwei Silberkannen, aus denen es verführerisch nach Kaffee duftet, ein Brotkörbchen. Ein elegantes kleines Essen für ein *tête-à-tête* in einem Luxushotel in Paris.

Der Kellner in seiner maßgeschneiderten Uniform geht ungerührt auf den tobenden Mann zu. «Lassen Sie mich vorbei», befiehlt er, «Room-Service!»

Der Mann im braunen Anzug dreht sich um, überblickt die Situation, kneift Augen und Mund zusammen. Sein Kopf wird knallrot. Dann gibt er dem Tisch einen Fußtritt, daß er umkippt, der Käse in alle Richtungen über den Teppich rollt und schwarzer Kaffee an die Wände spritzt.

«Sind Sie wahnsinnig?» schreit der Kellner und springt zurück. «Haben Sie den Verstand verloren?»

Dann läuft er zum Wandtelefon und ruft um Hilfe.

«Meine Frau, Sie Trottel! Meine Frau ist da drinnen», tobt der Mann und gibt dem Tisch noch einen Tritt, «meine Frau! Mit dem Weiberhelden. Eingesperrt. Ich bring sie alle um, den verfluchten Spanier zuerst. Komm heraus, du Luder» - er hämmert an die Tür - «mach auf, verdammte Kanaille! *Aufmachen! Aufmachen! Aufmachen*...»

Jetzt wird es höchste Zeit für mich.

Der Kellner hat den Hörer aufgelegt, jeden Moment wird Verstärkung kommen. Ich ziehe die Kapuze tief ins Gesicht und drücke mich geräuschlos um die Ecke. Wo ist die Treppe? Da ist sie schon. Kein Mensch weit und breit, wunderbar. Doch der untere Teesalon, an dem ich vorbeimuß, beginnt sich zu füllen. Was zum Teufel soll ich tun?

Der Weg zum Ausgang scheint plötzlich unendlich weit. Viel zu viele Leute stehen herum. Journalisten, die auf Rivera warten, um ihn über seine Scheidung auszufragen. Feine Damen, die Tee trinken, und ganz vorne unterhalten sich zwei Fotografen mit schweren Kamerataschen mit dem Empfangschef. Nur der Portier ist nirgends zu sehen - glücklicherweise -, obwohl er mich höchstwahrscheinlich gar nicht wiedererkannt hätte. Es ist sicher nicht an der Tagesordnung, das vornehme Hotel in einer blauen Givenchy-Robe zu betreten und barfuß, wie ein Gespenst auf der Flucht, wieder zu verlassen.

Wenn ich wenigstens Schuhe hätte! Und was ist unauffälliger: hinaus zu gehen oder zu laufen? Laufen wäre mir lieber. Doch es ist zu verdächtig. Womöglich hält man mich noch für einen Hoteldieb und läßt mich verhaften. Also muß ich gehen, ganz gewöhnlich gehen, als wäre ich *immer* am hellichten Tag in Paris barfuß im Bademantel unterwegs.

Ich hebe den Kopf, beginne amüsiert zu lächeln, stecke gekonnt eine Hand in die Tasche, lasse die andere locker baumeln und schreite los, als ob ich auf dem Laufsteg wäre. Nicht zu schnell, nicht zu langsam, aber gezielt auf den Ausgang zu. Ich sehe weder nach rechts noch nach links, bemerke jedoch aus den Augenwinkeln, daß sich die Leute umdrehen und mich anstarren. Es wird ganz still rundherum. Dafür klopft mein Herz zum Zerspringen.

«*Mais, qu'est-ce-que c'est?*» ruft einer der Fotografen, als ich stumm an ihm vorbeiwandle. «Suchen Sie den Strand, Madame?»

Ich überlege blitzschnell. Was sage ich jetzt? Dann drehe ich den Kopf, beginne strahlend zu lächeln und verkünde: «Wir fotografieren Bademoden, oben in der Suite 101. Ich habe meine Schminktasche vergessen, die muß ich schnell aus dem Auto holen!»

Der zweite Fotograf pfeift anerkennend durch die Zähne. «Süßes Modell», meint er, «kann man das kaufen?»

«Natürlich! Aber es dürfte Ihnen zu teuer sein!»

«Da bin ich mir gar nicht so sicher», lacht er mich an, «wir verdienen zwar nicht so gut wie ihr Vorführmädchen, aber ab und zu reicht's für einen guten Happen!»

«*Bademoden?*» unterbricht der Empfangschef mißtrauisch, «*wo* fotografieren Sie Bademoden? In der Suite von Maestro Rivera? Davon hat er mir kein Wort gesagt. Ich muß Sie bitten, Madame...»

Weiter kommt er nicht. «Einhunderteins?» rufen die beiden Fotografen wie aus einem Mund. «*Dort* hält er sich verborgen?» Schon haben sie die Kamerataschen in der Hand. «Jean-Luc», ruft der Größere hastig, «nichts wie hinauf!» Und er rennt los. Der Empfangschef läuft hinterdrein.

«Halt! Stehenbleiben! Was fällt Ihnen ein. Der Maestro darf nicht gestört werden. Das ist das Ritz. Keine Absteige am Pigalle. Unsere Gäste werden nicht belästigt. Hören Sie nicht? Kommen Sie zurück, oder ich lasse Sie verhaften.»

Ein hitziger Streit entbrennt, sämtliche Journalisten drängen sich um die beiden, und ich benütze den Wirbel, um mich diskret zu entfernen. Unbemerkt schlüpfe ich durch die Drehtür, schon stehe ich draußen in der frischen Luft.

Vier Taxis warten auf dem sonnigen Place Vendôme. Die Fahrer stehen am Gehsteig, rauchen, einer liest Zeitung, ein anderer unterhält sich mit dem Hotelportier über die Pferderennen am kommenden Sonntag in Longchamps. Als ich auf der Bildfläche erscheine, starren mich wie auf Kommando alle an. Der Portier blickt verstohlen auf meine nackten Füße, hält sich jedoch taktvoll zurück, schließlich komme ich aus dem Hotel. Wer weiß. Vielleicht bin ich eine exzentrische amerikanische Millionärin?

«Sind Sie frei?» frage ich den ersten Fahrer. Der grinst und hält mir gleich die Tür auf.

«Gute Fahrt», wünscht der Portier und grinst ebenfalls. Hat er mich erkannt? Na und?

«Rue Lacépède, bitte.»

«Zum Schwimmbad?»

«Nein. Oberes Ende. Fast am Place Contrescarpe.»

Die Fahrt verläuft problemlos. Kein Polizist hält uns auf, um mich als öffentliches Ärgernis zu arretieren. Nur einmal, in einem fürchterlichen Stau auf dem Pont Neuf, kommen wir minutenlang direkt neben einen großen grünen Autobus zu stehen. Das ist peinlich!

Viele interessierte Augenpaare blicken plötzlich von oben herab zu mir herein. Ich fühle mich völlig nackt, ziehe die Kapuze, so weit es geht, über den Kopf und schließe die Augen. Aber auch diese Fahrt nimmt ein Ende. Kurz nach fünf bin ich zu Hause, und kaum stehe ich heil und ganz in der Wohnung, beginne ich zu lachen und kann nicht mehr aufhören.

Im Grunde war es höchst amüsant. Ich habe zwar keinen neuen Freund mit Privatflugzeug (den Mann will ich nie wiedersehn!). Doch ich habe dazugelernt. Ein Alptraum, von einem Egoisten wie Rivera abhängig zu sein. Eine Illusion ist gefallen (über die Großen, die den Überblick haben). Sind alle so wie Rivera, habe ich tatsächlich nichts versäumt!

Nur eines verstehe ich nicht! Warum plagt sich ein berühmter, steinreicher Mann sechsundfünfzig Jahre seines Lebens mit einer Vorhautverengung ab? Ein kleiner Schnitt, und er könnte ein normales Liebesleben führen. Noch interessanter ist, daß keine seiner zahllosen Frauen und Freundinnen ihn dazu brachten, diesen harmlosen Eingriff vorzunehmen.

Höchstwahrscheinlich hat er seinen geheiligten Phallus mit Zähnen und Klauen verteidigt (schade um das Prachtstück!), und die Damen haben das hingenommen, als Tribut an einen berühmten Mann. (Ihr Vaselineverbrauch würde mich interessieren.)

Ich bade warm, dusche kalt, reibe mich von Kopf bis Fuß mit einer duftenden rosa Lotion aus Eibischblüten ein, schlüpfe in einen weiten weißen Baumwollkimono, den ich in einer kleinen Boutique auf dem Boulevard St. Michel gekauft habe, und mache mir endlich, endlich etwas zu essen.

Mit einer großen Schüssel Würzblatt-Salat, drei in Folie gebackenen Kartoffeln, Kräuterbutter und *crème fraîche* setze ich mich dann auf die Terrasse mit Blick auf das Panthéon und genieße mein Werk.

Um es gleich zu sagen, es schmeckt köstlich! Ich esse, bis ich satt bin, weiß, daß ich kein Gramm davon zunehme, und auch die Nachspeise, eine delikate, leichte Bananencreme nach Nellys Rezept, ist ganz im Sinne der Hollywood-Bright-Star-Diät.

Geht es mir nicht prächtig? Ich lehne mich zurück, lege die Beine hoch und genieße den Blick über die faszinierenden, verwinkelten Dächer von Paris bis hin zum Sacré-Cœur. Ich bin wunschlos glücklich, satt, leicht schläfrig, aber eines interessiert mich brennend.

Was spielt sich gerade ab in der berühmten rot-goldenen Luxussuite Nummer 101 im vornehmen Hotel Ritz? Hat der tobende Albert bereits die Tür eingetreten? Fliegen bereits Aschenbecher und Champagnerkübel – von den feinen Brüsseler Bonbons ganz zu schweigen? Am besten, ich rufe sofort an. Höchstwahrscheinlich steht Reginaldo Todesängste aus, daß man mich zu allem Überfluß auch noch nackt in seinem Himmelbett entdeckt.

Ich schlage die Nummer nach, wähle, komme jedoch nicht weiter als bis zur Hotelzentrale. «Der Maestro nimmt keine Anrufe entgegen», sagt eine wohlerzogene Stimme, «möchten Madame eine Nachricht hinterlassen?»

«Ja, bitte», antworte ich in meinem besten Hochfranzösisch, ohne die kleinste Spur eines kanadischen Akzents, «teilen Sie ihm bitte mit, daß sein Bademantel beim Direktor der Pariser Oper abgeholt werden kann. Er möchte so nett sein und sich heute noch melden.»

«Kennt Monsieur die Nummer?»

«Jawohl, Mademoiselle.»

Den ganzen Abend warte ich auf einen Anruf, aber es kommt keiner. Was hat sich zwischen den dreien abgespielt? Langsam werde ich unruhig. Hoffentlich lebt er noch.

Der Tragödie zweiter Teil steht am nächsten Tag in allen Zeitungen. Die Morgenblätter bringen nur kurze sachliche Meldungen, daß Reginaldo Rivera, der skandalumwitterte spanische Dirigent, sein Gastspiel in Marseille verschieben wird. Grund: ein Unfall!

Doch im *France Soir,* dem beliebten Klatschblatt, steht die ganze Geschichte bis ins kleinste Detail. Offensichtlich ist Albert durch dieselbe Tür in die Suite eingedrungen, durch die ich geflüchtet bin, um drinnen wie ein Berserker zu wüten. Seiner Frau brach er eine Rippe, Rivera schlug er mit einem einzigen gezielten Kinnhaken bewußtlos. Als die Polizei eintraf, tobte er noch immer und konnte erst nach turbulentem Handgemenge verhaftet werden.

Übrigens ist die Frau mit den rosa Federohrringen tatsächlich Programmchefin einer Plattenfirma, wenn auch nicht von Polydor, und ihr cholerischer Mann – wer hätte das gedacht – vielfacher Millionär. Er besitzt eine Kette von zweihundert Wäschereien hier in Paris und ist wieder einmal der Beweis dafür, daß Geld noch lange nicht vornehm macht.

Am nächsten Morgen besuche ich zum letztenmal das Ritz. Wer weiß, vielleicht kommt Reginaldo nach dem Krankenhaus ins Hotel zurück? Doch leider ist das nicht der Fall.

«Der Maestro ist abgereist», teilt man mir kommentarlos mit.

Es verlockt mich sehr, zu fragen, ob man beim Aufräumen in der Suite 101 ein wasserblaues Seidenkleid und ein Paar weiße

Riemchenschuhe gefunden hat. Doch dann lasse ich es sein. Mir tut es zwar leid um die schönen Sachen, doch ich erstand sie billig und kann den Verlust verkraften!

Ein Kleid - ein Mann. Einmal angezogen, dann weggeworfen! Ein Glas, an dem man nur einmal nippt, um es dann mit Hurra an die Wand zu schmettern! Jawohl, meine Lieben! Mit vierzig kann man sich das leisten. (Mit zwanzig hätte ich mich zu Tode geärgert!) Außerdem war das Geld gut angelegt. Der Blick hinter die Kulissen war es wert.

Wieder einmal wurde meine Theorie bestätigt, die da lautet: Beruf und Privatleben sind untrennbar verbunden. Rücksichtslos im Beruf, rücksichtslos daheim. Brutal im Büro, brutal im Bett. Kein unbändiges Genie steckt hinter Riveras Prozessen, Skandalen, Affären, sondern schlicht und einfach ein gestörtes Sexualleben. Potenzprobleme! Das ist der Schlüssel zu seinem Charakter.

Rivera wäre geklärt. Bleibt nur noch eins: seine Macht über Nelly! Die werde ich nie begreifen. Doch auch dieses Rätsel werde ich lösen. Alles zu seiner Zeit.

11

In den nächsten zwei Wochen überschlagen sich die Ereignisse. Doch das wichtigste ist folgendes: Nelly stellt den Geldsegen ein.

Ich verstehe ihre Gründe. Seit sechs Wochen habe ich kein Wort mehr geschrieben, das Manuskript liegt halbfertig herum, nichts geht weiter, ich glaube, ich hätte an ihrer Stelle dasselbe getan.

Einen Monat hat Nelly geduldig gewartet. Dann erbot sie sich, mir auf der Hollywood Bright Star Ranch ein Zimmer einzurichten, damit wir gemeinsam an ihrem Buch weiterarbeiten könnten. Aber ich will nicht weg von Paris. Ich bin sicher, daß ich in Kürze wieder schreiben kann. Außerdem habe ich das Gefühl, hierbleiben zu müssen. Irgend etwas Wichtiges wird geschehen, ich will nicht nach Kalifornien.

«Gut», meint Nelly, «du kannst in der Wohnung bleiben. Aber du wirst verstehen, *ma petite,* daß ich Faulheit nicht finanziere. Bis du wieder zu arbeiten anfängst, mußt du dich allein durchschlagen.»

«Und der Flug nach London im Juli?»

«Zur BBC-Talkshow? Das ist Arbeit. Das bezahle ich, das heißt, wenn du bis dahin auf fünfundfünfzig Kilo herunter bist.»

In diesem Sinne verbleiben wir.

Tagelang zerbreche ich mir den Kopf, was ich tun soll. Mein eigenes Geld anzutasten widerstrebt mir, doch wovon soll ich leben? Nelly überwies mir jeden Monat fünfzehntausend Franc. Von der letzten Zahlung ist nichts mehr übrig. Ja, ich bin schon zweitausend Franc im Minus, denn seit dem Überfall habe ich ununterbrochen Geld ausgegeben. Ich habe mir angewöhnt, überallhin mit dem Taxi zu fahren. Ich gehe in Konzerte, feine vegetarische Restaurants, ich kaufe Bücher und Schallplatten und die teuersten Opernkarten für fünfhundert Franc. Da ich überhaupt nichts anzuziehen hatte, denn alles, was ich aus Kanada mitbrachte, schlottert mir am Leib, erstand ich notgedrungen auch ein paar leichte Kleider, Hosen und Schuhe, hübsche Sachen, ideal für das warme Wetter. Aber jetzt werde ich sparen.

Zum Anziehen brauche ich in nächster Zeit nichts.

Wenn ich die Restaurants streiche und selbst koche, komme ich mit zweitausend Franc im Monat durch, denn fleischloses Essen ist wirklich billig. Erst jetzt wird mir klar, welch unglaublich hohe Summen man zum Metzger trägt.

Taxifahrten werde ich einschränken, tagsüber fahre ich mit dem Bus. Auf die Oper werde ich verzichten. Die Saison ist ohnehin ziemlich mäßig. Aber die Konzerte lasse ich mir nicht nehmen. Und die Jazz-Clubs auch nicht. Schwimmstunden nehme ich ebenfalls weiter. Außerdem kann ich das Konto um zehntausend Franc überziehen. Ich habe mich auf der Bank erkundigt, zehntausend ist kein Problem. Ein paar Wochen werde ich demnach durchkommen, und wenn ich anschließend immer noch nicht schreiben kann, muß ich mir etwas einfallen lassen.

Heute ist der erste Sonntag im Juli. Im Luxembourg blühen die Rosen, die Sonne scheint, die Bäume auf dem Place Contrescarpe haben frische, helle, herzförmige Blätter, es ist ein Uhr mittags, und ich beschließe, auf den Montmartre zu fahren.

Seit dem Überfall war ich oft dort oben. Ich gehe langsam durch die steilen, engen Gassen, von Pigalle bis zum Place de Tertre, von der Rue Coulaincourt über die Rue Lamarck bis hinauf zum Sacré-Cœur, aber nicht, um die kleinen malerischen Häuser und die romantischen Gärtchen zu bewundern. Nein. Ich sehe sie kaum. Dafür bleibe ich bei jedem Uhrmacher, jedem Goldschmied, jedem Juwelierladen stehen und suche in den Auslagen meinen Ring.

Ich weiß, es ist verrückt. Der Kriminalbeamte hat mir unmißverständlich erklärt, daß gestohlener Schmuck immer zwei Jahre im Untergrund bleibt, um dann in einer anderen Stadt oder sogar in einem anderen Land wieder aufzutauchen. Doch ich suche weiter, ich kann nicht anders. Vielleicht ist mein Fall eine Ausnahme? Vielleicht hat der Dieb den Ring auf der Flucht verloren, jemand hat ihn auf der Straße gefunden und einem Juwelier verkauft? Wunder ereignen sich immer, ich darf die Hoffnung nicht verlieren. Weder meiner Mutter noch meiner Tante Ophelia habe ich von dem Verlust erzählt, und jedesmal, wenn ich an den strahlenden Feueropal denke, fühle ich einen Stich im Herzen und möchte in Tränen ausbrechen.

Heute aber fahre ich noch aus einem anderen Grund auf den Montmartre. Ich will mich auf dem Place de Tertre porträtieren lassen und, so Gott will, *endlich* einen Franzosen kennenlernen. Das ist mir nämlich noch immer nicht gelungen. Es ist wie verhext, aber überall treffe ich nur Ausländer. In den Jazz-Clubs überwiegt die amerikanische Kolonie, ebenso bei Shakespeare & Co. und in meinen Lieblingslokalen in St.-Germain-des-Prés. Kaum verlasse ich, was ich «den amerikanischen Trampelpfad» nenne, und setze mich im Luxembourg auf eine Bank, kommt schon ein Araber oder ein kohlschwarzer Student aus Senegal und will ein Gespräch beginnen.

In den Cafés komme ich unweigerlich mit Touristen in Kontakt, die sich verirrt haben, den Stadtplan falsch lesen oder hilflos auf das Wechselgeld starren, das der Kellner auf den Tisch geknallt hat. Da die meisten haarsträubend französisch sprechen (wenn überhaupt), übersetze ich bereitwillig, helfe und erkläre, denn wir Kanadier sind, wie schon erwähnt, ein freundliches Volk.

Aber ich will keinen Touristen mit Kamera und Stadtplan. Ich will keinen Amerikaner, Engländer, Japaner oder Spanier in Jeans, T-Shirt, Natojacke, mit Rucksack hintendrauf. Ich will einen Ministerpräsidenten, und wenn das nicht geht, will ich zumindest keinen Ausländer. Ausländerin bin ich selbst.

Jawohl! Ich habe alle Spuren getilgt. Meinen kanadischen Akzent habe ich überwunden. Nie mehr rolle ich ein «R», niemals hänge ich ein plumpes «G» an ein Wort. «Weing» statt «Wein» – das habe ich endgültig hinter mir! Man hält mich für eine Pariserin, ich parliere französisch so keck und frech, leicht und charmant wie die Einheimischen. Ich gehöre dazu. *Voilà!* Und ich will einen Mann, der dasselbe kann. Der mir tief in die Augen blickt und ohne den geringsten fremden Akzent «*ma chérie, je t'adore*» sagt.

Das will ich, und Nelly will es auch. Aber offensichtlich ist das zuviel verlangt. Ich lebe mitten in Paris – doch *wo sind die Franzosen?*

Natürlich weiß ich inzwischen, daß Ausländer im ersten Jahr in Paris immer nur Ausländer kennenlernen (schöne Aussichten für jemanden wie mich, der nur sechs Monate bleibt!). Ich weiß auch, daß sich die Franzosen untereinander nicht mögen, ja oft arbeiten sie zwanzig Jahre im gleichen Büro, Schreibtisch an Schreibtisch, ohne sich je mit Vornamen anzusprechen oder eine einzige persönliche Frage zu stellen.

Franzosen sind voller Extreme, humorvoll, gastfreundlich, lebenslustig – doch im Grunde ihres Herzens sind sie abgrundtief mißtrauisch! Am liebsten verkehren sie mit ihrer eigenen Familie, jeder, der nicht mit ihnen verwandt ist, ist ihnen suspekt. Warum sollten sie sich da ausgerechnet mit Ausländern verbrüdern?

Trotzdem gebe ich die Hoffnung nicht auf. Im Gegenteil! Jetzt kommt ein Frontalangriff. Ich fahre hinauf auf den Montmartre. Dort gibt es, laut Stadtverwaltung, dreihundertsechzig offiziell registrierte Maler, mehr als die Hälfte davon Franzosen.

Mein Plan ist einfach. Ist mir einer sympathisch, lasse ich mich porträtieren. Gefällt er mir dann immer noch, lade ich ihn nach Hause zum Essen ein. Alles weitere wird sich zeigen.

Draußen ist es heiß. Was ziehe ich an? Ich überlege nicht lange. Meine neue *salopette* natürlich, die steht mir besonders gut. Hellrosa Baumwolle mit kleinen weißen Punkten drauf, leicht, luftig und bequem. Der letzte Schrei in Paris in diesem Sommer. Ein amüsantes Kleidungsstück, eine Kreuzung zwischen Spielhose und Astronautenanzug, bestehend aus langen Hosen mit draufgenähtem Oberteil, ärmellos, weit ausgeschnitten, nur von dünnen Trägern an den Schultern zusammengefaßt. Dazu trage ich flache weiße Lackschuhe, keinerlei Unterwäsche und einen schmalen Gürtel aus rosa Perlenschnüren!

Meine Locken habe ich zu einem dicken Zopf gebändigt. Außer einer Spur rosa Lippenstift trage ich keinerlei Make-up. Ich sehe aus wie ein Schulmädchen. Das ist keine Übertreibung. In den letzten Wochen, die ich fleischlos lebte, bin ich deutlich jünger geworden. Die Ringe unter den Augen sind verschwunden, die Haut ist klarer, das ganze Gesicht wirkt frischer.

Ich stecke tausend Franc in die Hosentasche, greife nach meiner neuen weißen Sonnenbrille und verlasse das Haus. Zurückkommen werde ich mit einem Franzosen. Wenn ich schon nicht zu schreiben vermag - Erfahrung sammeln kann ich. Auf diese Art bringe ich Nellys Buch doch noch voran. Es ist das mindeste, was ich für sie tun kann.

Ich fahre nicht mit dem Taxi auf den Montmartre, sondern mit dem Bus. Um Viertel nach zwei bin ich oben auf dem berühmten Place de Tertre. Dort ist die Hölle los. Ich habe völlig vergessen, daß Sonntag ist und daß es hier am Wochenende von Menschen wimmelt. Heute ist es besonders arg. Das Wetter ist herrlich, und ganz Paris scheint hier herauf geflüchtet zu sein. In Sechserreihen drängen sich die Leute um den kleinen Platz. Touristen aus aller Herren Ländern. Franzosen aus der Provinz. Kinder und Hunde sind auch dabei.

Man hört alle Sprachen der Erde, die Stimmung ist ausgelassen, und unter den hübschen roten Sonnenschirmen in der Platzmitte ist kein Stuhl mehr frei. Ich entdecke aber doch noch einen - am Tisch einer kanadischen Reisegruppe aus Quebec (die mich prompt für eine Französin halten). Ich werde eingeladen, mit ihnen etwas zu trinken, bestelle einen kleinen Mokka und eine Flasche Perrier, und während wir uns über den Louvre, die Mona Lisa, Notre Dame und die Pariser Männer unterhalten, warte ich, daß das Chaos verebbt und ich endlich zu den Malern vorstoßen kann, die dicht aneinandergepfercht die Gehsteige bevölkern.

Um fünf Uhr ist es soweit. Der Massenandrang ist abgeklungen. Ich bedanke mich bei meinen Landsleuten und stehe auf. Es sind zwar immer noch viele Touristen unterwegs, doch man kann jetzt herumspazieren, ohne von allen Seiten gestoßen und geschoben zu werden.

Langsam gehe ich um den Platz, und meine Laune wird immer besser. Um es gleich zu sagen: Das Angebot an Malern ist überwältigend. Es sind zwar auch erstaunlich viele *Malerinnen* dabei, doch die Männer sind in der Überzahl und ein *sehr* erfreulicher Anblick. Es gibt Große, Kleine, Feste und Magere, Schwarze, Weiße, Gelbe und Rote (jawohl! Auch Indianer können malen!). Es gibt Blondgelockte und Kahle, Langhaarige und modisch Frisierte, es gibt süße Junge und interessante Ältere, es gibt einfach *alles,* und mit jedem kommt man sofort ins Gespräch. Man braucht nur stehenzubleiben.

«*Voilà, mademoiselle,* ein kleiner Scherenschnitt im Profil? Nur zehn Franc. Zehn Franc. In zwei Minuten ist er fertig.» Ich will keinen Scherenschnitt. Auch kein Schattenbild für dreißig Franc oder ein Ölgemälde für dreihundert. Dafür interessieren mich die Kohlestift-Porträts. Sie kosten zweihundert Franc und dauern eine halbe Stunde. Doch von wem lasse ich es machen?

Verheißungsvoll lächelnd schreite ich die Reihen ab und halte Ausschau nach denen, die keinen Ehering tragen und französisch wirken. Anschließend treffe ich meine Wahl und gebe drei Malern die Chance ihres Lebens.

Es wird ein herrlicher Nachmittag. Dreimal lasse ich mich porträtieren, von einem schwarzgelockten Jüngling aus Lyon, einem sensiblen Brünetten mit blauen Augen aus Marseille und einem amüsanten Blonden mit Stoppelfrisur, bei dem das Modellsitzen rasend schnell vergeht. (Er kommt aus Montrouge, einem Vorort von Paris.)

Anschließend verspreche ich allen dreien wiederzukommen, nehme meine Bilder unter den Arm und gehe hochzufrieden von dannen. Genauer gesagt um die Ecke, auf den kleinen Place du Calvaire, wo unter Bäumen weiße Tische und Stühle stehen. Das

Restaurant, das dazugehört, heißt Chez Plumeau. Es wirkt völlig provisorisch, wie ein hölzernes Gartenhäuschen, ist lieblich und verspielt und stammt sicher noch aus dem vorigen Jahrhundert, als die Stadt zu unseren Füßen erst halb so groß und weit weniger gefährlich war.

Ich setze mich in einer freien Ecke auf einen weißen Drahtstuhl. Himmel, ist der ungemütlich! *Der* stammt aus *unserer* Zeit. Doch was soll's. Ich will mich nicht ärgern, bestelle ein Glas Limonade und breite die drei Porträts vor mir aus. Ich werde die Bilder analysieren und mich anschließend entscheiden, wem ich die Ehre gebe. Zwei Minuten später weiß ich alles.

Also: Lyon kann ich vergessen. Der Gute hat mir zu viele aggressive Schatten auf die Wangen gemalt. Was das bedeutet, ist klar. Er neidet mir meine Schönheit, und das ist gefährlich. In Hollywood kenne ich einen Maler (sein Stil ist ganz ähnlich), der schneidet allen Freundinnen die Haare ab. Einer hat er sogar eine Glatze rasiert, am Nachmittag vor der großen Oscar-Verleihung, zu der sie eingeladen war. Alles im Namen der Kunst natürlich. Die Arme sah scheußlich aus. Kam lange nicht drüber weg. Nein, nein, von zerstörerischen Künstlern halte ich mich grundsätzlich fern.

Aber Marseille ist auch nicht besser. Habe ich mein Geld umsonst vertan? Er hat nur meine Lippen betont. Das ganze Gesicht besteht aus Mund. Was das bedeutet, ist nicht schwer zu erraten. Der Mann ist sinnlich, egoistisch, denkt im Bett nur an sich, und davon habe ich genug. Nach Nouri und Rivera ist mir diese Art Mann zu anstrengend. Außerdem hat er kein Talent.

Der Blonde ist eindeutig der Beste. In seinem Bild erkenne ich mich wieder. Er hat den Ausdruck perfekt getroffen. Augen, Stirn und Mund betont. Trotzdem kommt er für mich nicht in Frage. Er hat nämlich einen verkrüppelten Daumennagel. Leider! Ein ungeschlachtes, hartes Stück Horn, mit tiefen braunen Querrillen, das die ganze linke Hand entstellt. Ich entdeckte ihn erst am Schluß, als ich das Porträt in Empfang nahm. Sofort verließ mich der Mut.

Mit verkrüppelten Daumennägeln will ich nichts zu tun haben. Der Mann einer Bekannten in Toronto hatte zwei (nicht durch

Unfall verschuldet, was oft genug vorkommt, sondern angeboren). Die Arme ist heute in einer Nervenklinik. Er betrog sie systematisch, mit Männern und Frauen, die er ungeniert nach Hause brachte, um sich im Ehebett, Bad oder Garten mit ihnen zu vergnügen.

Anschließend verlangte er ein üppiges Mahl, das seine Frau zu kochen und nackt zu servieren hatte. Der Mann hatte den schlechtesten Charakter, der mir je untergekommen war.

Doch das ist nicht alles. In Hollywood kannte ich einen Fotografen. Er rief mich ständig an, wollte unbedingt zu mir nach Hause eingeladen werden, und als es schließlich dazu kam, nach einem Abend voll Versprechungen mit Händchenhalten und tiefen Blicken, saß er stundenlang auf meinem Sofa, sprach kein Wort und hielt die Arme schützend vor der Brust verschränkt. Ich legte Platten auf, kochte Kaffee, doch er rührte sich nicht. Als ich mich endlich zu ihm setzte, lief er dunkelrot an und rückte weg.

So ging das bis zwei Uhr früh. «Willst du hier schlafen, oder gehst du nach Hause?» fragte ich schließlich. Da erhob er sich abrupt, murmelte etwas Unverständliches und verschwand. Er hatte *zwei* deformierte Daumennägel.

Am nächsten Tag erzählte ich es meiner Sekretärin.

«Aber der lebt doch mit einem Mann», meinte sie, «hast du das nicht gewußt?» Nein. Das hatte ich nicht. Dafür wußte ich jetzt, was er wollte. Angst vor AIDS! Das andere Ufer ist nicht mehr sicher. Wer auch nur den kleinsten Drang zur Frau hin verspürt, versucht umzusteigen. An dem Abend war einer gescheitert. Der Mann hat mich nie mehr angerufen. Armer Teufel, ich hätte ihm gerne geholfen.

Soweit meine persönlichen Erfahrungen, andere haben vielleicht das Gegenteil erlebt. Aber mir war es eine Lehre, ich lasse keinen Mann mit häßlichen Daumennägeln an mich heran. Und ich habe umsonst sechshundert Franc ausgegeben. Die drei Maler waren eine Fehlinvestition. Nelly wird noch etwas warten müssen. Ich habe kein Glück bei Franzosen.

Ich staple meine drei Porträts übereinander und ärgere mich. Noch dazu fällt mir eines aus der Hand und gleitet zu Boden. Schnell bücke ich mich, um es aufzuheben. Als ich mich wieder aufrichte, sitzt ein fremder Mann an meinem Tisch.

Also ehrlich, das ist die Höhe.

«*Bonjour, mademoiselle!*» Er tut, als ob er mich schon jahrelang kennen würde.

«*Bonjour*», sage ich kühl, denn zurückzugrüßen bin ich meiner kanadischen Erziehung schuldig. Dann stehe ich wortlos auf, suche den Kellner, um zu zahlen, und mache mich auf den Weg zur Bushaltestelle. Mein Bedarf an fremden Männern ist gedeckt – zumindest für diesen Nachmittag.

Aber ich komme nicht weit. Der Mann läuft mir nach, überholt mich und pflanzt sich dicht vor mir auf, so daß ich stehenbleiben *muß!* Das ist der Nachteil, wenn man zu jung aussieht. Jeder Idiot fühlt sich überlegen und nimmt sich die Frechheit heraus, einen zu belästigen.

«Sie haben kein freundliches Wort für mich?»

«Nein.»

«Schade. Seit Stunden beobachte ich Sie. Sie haben sich dreimal porträtieren lassen.»

Ich schweige beharrlich.

«Darf ich die Bilder sehen?»

«Nein.»

«Macht nichts. Sie sind sicher miserabel. Sie haben viel Geld ausgegeben, *ma chère demoiselle,* für drei schlechte Porträts. Aber die Himmlischen lieben Sie. *Voilà,* hier bin ich. Der beste Maler von ganz Paris. Ich mache aus Ihrem Gesicht ein Meisterwerk. Der Louvre wird es Ihnen abkaufen. Die Welt wird es Ihnen aus den Händen reißen. Wir fangen gleich an. Einverstanden?» Er lächelt ganz unverschämt und rückt keinen Millimeter zur Seite. Gezwungenermaßen betrachte ich ihn genauer. Er dürfte Anfang Vierzig sein, sieht aber älter aus. Die Augen sind blau, das Haar etwas schütter, und um den Mund sind zwei tief eingekerbte Falten. Das Gesicht ist hager, die Gestalt ebenfalls. Er trägt weite graue Hosen, nach der neuesten Mode geschnitten, und trotz der Hitze einen teuren hellblauen Kaschmirpullover. Seine Zähne sind gut. Seine Bewegungen schlacksig, sympathisch, jugendlich. Sein Französisch ist perfekt. Einen halben Kopf ist er größer als ich. Alles in allem eine interessante Erscheinung.

«Sind Sie wirklich Maler?» will ich wissen.

«Der beste, Mademoiselle, der beste!»

«Nächste Woche komme ich wieder», sage ich, um ihn loszuwerden, «heute habe ich keine Zeit. Es ist halb sieben. Zuhause wartet man auf mich.»

Ich setze mich in Bewegung, doch das stört ihn nicht. Ganz selbstverständlich geht er neben mir her. «In einer Stunde sind wir fertig. Dann können Sie noch rechtzeitig zum Essen daheim sein.» Sein lässiger, jugendlicher Gang gefällt mir. «Ich muß Ihnen etwas sagen.» Das klingt dringend. «Ich *muß* Sie malen. Und ich *werde* Sie malen. Sie sind mir sofort aufgefallen. Sie haben den Place betreten, und ich habe nur noch Sie gesehen. Das ist keine gewöhnliche Touristin, habe ich mir gesagt, diese Frau hat eine unglaubliche Ausstrahlung. Sind Sie ein Filmstar? Oder eine Prinzessin? Woher kommen Sie? Wer sind Sie? Wie heißen Sie?»

«Ich komme aus Kanada und heiße Ophelia.»

«Ophelia! Das paßt zu Ihnen.»

«Sind Sie Franzose?»

«Hört man das nicht? Ich heiße Fabrice.» Er bleibt stehen und sieht mir beschwörend in die Augen. «Ophelia, ich muß Sie malen. Sie sind mein Schicksal. Verstehen Sie?» Der Mann hat eine unglaubliche Überredungsgabe. So etwas ist mir noch nie untergekommen. Ich seufze tief.

«Wo wollen Sie mich denn malen?» frage ich nach einer Pause. «Und wieviel kostet es?»

«Es kostet nichts. Und ich male Sie oben in meinem Atelier.»

«Wo bitte?»

«In meinem Atelier. Ich bin keine Straßenhure wie diese da» – er macht eine ausladende Handbewegung, die seine ganze Verachtung ausdrückt – «ich bin ein etablierter Künstler. Ich renne keinen

Touristen nach. Ich habe Aufträge, ich habe Ausstellungen in der ganzen Welt. Was die hier machen» – er zeigt auf seine eifrig pinselnden Kollegen auf dem Place de Tertre – «habe ich nie gemacht. Niemals! Ich bin ein Genie. Das hier ist Mist. Also, kommen Sie?»

«Wo ist Ihr Atelier?» frage ich, um Zeit zu gewinnen.

«Ganz in der Nähe. Keine Angst. Wir können zu Fuß hingehen. Dort drüben. Gleich hinter dem Sacré-Cœur. Wissen Sie was?» Er bemerkt, daß ich noch immer zögere. «Sie kommen ganz unverbindlich zu mir und sehen sich meine Bilder an. Wenn Ihnen die Sachen gefallen, lassen Sie sich malen. Wenn nicht, trinken wir zusammen ein Glas, dann fahren Sie nach Hause. *Fair play!* Keine Verpflichtungen. Alles ganz unverbindlich. *D'accord?*»

Ich stimme immer noch nicht zu. Aber er läßt sich nicht entmutigen. Im Gegenteil. «Eigentlich sind wir alte Bekannte, Ophelia. Wissen Sie das?»

Ich sehe ihn ungläubig an.

«Erkennen Sie mich wirklich nicht wieder?»

«Nein.»

«Sie gehen zu Jazz-Konzerten. Man sieht Sie fast jeden Abend in den Clubs bei den Hallen.» Er lacht. «Habe ich recht? Vor ein paar Tagen bei Chet Baker? Sie waren im Sunset. Mit einem jungen Amerikaner. Gitarrist. Völlig unbegabt!»

«So?» sage ich verblüfft. «Ich habe Sie gar nicht gesehen. Wo waren Sie?»

«Hinten an der Wand. Hat Ihnen das Konzert gefallen?» Er verwickelt mich geschickt in ein Gespräch über die berühmtesten Jazz-Trompeter, die er alle gehört hat und kennt, deren Schallplatten er besitzt, und schon ist das Eis gebrochen. Ich werde mitgehen, denn Fabrice ist jetzt keine Straßenbekanntschaft mehr. Wir sind Seelenbrüder, wir lieben dieselbe Musik. Automatisch sagen wir «du» zueinander.

«O.K, ich komme. Ich möchte deine Bilder sehen.»

«Wunderbar. Warte vor dem Sacré-Cœur auf mich. Ich muß noch schnell etwas besorgen. Dauert nicht lang. In zwei Minuten bin ich bei dir. *A tout de suite,* Ophelia!»

Während ich auf ihn warte, kommen mir wieder Zweifel. Fabrice ist zu selbstherrlich. Ich bin der Beste. Ein Genie. Was die andern machen, ist Mist. Das gefällt mir nicht. Und diese tiefen Falten um den Mund. Lustfalten nenne ich sie, denn man sieht sie oft bei alten Homosexuellen und Männern, die ihren Trieb nicht beherrschen. Irgendwie wirkt er verlebt.

Doch was soll's! Hier ist ein echter Franzose, noch dazu ein Maler mit einem eigenen Atelier auf dem Montmartre, und dahinauf will ich. Angst habe ich nicht, denn ich kann mich wehren, wenn er zudringlich wird.

Fabrice ist in zwei Minuten zurück, leicht außer Atem, kleine Schweißperlen auf der Stirn. Er trägt eine feste braune Papiertasche mit zwei Weinflaschen. Das Haus ist nicht weit, gleich um die Ecke, ein schönes altes Gebäude, älter als das, in dem ich wohne, mit langen, geraden Fenstern und mächtigem halbrundem Eingangstor. Das Treppenhaus ist schlicht und sauber, nur Lift sehe ich keinen.

«Wo ist der Aufzug?» frage ich interessiert.

«Nicht vorhanden», kommentiert Fabrice, «aber wir sind gleich oben.» Schwungvoll nimmt er die ersten Stufen. Wir steigen und steigen und steigen.

«Wie hoch ist es?» frage ich endlich, ziemlich außer Atem.

«Noch drei Stock.»

«Noch *drei Stock?* Aber wir sind doch schon vier hinaufgestiegen!»

«Stimmt. Ich wohne im siebenten. Vier und drei ist sieben.» Mehr sagt er nicht.

«Hoffentlich überlebe ich das», stöhne ich gequält.

«Aber sicher. Treppensteigen ist gesund!»

Irgendwie schaffe ich es tatsächlich, und der Anblick, der sich mir bietet, als Fabrice oben die Tür aufschließt, macht alles wieder gut. Das Atelier ist riesig, ein einziger hoher Raum mit herrlichen Proportionen. Die ganze lange Wand dem Eingang gegenüber besteht aus Glas, und die Aussicht ist noch dramatischer als von meiner Wohnung.

Direkt vor mir steht die gewaltige weiße Kuppel des Sacré-Cœur, daneben unendlich weiter, freier Himmel. Darunter liegt die Millionenstadt, die sich bis zum Horizont ausdehnt. Das Ganze ist so unwirklich und phantastisch, daß ich das Gefühl habe, hoch oben in einem Ballon über Paris zu schweben.

Die Aussicht beherrscht den Raum. Erst auf den zweiten Blick entdecke ich, daß die Wände schwarz bespannt sind. Auch der Parkettboden ist schwarz gebeizt und die Decke schwarz lackiert. Zufällig sehe ich mich in einem riesigen Spiegel an der rechten Schmalseite des Ateliers. Mit meiner hellen Haut, den nackten Schultern, der rosa und weiß getupften *salopette* wirke ich wie eine frische Blume in einem dunklen Treibhaus.

Ich drehe mich um. Auch hinter mir ein riesiger Spiegel. Darüber, auf Schienen an der Decke, zwei Reihen Scheinwerfer. Die Küchentür, hinter der Fabrice verschwindet, ist ebenfalls verspiegelt. Verblüfft setze ich mich auf ein gezimmertes Podest, das die Wände entlangläuft und mit flachen schwarzen Samtpolstern ausgestattet ist. Sehr bequem ist es nicht. Doch es gibt keine andere Sitzgelegenheit.

Fabrice bringt mir ein Glas Rotwein.

«Gesundheit, Ophelia.» Er prostet mir zu und verschwindet wieder. Aus der Küche höre ich Tellerklappern. «Gleich bin ich wieder da», ruft er zu mir heraus, «sieh dich inzwischen bei mir um.»

Genau das habe ich vor. Ich lehne mich an die Wand und lasse die ungewohnte Umgebung auf mich wirken. Eines ist klar: Wer immer Besitzer dieser Wohnung ist - er hat viel Geld ausgegeben. Ich habe ein Auge für teure Dinge. Die Wandbespannung ist nicht aus gewöhnlichem Stoff, sondern aus bester Rohseide. Das Parkett ist aus Eiche und offensichtlich eine Spezialanfertigung.

Auch das Bett ist von einem Architekten entworfen. Es ruht auf einer hohen Plattform hinten an der Wand, wird von vier griechischen Säulen getragen und ist über eine Strickleiter erreichbar. Unter dem Bett befinden sich Schränke und Regale, auf denen Berge von Bildern liegen. Die Staffelei steht mitten im Atelier, daneben ein großer niedriger Tisch aus Glas, darauf buntes Chaos aus Pinseln, Paletten, zerknüllten Tüchern, leeren und halbleeren Flaschen mit Terpentin.

Alles in allem ein erfreulicher Anblick, chaotisch und gleichzeitig elegant, nur die Spiegel stören mich. Sie gehen mir entschieden auf die Nerven, denn in Kanada hat mich einmal ein Maler tödlich beleidigt, indem er mir einen Spiegel vorzog, und das vergesse ich nie.

Es war auf einem Fest im Landhaus von Freunden, ich saß auf dem Boden, neben mir besagter Maler, der mir so gut gefiel, daß ich sofort mit ihm zu flirten begann.

«Weißt du», verkündete er plötzlich, «ich fühle deine Ausstrahlung, und ich würde dich gern verführen. Aber wenn du die Wahrheit wissen willst, Frauen habe ich hinter mir. Es ist viel aufregender, wenn ich das allein vor einem Spiegel erledige. Selbst ist der Mann. Verstehst du?»

Ein Idiot, dachte ich und vergaß die Sache sofort. Eine Ausnahme. Ein Spinner. Doch hier sitze ich nun, ein paar Jahre später, in einem Atelier, das vor Spiegeln strotzt, und die Geschichte von damals will mir nicht aus dem Sinn. Dazu kommt folgendes:

Für Maler habe ich eine Schwäche. Schon lange wollte ich einen fördern, ermutigen, seine Muse sein. Im Traum sah ich meinen Künstler ganz deutlich vor mir, in einem ärmlichen Atelier, vor der Staffelei stehend, voll Inspiration, nach Höherem greifend. Wenn ich aber die Spiegel hier richtig deute, dann greift auch dieser Maler in seinem Atelier nicht mehr nach *oben,* sondern nach *unten.* Jawohl! Nicht den Pinsel hält er in der Hand, sondern etwas *ganz* anderes!

Du lieber Gott, das sind Enthüllungen. Ich verliere eine Illusion nach der anderen.

In einem Zug trinke ich mein Glas leer. Doch was ist das für seltsamer Rotwein? Irgend etwas Scharfes ist drinnen, denn er steigt mir sofort zu Kopf. Das ist kein gewöhnlicher Wein, er schmeckt viel zu süß und viel zu stark. Hat mich Fabrice vergiftet?

In dem Moment öffnet sich die Küchentür. Ruhig, Ophelia. Nichts anmerken lassen.

«Jetzt kommt die Stärkung», ruft eine vergnügte Stimme, und mein Gastgeber erscheint, in der einen Hand ein Tablett mit Brot, Butter, Käse und Leberpastete, in der anderen einen Glaskrug mit noch mehr Wein. Mit dem Fuß entfernt er ein schwarzes Samtpolster und stellt alles zwischen uns auf das Podest.

«Was hast du in den Wein getan?» frage ich ganz nebenbei, ohne das geringste Zittern in der Stimme.

«Erdbeerlikör. Schmeckt gut, nicht?»

«Gut schon. Aber ziemlich stark.»

«Natürlich. Das ist ein Aperitif! Das ist in Frankreich so üblich. Gib mir dein Glas. *Voilà.* Das ist jetzt Bordeaux. Meine Hausmarke. Auf dein Wohl!» Er sieht mir tief in die Augen, während er trinkt. «Und jetzt iß. Du brauchst etwas Festes im Magen. Du hast seit fünf Stunden keinen Bissen gegessen!»

«Woher weißt du das?»

«Punkt zwei hast du auf dem Place de Tertre einen kleinen Mokka getrunken und anschließend zwei Stück Zucker zerkaut. Seither hast du gefastet.»

Ich bin gerührt. «Du hast mich die ganze Zeit beobachtet?»

Er nickt und streicht mir ein Butterbrot.

«Käse oder Pastete?»

«Käse, bitte.» Der Camembert schmeckt gut. Erst jetzt entdecke ich, wie hungrig ich bin. Auch der Wein ist vorzüglich. Dunkel und schwer, wie ich ihn gerne mag.

«Dein Atelier ist sehr schön», sage ich nach einer Weile, «Luxusausführung. Aber hast *du* die vielen Spiegel anbringen lassen?»

Fabrice versteht sofort. Er lacht, erhebt sich und legt eine Jazzplatte auf. Chet Bakers weltberühmte Nummer «My funny Valentine». Guter Geschmack. Das muß man ihm lassen.

«Die Spiegel sind von meinem Vorgänger», sagt er, als er zurückkommt, «ich bin kein Narzißt, du kannst beruhigt sein. Ich wohne erst ein halbes Jahr hier. Weißt du, was das früher war? Eine Ballettschule.» Er trinkt sein Glas in einem Zug leer und schenkt sofort nach. «Aber die Spiegel gefallen mir. Der hintere reflektiert meine Pflanze» – er zeigt auf ein dunkelgrünes Urwaldgewächs, das sich temperamentvoll an einer griechischen Säule neben der Küchentür bis hinauf zur Decke rankt – «und der große das Sacré-Cœur. Magst du noch ein Brot? Mit Pastete?»

«Nein, danke.»

«Zu fett?»

«Ich esse keine Tiere mehr.»

Er sieht mich erstaunt an. «Das ist kein Tier, das ist Leberpastete.»

«Und woher kommt die Leber? Dreimal darfst du raten. Ich esse nichts, was aus dem Schlachthaus kommt.»

«Warum?»

«Mir tun die Tiere leid.»

Fabrice kaut. «Umbringen kann ich auch nichts. Aber das Zeug schmeckt so gut. Erzähl von dir. Was machst du in Paris? Bist du verheiratet?»

«Weißt du was», lenke ich ab, «zeig mir deine Bilder. Die sind interessanter als ich.»

«Liebend gerne!» Fabrice springt behende auf die Beine (seine Bewegungen gefallen mir) und führt mich in die Nische unter seinem Bett. «Das ist alles für meine nächste Ausstellung in Rom.» Er drückt mir ein Bild nach dem andern in die Hand. «In drei Wochen ist Vernissage. Willst du mit mir hinfliegen? Überleg es dir. Wie gefallen dir meine Sachen? Das ist was anderes als die Schmierereien vom Place de Tertre. Meinst du nicht?» Erwartungsvoll sieht er mich an.

Ich nicke stumm.

Vom Talent her steht er etliche Stufen über den Touristenmalern, daran besteht kein Zweifel. Die Linien sind klar, voll Aussagekraft, die Farben gut gewählt, es sind starke Bilder, die beeindrucken. Soviel zur Technik. Aber *was* er malt, finde ich scheußlich. Es sind durchwegs Frauen, und zwar die häßlichsten Frauen, die ich in meinem Leben je gesehen habe. Hagere, faltige Gesichter und Körper. Brüste, die bis zum Nabel hängen. Aufgerissene Münder mit zackigen Zähnen. Auf der ganzen weiten Welt gibt es keine einzige Frau von derart abstoßendem Äußeren. Da bin ich mir sicher.

«Stark», sage ich und gebe das letzte Bild zurück. «Aber ich werde mich nicht von dir malen lassen.»

«Warum?»

«Weil ich nicht so aussehen will wie die da. Glaubst du, ich bin lebensmüde? Mit so einem Bild in der Wohnung begehe ich nach einer Woche Selbstmord.»

«Keine Angst. Dich male ich anders. Als Sonnenkönigin. Du hast tolle Farben. Die weiße Haut. Die herrlichen Haare. Jahrelang habe ich von so einem Modell geträumt. Wenn ich mit dir verheiratet wäre, würde ich überhaupt nur dich malen.» Er stapelt die Bilder auf ein Regal, lehnt ein paar andere an die Wand. «Du ziehst dich gut an», meint er dann mit dem Rücken zu mir, «Rosa paßt zu dir. Hier», er reicht mir einen leeren Rahmen, mit frischer weißer Leinwand bespannt, «das ist das Format für dein Porträt. Wenn du willst, fangen wir gleich an.»

«*Jetzt?* Es ist doch viel zu dunkel. Brauchst du kein Tageslicht?»

Fabrice schüttelt den Kopf, nimmt mir den Rahmen wieder weg und plaziert ihn auf der Staffelei. «Ich nicht. Ich male immer in der Nacht. Mit Scheinwerfern.» Er zeigt zur Decke. «Ich kann erst arbeiten, wenn es dunkel wird. Stell dich dort drüben hin. Mach den Zopf auf. Ich will, daß deine Haare lose um die Schultern fallen.»

«Kann ich mich nicht irgendwohin *setzen?*» protestiere ich. «Wenn ich lange stehe, wird mir schlecht.»

«Aber sicher!»

Er holt einen hohen Hocker aus der Küche und hilft mir hinauf. «Moment», ruft er, ehe er zu malen beginnt, «zuerst schnell noch ein Foto.» Dann dreht er die Scheinwerfer an und knipst mich kurz von allen Seiten.

«Zum Auffrischen, wenn du weg bist. Heute werde ich höchstwahrscheinlich nicht mehr fertig.»

Dann beginnt er zu arbeiten. Ich sehe ihm interessiert zu. Locker steht er vor der Staffelei, den Kopf leicht zur Seite geneigt.

Seine Hände sind schlank, seine Arme fein und sehnig. Ab und zu lächelt er, als ob er sich über sich selbst lustig machen würde. Das gefällt mir. Ich mag Leute, die sich nicht immer für den Nabel der Welt halten. Aber nach zwei Stunden kann ich nicht mehr ruhig sitzen.

«Was ist los?» fragt Fabrice und blickt auf.

«Mir tut alles weh. Außerdem muß ich nach Hause.»

«Gut. Komm her und bewundere mein Werk! *Voilà,* die Sonnenkönigin. Gefällt sie dir?»

Neugierig trete ich näher.

«Ich habe nur drei Farben verwendet. *Deine* Farben. Elfenbein, Orange und Rosa. Also, was sagst du?»

«Bravo!» Ich bin angenehm überrascht.

Fabrice hat mich tatsächlich als Sonne gemalt. Das Gesicht im Zentrum (einstweilen nur angedeutet), die Haare rundherum wie Feuerzungen, bis an den Rand des Bildes. Wirklich sehr hübsch. Jugendstilartig! Aufbauend! Fröhlich!

«Vielleicht fülle ich den Platz zwischen den Sonnenstrahlen mit Gold», meint Fabrice nachdenklich und starrt auf die Leinwand, «aber das muß ich mir noch überlegen. Wann kannst du wiederkommen? Ich habe am Mittwoch Zeit. Du auch? Gut. Dann trinken wir noch schnell ein Glas zum Abschied.»

Und er verschwindet hinter einer kleinen Tür unter dem Bett, die, wie ich inzwischen weiß, zum Badezimmer führt. Lang bleibt er weg. Ich höre Wasserrauschen. Er duscht.

Aha, denke ich, jetzt kommt die zärtliche halbe Stunde. Mir bleibt doch nichts erspart! Fabrice ist zwar sympathisch, doch körperlich ist er nicht mein Typ.

Ich mag große Männer. Minimum 1 Meter 90. Der Rest ist nicht so wichtig. Blond oder schwarz, dick oder dünn, das ist mir ganz egal. Wichtig ist nur, daß er groß ist, möglichst einen Kopf größer als ich. Denn wenn ich schon den männlichen Geist nicht immer achten kann, so will ich wenigstens zu einem großen schönen Körper bewundernd aufblicken.

Fabrice ist zu klein. Doch er ist Franzose, und Franzosen gehören zu meinem Auftrag. Außerdem ist hier das Land der zufriedenen Frauen. Hier lieben die Männer die Frauen *wirklich.* Zumindest behaupten das die Franzosen unermüdlich in ihren Filmen, Büchern, Gedichten und Chansons. Hier wird geküßt und gestreichelt, gekost und geliebt, immer perfekt, im richtigen Tempo, und wenn's sein muß auch die ganze Nacht. Wahrheit oder Propaganda? Keine Ahnung. Ich bin ja erst dabei, es herauszufinden. Wenn auch noch nicht gleich. Das wäre übereilt. Das ist nicht mein Stil.

Ich gehe nämlich ungern am ersten Tag mit einem Mann ins Bett. Fremde stimulieren mich nicht. Erst wenn man sich kennt, erst wenn die Spannung steigt, erst wenn man sich kaum in die Augen sehen kann, ohne am ganzen Körper zu beben, erst dann ist ein Kuß *wirklich* schön! Wenn das Hirn steht, das Blut gerinnt, der Magen schmerzt, die Umwelt verschwimmt.

Am ersten Tag ist man kaum soweit. Gut Ding will Weile haben. Man muß sich kennenlernen und trennen. Man muß sich allein zuhause nacheinander sehnen. Man darf vor Aufregung kaum schlafen. Man träumt davon, wie der andere küßt, stöhnt und in den eigenen Körper paßt. Und jedesmal, wenn man sich das vorstellt, kriegt man einen Stich ins Herz. (Kriegt man keinen, kann man die Sache vergessen!)

Doch wenn es richtig schmerzt, dann nichts wie los! Und das allerbeste daran: Es wird *immer* anders, als man denkt. Selbst wenn man im Geist neunundneunzig Varianten einer Liebesnacht durchprobiert, die Wirklichkeit hat noch eine hundertste parat. Und diese Überraschungen liebe ich am Leben.

Fabrice kommt zurück. Ich sitze auf dem Podest, mein Haar wieder zu einem züchtigen Zopf geflochten.

«Ich muß dir etwas zeigen», sagt er. «Moment» – und schaltet das Licht ab. Was soll das? Will er sich im Dunkeln auf mich werfen? Aber nein, er will mir nur die Aussicht vergönnen. Und die ist überwältigend.

Die große weiße Kuppel des Sacré-Cœur wird von riesigen Scheinwerfern beleuchtet und strahlt zu uns ins Atelier herein. Der Himmel daneben ist dunkelblau und wird nach unten zu rötlich, vom Widerschein der Millionenstadt zu unseren Füßen. Ganz oben, herrlich weiß und funkelnd steht der Abendstern. Es ist so schön, so schön – wie im Film!

Fabrice setzt sich neben mich und nimmt meine Hand. Sie sei ihm vergönnt. Am Mittwoch kriegt er mehr. Wir sitzen schweigend nebeneinander und genießen die Pracht. Ab und zu schweift sein Blick ab – auf meinen Busen. Doch er sieht gleich wieder weg. Der Mann kann sich beherrschen. Das gefällt mir. Auch als ich aufstehe, um nach Hause zu gehen, zwingt er mich nicht zu bleiben. Er begleitet mich zur Tür, wir umarmen uns freundschaftlich, er küßt mich auf beide Wangen. Dann legt er seinen Kopf auf meine Schulter und steht ein paar Sekunden unbeweglich da. Und gerade als ich denke: Das wird ein herrlicher Mittwoch, geht plötzlich alles schief.

Ohne Vorwarnung beginnt Fabrice am ganzen Leib zu zittern, umklammert mich, drückt mich, keucht in mein Ohr, daß ich entsetzt nach Luft schnappe. Meine erste Reaktion ist, Knie in den Bauch rammen, Schulterwurf! Doch nein. Das ist kein Feind. Außerdem ist der Mann so zart gebaut, daß ich ihm womöglich noch das Kreuz breche.

Während ich überlege, verliert Fabrice keine Zeit. Seine zittrigen Finger öffnen die Träger meiner *salopette,* schon ist eine Hand an meinem Busen und gleitet mit Windeseile tiefer und tiefer. Jetzt nähert sie sich bereits sehr persönlichen Regionen. Also ehrlich, das geht zu weit.

«Kannst du nicht zwei Tage warten?» rufe ich laut. «Am Mittwoch bin ich wieder da!»

Da beginnt er fürchterlich zu stöhnen. «Ich kann nicht. Ich kann nicht. O Baby! Jahrelang habe ich auf eine Frau wie dich gewartet. Jahrelang. Ich lasse dich nicht mehr fort. O Baby!» Dann greift er nach meiner Hand und führt sie zwischen seine Beine.

Ich zucke zusammen. Gütiger Himmel! Schon wieder einer. Wenn ich etwas nicht ausstehen kann, so ist es das. Gefällt mir ein Mann, greife ich sowieso früher oder später dorthin. Doch den Zeitpunkt bestimme *ich.*

Mein Erschrecken aber hat noch einen andern Grund: Fabrice hat meine Hand an seine Hose geführt - doch *die Hose ist leer!* Leer. Jawohl. In meinem ganzen Leben ist mir das noch nie passiert. Unbegreiflich. Ist *das* die berühmte französische Liebeskunst? Oben voll Feuer und unten alles tot?

Doch ich brauche nicht lange herumzurätseln.

Trotz meiner lautstarken Proteste reißt sich mein Maler schnaufend und stöhnend die Kleider vom Leib. Und das hätte ich an seiner Stelle nicht getan. Was angezogen schlank wirkt, ist jetzt erbärmlich mager. Der Brustkorb ist eng, die Schultern spitz, die Hüften knochig. Jetzt weiß ich, warum er selbst im Sommer dicke Pullover trägt. Der Arme hat kein Gramm Fett am Leib! Doch das ärgste sind die Oberschenkel. Schlaff und faltig, die Haut braun wie Leder. Zum Weinen.

Und zwischen diesen schlaffen, faltigen Schenkeln hängt ein kleines braunes, verschrumpeltes Etwas, das sich plötzlich vor meinen erstaunten Augen wie durch Zauberhand aufzurichten beginnt. Langsam, ruckartig, in kleinen Schüben strebt es nach oben und steht schließlich, o Wunder, selbständig vom Körper ab. In der Größe gleicht es meinem ausgestreckten Zeigefinger. Es ist das kleinste Schwänzchen (pardon!), das ich je zu Gesicht bekommen habe. Ich stehe regungslos da und staune.

Fabrice ist selig. «*O darling!* Ich habe gewußt, daß du es kannst. Ich habe dich gesehen und gesagt, diese Frau schafft es. *O Baby! Baby! Let's go to bed and make love!*»

Und nun folgt die zweite Überraschung an diesem Abend.

«Warum sprichst du auf einmal *englisch?*» rufe ich alarmiert, und meine Stimme beginnt leicht zu zittern.

«Weil das meine Muttersprache ist. Komm, wir gehn ins Bett.»

«Du bist *kein Franzose?*» Entsetzt weiche ich zurück.

«Ich komme aus Dublin!»

Geschlagen lehne ich mich an die Wand. Schon wieder ein Ausländer. *Merde alors!* Aber vielleicht stimmt es gar nicht? «Ich kenne niemanden mit englischer Muttersprache, der perfekt Französisch spricht, ich meine ohne Akzent», sage ich bestimmt.

«Dann kennst du jetzt einen.»

«Bist du hier geboren?»

«Nein. Ich war fünfundzwanzig Jahre mit einer Pariserin verheiratet. Das hilft.»

«Warum hast du mich angelogen?»

«Weil du offensichtlich auf einen Franzosen scharf bist, wie alle Ausländerinnen.»

«Na und? Darf man das nicht? Ist das ein Verbrechen?»

«Nein. Aber wenn ich dir gesagt hätte, daß ich Irländer bin, wärst du sicher nicht mit mir hinaufgekommen.»

Eigentlich hat er recht. Aber das entschuldigt ihn noch lange nicht. Ich wende mich ab und befestige die Träger meiner *salopette.*

«Wo ist deine Frau? Hat sie dich verlassen?» Sofort tut mir die Frage leid. Aber Fabrice hat gar nicht zugehört. Forschend blickt er an seinem mageren Körper hinunter. Das kleine braune Ding ist durch die kurze Unterbrechung wieder in sich zusammengesunken.

«Hör zu», sagt Fabrice wehmütig, «ich habe einen Film gesehen, da geht ein nackter Mann durch einen blühenden Garten. Er streift ein Rosenblatt und kriegt eine Erektion. Nur von dem Rosenblatt. Kannst du dir das vorstellen?»

«Na und?»

«Das ist das Beste, was einem Mann passieren kann.»

«Interessant. Und hast du es versucht? Bist du in einem blühenden Garten herumspaziert und hast dich an Rosenblättern gerieben?»

Fabrice nickt. «Es funktioniert nicht. Aber *du* kannst es, o Baby! Komm. Geh mit mir ins Bett.»

«Nein! Ich will nicht. Heute nicht. Ich habe keine Lust.»

Wie durch ein Wunder akzeptiert er das. Er sieht, daß ich es ernst meine, ist auch gar nicht gekränkt, was ich ihm hoch anrechne.

«Kommst du am Mittwoch?» will er wissen, holt ein Handtuch aus dem Bad und schlingt es um seine mageren Hüften. «Ich warte auf dich.»

«Ich ruf dich an!»

«Am Mittwoch könnten wir früher anfangen. Wenn du Zeit hast. Ich bin um fünf daheim.»

«Gib mir deine Telefonnummer.»

Er schreibt die Nummer auf ein Stück Papier, malt ein großes Herz darunter.

«Was machst du heute noch?» frage ich an der Tür, denn plötzlich tut er mir leid.

«Ich bin eingeladen. Aber wenn du geblieben wärst, hätte ich abgesagt.»

Wir küssen uns zum Abschied auf beide Wangen.

«Wirf das bitte weg», sage ich und reiche ihm die drei Porträts von heute nachmittag, «du hast recht, sie sind miserabel.»

Dann steige ich allein die sieben Stockwerke hinunter und schüttle fortwährend den Kopf. Wieder eine Pleite. Die dritte hier in Paris. Ein Mann schlechter als der andere. Wer hätte das gedacht? Paris, die berühmte Stadt der Liebe. Für mich ist es die Stadt der Männer mit Potenzproblemen. Wenn ich das in Kanada erzähle, glaubt es mir kein Mensch. Und wenn das so weitergeht, bin ich bis zum Herbst frigide.

Jawohl, meine Lieben! Das Leben ist nicht leicht für eine Frau im letzten Viertel des zwanzigsten Jahrhunderts. Wir werden zwar nicht mehr von unseren Eltern zwangsvermählt, wir ernähren uns selbst und schlafen, mit wem es uns beliebt. Doch was nützt das, wenn es immer noch zu wenig Männer gibt, die wissen, wie man eine Frau behandelt? Sie denken *nur* an sich, die Schnuckis hier in Europa!

Ehrlich! Ich bin keine Patriotin, betrachte mich vielmehr als Weltbürgerin – aber es muß einmal gesagt werden: Bei uns daheim geben sich die Männer mehr Mühe! Natürlich sind nicht *alle* perfekt. Unter meinen dreiundvierzig Liebhabern war auch ab und zu eine blinde Nuß. Aber gleich *drei hintereinander?* Wie soll denn das weitergehen? Und was tue ich, wenn hier *alle* so sind? Gott behüte! Langsam bekomme ich Heimweh.

Nein, das Leben ist nicht leicht. Im Bett herrscht immer noch keine Neue Romantik, vielmehr geht's weiter im alten Trott. Und ich weiß auch warum. Die sexuelle Revolution, die alle in den Himmel preisen, hat *noch nicht stattgefunden!* Lug, Trug und Verrat! Was wir bisher hatten, war nur der einseitige Aufschrei der *Männer,* die sich bitterlich über die viel zu prüden Frauen beklagten.

Frauen wurden daraufhin zugänglicher, das ist bekannt (nicht zuletzt durch die Pille). Brav strebten sie den Herren nach ins Schlafgemach und stürzten in vielen Fällen enttäuscht wieder hinaus. Und warum? Weil nur ganz wenige Männer dazugelernt haben, nämlich die, die dazulernen *wollten!* (Gott segne sie!)

Die andern aber rattern immer noch über einen drüber wie Nähmaschinen und wundern sich, daß man dabei nicht vor Seligkeit vergeht.

Fabrice ist auch von dieser Sorte (eigentlich heißt er Faddy), deshalb bin ich nicht geblieben. Man muß sich das nämlich wieder einmal umgekehrt vorstellen. Was würden die Männer empfinden, wenn wir Frauen uns nicht mehr für sie schön machen würden? Wenn wir nicht mehr fasten, turnen, schwimmen, baden, uns nicht mehr ölen, massieren, in Schlamm packen und regenerieren ließen, um sie durch unseren Anblick zu ergötzen?

Wären sie nicht gekränkt und in ihrer Ehre verletzt?

Was würden sie tun, wenn eine weibliche Person von Faddys körperlichen Reizen sie unter falschem Vorwand in die Wohnung lockt, gleich beim erstenmal alle Hüllen fallen läßt und ohne Umschweife darangeht, sie nackt zu umzingeln? Ganz ehrlich! Würden sie nicht die Flucht ergreifen, genau wie ich? Sie würden! Daran zweifle ich keine Sekunde.

Doch zurück zur Realität. Wenn ich so aussähe wie Faddy, so mager und hager, mit ledriger Haut, die Oberschenkel im Eimer, ich schwöre, nur unter *Narkose* würde ich mich nackt betrachten lassen. Das männliche Selbstbewußtsein, das sich über all das locker hinwegsetzt, wird einer Frau ewig unverständlich bleiben.

Faddy ist erst neununddreißig und sieht aus wie ein Hundertjähriger. Alkohol? Drogen? Ich tippe auf letzteres. Offensichtlich hat er jahrelang Gift geschluckt. Dieser abgezehrte Körper, das kommt von dem verfluchten Rauschgift. Ob er immer noch was nimmt? Ich weiß es nicht. Seine grauenhaften Frauenbilder mit den spitzen Haifischzähnen könnten aus einem Drogenrausch stammen. Oder hat er sich selbst gemalt? In weiblicher Form?

Jedenfalls werde ich am Mittwoch nicht wiederkommen. Ich wage mich nicht mehr allein zu ihm ins Atelier. Dafür werde ich ihn bitten, mein Porträt nach den Fotos, die er gemacht hat, fertigzustellen und mir zu bringen. Natürlich werde ich dafür bezahlen. Aber nicht mit meinem Körper. Am Mittwoch rufe ich ihn an und schlage ihm das vor.

Noch zwei Stockwerke und ich bin unten. Es ist kühler geworden, ich könnte eine Jacke gut vertragen.

Doch der Himmel ist voller Sterne, die Luft duftet nach Karamel und Pfannkuchen (eine Crêperie ist gleich an der Ecke), aus den Lokalen dringt Musik herüber, und plötzlich, obwohl ich eben noch so bedrückt war, überkommt mich ein ungeheures Glücksgefühl. Plötzlich weiß ich, daß meine Pechsträhne zu Ende ist. Ich *weiß* es! Ich bin gerettet. Ich lebe. Ich bin in Paris. Etwas Wundervolles wird geschehen.

Ich atme tief ein, schließe einen Moment die Augen. Morgen werde ich wieder schreiben können.

Dann trete ich hinaus in die dunkelblaue Sommernacht, die noch eine große, eine *sehr* große Überraschung für mich bereithalten soll.

12

Es ist elf Uhr nachts, als ich Faddys Haus verlasse, und der Montmartre ist ein einziges Volksfest. Reiseführer, Touristen, Straßenmusikanten, Akrobaten, Mimen und Feuerschlucker sind mit der Dunkelheit aus dem Nichts aufgetaucht und bevölkern nun überall die Gehsteige. Liebespaare sitzen eng umschlungen auf den Stufen zum Sacré-Cœur und genießen die Aussicht über Paris. Ständig laufen mir Männer nach, rufen, pfeifen, fragen, ob ich alleine bin. Ich gebe vor, weder Englisch noch Französisch zu verstehn (ein alter Trick!). Nach ein paar Sätzen, die wirkungslos an mir abprallen, lassen sie mich in Frieden.

Ein Clochard bettelt mich an. Er ist unrasiert und stinkt. Eine leere Flasche steckt in seiner Jackentasche. Ich schenke ihm zwanzig Franc. Er grinst erfreut. Sein Abendrausch ist gesichert. Schön ist es hier oben!

Das Sacré-Cœur gehört zu meinen Lieblingskirchen. Es gibt zwar Leute, die sie unter «Kitsch» einstufen, doch das stört mich nicht. Schön wäre die Welt, gäbe es mehr von diesem Kitsch. Jawohl! Ich tausche ihn jederzeit gegen Wohnsilos, Betontürme, Stadtautobahnen und Atomkraftwerke. Mehr Kitsch wie das Sacré-Cœur und weniger Beton. Dann wäre uns allen wohler.

Ja, meine Lieben, die Technik war ein Fehler. Die Menschheit hat aufs falsche Pferd gesetzt. Die Folgen sind fatal. Von Faddys Atelier sah ich nämlich nicht nur Paris, sondern auch die häßliche, wuchernde, widerliche Vorstadt! Bis hin zum Horizont!

Es ist zum Weinen! Auch um die herrlichste Stadt der Welt liegt ein Ring moderner Scheußlichkeit. Auch Europa ist nicht mehr das, was es war! Auch Europa hat sie erfaßt, die Seuche unseres Jahrhunderts, die ich kurz das «Defekte Denken» nenne (der Name stammt von mir). Keiner weiß mehr, was *wichtig* ist. Deshalb zählt Technik mehr als Natur, Geld mehr als Glück. Profit aber zählt am allermeisten, mehr als Gesundheit, Liebe, Leben.

Doch ich *will* darüber nicht nachdenken. Niemandem ist damit gedient, wenn ich in Depressionen verfalle. Außerdem sind wir ein Stück weitergekommen. Wir stehen zwar noch immer am Rande des Abgrunds, doch langsam spricht es sich herum, daß es einen Abgrund *gibt!*

Dann kommt ein neuer Aufschwung, wetten? Und der steht unter dem hellen Stern der Neuen Romantik.

Dafür sorge ich. Mit den Büchern, die ich verlegen werde. Mit Nellys Manuskript. Dafür bürge ich mit allem, was ich habe! Schluß mit dem Defekten Denken! Werft den Krempel über Bord!

Plötzlich bin ich müde. Ich will nach Hause. Rue Azais. Vorbei am Place de Tertre. Rue Mont Cenis. Rue St. Vincent, vorbei am letzten Weinberg von Paris, vorbei an kleinen Häuschen, engen Treppen, romantischen Steinmauern, bewachsen mit Efeu und Moos. Ich gehe schnell, in Gedanken versunken. Doch ich komme nicht weit.

Das Glimmen einer Zigarette schreckt mich auf. Zwei Schatten nähern sich vom unteren Ende der dunklen Straße. Zwei Männer! Was soll ich tun? Umkehren und weglaufen? Nein, niemals! Ich werde mir jetzt beweisen, daß ich keine Angst mehr habe, und wenn ich dabei *draufgehe!* Das ist die Feuerprobe. Jetzt oder nie!

Mich fröstelt in meiner leichten *salopette.* Doch ich hebe den Kopf, spanne meine Muskeln an und konzentriere mich bis in die Fingerspitzen. Dann gehe ich schnurgerade auf die beiden zu. Die Straße ist eng. Ich muß ganz nahe an ihnen vorbei. Jetzt bin ich auf ihrer Höhe angelangt. Sie bleiben stehen, und den Bruchteil einer Sekunde erblicke ich ihre Gesichter.

Vertraueneinflößend wirken sie nicht! Sie sind jung, ungepflegt, unrasiert und sehr viel größer als ich. Einer hat eine brennende Zigarette im Mund, der andere grinst mich blöde an. Sein Kinn ist tätowiert.

«Pardon», sage ich, so scharf ich vermag, und das Wunder geschieht. Die beiden treten zur Seite und lassen mich anstandslos vorbei. Ich zwinge mich, nicht zu laufen, horche jedoch angestrengt nach hinten. Verfolgen sie mich? Scheint nicht so. Aber eines ist klar. Unter normalen Umständen hätten sie mich belästigt. Die beiden sahen genauso aus, als ob sie sich gerne auf Kosten einer wehrlosen Frau amüsieren würden.

Mein Mut hat mich gerettet (obwohl ich ihn gar nicht beweisen mußte!). Interessant! Irgend etwas in meinem Schritt verriet ihnen, daß diese hier kein leichtes Opfer ist, daß sie sich wehren kann, daß man am besten die Finger von ihr läßt. Mein Lehrer hatte recht. Zivilcourage ist die beste Verteidigung.

Erleichtert trete ich aus der kleinen dunklen Gasse hinaus in die hellerleuchtete Rue Coulaincourt mit den schönen alten Kastanien. Wo ist die nächste Bushaltestelle? Ich sehe keine. Doch dort vorne ist ein Taxistand und daneben, wenn mich nicht alles täuscht, ein Juwelier. Automatisch steuere ich darauf zu, um den Inhalt des Schaufensters zu prüfen. Wie oft ich das in den letzten Wochen tat, weiß ich nicht mehr. Es hat ohnehin keinen Zweck, doch ich kann nicht anders.

Und nun kommt das Beste.

Die Auslage besteht aus drei Stufen. Unten stehen Wecker und Thermometer, darüber ist billiger Silberschmuck. Oben, auf der dritten und letzten Stufe, befinden sich goldene Ringe, Ketten, Armbänder, maschinengefertigte Massenware, wie man sie überall sieht. Mittendrin aber entdecke ich ein rotes Etui aus Kunstleder, daneben ein Kärtchen mit der Aufschrift: Gelegenheitskauf! Aus Privatbesitz! Und in dem Etui, ist das möglich? Das ist mein Ring! *Mein Ring!*

Ich lehne mich an die Auslagenscheibe mit dem billigen Scherengitter davor und weine vor Freude. Am liebsten hätte ich die Nacht hier verbracht, meinen Ring bewacht, doch es hat keinen Sinn. Erstens hängt ein Schild an der Tür: Montag geschlossen!

Zweitens verlangt der Juwelier für meinen Ring zwölftausend Franc. Das ist zwar nur der Bruchteil des wirklichen Wertes, aber ich besitze nicht einmal das. Auf dem Pariser Konto sind Schulden. Im äußersten Notfall kann ich zwar um weitere fünftausend Franc überziehen, doch dann ist Schluß. Ich brauche Geld. Soviel ist klar. Ich brauche es *sofort!*

Ich muß mir etwas einfallen lassen!

Grübelnd stehe ich vor dem schäbigen kleinen Juwelier in der Rue Coulaincourt. Wenigstens ist der Ring in gutem Zustand. Er ist frisch gereinigt, kein Stein fehlt. Die Diamanten funkeln, der orange Feueropal strahlt, auch das kostbar ziselierte Goldband ist unbeschädigt. Mein Ring! Mein Ring! Was soll ich tun?

Irgendwann steige ich in ein Taxi, fahre nach Hause und zerbreche mir den Rest der Nacht den Kopf. Als es hell wird, ist mein Entschluß gefaßt. Weder Nelly noch meine Mutter werden mit der Sache belästigt. Ich werde etwas tun, was ich nie zuvor getan habe, was mir aus tiefster Seele zuwider ist. Ich bin, wie erwähnt, ein vorsichtiger Mensch (der Name Ophelia verpflichtet), doch ich kann nicht anders: Ich werde spekulieren!

Punkt neun bin ich bei meinem Zeitungshändler. Ich bemerke kaum, daß das Wetter umgeschlagen hat. Ohne Schirm laufe ich aus dem Haus, kehre zurück, bis auf die Haut durchnäßt, den Arm voll Finanzzeitschriften. Draußen schüttet es in Strömen. Kalte Windstöße peitschen den Regen gegen die Fenstertüren, die Lorbeerbäume auf dem Balkon schwanken gefährlich. Doch nichts kann mich erschüttern.

Ich lege die nassen Kleider ab, schlüpfe in meinen alten grünen Hausanzug, braue mir eine große Kanne Tee (mit Mandelgeschmack) und ziehe mich in mein Arbeitszimmer zurück. Dort steht ein ausladendes Sofa mit weichen, samtigen Kissen. Auf diesem feudalen Lager mache ich es mir bequem, ziehe die Beine hoch, breite die Zeitungen vor mir aus. Ich habe sieben Stunden Zeit. Dann öffnen in Montreal die Banken. In sieben Stunden muß ich einen Entschluß fassen, der die nächsten Jahre meines Lebens entscheidend verändern wird.

Gewissenhaft studiere ich die Finanzzeitungen. Um zwei Uhr nachmittags ist mein Entschluß gefaßt. Heute ist der große Tag. Heute wage ich, was ich seit Wochen tun wollte. Der Ring ist nur der Anstoß, das begreife ich plötzlich. Biegen oder Brechen, heute verkaufe ich meine Dollar.

Der Zeitpunkt ist perfekt. Der Dollar stieg kürzlich raketenhaft von neun Franc auf knapp elf.

Das *kann* sich nicht halten. Der Dollar *muß* fallen und ich kaufe Franc.

Entschlossen setze ich mich an meinen Schreibtisch, große Papierbögen voll mit Zahlen vor mir, Telefon griffbereit. Ich addiere, multipliziere, subtrahiere, kalkuliere. Soll ich alles verkaufen? Oder nur die Hälfte? Das Geld ist gut angelegt, ich erhalte neun Prozent Zinsen. Soll ich tatsächlich die sicheren Papiere verkaufen, um gewagte Währungsspekulationen durchzuführen? Soll ich? Sekundenlang schließe ich die Augen und denke nach. Der Dollar *muß* fallen. Es gibt keine andere Wahl. Doch wie erkläre ich es der Bank, die in Kanada mein Vermögen verwaltet? Der Direktor hält mich glatt für verrückt. Was soll ich ihm sagen?

Punkt vier greife ich zum Telefon.

Zuerst wähle ich 19 für die Freileitung, dann 1 für Nordamerika und 514 für Montreal, gefolgt von der Nummer meiner Bank, besser gesagt, der Geheimnummer des Direktors, die ich als besonders beliebte Kundin besitze. Die Verbindung kommt sofort zustande, es rauscht nur leicht im Hörer. Herr Freitag ist auch gleich am Apparat. Deutlich sehe ich ihn vor mir. Ein kleiner, schlanker Mann mit leicht gebeugten Schultern und ewig kummervollem Blick. Er sitzt in einem gediegenen, holzgetäfelten Büro mit Aussicht auf die malerische Altstadt. Er weiß noch nicht, was ihm blüht.

Ich komme sofort zur Sache. Je schneller ich es hinter mir habe, desto besser.

«Herr Freitag», sage ich mit süßer Stimme, «könnten Sie etwas für mich erledigen?»

«Aber natürlich! Jederzeit! Gerne!»

«Bitte, verkaufen Sie alle meine Wertpapiere, und gehen Sie mit allem, was Sie dafür bekommen, in den französischen Franc!»

Totenstille am anderen Ende. Herrn Freitag hat es die Rede verschlagen. Endlich meldet er sich zu Wort. Er klingt heiser. «Wer hat Ihnen diesen haarsträubenden Unsinn eingeredet?»

«Niemand. Das ist meine Idee. Ich bin sicher, daß der Dollar fällt. Wenn er ganz unten ist, kaufe ich ihn mit meinen Franc zurück und verdiene dabei ordentlich.»

Langes, ausgiebiges Räuspern am anderen Ende. «Davon muß ich Ihnen mit allem Nachdruck abraten. Das *kann* nicht Ihr Ernst sein!»

«Warum?»

«Kein Mensch weiß, wohin der Dollar geht.»

«Doch. Nach unten.»

«Nur minimal. Höchstens vorübergehend. Nicht genug für diese wahnsinnige Spekulation. Wenn Sie unbedingt spekulieren wollen, bitte sehr, hier habe ich Aktien von einer Baugesellschaft. Anteile an einem Wohnturm in Florida. Baubeginn diesen Herbst. Soll ich Ihnen die Unterlagen schicken?»

«Nein, danke!» Ich kenne das. Bankdirektoren verkaufen meist nur Sachen, die sonst keiner will. Man kriegt sie nie mehr los, außerdem weiß ich aus meiner Wirtschafts- und Finanzlektüre, daß der Markt total übersättigt ist. Kein Mensch kauft derzeit Wohnungen in Florida. Es gibt bereits zu viele.

«Ich möchte Franc. Französische Franc!»

«Wahnsinn!» sagt Herr Freitag mit Nachdruck. «Purer Wahnsinn! Sie lassen hundertfünfzigtausend gute Dollar fallen und gehen in eine idiotische Währung. Der Franc ist in drei Jahren dreimal abgewertet worden. Wissen Sie das nicht?»

«Doch. Die letzte Abwertung war im März.»

«Und?»

«Ich nehme an, daß wir jetzt ein Jahr Ruhe haben. Außerdem bleibe ich nur kurz im Franc. Bis der Dollar am Boden liegt!»

«Der Dollar *steigt*», brüllt Herr Freitag, «der ist noch lange nicht am Plafond. Was glauben Sie, wo der noch hingeht! Ich habe gestern wieder Dollar *gekauft!* Und ich war nicht der einzige.»

«Ich will Sie wirklich nicht aufregen», sage ich sanft, denn Herr Freitag hatte bereits einen Herzinfarkt, «es ist auch einzig und allein *meine* Verantwortung. Ich übernehme das volle Risiko. Aber ich hätte gerne französische Franc. Heute noch!»

Schweres Atmen ist die Antwort. Neuerliches Räuspern.

«Gut! Wie Sie wollen.» Es klingt ausgesprochen feindlich. «Und was mache ich mit den eineinhalb Millionen Franzosen?»

«Kaufen Sie Monatsanleihen. Aber nicht mehr als ein Monat, höchstens zwei. Wie stehen die Zinsen?» Ich weiß es genau, frage aber trotzdem.

«Miserabel», donnert Herr Freitag in einem letzten Versuch, mich umzustimmen, «sie sinken rapide. Hören Sie auf mich. Behalten Sie Ihre neun Prozent! Das ist ein guter Rat.»

«Ich will aber nicht. Also. Wieviel kriege ich, wenn ich den Franzosen mein Geld auf einen Monat leihe?»

«Moment!» Kurze Pause. «Elf Prozent.» Es klingt zutiefst verärgert.

«Wunderbar! Das ist doch gut, oder? Mehr, als ich jetzt verdiene.»

«Nein. Das ist es nicht. Weil die Währung nicht hält. Wie oft soll ich Ihnen das noch sagen?»

Der Mann beginnt mir leid zu tun. Er hat mir in den letzten Jahren ein paar gute Ratschläge gegeben. Wir haben uns eigentlich immer verstanden.

«Also, was ist? Soll ich verkaufen? Oder haben Sie sich's anders überlegt?»

«Bitte verkaufen Sie.»

«Alles, was Sie haben?» Es klingt desinteressiert.

«Alles.»

«Sonst noch Wünsche?»

«Eine Frage. Wieviel ist auf meinem laufenden Konto?»

«Moment, ich sehe nach. Sechstausend Dollar. Wollen Sie die auch loswerden?»

Ich überlege. Sechstausend Dollar sind sechzigtausend Franc. Fünf schulde ich der Bank. Plus zwölf für den Ring sind bereits siebzehn. Leben muß ich auch. Buchrechte will ich ebenfalls kaufen (falls mein Verleger je nach Paris zurückkehrt). Außerdem hätte ich gern wieder Geld im Land.

«Bitte schicken Sie die sechs nach Paris. Telegrafisch. Mit der Post dauert's zu lang.»

«Sonst noch Wünsche?»

«Nein, danke.»

«Also, adieu.» Er hängt ab, ehe ich mich verabschieden kann. Verblüfft starre ich auf den Hörer. Herr Freitag hat mich verunsichert. Er ist der Fachmann. Ich bin ein Laie. Hat er recht? Steigt der Dollar tatsächlich weiter? Nein, das kann nicht sein. Ich darf mich nicht selbst verrückt machen. Ich habe eine Entscheidung getroffen, und dabei bleibt's.

Außerdem habe ich eines gelernt: Kein Mensch auf Erden weiß, wie man Geld sicher anlegt. Das war die erste Lektion, die ich mit Staunen begriff, als es mir endlich gelang, mehr Geld zu verdienen, als ich zum Leben brauchte.

Niemand, absolut *niemand* kann mit Sicherheit sagen, ob eine Währung steigen oder fallen wird, ob man in Aktien, Anleihen, Öl, Land oder Gold investieren soll. Gegen teures Geld erhält man zwar Ratschläge von Börsenmaklern, Anlageberatern und wohlhabenden Freunden. Doch im Rückblick hatten sie ebenso oft recht wie unrecht. Das war für mich eine Offenbarung. Denn wenn man kein Geld besitzt, ist man überzeugt davon, daß die, die welches haben, ganz genau wissen, wie man es vermehrt!

Nun, meine Lieben, dem ist nicht so! Tatsache bleibt: Je höher man steigt, desto unsicherer wird alles. Ein Vermögen zu verwalten ist ein gefährliches Unterfangen. Alles, aber auch alles, steigt und fällt ständig im Wert. Nie weiß man, wieviel man besitzt. Nie hat man Ruhe! Und paßt man nicht höllisch auf, ist man im Nu sein Geld wieder los.

Deshalb beschloß ich folgendes: Ich verlasse mich einzig und allein auf *mich.* Ich informiere mich zwar gründlich und nehme alle Ratschläge dankbar entgegen. Dann aber tue ich das, was mir mein Instinkt rät. Und damit bin ich bisher am besten gefahren.

Draußen schüttet es immer noch.

Ich werde jetzt die Polizei anrufen und dem netten jungen Inspektor mit dem blonden Schnurrbart mitteilen, daß ich meinen Ring wiedergefunden habe. Er soll sich mit mir freuen. Irgend jemandem *muß* ich es erzählen.

Ich wähle die Nummer, die er mir gegeben hat. Er hebt auch gleich ab, erkennt mich prompt und beglückwünscht mich zu meinem Fund. Dann wird er geschäftlich.

«Wie heißt der Laden? Genaue Adresse bitte. *Merci.* Ich sehe gleich im Handelsregister nach, wie der Besitzer heißt, vielleicht ist es ein netter alter Bekannter.» Er lacht schadenfroh. «Offensichtlich übergeschnappt. Versteckt den gestohlenen Ring im *Schaufenster!* Das ist mir in meinem ganzen Leben noch nicht untergekommen!»

«Gott segne ihn», sage ich aus tiefstem Herzen, «morgen um neun bin ich oben, zahle den Ring an, dann ist mir leichter.»

«*Zahlen?*» wiederholt der Inspektor ungläubig. «Für Ihr *Eigentum?* Nein, nein, Madame, das machen wir anders.» Ich höre, wie er in irgendwelchen Akten kramt. «Wir helfen Ihnen sparen. Also. Wir treffen uns morgen um neun in der Rue Coulaincourt. Sie lassen sich den Ring zeigen. Haben Sie sich geirrt und er gehört Ihnen *nicht,* verlassen Sie innerhalb von drei Minuten den Laden. Drei Minuten exakt. Gehört er aber Ihnen, probieren Sie ihn und tun so, als würden Sie sich den Kauf überlegen. Wenn Sie in vier Minuten nicht wieder auf der Straße stehen, entern wir den Laden und lassen die Bande hochgehen. Alles klar? Wunderbar!»

Am nächsten Tag ist das Wetter besser.

Ich bin um sechs Uhr wach, stehe um sieben Uhr auf, frühstücke zuhause (das Chope ist um diese Zeit noch geschlossen) und bewundere, Kaffeetasse in der Hand, ausnahmsweise einmal den Morgenhimmel. Ein hübscher Anblick. Die Sonne ist von silbrigen Schleiern umgeben, ein Zeichen, daß es heute wieder heiß werden wird. Um so besser. Wir in Kanada sind dankbar für jeden Sommertag. Regen und Kälte haben wir zuhause genug.

Punkt neun bin ich oben in der Rue Coulaincourt, und dort beginnt alles ganz harmlos. Monsieur Vernez wartet mit zwei

Beamten in Zivil unter einer Kastanie beim Taxistand. Er trägt Mantel und Hut, zwinkert mir kurz zu und beginnt dann mit den beiden andern ein Gespräch.

Ich verziehe keine Miene, obwohl mein Herz plötzlich heftig klopft. Ohne mich einmal umzusehen, gehe ich auf das schäbige Geschäft zu und betrete den Verkaufsraum.

Zu sehen ist niemand. Dafür strömt mir starker Haschischgeruch entgegen. Auf einmal habe ich Angst.

«Bonjour», rufe ich laut und staune über die entsetzliche Unordnung, die mich umgibt. Ist das ein Juwelier? Oder ein Obdachlosenasyl? Ein wildes Durcheinander von Kleidern, Zeitschriften und Schallplatten türmt sich auf dem Verkaufstisch. Der Boden ist schmutzig, in einer Ecke liegen Bananenschalen und zerknüllte Papiertaschentücher. Ein offener Reisekoffer und zwei große Segeltuchtaschen stehen neben einer Tür, die in einen Lagerraum führen dürfte. Sie ist nur angelehnt. Jetzt bewegt sie sich lautlos, und ein Mann erscheint. Ein schwarzer Mann. Afrikaner. Unheimlich auf den ersten Blick. Er trägt rote Samthosen und ein offenes rotes Hemd.

«Was wollen Sie?» In seinem linken Ohrläppchen stecken drei kleine Brillanten. Er starrt gezielt an mir vorbei.

«Ich möchte den Ring probieren», sage ich betont freundlich, «im Schaufenster! Mit dem orangen Stein.»

«Meine Verkäuferin hat Urlaub!» Mehr spricht er nicht. Regungslos steht er in der offenen Tür und wartet, daß ich verschwinde. Doch ich denke nicht daran.

«Kann ich ihn wenigstens sehen?» Ich lächle freundlich. «Er liegt hier. Auf dem obersten Brett.» Ich mache einen Schritt hin zum Fenster. Da wird er lebendig.

«Bleiben Sie, wo Sie sind! Das mache *ich!* Das ist *mein* Laden!» Widerwillig greift er nach dem roten Kunstlederetui, nimmt den Ring heraus, gibt ihn mir, sieht zu, wie ich ihn an den rechten Zeigefinger stecke.

«Falscher Finger», kommentiert er unfreundlich, «viel zu groß für Sie. Er paßt Ihnen nicht. Geben Sie ihn wieder her.» Fordernd streckt er die Hand aus. Ich übersehe sie geflissentlich, denn es sind sicher noch keine vier Minuten vergangen, seit ich den Laden betreten habe.

«Sagen Sie», frage ich harmlos, «woher kommt der Ring? Und wie heißt der Stein?»

«Das ist ein oranger Rubin.» Es gibt keine orangen Rubine. «Von der Elfenbeinküste. Gehört einer Malerin. Hat ihn von dort mitgebracht.»

«Warum verkauft sie ihn?»

Der Mann kommt nicht mehr zum Antworten. Die Tür wird aufgerissen, Monsieur Vernez erscheint mit seinen Helfern. «Kriminalpolizei.» Er zeigt seine Dienstmarke. «Ich muß Sie verhaften, der Ring ist gestohlen!»

«Aber nicht von mir», sagt der Mann geistesgegenwärtig, «ich habe ihn nur in Kommission.»

«Von wem, wenn ich bitten darf? Wer hat ihn hergebracht? Name? Adresse? Genauer Zeitpunkt? Sie haben hoffentlich Buch geführt?»

Der Mann nickt, verschwindet im Nebenzimmer, wir hören ihn herumkramen. Plötzlich aber stößt er die Tür zu und verriegelt sie. Es geht blitzschnell.

«Geben Sie mir den Ring», befiehlt Monsieur Vernez, der zu meinem Schrecken eine Pistole hervorzieht. «Gehört er Ihnen?»

Ich nicke stumm, starre auf die Waffe.

«Schnell, geben Sie her. Ich brauche ihn für die Akten. Sie kriegen ihn in Kürze zurück. Und jetzt fahren Sie nach Hause. Ich melde mich dann!»

Ich zeige auf die versperrte Tür. «Der ist sicher schon durch den Hintereingang davon.»

«Keine Angst. Dort stehen auch zwei Männer von uns.» Er verstaut den Ring in der Innentasche seines Jacketts. Sein blonder Schnurrbart zittert. «Auf bald, Madame!»

Schon beginnt er gegen die Tür zu treten.

Verwirrt stehe ich auf der Straße. Hätte ich doch die Polizei nicht verständigt! Hätte ich nur heimlich still und leise den Ring zurückgekauft! Zum Teufel mit den Akten! Warum sollte ein Kriminalist keinen Ring verlieren? Noch dazu, wenn er sich in wilde Verfolgungsjagden stürzt? Ein Ring fällt schnell aus der Tasche. Verzweifelt fahre ich nach Hause. Nur nicht dran denken, sonst kriege ich einen Freßanfall.

Eine ganze Woche kann ich kaum schlafen, denn Vernez meldet sich erst am Montag, als ich schon fast die Wände hochgehe.

«Können Sie herüberkommen? Boulevard de l'Hôpital», sagt er, als ob wir uns eben erst getrennt hätten, «ich habe was für Sie. Interessante Geschichte. Also, ich warte. Bis gleich, Madame!»

Eine Stunde später sitzen wir einander gegenüber. Monsieur Vernez an seinem Schreibtisch, ich auf demselben Stuhl, auf dem ich vor zwei Monaten, blutig geschlagen, am Ende meiner Kräfte, Platz genommen hatte. Aber ich bin nicht mehr dieselbe wie damals. O nein! Ich lehne mich zurück, schlage die Beine übereinander. Heute scheint die Sonne. Das Fenster steht weit offen. Außerdem liegt neben Vernez' rechtem Ellbogen auf einem weißen Stück Papier mein Ring. Unversehrt, schöner denn je, verheißungsvoll glitzernd.

«Haben Sie den Mann erschossen?» ist meine erste Frage. Vernez faltet die Hände, beugt sich vor und sieht aus wie eine satte, zufriedene Katze. «Natürlich nicht! Er hat sich sofort ergeben. Keine Chance. Die Kollegen auf der Hintertreppe haben das erledigt.»

«Wer war er? Wie kommt er in den Laden?»

Vernez lacht. «Er ist der Besitzer. Hat ihn vor ein paar Wochen beim Pokern gewonnen.»

«Beim Pokern? Ein Juweliergeschäft?»

«Natürlich. Der Mann ist Spieler, Zuhälter, Schieber, ein Multitalent. Wissen Sie, was wir im Lager gefunden haben? Fünfzig Kilo Haschisch, zwölf Kilo Heroin, dreiundachtzig falsche Pässe, sechs Maschinengewehre, fünfzehn Zeitzünder. Und zwei Kisten Plastiksprengstoff.» Er sieht mich an. «Ihr Ring hat uns auf eine gute Spur gebracht.» Dann nimmt er den Feueropal und hält ihn gegen das Licht. «Sie haben Glück gehabt. Der Mann, der Sie überfallen hat, hat den Ring nicht losgebracht. Keine Chance!» Er lacht. «Erstens kennt man hier keine orangen Opale. Zweitens sind hier Zahlen eingraviert, das habe ich vorhin erst entdeckt, und von numeriertem Schmuck lassen alle die Finger, das ist den Ganoven zu gefährlich. Was bedeuten die Zahlen?»

«Nichts Besonderes. Nur den Feingoldgehalt. Der Ring ist Handarbeit, das Gold hat 22 Karat, und der Juwelier in Brasilien hat das eingraviert. Anstelle einer Punzierung.»

Vernez nickt und legt den Ring zurück auf das weiße Blatt Papier. «Das war Ihre Rettung, Madame. Jedenfalls, der Typ kann den Ring nicht verkaufen und schenkt ihn seiner Freundin. Die mag ihn auch nicht. Bildet sich ein, er bringt ihr Unglück. Sie ist Verkäuferin, gibt sich aber als Malerin aus und verdient ihr Geld als Scheckbetrügerin. Früher war sie mit dem Multitalent liiert.» Er legt eine Pause ein, um die Spannung zu erhöhen. «Ab und zu, wenn unser vielbegabter Freund verreist, führt sie ihm den Laden. Diesmal aber macht sie einen Fehler. Das Multitalent ist weg, besorgt Stoff. Sie legt den Ring ins Fenster und hofft das Beste.» Er lacht schadenfroh. «Das hat ihr den Hals gebrochen. Wir haben sie gestern früh verhaftet.»

«Wo?» will ich wissen.

«Wo sie alle sind. In einem kleinen Hotel am Pigalle.» Am Pigalle wohnt die Unterwelt (die kleine, schäbige), das weiß ich inzwischen. Die schweren Kaliber bevölkern die Champs-Elysées. Vernez steht auf, öffnet einen Wandschrank und kommt mit einem großen schwarzen Korb zurück.

Vor meinen erstaunten Augen leert er den Inhalt auf die Schreibtischplatte. Ringe, Ketten, Armbänder purzeln heraus, Feuerzeuge, Ohrgestecke, Uhren, Broschen, Schlüsselanhänger, Goldknöpfe, Anstecknadeln. Ein straßbesetztes Abendtäschchen, eine glitzernde Gürtelschnalle. Ein Medaillon, mit falschen Rubinen besetzt.

«Gehört Ihnen etwas davon?» fragt Monsieur Vernez. «Das ist alles geraubt und gestohlen. Wir haben den Korb im Hotelzimmer gefunden. Gleich neben ihrem Bett auf dem Fensterbrett.»

Ich starre auf den glitzernden Berg.

«Das ist alles geraubt?» frage ich fassungslos.

«Alles!» bekräftigt Vernez und zieht eine Kette aus dem Durcheinander. «Sehen Sie, Madame, sie ist vorne kaputt. Das heißt, man hat sie einer Frau vom Hals gerissen. In der Metro. Oder auf der Straße.»

«Aber die vielen Ohrringe. Haben sie die den Frauen aus den Ohren *gerissen?*»

Er nickt. «Sie sehen, wir haben die Richtigen erwischt.»

«Offensichtlich! Aber eines verstehe ich nicht. Das ist doch alles falsch. Imitationsschmuck. Das sieht man auf den ersten Blick. Das ist überhaupt nichts wert. Warum stehlen sie das?»

Vernez glättet seinen blonden Schnurrbart. «Straßenräuber sind keine Intelligenzbestien, Madame. Sie stürzen sich auf alles, was glitzert, nach dem Motto: Irgendwann wird schon was Echtes drunter sein. Also, gehört Ihnen nichts von den Sachen da? Nein? Wunderbar!» Er schaufelt den Haufen zurück in den Korb und stellt ihn zu Boden. Dann überreicht er mir meinen Ring mit stolzem Lächeln.

«*Voilà,* Madame! Ihr Eigentum. Unterschreiben Sie bitte hier, daß wir Ihnen alles zurückerstattet haben. *Merci!* Und noch eine gute Nachricht. Sie brauchen nicht zur Gerichtsverhandlung zu kommen. Wir haben die Burschen auf frischer Tat ertappt. Es gibt keine Unklarheiten.»

Er steht auf, begleitet mich zur Tür. «Es tut mir leid, daß Ihnen in Frankreich so was zugestoßen ist», sagt er leise. Dann schluckt er hörbar, wird rot bis an die Schläfen und reicht mir die Hand. «Behalten Sie uns trotzdem in guter Erinnerung. Ich werde Sie vermissen, Madame. Und wenn Sie irgend etwas brauchen, rufen Sie an! Sie haben meine Telefonnummer.»

Frohlockend verlasse ich das Gebäude, den langvermißten Familienring gut sichtbar am rechten Zeigefinger. Heute ist ein Freudentag. Heute wird gefeiert. Zuerst aber gehe ich schwimmen. Es ist heiß wie nie zuvor, wir haben 35 Grad im Schatten, es drängt mich zum Wasser. Wozu bin ich Mitglied in einem derart exklusiven Sportclub? Ich fahre heim, ziehe mich um, spaziere dann in die Rue Thouin.

In meinem neuen weißen Bikini, die Haare hochgesteckt, der Bauch beneidenswert flach, beginne ich meine Übungen. Hervé hat Mittagspause, ich bin allein.

Und nun geschieht das Wunder! Zum erstenmal in meinem Leben gelingt es mir, mich über Wasser zu halten. Nicht lang, vielleicht eine Minute. ABER ICH SCHWIMME!

Mit starken regelmäßigen Zügen durchquere ich das Becken, zwar im Seichten, doch ohne mit der Zehenspitze Boden zu berühren. Ich pruste nicht, strample nicht, verliere nicht die Nerven. Ich schwimme von einem Ende zum andern. Das Wasser trägt mich. Mich! Mich! Mich! Hamlet und Ophelia beginnen zu verblassen. Das ertrinkende Mädchen, dieser dunkle, ängstliche Teil meiner selbst, beginnt von mir abzurücken. Hurra! Soll ich mich morgen ins Tiefe wagen?

Doch der Tag hält noch andere Überraschungen bereit.

Zuhause entdecke ich nämlich in einer französischen Illustrierten eine lange Reportage über Nelly und die Hollywood Bright Star Ranch. Acht ganze Seiten und viele Fotos von Filmstars, Sängern, Schauspielern, die sie wieder auf Glanz gebracht hat.

Zum erstenmal erfahre ich auch Nellys Preise. Sie sind in der Tat astronomisch. Eine kleine Schönheitskur in ihrem Paradies am Pazifik kostet soviel wie ein anständiges Mittelklasseauto!

Gebannt verschlinge ich den Artikel von der ersten bis zur letzten Seite. Ich sitze in meinem weißen Badeanzug auf dem Balkon, auf einem großen bunten Kissen, mit gekreuzten Beinen, im Schatten der beiden Lorbeerbäume. Vor mir auf dem Boden steht ein Glas Apfelsaft, und ich erfahre alles über Nellys raketenhaften Aufstieg, ihren ungeheuren Bucherfolg, ihr Penthouse in New York und ihr neuestes Unternehmen: eine Kette exklusiver vegetarischer Feinschmecker-Restaurants in Kalifornien, mit denen sie der Welt beweisen will, daß man, auch ohne Tiere zu töten, hervorragend (und weitaus gesünder) leben kann. «Ich bekenne mich zur Neuen Romantik», wird Nelly zitiert, «nichts umbringen, so wenig als möglich Schaden anrichten und dafür jung, schön und gesund bleiben!» Den Schluß des Artikels bildet ein ganzseitiges Porträt meiner Taufpatin, auf dem sie schlicht und einfach bezaubernd wirkt. Darunter steht: «Wer möchte da nicht vierundsechzig sein? Die jugendliche Schönheit dieser außergewöhnlichen Frau scheint für die Richtigkeit ihrer Lehren zu garantieren!»

Den Artikel muß ich Nelly schicken! Das wird sie freuen. Behende springe ich auf die Beine, laufe barfuß über den weichen rosa Spannteppich, vorbei an den Komponisten auf ihren schwarzen Marmorsäulen, vorbei an Spiegeltüren, Samtportieren, Gemälden, hinein in mein Arbeitszimmer. Ich trenne die acht Seiten aus der Illustrierten, stecke sie in einen großen braunen Umschlag, beschrifte ihn, klebe Marken drauf. *Voilà!* Das wird heute noch eingeworfen.

Und dann geschieht etwas Seltsames. Plötzlich beginne ich eifrigst meinen Schreibtisch aufzuräumen, obwohl ich mir vorgenommen habe, den ganzen Tag zu feiern. Ich hole die Schreibmaschine aus dem Wandschrank, lege Nellys schlampige Notizen rechts davon und meine fertigen hundertfünfzig Seiten links, lese durch, was ich zuletzt geschrieben habe, und ehe mir klar wird, was ich eigentlich tue, beginne ich zu arbeiten. Ich fange dort an, wo ich vor genau zwei Monaten aufgehört habe, mitten in einem faszinierenden Kapitel über innere und äußere Schönheit, in dem Nelly die kleinen Geheimnisse ihrer ewigen Jugend preisgibt.

Sechseinhalb Stunden arbeite ich durch, einundzwanzig neue Seiten entstehen. Die achtwöchige Arbeitspause hat mein Gehirn erfrischt, es geht wie geschmiert. In meinem weißen Badeanzug, die Haare hochgesteckt, sitze ich vor der Maschine. Die Tür zur Terrasse steht weit offen. Draußen ist herrlichstes Wetter, ideal zum Rudern im Bois de Boulogne oder zum Spazieren im schattigen Bois de Vincennes. Ich jedoch arbeite wie besessen und kann nicht aufhören. Ein wahrer Schreibrausch erfaßt mich, jeder Satz, den ich klar und perfekt zu Papier bringe, erhöht meine Lust. Die Finger fliegen, die Tasten klappern. Adieu Terroristen, Bomben und Verbrecher in der Metro, ihr seid so weit weg.

Ich kann wieder schreiben!

Für mich ist die Welt wieder heil.

Um neun rufe ich Buddy an. Er ist noch zuhause in seinem winzigen Dienstbotenzimmer hoch oben unterm Dach am Place d'Italie.

«Buddy, heute lade ich dich zum Essen ein!»

«Wirklich? Wohin?» Er klingt überglücklich.

«Ganz vornehm. In die Bûcherie. Hast du Hunger?»

«Immer. Ich hole dich ab. Gib mir deine Adresse. Wo wohnst du?»

Ich zögere keine Sekunde. Abholen kommt nicht in Frage. Ich habe Buddy noch nie hierher in die Wohnung eingeladen. Ich will nicht, daß er den Luxus sieht, der mich umgibt. Er hält mich für eine kanadische Studentin, die jahrelang auf diesen Parisaufenthalt gespart hat. Er weiß auch nicht, wie alt ich bin. Und dabei soll es bleiben.

«Paß auf. Wir treffen uns direkt im Restaurant.»

Buddy zögert. «Ich gehe nicht allein in die Bûcherie», beschwert er sich dann, «ich war noch nie drinnen. Das ist so spießig. Die vielen Kellner. Das macht mich nervös.»

«Dann treffen wir uns im Café nebenan. Kannst du in einer Stunde dort sein?»

«Aber sicher. Pünktlich auf die Sekunde. Willst du was wissen? Ich habe heute noch nichts gegessen. Du bist meine Rettung. *I love you, pal!*»

Sehr sorgfältig ziehe ich mich an. Ein neues Kleid, weiß und gold, das ich noch nie getragen habe. Vielleicht etwas zu auffällig. Doch heute will ich alle überstrahlen. Noch etwas Rosenparfüm. Ein letzter Blick in den Spiegel. Ein Griff nach Nellys Brief. Dann verlasse ich das Haus.

Draußen beginnt es zu dämmern. Die Straßenlampen werden eingeschaltet. Starke Scheinwerfer erhellen plötzlich das Panthéon, das Sacré-Cœur, Notre Dame, den Eiffelturm und die vielen anderen Pracht- und Prunkbauten dieser einmaligen Stadt. Paris beginnt zu leuchten und zu glitzern. Nie ist es hier schöner, nie flirrt die Luft so verheißungsvoll wie gerade jetzt, da die Nacht beginnt. Und was für eine Nacht. Eine Sommernacht, warm und verführerisch. Eine Nacht, in der ausnahmsweise alles geht wie nach Plan. In der ich entschädigt werde für drei harte Monate. Jawohl!

Paris sorgt für die Seinen (wenn man lang genug wartet!).

Was passiert?

Ganz einfach. Ich lerne einen neuen Mann kennen. Und dafür, meine Lieben, ist es allerhöchste Zeit!

13

Wie ausgemacht treffe ich Buddy Punkt zehn in einem Café am Quai de Montebello, schräg gegenüber von Notre Dame. Er fällt fast in Ohnmacht, als er mich in meinem neuen Kleid sieht. Er kennt mich nur in Hosen und Pullover, denn zu den Jazz-Konzerten trage ich bequeme, unauffällige Sachen wie die andern auch.

Heute aber bin ich beim besten Willen nicht zu übersehen. Ich habe es noch nicht erwähnt, doch seit dem Abenteuer mit dem weltberühmten Dirigenten Reginaldo Rivera habe ich weitere sieben Pfund abgenommen. Ich wiege also nur noch sechsundfünfzig Kilo, vierzehn Kilo weniger als am Tag meiner Ankunft in Paris. Heute hat es mir zum erstenmal gepaßt, das weiß-goldene Chacock-Ensemble, das ich vor jenem denkwürdigen Mittagessen im Hotel Ritz erstand. Bisher war es mir zu eng. Jetzt sitzt es perfekt.

Es besteht aus einem weiten langen Rock mit Rüschen, einer kurzen, knappen Tunika mit bauschigen Ärmeln, diskretem Ausschnitt und einem breiten goldenen Gürtel. Der Stoff ist duftige weiße indische Baumwolle, mit feinen Goldfäden durchwirkt. Dazu trage ich winzige Goldsandalen, ein goldenes Stirnband, um meine frischgewaschenen Locken zu zähmen, und natürlich meinen Ring.

«Bist du das wirklich?» Buddy starrt mich an. «Was ist los? Hast du im Lotto gewonnen?» Er trägt wie immer hohe Stiefel, hat seine kleine drahtige Gestalt in enge verwaschene Hosen gezwängt und paßt zu mir wie die Faust aufs Auge. Er weigert sich auch strikte, die Bûcherie zu betreten, also gehen wir zum Chinesen um die Ecke, da fühlt er sich wohl. (Dafür bestaunt man *mich* dort wie eine Erscheinung.)

Wir bestellen Spargelsuppe, chinesische Nudeln mit Bambus und Morcheln, Tofu mit exotischen Gewürzen, dazu zwei Salate und als Nachtisch kandierten Ingwer und kleine weiße Mondkuchen. Es schmeckt wunderbar, doch Buddy ißt kaum. Verstört sitzt er da. «Hast du dich verlobt?» fragt er endlich und starrt auf meinen Ring. «Woher hast du den?»

«Von meiner Tante aus Kanada.»

«Früher hast du den nie getragen», stellt er fest.

«Stimmt. Ich hatte ihn verloren. Heute habe ich ihn wieder gefunden. Nach zwei Monaten. Deshalb will ich jetzt feiern.»

«Ist er wertvoll?»

Ich nicke. «Ein alter Familienring, weißt du? So was kann man nicht ersetzen.»

Buddy ist beruhigt. Der Ring stammt von keinem Mann. Jetzt erst widmet er sich mit Genuß dem Essen.

Ich aber beobachte, was sich am Nebentisch abspielt. Neben uns sitzt eine Frau alleine. Kurze braune Haare. Dunkler Lippenstift. Ein Gesicht, das man sofort wieder vergißt. Sie trinkt Pflaumenschnaps und beobachtet eine Gruppe Franzosen, vier Frauen und fünf Männer, die uns gegenüber tafeln. Als der überzählige Mann den Kopf hebt und in meine Richtung blickt, prostet sie ihm zu. Er ist überrascht, hebt jedoch ebenfalls sein Glas, lächelt sogar, sieht aber schnell wieder weg und redet mit den andern. Darauf steht sie auf, zwängt sich an Buddy und mir vorbei, setzt sich neben besagtem Mann auf einen freien Stuhl, sieht ihn mit herzerweichendem Augenaufschlag an und sagt: «Entschuldige, wenn ich dich störe, aber mir geht's heute so schlecht. Redest du mit mir?»

Vor Überraschung fallen mir fast die Eßstäbchen aus der Hand. Das ist der kühnste (und intelligenteste) Aufriß, den ich je erlebt habe. Wetten, daß er wirkt?

Er wirkt auch prompt. Der junge Mann ist sichtlich verdattert, doch er neigt den Kopf. Sie rückt näher und flüstert ihm ins Ohr. Darauf offeriert er ihr ein Glas Wein, und schon sind die beiden in ein Gespräch vertieft. Nach ein paar Minuten (während die Tischgenossen kichern und tuscheln) steht er auf, zahlt, verabschiedet sich kurz und verläßt mit seiner neuen Bekannten das Lokal.

Doch die Pointe ist die Reaktion der vier Männer, die am Tisch zurückbleiben. Die finden das Ganze *fabelhaft.* Kein einziger ist schockiert, alle platzen vor Neid.

«Mir passiert das nie», beschwert sich einer lautstark, ohne auf seine Freundin zu achten, die pikiert daneben sitzt. «Paul hat mehr Glück als Verstand.» Und die Männer sind sich einig, daß man öfter alleine ausgehen sollte, um für solche Abenteuer frei zu sein. Auch Buddy ist schwer beeindruckt.

«Hast du das gesehen?» fragt er und grinst anzüglich. «Schwein muß man haben.»

Ich sage nichts. Doch ich denke meinen Teil. Wozu, frage ich mich, warten Millionen Frauen darauf, angesprochen zu werden, wenn ein paar Worte genügen, und schon hat man, was man will? Die Person war nicht einmal schön. Sie war weder jung, charmant, aufregend noch interessant. Doch sie hatte Mut. Und Mut wird belohnt. Ja, meine Lieben. *Mut ist das, worauf es ankommt!* Mut! Mut! Mut! Das ist das Wichtigste im Leben.

In Toronto hatte ich einmal den Mut, in ein nagelneues Kleid ein Loch zu schneiden. Auch das machte sich bezahlt. Es war die erste Zeit mit Tristram, ich war verliebt wie nie zuvor, jeder seiner Blicke, der nicht mir galt, machte mich krank. Wir befanden uns in Gesellschaft, Tristram unterhielt sich stundenlang mit irgendwelchen Frauen, ich stand unbeachtet herum. Da ging ich ins Bad, suchte eine Schere und schnitt mir, ohne eine Sekunde zu zögern, das gewagteste Dekolleté meines damaligen Lebens direkt auf den Leib. Es tat mir zwar leid um den schönen Wollstoff, das Kleid war ein Geschenk meiner Mutter, schwarz, hochgeschlossen, brav, doch ich *konnte* nicht länger unsichtbar sein. Da war ich radikal!

Kaum erschien ich mit meiner bloßgelegten Haut aus dem Bad, hingen sämtliche Männer in Trauben um mich herum. Tristram wußte nicht warum, überspielte jedoch mit typisch englischer Haltung sein Entsetzen, als er es herausfand. Mit Genugtuung beobachtete ich, wie er vor Eifersucht zu kochen begann. Von dem Tag an ließ er mich nie wieder in Gesellschaft allein in irgendwelchen Ecken stehen. An diesem Abend hatte ich auch die Idee mit dem Knöpfchenkleid. (Löcherschneiden kommt auf die Dauer zu teuer.)

«Buddy, ich spendiere eine Flasche Champagner.»

«Wo, hier?»

«Wo du willst.»

«Im Trois Mallez!»

«Wunderbar!» Ich rufe den Kellner und zahle. (Geld, Schlüssel und Ausweis trage ich in einer kleinen Stofftasche, die ich unter der Tunika am Rock befestigt habe.) Dann wandern wir Arm in Arm zu Buddys Lieblingslokal. Dort trinken wir eine Flasche Hausmarke und hören eine neue Gruppe aus Lyon. Jazz aus Frankreich. Warum nicht? Es sind Buddys Freunde. Sie spielen gut und werden sicher noch besser werden (in ein paar Jahren!). Doch im Hotel Méridien spielt heute Dizzy Gillespie, der weltberühmte amerikanische Trompeter, mit seinen neuen Musikern. Wer kann da widerstehen? Ich weiß zwar, daß Buddy in den Abend große Hoffnungen setzt. Er greift ständig nach meiner Hand, sieht mich an wie ein verliebter Hamster, doch es nützt alles nichts. Um Mitternacht ertrage ich es nicht länger.

«Buddy, ich fahre ins Méridien.»

«Was? Jetzt?» Er faßt es nicht. «*Jetzt* willst du ins Méridien? Da zahlst du glatt zweihundert Franc Eintritt.»

«Kommst du mit?»

«Dort gehe ich aus Prinzip nicht hin!»

Ich stehe auf. «Wie du meinst. Ich ruf dich morgen an.» Schnell küsse ich ihn auf beide Wangen und bin verschwunden, ehe er weiß, was geschieht. Leid tut er mir zwar, doch die Champagnerflasche ist noch halb voll, er hat seine Freunde, außerdem habe ich alles bezahlt. Jetzt will ich endlich gute Musik hören.

Im Taxi fahre ich quer durch Paris, über die glitzernden Boulevards, ans andere Ende der Stadt, bis zur Porte Maillot. Die Champs-Elysées sind hell erleuchtet, vor dem Lido ist der übliche Mitternachtsstau (die großen Touristenbusse sind wie immer falsch geparkt), und rund um den Arc de Triomphe herrscht ein Verkehrschaos wie in der ärgsten Stoßzeit. Doch um halb eins bin ich endlich am Ziel, und die Töne, die mir entgegendringen, als ich mich durch die gläserne Drehtür winde, sagen alles. Mein Entschluß war richtig. Blendende Idee hierherzukommen!

Das Hotel Méridien gehört *nicht* zum amerikanischen Trampelpfad. Der seelenlose Neubau mit der protzigen Halle aus Marmor und Glas ist den Amerikanern zu amerikanisch. Dafür zieht er Franzosen magisch an. Hierher strömen Männer mit Geld (die international sein wollen), um *du Jazz* zu hören. Außerdem ist der Club hinten in der Halle erstaunlich bequem. Elegante Polstersessel, Teppiche, angenehme Beleuchtung, gute Lüftung, so daß man am Rauch nicht erstickt. Leider ist er heute zum Bersten voll. Kein Tisch ist mehr frei. An der Bar drängen sich die Leute, ich sehe kein einziges bekanntes Gesicht. Die vielen Scheinwerfer verbreiten Hitze. Mühsam dränge ich mich zu einem Kellner durch.

«Könnten Sie mich irgendwo dazusetzen?» frage ich und sehe so hilflos wie möglich drein (das wirkt in Frankreich immer). «Vielleicht ist hinten noch ein Platz frei?»

«Aber sicher, Madame! Warten Sie hier.» Er marschiert hinaus in die Halle, holt einen Stuhl, balanciert ihn hoch über seinem Kopf, zwängt sich geschickt durch die vielen Menschen, winkt mir, ihm zu folgen, und stellt ihn direkt vor die Bühne. Einen besseren Platz gibt es nicht.

Gott segne die Franzosen!

Ich setze mich vorsichtig, um mein Kleid nicht zu zerdrücken (immerhin habe ich es vor dem Anziehen stundenlang gebügelt), und werfe dann den ersten Blick hinauf zu den Musikern. Sofort durchzuckt es mich wie der Blitz. Was ist das für ein Schnucki auf der Bühne? Großer Gott. Das ist der schönste Mann, den ich je in meinem Leben zu Gesicht bekam. Ein dunkler Mann, fast zwei Meter groß. Eine stattliche Erscheinung mit europäischen Gesichtszügen, hellbrauner Haut (*Café au lait,* wie die Franzosen sagen) und stark gekrausten, kurzgeschnittenen Haaren.

Ich verstehe die Welt nicht mehr. Noch nie hat mich ein schwarzer Mann fasziniert. Ich fand immer nur Weiße attraktiv. Unter meinen dreiundvierzig Liebhabern waren zwar die verschiedensten Nationalitäten, doch sie hatten alle meine Hautfarbe. Nie hat es mich gereizt, mit einem Farbigen ins Bett zu gehn. Doch gebannt starre ich auf den schönen dunklen Musiker auf der Bühne, unfähig, die Augen abzuwenden. Er spielt Baß. Und wie er spielt! Er gibt sein Bestes. Und die andern ebenfalls. Sie alle musizieren, daß es uns den Atem raubt. Die Luft ist elektrisch geladen, so eine Stimmung habe ich hier noch nie erlebt.

Unbekannte nicken einander zu, lachen sich an, wiegen sich im Takt, wippen mit den Füßen, schreien und klatschen nach jedem Solo. Gleich von der ersten Nummer werde ich verzaubert, schließe die Augen und lächle, lächle, bis meine Wangenmuskeln schmerzen. Die nächste Nummer ist schnell, frivol, Gillespie setzt sein Instrument ab und singt die erste Strophe: «Oh, Schatz! Bin ich nicht gut zu dir?» Dazu tanzt er mit kleinen drolligen Schritten. Die Leute toben, springen auf, der Applaus droht mein Trommelfell zu sprengen. Die nächste Nummer hat er selbst komponiert: *Night in Tunesia.* Eine der schönsten Melodien, die je geschrieben wurden. Ich lehne mich zurück, genieße jeden Ton. Mein Blick schweift ab, bleibt wieder an dem Bassisten hängen. Diese Hände. Diese Augen. Der Mund. Die Bewegungen beim Spielen. Der Mann zieht mich magisch an. Jetzt spielt er alleine. Es wird ganz still im Saal. Brausender Applaus nach dem Solo. Er verneigt sich, lächelt, und ich verspüre den brennenden Wunsch, auf die Bühne zu springen, um ihm den Schweiß von der Stirn zu wischen.

Der Mann ist genau mein Typ. Großer starker Körper mit weicher Seele. Mit dem zu schlafen wäre ein Erlebnis. Der hält die ganze Nacht lang durch, wetten? Plötzlich wird mir siedend heiß. Ich *muß* ihn kennenlernen. Aber wie?

Um zwei Uhr früh ist das Konzert zu Ende.

Die Leute toben, weigern sich heimzugehen. Männer und Frauen stürzen nach vorn, brüllen Komplimente, verlangen Autogramme und küssen die Musiker ab, die von der Bühne herunterkommen. Ich bleibe, wo ich bin, stelle mich jedoch auf die Zehenspitzen, um besser sehen zu können. Soeben wirft sich eine Schwarzhaarige dem Bassisten an den Hals und küßt ihn auf den Mund. Dabei zieht sie geschickt sein weißes Stecktuch aus der Brusttasche. Das ist doch die Höhe! Die Person stiehlt glatt sein Stecktuch, und keiner außer mir hat es bemerkt. Schon kommt die nächste. Eine Blonde mit rotem Turban. Sie küßt ihn viermal auf beide Wangen und hat noch immer nicht genug.

Angewidert wende ich mich ab. Was soll ich tun? Nach Hause fahren? Morgen wiederkommen und hoffen, daß weniger Leute erscheinen? Nein! Unmöglich. Die Musiker sind nur eine Woche in Paris, ich habe keine Zeit zu verlieren.

Während sich also die andern nach vorne drängen, kämpfe ich mich nach hinten durch, in Richtung Bar. Dort angelangt, setze ich mich auf einen freien Hocker, bestelle ein Glas Orangensaft und seufze. Ich habe eine lange, lange Nacht vor mir.

Wie schon erwähnt, spreche ich nicht gerne Männer an. Doch ich kenne die besten Tricks, um angesprochen zu *werden!* Eine Frau allein an der Bar ist perfekt. Doch man braucht unendliche Geduld, denn was man will, ergibt sich immer erst kurz vor der Sperrstunde. Erst wenn man denkt: Der Abend war verloren, ich habe umsonst meine Zeit versessen, erst dann passiert's, keine Sekunde früher, es scheint ein Naturgesetz zu sein.

Warten ist nicht leicht! Anfangs wird man nämlich immer von Männern angesprochen, die einem nicht im mindesten sympathisch sind. Da muß man fest bleiben. Als ich jünger war, konnte ich das nicht und verließ oft fluchtartig das Lokal. Dann stand ich allein auf der Straße und ärgerte mich. Heute vertreibt mich keiner mehr. Heute, mit einundvierzig, sehe ich dem Mann kühl ins Auge, schüttle bedauernd den Kopf und sage höflich: «Tut mir leid, ich warte auf jemanden.»

Wie gesagt, man muß warten können, und es hilft, wenn man den Mann hinter der Bar zum Freund gewinnt. Am besten man zahlt sofort, gibt großzügigst Trinkgeld und beginnt ein Gespräch, indem man fragt, wie die Geschäfte gehn. Schon hat man jemanden zum Reden, gehört dazu, und das Warten ist nicht mehr peinlich.

Tut man das nicht, denkt man zuviel. Warum kommt keiner? fragt man sich nervös. Bin ich zu groß? Zu klein? Zu hager? Zu mager? Zu häßlich? Nicht genug charmant? Zu arrogant? Und so weiter und so fort. Dabei quält man sich umsonst, denn so seltsam das auch klingt, die weniger Schönen haben bessere Chancen.

«Sitzen zwei Frauen bei mir», erklärte mir ein Kellner zuhause in Kanada, «die eine bildschön, die zweite ganz nett, welche, glauben Sie, findet zuerst einen Mann? Immer die weniger attraktive! Das ist so sicher wie das Amen in der Kirche.»

Ja, meine Lieben, Männer haben Angst vor zuviel Glanz. Wenn eine Frau zu sehr glitzert, denken sie gleich, für die bin ich nicht gut genug. Lang habe ich gebraucht, um das zu begreifen. Als Frau ist man überzeugt davon, daß man nie schön genug sein *kann!* Daß man *zu schön* ist, um angesprochen zu werden, will einem nur schwer in den Kopf. Doch Ovid riet schon vor zweitausend Jahren den Römerinnen zur Vorsicht. «Protzt nicht zu sehr mit Schmuck und teuren Kleidern», schrieb er in seiner weltberühmten Liebeskunst, «das verschreckt nur die Männer, die ihr anziehen wollt.» (Der hatte auch den Überblick!)

So gesehen bin ich falsch gekleidet, das heißt, zu auffallend für einen Durchschnittsmann. Für einen Künstler aber bin ich gerade richtig. Ein Musiker, der erfolgreich von der Bühne steigt, Paris zu Füßen, von Verehrern fast erdrückt, für den gelten andere Regeln.

Er ist in Hochstimmung. Das Beste ist für ihn gerade gut genug. Ich schlage die Beine übereinander und sehe mich um. Soweit ich das überblicke, bin ich das Beste im ganzen Saal! Jawohl! Der Spiegel an der Bar gibt mir recht. In meinem weiß-goldenen Kleid wirke ich wie von einem anderen Stern. In den Goldfäden bricht sich das Licht, das Stirnband sprüht Feuer. Daß ich müde bin, sieht man nicht. Ich sitze und harre aus. Es ist zwanzig Minuten nach zwei, und der Wirbel um die Künstler verlegt sich langsam von der Bühne hierher. Die Helden sind durstig. Kein Wunder, haben sie doch stundenlang im Schweiße ihres Angesichts gespielt.

Da ist der Bassist, von Anbetern umringt. Ich kenne inzwischen seinen Namen, er steht in dicken schwarzen Lettern auf dem Plakat neben dem Eingang. Prosper Davis heißt er und ist von der Nähe noch schöner als auf der Bühne. Unwahrscheinlich groß. Massiv! Ein Riese! Jetzt lacht er. Noch nie habe ich derart strahlend weiße Zähne gesehen!

In dem Moment entdeckt er mich, schließt abrupt den Mund und starrt mich an wie vom Donner gerührt. Doch sofort wird er von zwei blonden Frauen in Beschlag genommen und auf die andere Seite der Bar abgedrängt. Schon ist er außer Sichtweite. Doch ich verliere nicht den Mut. Der Funke ist übergesprungen, und ich weiß mit absoluter Sicherheit, daß er zu mir zurückkommen wird. Ist er ohne Frau oder Freundin in Paris, wird er versuchen, mich kennenzulernen.

Genauso ist es. Nach eineinhalb langen Stunden taucht er auf, keine Sekunde früher. Jede andere hätte resigniert und wäre heimgefahren. Ich aber kenne das Milieu. Nicht umsonst habe ich zwei Monate lang meine Nächte in Jazzlokalen verbracht. Ich weiß, daß sich auch die hartnäckigsten Verehrer verlaufen und die Musiker fast immer allein (und enttäuscht) zurückbleiben. Die beiden Blondinen verschwanden kurz vor drei Uhr (offensichtlich müssen sie früh aufstehen). Die, die das Stecktuch stahl, ist nirgends mehr zu sehn. Tatsache ist: Wer sich nach dem Konzert am aufdringlichsten gebärdet, gehört *nicht* zu den Künstlern. Die stille, leicht verhärmte Frau jedoch, die unbeachtet allein in einer Ecke sitzt, die ist gefährlich! Sie ist hundertprozentig mit einem der Musiker verheiratet. Doch ich sehe keine im Saal, auf die diese Beschreibung paßt.

Es ist vier Uhr früh, als sich Prosper Davis neben mich stellt. Der Club ist fast leer, nur noch der harte Kern ist übrig: Musiker, Manager, ein paar wirklich gute Freunde und einige Nachtvögel an der Bar, die mich bereits seit Stunden ungeniert mustern. Die Bühne ist dunkel, die Stimmung angenehm entspannt. Prosper bestellt ein Glas mit Eiswürfeln und eine Flasche Mineralwasser. Dann dreht er sich um und lächelt mich an. Er sagt nichts. Offensichtlich ist er schüchtern. Jetzt muß ich handeln. Jetzt oder nie. Nur Mut, Ophelia! «Großartig habt ihr gespielt», sage ich auf englisch und versuche das Zittern in meiner Stimme zu unterdrücken (der Mann ist so schön, daß mir der Satz fast im Hals steckenbleibt), «gratuliere!»

«Danke.» Es klingt nicht überrascht. Offensichtlich hat er auf ein Wort von mir gewartet. «Freut mich, daß es dir gefallen hat. Ich habe dich vorhin von der Bühne aus gesehen. Bist du Amerikanerin?»

«Nein, Kanadierin. Aber ich lebe in Paris.»

Mehr brauche ich nicht zu sagen. Schon läuft die Sache. Prosper Davis räuspert sich. «Wartest du auf jemand?»

«Nein.»

«Darf ich mich zu dir setzen? Nach dem Konzert muß ich mit jemand reden.» Er läßt sich auf dem Hocker neben mir nieder, streckt seine langen Beine aus. «Langsam wird es kritisch. Wir sind seit sechs Wochen auf Tournee. Soll ich dir was sagen? Ich habe Heimweh nach New York!» Er hält mir ein Päckchen Zigaretten hin. «Rauchst du?»

«Nein, danke!»

Er lächelt, bedient sich selbst. «Gewöhne es dir nicht an. Es ist ungesund.»

«Keine Angst. Es schmeckt mir nicht.»

Ich beobachte ihn verstohlen, während er genießerisch blauen Rauch zur Decke bläst. Seine Haut ist samtig mit goldenem Schimmer, die Augen sind haselnußbraun, die Wimpern lang und glänzend. Seine Lippen sind üppig, breit, großzügig geschwungen. Er ist eine perfekte Mischung. Haare, Augen und Mund sind

Afrika. Die gerade Nase, die hohe Stirn eindeutig Europa. Doch am meisten beeindruckt mich seine Stimme. Sie ist dunkel, schwer, langsam, eine Spur heiser. Es ist die erotischste Stimme, die ich je gehört habe. Es ist die Stimme eines Mannes, der sich Zeit nimmt für alles, was er tut. Der etwas ordentlich macht oder gar nicht. Der nichts beginnt, was er nicht zu Ende führen kann. Wie er musiziert, habe ich gehört. Wenn er ebensogut liebt, wie er spielt, großer Gott, ich darf nicht daran denken, sonst verliere ich sofort das Gleichgewicht.

«Du sitzt nicht bequem», stellt Prosper Davis fest, «diese hohen Hocker sind gefährlich. Komm, wir gehen hinüber an einen Tisch.»

Verwirrt folge ich ihm, ganz so, als ob ich keinen eigenen Willen mehr hätte. Dann höre ich zu, wie er von der Tournee erählt. Rom, Madrid, London, Stockholm, Oslo, Wien, Berlin und jetzt Paris. Acht Länder in sechs Wochen. Fast jeden Abend ein Konzert. Doch Frankreich ist die letzte Etappe, dann geht's endlich zurück nach Hause.

Es wird später und später, doch ich merke es kaum. Meine Müdigkeit ist verschwunden. Der schöne dunkle Mann erzählt gut, wird nicht anzüglich, sein Englisch ist gebildet, offensichtlich hat er Kinderstube. Heimlich betrachte ich seine Hände. Sie sind schmal, sensibel, mit langen Fingern. Hat er einen verkrüppelten Daumennagel? (Dann hätte ich sofort die Flucht ergriffen.) Doch es ist alles in Ordnung, die Nägel sind hell, wohlgeformt, gepflegt. Die Handflächen schimmern rosa, viel heller als seine Haut. Auch die Zunge ist heller als seine Lippen.

Er ist mir plötzlich völlig vertraut, obwohl ich ihn kaum kenne. Und während ich seiner erotischen Stimme lausche, beginne ich innerlich zu vibrieren. Der Mann hat eine Ausstrahlung, die meine Sinne verwirrt. Trotzdem stehe ich kurz nach fünf Uhr auf und verabschiede mich.

«Du gehst schon?» fragt Prosper mit unverhohlener Panik. «Wartet dein Mann auf dich?»

«Nein. Aber morgen habe ich viel Arbeit. Außerdem bist du sicher müde.»

«Wenn ich spiele, schlafe ich nie vor sieben Uhr ein.» Er sieht mir tief in die Augen. «Kannst du nicht noch eine halbe Stunde bleiben? Wir trinken zusammen noch ein Glas Champagner.»

«Ich muß wirklich gehen.»

Prosper erhebt sich ebenfalls und blickt lange schweigend zu mir herab. «Sehe ich dich wieder?» fragt er endlich.

«Natürlich. Morgen abend.»

«Ich weiß nicht einmal, wie du heißt.»

Ich sage es ihm und verabschiede mich.

«Wann kommst du morgen, Ophelia? Auch so spät wie heute?»

«Nein. Früher. Um zehn Uhr bin ich da.»

«Gut.» Er begleitet mich hinaus, durch die Marmorhalle und die Drehtür, bis zum Taxistand. «Ich warte auf dich!»

Er hilft mir beim Einsteigen, hebt dann zum Gruß die Hand und sieht mir nach, bis der Wagen um die Ecke biegt.

Den ganzen nächsten Tag habe ich das Bild vor mir: der mächtige dunkle Mann in einem eleganten hellen Anzug, allein vor dem Hoteleingang. Ein starkes Bild, geradezu unwiderstehlich. Es gibt mir Kraft, während ich vierzehn gute neue Seiten schreibe, es verläßt mich nicht, während ich esse, dusche und mich für den Abend umkleide.

Den ganzen Tag bin ich voll wilder Freude.

Prosper Davis wird mein erster schwarzer Liebhaber, daran besteht kein Zweifel. Das Schicksal hat ihn mir zugeführt, um wiedergutzumachen, was vier andere Schwarze in der Metro an mir verbrochen haben. Oder bilde ich mir das nur ein? Will ich nur deshalb einen dunklen Mann, damit ich nicht jedesmal vor Angst zu beben beginne, wenn ich auf der Straße ein dunkles Gesicht sehe? Ich weiß es nicht. Doch eines ist klar: Ich werde wahnsinnig, wenn ich nicht bald mit jemandem schlafe.

Er trägt zwar einen Ehering, doch das stört mich kaum. Ich habe nicht vor, ihn zu heiraten. Jawohl, meine Lieben. Jetzt mit einundvierzig ist es soweit. Ich kann endlich, was die Männer von Natur aus können: mich mit dem Körper verlieben, ohne mit der

Seele dafür zu zahlen. Das heißt, ich hoffe, daß ich es kann, denn genau das habe ich vor.

Punkt zehn bin ich im Hotel Méridien. Das Konzert ist hervorragend, Prosper Davis spielt nur für mich, und nachher bleibe ich wieder bis fünf Uhr früh bei ihm. Diesmal aber sitzen wir so nahe beisammen, daß sich unsere Schenkel berühren. Ab und zu nimmt er meine Hand. Wir sprechen weniger, blicken uns lange schweigend an.

Wieder fahre ich allein nach Hause, als es draußen bereits hell ist. Wieder winkt er mir zum Abschied nach. Doch ehe ich in den Wagen steige, küssen wir uns. Ich stelle mich auf die Zehenspitzen, lege beide Arme um seinen Hals, küsse ihn auf den Mund und werde dabei fast ohnmächtig vor Wonne. Er hält mich ganz fest, ich fühle sein Herzklopfen. «Mußt du wirklich gehen?» fragt er traurig. Ich nicke. Doch ich gebe ihm meine Telefonnummer. Kaum bin ich zuhause, ruft er an.

«Kann ich zu dir kommen?»

Seine Stimme klingt noch dunkler als sonst.

«Wo bist du?»

«Oben in meinem Zimmer. Ich kann nicht schlafen. Oh, Baby! Ich muß dich sehen.» Er spricht langsam, schwer, mit diesem erotisch heiseren Timbre, das mir die Sinne raubt. Warum, zum Teufel, bin ich nicht bei ihm geblieben? Kann mir das bitte jemand erklären? Ich *weiß,* daß dieser Mann gut für mich ist. Mein Instinkt sagt das klar und deutlich. Warum spiele ich die unnahbare weiße Göttin? Weil er nicht meine Hautfarbe hat?

Ich liege lang ausgestreckt im Salon auf der Méridienne, den Hörer ans Ohr gepreßt.

«Bist du allein?» fragt Prosper mit mühsam unterdrücktem Zittern in der Stimme.

«Ja. Ganz allein.» Tränen steigen in meine Augen. Ich bin so allein, unbefriedigt, frustriert, irritiert wie noch nie in meinem Leben. Ich bin der einsamste Mensch auf Gottes Erdboden. Drei Monate ohne Liebe! Dicke Tränen rollen über meine Wangen.

«Weinst du, Ophelia?»

«Nein», schluchze ich.

«Bist du müde? Willst du schlafen?»

«Nein! Nein!»

«Gut. In zehn Minuten bin ich bei dir. Wo wohnst du?» Eine kurze Sekunde zögere ich. Noch nie hat ein Mann diese Wohnung betreten, seit ich hier bin. Soll ich ihn wirklich hierher einladen?

«Ophelia! Hörst du mich? Ich habe was zum Schreiben. Du kannst anfangen. Wie heißt deine Straße?»

Da atme ich tief auf und verrate ihm meine Adresse.

14

Es wird die schönste Nacht meines Lebens.

Sie ragt aus dem Meer anderer Nächte wie ein sonnenbestrahlter Berggipfel aus einem Wolkenfeld. Eigentlich meinte ich alles zu wissen über Liebe und Leidenschaft, ja mit meinen einundvierzig Jahren und dreiundvierzig Liebhabern (Paris nicht inbegriffen) hielt ich mich für eine Expertin. Doch man lernt nie aus.

Die Begegnung mit Tristram an meinem dreißigsten Geburtstag war bahnbrechend. Nichts, so dachte ich lange Zeit, kann diese Erfahrung übertreffen. Prosper Davis aber schenkte mir eine weitere Sternstunde, führte mich um eine ganze Stufe höher. Mit ihm erreichte ich die Spitze dessen, was Mann und Frau einander geben können: absolute Ekstase! Doch ich will nicht vorgreifen, alles der Reihe nach.

Als ich den Hörer auflege, weiß ich, daß mir nicht viel Zeit bleibt. Um sechs Uhr früh ist Paris menschenleer. Höchstens zwanzig Minuten braucht man von der Porte Maillot zum Panthéon. Es ist zu spät, ein Bad zu nehmen oder große Toilette zu machen. Also wasche ich mich schnell an den taktisch wichtigen Stellen (zwischen den Zehen, den Beinen, und unter den Armen), lege flauschige Handtücher und neue, nach Nelken duftende Seife auf und kann gerade noch mein Bett frisch beziehen, mit der schönsten Wäsche, die ich in den Schränken meines Operndirektors finde. Sie ist blaßrosa, aus weichfließendem, glänzendem Seidensatin. Die Kissen haben breite, plissierte Ränder, die Laken bestickte Borten.

Als ich fertig bin, streiche ich die Decke glatt und blicke kurz hinauf in den prachtvollen Baldachin aus indischen Stoffen, der vom Plafond aus das Bett umhüllt. Als ich zum erstenmal hier schlief, träumte ich von romantischen Abenteuern. Und was geschah? Nichts. Heute erst, nach drei ganzen Monaten, wird das Grand Lit eingeweiht! Wer hätte gedacht, daß es so lange dauert?

Ich ziehe die schweren, gefütterten Vorhänge zu (draußen ist bereits Tag), tupfe etwas Rosenöl hinter die Ohren und gehe barfuß zurück in den Salon. Kaum bin ich dort, höre ich die Türglocke. Prosper! Er ist da! Mein Herz beginnt wie rasend zu klopfen, ich fühle einen Stich im Magen, alle Kraft verläßt mich, ich bin unfähig, einen einzigen Schritt zu tun. Wieder läutet es, lang, eindringlich, zweimal hintereinander. «Ophelia», höre ich seine dunkle, schwere Stimme, «ich bin's. Mach auf!»

Die Stimme ruft mich ins Leben zurück. Ich laufe zur Tür, öffne, schon steht er vor mir, ein dunkler Hüne, ein bißchen verlegen. Noch schöner, als ich ihn in Erinnerung habe, noch eleganter als nach dem Konzert. Er hat sich umgezogen, trägt einen hellen Leinenanzug, ein frisches Hemd mit roten Streifen und ein rotes Halstuch anstelle einer Krawatte. Ich dagegen bin nur in einen weißen Bademantel gehüllt. Was soll's, dachte ich mir, ich werde ohnehin bald ausgezogen!

«Entschuldige», sagt Prosper, «es hat doch länger gedauert als zehn Minuten.»

«Das macht nichts. Komm herein!»

«Ist das deine Wohnung?» fragt er erstaunt. «Das ist großartig!» Er geht quer durch den Salon, öffnet den Konzertflügel, klimpert ein paar Töne. «Gutes Klavier. Spielst du?»

«Leider nicht.» Ich stehe noch immer an der Tür und beobachte ihn verzaubert. Er ist wirklich der schönste Mann, der mir je begegnet ist. Da dreht er sich um, ist mit ein paar schnellen Schritten bei mir.

«O Baby!» Er nimmt mein Gesicht in seine Hände, blickt mich zärtlich an, legt kurz seine Stirn auf meine, sucht dann meinen Mund. Ein langer, heißer Kuß, der kein Ende nimmt.

Seine Lippen sind weich, voll, fast kindlich-zärtlich.

«Ophelia», er nimmt meine beiden Hände und sieht mich an, «bist du böse, daß ich gekommen bin?»

«Nein! Froh! Hast du Hunger?» Dumme Frage. «Oder willst du was trinken?»

«Nein danke» - er sieht an mir hinunter - «*das* genügt mir.» Mein Bademantel hat sich durch den wilden Kuß geöffnet und meine Brust entblößt. Ich lasse den Mantel zu Boden fallen. Diesmal stimmt alles. Ich geniere mich nicht im mindesten. Nackt stehe ich vor ihm. «Wenn dir das genügt», sage ich lächelnd, «zeige ich dir jetzt mein Schlafzimmer.»

Sekunden später liegen wir auf dem breiten, frischgemachten Bett. Prosper hat einen herrlichen Körper. Stark, fest, muskulös, doch mit samtweicher Haut. Er hält mich umschlungen; lange liegen wir bewegungslos nebeneinander. Mir gefallen seine kraftvollen Arme, seine dichtbehaarte Brust. Nur sein Kopfhaar schreckt mich anfangs. Es ist hart, drahtig, fremd. Ich streiche mit der Hand darüber, zögere. Er spürt es sofort.

«Hast du schon einen schwarzen Liebhaber gehabt?» fragt er und sieht mich forschend an.

«Nein. Noch nie. Und du? Kennst du viele weiße Frauen?»

«*Nur* weiße. Meine Mutter ist weiß. Sie kommt aus Dänemark. Ich habe zwei Cousinen in Kopenhagen, die sind genauso weiß wie du.»

«Was macht deine Mutter?»

«Sie ist Fotografin. Sehr erfolgreich.»

«Und dein Vater?»

«Religionslehrer. Methodist. Aber sie leben getrennt. Er in Philadelphia, sie in Boston.»

«Magst du sie?»

«Sehr. Wir sehen uns oft.» Er lächelt mich an, beginnt mich sanft zu streicheln. «So ein schöner, fester Busen», meint er dann und legt seinen Kopf auf meine Brust. «O Baby, du bist meine Rettung, weißt du das? Ich war wochenlang allein. Ich war so einsam, ich habe geglaubt, ich muß sterben!»

Wir halten uns eng umschlungen. Meine helle Haut schimmert wie Elfenbein an seinem mächtigen goldbraunen Körper. Eine Lilie bin ich, und er ein prächtiger tropischer Baum. Die Wandgemälde Kretas fallen mir ein, die lieblichen weißen Frauen und ihre stolzen braunen Männer.

«Du gehst nie in die Sonne», stellt Prosper fest, «das ist gut.» Und nach einer Weile: «Hast du eine Kerze? Kerzen sind so romantisch.»

Lächelnd stehe ich auf, hole einen großen Silberleuchter aus dem Eßzimmer. Fünf blaue Kerzen stecken oben, aus duftendem Bienenwachs. Ich zünde sie an und stelle sie neben das Bett.

«Schön», meint Prosper aus tiefster Seele. *«O Baby! Baby! Let's make love!»* Dann streichelt er meine Haare und kommt zur Sache.

Prosper Davis ist ein Naturtalent. Er nimmt mich langsam in Besitz, Stück für Stück, Zentimeter für Zentimeter. Er stützt sich auf, bewundert mich lächelnd, neigt sich vor und küßt mich dann bedächtig vom Hals abwärts. Ich fühle seine Lippen, seine Zunge, seinen Atem. Ich vergehe vor Begehren! Mir wird heiß und kalt, ich *will diesen Mann!*

Doch er hat es nicht eilig. In aller Ruhe nimmt er meine Füße in die Hand, küßt die Zehen. Ich werde wahnsinnig! Ich will ihn *in mir* spüren! «Küß mich hier», sage ich und zeige auf meinen Mund.

Da lacht er und zieht mich an sich, sucht meine Lippen, bedeckt mich mit Küssen. Ich kann kaum mehr atmen, mein Herzschlag stockt. Ich habe sein Glied gesehen, es erscheint mir riesig. Viel zu groß für mich, auf jeden Fall zu groß für die Verhütungsmittel, die ich (um nichts zu verschweigen) gestern gekauft habe. Oder soll ich einen Versuch wagen? Warum eigentlich nicht?

«Darling», sage ich zögernd, «ich weiß nicht, ob du das magst, aber wenn es dir nichts ausmacht, könnten wir vielleicht ...»

«Natürlich!» Er versteht sofort. «Gib her.» Er streckt die Hand aus, nimmt den kleinen gerollten Schutz in Empfang. Er geniert sich nicht vor mir. Zwischen uns ist alles klar. Doch was ich befürchtet habe, tritt ein. Prosper ist zu groß gebaut. Er ist lang, dick, gebogen, natürlich auch beschnitten, wie die meisten Amerikaner, die nach dem Zweiten Weltkrieg geboren wurden. Und so sehr wir uns auch bemühen (zuerst er, dann ich, dann beide zusammen), das Ding läßt sich nicht verhüllen! Die Hütchen sind zu klein. Zwei zerreißen sofort, das dritte will und will nicht halten, angewidert werfe ich es schießlich zu Boden.

«Weißt du was?» meint Prosper und küßt mich auf den Mund. «Ich bin gesund, ich kann aufpassen. Sorge dich nicht!» Dann legt er sich hinter mich und dringt sanft in mich ein. Es ist phantastisch! Langsam und vorsichtig, um mir mit seinem großen Glied nicht weh zu tun, drängt er sich in meinen Körper. Nicht zu tief, gerade richtig, um innen meine empfindlichste Stelle zu treffen.

«Ohhhhh...» Er stöhnt lustvoll auf, umschlingt mich mit beiden Armen, preßt mich an sich, und ich öffne mich seinem Willen, versinke in seiner Wärme, fühle seinen großen dunklen Körper um mich herum. Es ist anders. Neu. Doch ich habe mein Leben lang darauf gewartet. Wir lieben uns zwei volle Stunden.

Und das Beste: Der hünenhafte Mann ist zärtlich wie ein Kind. Er bewegt sich leicht, sanft, regelmäßig. Er ist geschmeidig. Nicht einmal Tristram ging derart auf mich ein. Er liebt so gut, wie er spielt. Mein Instinkt hatte recht. Das ist ein Mann, der etwas ordentlich macht oder gar nicht. Der sich Zeit nimmt für das, was er tut. Das ist *mein* Mann!

Welche Lust! Ich werde unten ganz eng. Was passiert jetzt? Verliert er die Beherrschung? Nein! Er wird nicht schneller. Doch sein heißer Atem ist an meinem Ohr. «Komm, Baby! Komm!» Ich werde einen Höhepunkt haben. Ich weiß es ganz sicher, und Prosper weiß es auch.

Schon beginnt er mich zu streicheln. Sanft, langsam, genau an der richtigen Stelle. Und plötzlich sehe ich bunte Lichter, höre Töne, die es sonst nicht gibt. Manchmal, kurz vor Schluß, laufen ganze Farbfilme hinter meinen Augen ab. Diesmal habe ich eine seltsame Vision. Wir lieben uns in einer lauten, grellen Spielhalle. Mein Körper verwandelt sich in eine weiße Flippermaschine.

Prosper hat die Hebel in der Hand. Jeder Stoß ein Treffer! Die silberne Kugel schießt nach oben, bringt Lämpchen zum Leuchten, rollt ab, wird von neuem hochgeschleudert.

Jeder Stoß ein Treffer! Ständig flammen neue Lichter auf. Ich zittere vor Lust. Ich flimmere unter der gläsernen Scheibe. Ich zucke und strahle. Die Zahlen blitzen rot, gelb, blau. Jeder Stoß ein Treffer! Schon sind die wichtigsten Punkte erleuchtet. Ich bestehe aus gleißendem Licht. Jetzt ist es soweit. Noch ein einziger Stoß. Die letzte Silberkugel fliegt nach oben! Das Ziel ist erreicht!

Jetzt! Jetzt! Jetzt! *O darling!* Ich löse mich auf in ein Feuerwerk. Farben explodieren, Funken stieben durch meine Adern, prickeln in den Fingerspitzen, es klingt in meinen Ohren. Halb ohnmächtig tauche ich in ein Meer von Wollust.

«*Sweetheart, did you come?*»

«Ja! Ja! Ja!»

«Muß ich aufpassen?» stöhnt Prosper mit versagender Stimme.

«Nein! Komm, Liebster, komm!»

Die blauen Kerzen sind tief heruntergebrannt, duften nach Wachs. Prosper dreht sich auf den Rücken, ohne sich von mir zu lösen, hebt mich mit sich hoch. Ich liege auf seinem Bauch, meine Schultern an seiner Brust, er hält mich eng umschlungen.

Jetzt kommt das Beste. Die Belohnung!

Ich liebe diese letzten Momente vor dem Höhepunkt eines Mannes. Da sind die Bewegungen anders. Ehrlicher! Intensiver! Jetzt, da er sich nicht mehr zu beherrschen braucht, da er an sich denken kann, nur an *seine* Lust, offenbart sich die Naturgewalt.

Zum erstenmal dringt er ganz tief in mich ein. Dieses riesige dunkle Glied, das mir anfangs angst machte, erfüllt plötzlich mein Innerstes. Doch es tut nicht weh! Ich bin offen, gelöst, nehme es auf in seiner ganzen Größe, es dringt bis zu meinem Herzen, öffnet die letzte, verborgene Tür. Noch ein Stoß! Jetzt hebt er von der Erde ab. Noch ein Stoß! Der letzte! Schönste!

«*I love you, Baby!*» Schon ist er am Ziel!

Der mächtige dunkle Mann bäumt sich auf, stöhnt, beginnt in mir zu zucken. Es ist phantastisch! Wahnsinn! Es ist so aufregend wie meine eigene Geburt. Dann liegen wir lange still; glücklich, entspannt, erlöst, erschöpft.

Prosper preßt seine Nase in meinen Hals, küßt mich zart am Ohr. Noch miteinander verbunden, schlafen wir ein.

Kurz nach Mittag wachen wir auf. Es ist dunkel im Raum.

«Wie spät ist es?» Prosper sucht seine Uhr. «Um Gottes Himmels willen. Ich muß zurück ins Hotel. Um zwei werden wir abgeholt. Wir fahren in ein Studio, irgendwo in einem Vorort. Plattenaufnahmen.» Er springt aus dem Bett. «Was machst du heute abend?»

«Nichts.» Ich gähne, strecke mich wohlig.

«Wir haben heute frei. Gehn wir essen? Ich hol dich ab. Soll ich um acht bei dir sein? Gut. Um acht bin ich da. Falls es später wird, rufe ich an. Aber ich komme auf jeden Fall. Warte auf mich, mein schönes Mädchen.»

«Was soll ich anziehn? Hast du Sonderwünsche?»

«Irgendwas Enges. Du hast so eine hübsche Figur!»

«Nicht zu kurvig?»

«*Zu kurvig?*» Er lacht. «Nie im Leben. Von mir aus kannst du zehn Kilo zunehmen. Je mehr Kurven, desto besser!»

Nackt begleite ich Prosper zur Tür, dann schlafe ich weiter. Um fünf erst stehe ich auf, mache mir eine herrliche Tasse Tee und trinke sie mit Genuß vor dem offenen Fenster in meiner großen, holzgetäfelten Küche. Ich verspüre nicht die geringste Lust, aus dem Haus zu gehen, um unter Menschen zu sein. Die Unruhe, die mich seit dem Überfall quälte, ist von mir abgefallen. Für immer. Ich bin genesen.

Ich wasche meine Haare, bade lange, und während ich im warmen Wasser liege, gehe ich frohlockend die letzte Nacht noch einmal durch. Gott segne alle Musiker, sie bewahren einen vor dem Untergang. Schon in Kanada hat mir einmal ein Hornist unschätzbare Dienste erwiesen, obwohl die Bläser im allgemeinen Streichern nicht das Wasser reichen können.

Bläser produzieren laute, hohe Töne. Sie schmettern, preschen, stechen in die Luft, und das geht aufs Gemüt! Geiger, Cellisten,

Bassisten aber schmeicheln, streicheln, schwirren und flirren. Zärtlich ertasten sie ihre Noten. Ein Millimeter zu hoch oder zu tief gegriffen - schon klingt alles falsch. Nicht umsonst hängt für Verliebte der Himmel voller Geigen und nicht voll Trompeten. Ja, Streicher sind die Krone! Wärmstens zu empfehlen!

Doch Bassisten sind unübertrefflich. Der Baß, meine Lieben, bestimmt die Musik. Er ist das Fundament, auf das die andern ihr Klanggebäude stellen. Er ist weich, voll, dunkel, warm, er steht nicht im Vordergrund, nein, er läßt die andern brillieren. Und sieht er nicht aus wie ein Frauenleib? Absolut! Ein Mann, der dieses Riesending bändigt, der den dicken Stahlsaiten süße, vibrierende Töne entlockt, der sie mit einem feinen Bogen streicht und nicht zum Kratzen, sondern zum Klingen und Schwingen bringt, dieser Mann - doch was rede ich, es ist ohnehin schon alles gesagt.

Prosper steht um neun vor der Tür, mit einem großen bunten Rosenstrauß und zwei Flaschen Champagner. Wir essen gut (und teuer) in einem hübschen französischen Lokal gleich um die Ecke. Mir zuliebe verzichtet er auf Fleisch, bestellt Gemüsepastete, Käsesoufflé, Salat und Birnen in Rotwein. Er zahlt für uns beide, klagt nicht über die hohe Rechnung, hinterläßt ein ordentliches Trinkgeld.

Dann wandern wir Hand in Hand durch die warme Sommernacht die Rue Mouffetard hinunter. In einem kleinen Club namens Jazz ò Brasil trinken wir Kokosmilch mit Rum und hören eine ausgezeichnete Sängerin aus Rio. Wir sitzen ganz vorne, im Bereich der Scheinwerfer, eng aneinandergeschmiegt.

Ich trage meine schwarzen, glänzenden Satinhosen, dazu ein knappes rotes Oberteil. Es sieht aus wie ein Stück Strumpf (ist auch nur ein gestrickter Schlauch, um genau zu sein), klebt eng am Leib, unterstreicht die Figur. Für Unterwäsche ist kein Platz, dafür trage ich ein Stirnband aus schwarzem Samt, um meine frischgewaschenen Haare zu bändigen. Prosper ist ganz in Weiß und so schön, daß ihn sämtliche Frauen unverschämt mustern.

Jawohl, wir beide sind der Mittelpunkt. Ich kann mir vorstellen, wie wir auf die andern wirken: Eine weiße Frau, hingegossen an einen schwarzen Hünen, Kopf an seiner Brust, enge Glanzhosen, nackte Schultern, von wilden roten Locken umflossen - ehrlich, meine Mutter träfe der Schlag! (Nelly würde mir zu meinem guten Geschmack gratulieren!)

Ein Ehepaar hinten in der Ecke mustert uns auch ausgesprochen feindlich. Sie ist schwarzhaarig, braungebrannt, er ein typischer Sportler, mit Tennishemd und ledriger Haut. Sie stecken sogar die Köpfe zusammen, flüstern über uns - doch mich kann nichts erschüttern. Sportler sind miserable Liebhaber. Jawohl! Ihre ganz Kraft geht in die Muskeln, zieht sich nach oben in die Schultern, und für die unteren Regionen (auf die es schließlich ankommt) bleibt nichts übrig. Männer mit den härtesten Muskeln haben oft die kümmerlichsten Luststummel (Pardon!). Es muß einmal gesagt werden: Ein gestählter Körper taugt nichts im Bett. Die Frau dort drüben tut mir leid.

Nach einer Stunde hat Prosper genug. «Ich bin müde», sagt er leise mit seiner dunklen, heiseren Stimme und streichelt sanft meinen Arm. «Weißt du was? Wir schlafen ein bißchen, dann machen wir einen Nachtbummel durch Paris!»

Um halb zwölf sind wir zuhause, öffnen eine Champagnerflasche und ziehen uns zurück in das breite französische Doppelbett, ohne zu ahnen, was auf uns zukommt.

«Das ist der schönste Raum, den ich je gesehen habe», meint Prosper mit Überzeugung. Er sitzt nackt neben mir, einen Arm um meine Schultern gelegt, Champagnerglas in der freien Hand, Bewunderung im Blick. Mein Schlafzimmer ist in der Tat eine Pracht. Sechseckig, mit handbemalten indischen Tapeten, die wie Gemälde wirken: Paradiesvögel sitzen auf schlanken Zweigen, tropische Blüten ranken sich um Bambusgitter, man könnte stundenlang im Bett liegen und sich daran ergötzen. Doch das ist nicht alles.

Der rosa Spannteppich ist mit herrlichen Perserbrücken bedeckt, ein kostbares Spinett aus dem 18. Jahrhundert steht mitten im Raum, daneben eine niedrige Ottomane, kirschrot, bedeckt mit bunten Kissen aus Samt. Das Grand Lit thront in einem Erker (auf einem Podest, wie schon erwähnt), rechts und links davon führen breite Fenstertüren auf den Balkon mit den zwei Lorbeerbäumen.

Auch einen Kamin gibt es, er ist weiß, aus Marmor, und daneben steht eine schwarze, gedrechselte Säule mit der Statue einer schönen indischen Tänzerin. Es ist ein wunderbarer Raum. Und das Beste: Hier herrscht die Neue Romantik! Hier kann man wieder träumen. Hier ereignen sich Wunder.

«In diesem Bett komme ich mir vor wie ein orientalischer Prinz», meint Prosper nach einer Weile.

«So siehst du auch aus», sage ich und küsse ihn auf den Mund. Da stellt er sein Glas zu Boden und zieht mich an sich.

«Gefühle kommen und gehen», sagt er langsam und bedächtig. «Aber jetzt, in diesem Moment, liebe ich dich. Ich liebe dich, Ophelia. Ich will in dir sein.»

Auf diesen Augenblick habe ich den ganzen Tag gewartet.

«Ich liebe dich auch», sage ich. Und dann verlieren wir jede Beherrschung. Wir dringen ineinander ein, und von Anfang an bin ich ganz oben. Die Erregung der letzten Nacht ist noch nicht verklungen, im Gegenteil, die kleinste Liebkosung, und sie bricht hervor. Feuer! Ich brenne! Ich habe das noch nie erlebt. Jedes Haar, jeder Nerv, jeder Zoll meiner Haut ist elektrisch geladen. Prosper und ich!

Je länger es dauert, desto stärker werden die Sensationen. Und plötzlich geschieht das Unglaubliche. Prosper drängt sich in mich, und jeder Stoß ist wie ein Höhenflug. Jeder Stoß ein Orgasmus, nur daß das Gefühl nicht verebbt, sondern bleibt. Die Wollust nimmt kein Ende. Kann es das geben?

Das ist Ekstase! Ich weiß es plötzlich ohne jeden Zweifel. Was ich in den Armen dieses dunklen Mannes empfinde, ist mit nichts zu vergleichen, was früher war. *Das ist Ekstase!* Diese Lust hat andere Dimensionen. Ein Blinder wird sehend. Ein Tauber hört zum erstenmal Musik. Wie soll ich das beschreiben? Ich bin ein wohlklingendes Piano, auf dem bisher Etüden gespielt wurden, Kinderlieder, ab und zu Sonaten.

Plötzlich aber erscheint ein Könner, setzt sich vor die Tasten und spielt ein ganzes Klavierkonzert. Großartige Harmonien, wilde, brausende Läufe, himmlische Akkorde. Ein Universum der Lust. Wer hätte das in mir vermutet?

Verglichen mit Prosper Davis sind meine früheren Männer aus Stein. Sie sind hart, eckig, steif, starr, verkrampft. Prosper ist weich, geschmeidig, zärtlich, verspielt. Nie tut er mir weh, auch nicht im wildesten Rausch. In dieser Nacht gibt es keine blauen Flecken, keine Kratzspuren, keine ausgerissenen Haare. Wir lieben uns stundenlang, doch wir lieben uns nicht wund. Wenn das schwarze Liebe ist, könnte ich ihr verfallen!

Doch halt! Vorsicht! Das ist nicht «schwarze Liebe», sondern Prosper Davis. Nur nicht verallgemeinern. Es gibt überall Gute und Schlechte, Talente und Versager. Es gibt keine schwarze Liebe, so wie es keine weiße Liebe gibt.

Ah, meine Lieben, das sind Überlegungen hier in meinem grandiosen Grand Lit, zwischen Laken aus Seidensatin, liebkost vom schönsten Mann, der mir je unterkam. Doch ich *will* nicht überlegen. Ich *will* nicht immer grübeln, analysieren, Schlüsse ziehen, philosophieren, mir das Hirn zermartern über Weiße und Schwarze, Liebe und Betrug, die Zukunft der Menschheit und die Rettung der Welt. Wirf den Krempel über Bord! Denken kann ich später, wenn ich wieder alleine bin. Jetzt will ich fühlen, genießen, schmiegen, küssen.

Wir knien auf dem Bett, ich habe die Arme aufgestützt, Prosper ist hinter mir, gräbt sich tief in meinen Körper. Diese Stellung mag ich am liebsten, da fühle ich am meisten. Da ist nämlich die Bahn gerade, führt direkt nach innen, tiefer als sonst. Prosper hält meine Hüften mit beiden Händen, ab und zu liebkost er meine Brust. Welche Lust! Mein Hirn setzt aus, ich denke nicht mehr. Er kann ewig. Seine Selbstbeherrschung grenzt ans Unheimliche. Ich verliere jedes Zeitgefühl, weiß nicht mehr, wo ich bin. «Komm, Liebste, komm», flüstert er heiser und preßt mich an sich. Draußen wird es hell, die Vögel beginnen verschlafen zu zwitschern. «Kannst du kommen?»

«Nein!» Ich will nicht, mag nicht, es soll immer so weitergehn. Da schlüpft er aus mir heraus, dreht mich um, kniet sich ans Fußende des Bettes und legt meine Beine über seine Schultern. Ich bin kaum bei Sinnen, lasse es geschehen.

Prosper beginnt mich zu küssen, ich fühle seine Zunge, seit Stunden bin ich am Rande einer Explosion. Zehn Sekunden, und es ist soweit. Das süße Gefühl bricht über mich herein wie eine gewaltige Woge. Es verschlingt mich. Ich ertrinke in Genuß.

Irgendwann erhebt sich Prosper, richtet sich auf in seiner ganzen Größe, sieht mich an mit seinen dunklen Augen. Riesig erscheint er mir, massiv, gewaltig! Stehend dringt er in mich ein, bewegt sich wie in Trance. Er umklammert meine Hüften. Jetzt! Jetzt! Jetzt! Ich fühle seinen Höhepunkt wie meinen eigenen. Er beginnt in mir zu zucken, lacht dann laut und befreit und läßt sich sichtlich zufrieden neben mich auf das Bett fallen. Er tastet nach dem Champagnerglas, trinkt es leer. «Den Stadtbummel haben wir versäumt», sagt er selbstbewußt, «das war vorauszusehen.» Dann schmiegt er sich an mich, schließt die Augen und schlummert ruhig ein.

Es gibt Männer, die sind großartige Liebhaber, doch zum Schlafen sind sie ungeeignet. Kaum ist die Euphorie vorbei, wälzen sie sich weg, schlagen sich in Laken, vergraben sich unter Decken. Hände weg, heißt das. Ich gehöre wieder *mir!* Mein deutscher Einwanderer war von dieser Sorte, aber auch ein Österreicher, Schweizer und Holländer. Es dürfte ein Merkmal der Germanen sein. Gott sei Dank sind die Angelsachsen weiter. Sie wollen Wärme, die ganze Nacht. Zurück zur Mutterbrust, wohin sonst? Sie wollen spüren, drücken, kosen, halten, die Liebe darf nicht erkalten. Das mag ich. Was immer gegen Engländer, Amerikaner, Kanadier vorgebracht werden kann, eines steht fest: Beim Schlafen sind sie unübertroffen! Nach der Liebe wird geschmiegt – und wenn die Welt untergeht.

Prosper Davis ist keine Ausnahme.

Wir schlummern eng aneinandergedrückt, lückenlos, wie zwei Silberlöffel. Dreht sich einer von uns um, geht der andere automatisch mit. Nie ist ein Ellbogen im Weg oder ein Bein. Nein! Kein Arm schläft ein, kein Knie stört die Harmonie. Die Paßform ist perfekt, sogar Herzschlag und Atem scheinen aufeinander abgestimmt. Ich schlafe in absoluter Geborgenheit.

Kurz vor elf wache ich auf. Es geht mir blendend.

Prosper! Ich strecke die Hand aus, streichle seinen Rücken. Sofort zieht er mich an sich, seufzt wohlig, murmelt etwas Unverständliches mit seiner tiefen, langsamen Stimme. Im Halbschlaf beginnen wir uns wieder zu lieben, gleiten sanft ineinander, nicht lang, nur ein bißchen, um den neuen Tag gut einzuleiten. Es ist leicht, lieb, verträumt, verspielt, dauert höchstens eine Viertelstunde. Zärtlichkeit ist das. Keine Leidenschaft. Und als es vorüber ist, sind wir beide hellwach. Wir haben genug geliebt. Es ist Zeit aufzustehn.

Gemeinsam springen wir aus dem Bett, laufen zum Fenster. Erwartungsvoll öffne ich die schweren Vorhänge. In Paris weiß man nie. Hat das Wetter umgeschlagen? Nein. Es ist so schön wie gestern. Strahlende Sonne, tiefblauer Himmel. Es ist heiß und windstill. Wir baden zusammen, seifen uns gegenseitig ab, prusten, planschen, lachen, spritzen, sind fröhlich wie zwei Kinder. Prosper trocknet meinen Rücken, reibt mich anschließend mit Lotion ein. «Du hast keine einzige rauhe Stelle am Leib», meint er dann bewundernd, «deine Haut ist weich wie ein Kinderpopo!» Anschließend gehen wir meine Garderobe durch.

«Das ist aber hübsch», sagt er, als ich in meine weiß-rosa getupfte *salopette* schlüpfe, «das steht dir gut. Du siehst aus wie eine echte Pariserin.» Dann umarmt er mich von hinten, drückt seine Wange in meine Haare, seufzt tief – und läßt mich plötzlich los, ja er stößt mich fast von sich, als ob ihn irgend etwas erschreckt hätte.

«Was ist?» Erstaunt drehe ich mich um.

Er schüttelt verwirrt den Kopf, legt dann seine Hände auf meine Schultern. «Nichts, Baby. Nichts. Es ist alles in Ordnung!»

Wir frühstücken auf der Terrasse, mit Blick auf das Panthéon. Und das Beste: Es ist heiß genug für das Sonnendach, was in Paris nicht oft vorkommt. Die gelbe Markise mit den breiten weißen

Streifen entrollt sich auf Knopfdruck. Wie an der Riviera fühlt man sich darunter. Auch die weißen Korbmöbel mit den roten Leinenkissen verbreiten südliche Stimmung.

Prosper sitzt mir gegenüber, weiße Hose, weißes, offenes Hemd, die Beine hochgelegt. Es gibt Toast, Butter, Eier, echte englische Orangenmarmelade, bittersüß, mit dicken Schalenstücken, wie ich sie gerne mag. Dazu Kaffee, Orangensaft und Champagner. Ich habe das rustikale blaue Geschirr aus der Küche geholt, dicke, irdene, bauchige Tassen, gelbe Servietten dazugelegt und den bunten Rosenstrauß auf den Tisch gestellt. Von der Straße dringt kaum Lärm herauf. Der Großteil der Pariser befindet sich bereits auf Urlaub. Es ist ruhig hier oben, friedlich, schattig, entspannend, wie auf dem Land.

Prosper dehnt sich, schenkt sich dann ein weiteres Glas Champagner ein. Wir haben die zweite Flasche angebrochen, sie ist bereits halb leer. Er ist schweigsam heute morgen, irgend etwas hat er auf dem Herzen. Seine Frau, wenn mich nicht alles täuscht. Ich kenne die Männer. In Kürze wird er mir schonend beibringen, daß er verheiratet ist.

«Magst du noch was essen?» unterbreche ich die Stille. «Wenn du willst, laufe ich schnell zum Bäcker und hole Mandelcroissants.»

«Nein danke.» Er seufzt und blickt sinnend in sein Glas. «Das wäre schön, nicht wahr? Jeden Tag zusammen aufwachen und frühstücken. Über den Dächern von Paris. Aber es geht nicht. Ich muß nach New York zurück.»

«Das weiß ich.»

Er hebt den Kopf, blickt mich mit seinen sanften braunen Augen eindringlich an. «Und ich bin verheiratet.»

«Natürlich. Dein Ehering ist nicht zu übersehen.»

«Stört es dich?»

«Nein.»

Er fixiert den Ring an seiner Hand. «Wir sind seit fünfzehn Jahren zusammen. Wir haben auch zwei Kinder. Ich will ihnen nicht weh tun, weißt du.»

«Bist du glücklich?»

«Nein!» Er sagt es, ohne auch nur eine Sekunde zu zögern. «Wir schlafen nicht mehr zusammen. Oder kaum. Höchstens einmal im Monat.»

«Seit wann?»

«Seit die Kinder da sind.» Er sieht wieder auf den Ring.

Höchstens einmal im Monat? Und sonst? Ein derart guter Liebhaber liegt sicher nicht brach.

«Betrügst du deine Frau?»

«Ich habe eine Freundin», sagt er geradeheraus.

«Seit wann?»

«Seit einem Jahr. Sie will, daß ich mich scheiden lasse. Sie ist sehr schön. Fast so schön wie du. Aber anders. Schwarze Haare und ganz helle Haut. Sie hat zwei erwachsene Söhne aus erster Ehe. Sie ist älter als ich, weißt du? Zehn Jahre. Meine Frau ist auch älter. Ich habe mich immer in ältere Frauen verliebt. Du bist die erste Ausnahme.»

«Wie alt bist du?»

«Vierunddreißig. Und du?»

«Einundvierzig!»

Prosper beginnt zu lachen und kann nicht aufhören. Er wirft den Kopf zurück, seine weißen Zähne blitzen, er beugt sich vor, schlägt sich auf die Knie. Es schüttelt ihn geradezu vor Heiterkeit. «Alles klar», stöhnt er, als er wieder sprechen kann, «sag nichts! Das ist Schicksal.» Er kichert vor sich hin. «Aber ich muß dir noch was beichten» – das klingt wieder ernst – «hoffentlich kränkt es dich nicht. Das will ich nicht. Absolut nicht. Glaub mir bitte. Ich will dir nicht weh tun, Ophelia. Aber ich habe nicht gewußt, daß ich dich kennenlerne...» Er stockt plötzlich, senkt die Augen.

«Und? Sag es nur.»

«Rachel kommt nach Paris.» Seine Stimme klingt ganz heiser.

«Deine Frau?»

«Meine Freundin. Sie war noch nie in Europa. Ich habe ihr ein billiges Flugticket verschafft. In drei Tagen kommt sie.» Er sieht mich an, wartet.

Ich warte ebenfalls.

«Wir wollen ein Auto mieten. An die Côte d'Azur fahren. Für zehn Tage. Ich will ihr Frankreich zeigen. Hab ich versprochen. Anschließend fliegen wir gemeinsam nach New York zurück. Aber wenn du willst» - er greift nach meiner Hand, drückt sie - «wenn du willst, Ophelia, dann rufe ich an und sage alles ab. Heute nach dem Konzert kann ich telefonieren und sagen, daß sie nicht kommen soll.»

«Freut sie sich schon sehr?» frage ich nach einer längeren Denkpause. «Ich meine, wenn das alles ins Wasser fällt, ist sie sehr enttäuscht?»

«Wahrscheinlich!» Er zögert ein bißchen. «Die Sache ist die. Noch nie haben wir eine Nacht zusammen verbracht. Wir kennen uns fast ein Jahr, aber ich bin immer heimgegangen. Manchmal um vier, manchmal um fünf Uhr früh. Immer spät. Aber wir waren nie eine ganze Nacht beisammen. Das wollen wir in Paris nachholen. Darauf freut sie sich am meisten.»

Ich seufze. «Liebt sie dich?»

«Sehr!»

«Und du?»

Er sieht mich lange schweigend an. «Ich sage ihr ab, wenn du willst!»

«Hat sie einen Beruf?»

«Sie ist Sekretärin bei einer Werbefirma.»

Ich greife über den Tisch nach der Kaffeekanne und schenke mir eine Tasse voll. «Laß alles, wie es ist», sage ich dann. «Wir haben noch drei Tage. Im Herbst bin ich wieder in Kanada, da sehen wir uns sicher. Vielleicht spielst du in Montreal? Oder ich besuche dich in New York.»

Prosper steht auf. Mein Gott, ist er groß. Und schön. Es ist kaum zu ertragen. «Wir reden noch darüber», sagt er mit seiner tiefen, langsamen Stimme. «O.K., Baby? Heute nach dem Konzert besprechen wir das Ganze in Ruhe.» Er kommt zu mir, nimmt meine Hände und zieht mich zu sich hoch. Ganz fest umarmt er mich. Seine Wange liegt auf meinem Scheitel. «Es fällt mir schwer,

Leuten weh zu tun. Ich will dich auf keinen Fall verlieren. Ophelia, Liebste, glaubst du mir?»

«Natürlich!»

Wir küssen uns. «So», meint Prosper, erleichtert, daß er die Beichte gut überstanden hat, «ich schlage vor, wir gehen spazieren. Zeigst du mir den berühmten Luxembourg? Und zum Eiffelturm will ich auch.»

Den ganzen Nachmittag wandern wir durch Paris. Die Zeit vergeht rasend schnell. Prosper muß um sieben im Hotel sein. Wir schaffen den Eiffelturm nicht mehr, trennen uns bei den Hallen, jeder nimmt ein Taxi in eine andere Richtung. Der Abschied wird uns leicht, wir treffen uns um halb zehn im Méridien an der Bar.

Als ich nach Hause komme, scheint die Sonne noch immer. Barfuß gehe ich auf die Terrasse, setze mich unter die gelbe Markise und trinke den Rest des kalten Kaffees. Ich lege die Beine hoch, genieße den Blick über die Stadt, nicke dem Sacré-Cœur in der Ferne verschwörerisch zu. *Voilà!* Es ist soweit! Ich habe mich tatsächlich mit dem Körper verliebt, ohne mit der Seele dafür zu büßen.

Prosper hat seine Frau erwähnt, und es tat nicht weh. Er sprach von seiner Freundin – kein Schwert bohrte sich mir ins Herz. Die Freundin soll nur kommen. Sie stört mich nicht. Im Gegenteil! Wenn sie auftaucht, nimmt die Sache ein zeitgerechtes Ende. Ich werde der Versuchung enthoben, mich ernsthaft zu verlieben und eine gute Ehe auseinanderzureißen. Ich will keine Ehe zerstören. Schrecklicher Gedanke.

Früher hatte ich weniger Skrupel. Aber jetzt bin ich weiter. Ich weiß, daß Leidenschaft vergeht. Nach ein paar Jahren (oft schon viel früher) ist nichts mehr davon da. Soll ich deswegen eine Frau, die mir nichts getan hat, und zwei Kinder ins Unglück stürzen? Niemals. Das ist nicht mein Stil.

Außerdem ist eines sonnenklar: Ein Mann, der *nie* eine ganze Nacht von zuhause fortbleibt, der nimmt seine Ehe ernst. Er kann seine Frau betrügen, beschimpfen, belügen und tagelang über ihre Fehler klagen, wenn er jede Nacht brav nach Hause kommt, denkt er nicht im Traum daran, sich scheiden zu lassen. Das weiß ich aus Erfahrung. Und ich hoffe nur, die arme Rachel aus New York weiß es auch.

Ich schließe die Augen. Herrlich ist das, hier zu sitzen, mit meinem durchgeliebten Körper. Mein Herz pocht leicht und angenehm, ich fühle mich wie eine satte, zufriedene Katze. Doch plötzlich schrecke ich hoch. Die wildesten Gedanken füllen meinen Kopf. Das kann doch nicht wahr sein. Ich setze mich kerzengerade auf. Oder doch?

Die letzten drei Monate (um nichts zu verschweigen) las ich nämlich öfter erotische Bücher. Mein Operndirektor hat vorgesorgt, ein ganzes Regal im Salon ist voll davon. Er besitzt schöne Sachen. Keine Pornographie mit Mord und Totschlag, Sadismus und Frauenhaß, sondern klassische Werke, verfaßt von Menschen, die die Liebe liebten. Und zum erstenmal in meinem Leben öffnete ich die Seiten des «Kama Sutra».

Dieses alte indische Liebeslehrbuch (verfaßt ein halbes Jahrtausend vor Christi Geburt) tat neue Welten für mich auf. Ach, meine Lieben! Was waren das für Zeiten!

Von blühenden Gärten, duftenden Lauben, klaren Quellen wird da berichtet, von schönen sanften Menschen, die einander mit Blumen bekränzten, die sich auf weichen, duftenden Lagern liebten, in schattigen, kostbar geschmückten Gemächern. Und im Gegensatz zu heute waren Frauen ein offenes Buch:

Eine Frau, schreibt der Verfasser, kommt äußerst langsam in Schwung. Manchmal erst nach Stunden, manchmal erst beim dritten oder vierten Mal. Und er erklärt, wie man um sie werben, wo man sie streicheln und wie man sie lieben soll, um ekstatische Wonnen aus ihr herauszulocken.

Und deshalb durchzuckt es mich jetzt wie der Blitz. Heute Nacht bin *ich* in Schwung gekommen. Zum erstenmal in meinem Leben, sieh an! Und diese Ekstase, die Millionen weißer Frauen mit ihren gestreßten Ehemännern niemals kennenlernen werden, war diesen Inderinnen *selbstverständlich!* Das trifft mich wie ein Schlag! Sollten andere besser lieben?

Die Bibliothek meines Operndirektors hat auch noch andere Beweise: Ein Reisebericht aus Java, geschrieben von einem Deutschen nach dem Ersten Weltkrieg. Darin las ich mit Staunen über die Ansprüche der Indonesierinnen, die es unmöglich fanden, einem Weißen treu zu sein. Anfangs sind sie zwar von seiner Glut entzückt, schreibt der Autor Richard Katz, doch ehe *sie* sich erwärmen, ist *er* schon erkaltet. Der Weiße liebt wie ein Rennauto: mit viel Lärm möglichst rasant ans Ziel. Dafür aber ruht er sich dann lange in der Garage aus. Resultat: Die Frau wechselt zum Hauspersonal. Der braune Gärtner nämlich läßt sich Zeit. Was sein Herr in zehn Minuten erledigt, beschäftigt ihn die ganze Nacht. Jedenfalls versteht er die Frauen besser. Er hat ihren Rhythmus. Also bitte, was soll man davon halten? Dabei sind weiße Männer durchaus nicht zu verachten. Unter den dreiundvierzig Exemplaren, die ich näher kannte, waren etliche Talente, die könnte man schon hinkriegen. Das Problem liegt ganz woanders. Die Weißen haben eine andere *Einstellung*. Eine *fortschrittlichere!* Und da liegt der Hund begraben.

Man muß das wieder einmal umgekehrt betrachten.

Unsere Männer *können* nicht die ganze Nacht lang schmiegen. Der Fortschritt ruft. Sie müssen früh aus dem Bett und die Wirtschaft expandieren. Sie müssen Autobahnen, Straßen, Betonsilos, Lagerhallen, Atomkraftwerke und Fabriken in die Landschaft stellen.

Schmiegen bringt kein Geld. Wenn man aber Bäume rodet, Felder zementiert, Waffen produziert und schöne alte Häuser demoliert, verdient sich irgend jemand blöd dabei. *Time is money!* Wir wissen, was zählt: mehr Bomben, Chemie und Beton! Jawohl! Wir wissen auch, woher der Wind weht (nämlich aus Tschernobyl!). Das ist zwar nicht gesund, doch Fortschritt fordert Opfer!

Ahhhh, wie Schuppen fällt's mir von den Augen. Das kommt davon, wenn man nächtelang leidenschaftlich liebt. Dann ist das System gereinigt! Man sieht wieder klar und sagt es auch noch frei heraus.

Verschrottet die Preßlufthämmer! Schüttet die Baugruben zu und pflanzt Bäume! Werft die Terminkalender aus dem Fenster! Schenkt euren Frauen Ekstase zum Geburtstag, dann nörgeln sie das ganze Jahr nicht mehr! Verkauft den Fernseher! Leistet euch ein französisches Doppelbett!

Doch ich will nicht ungerecht sein. Hier auf meiner Terrasse, unter der gelben Markise, hoch über den Dächern von Paris, gestehe ich, daß seit Masters und Co. vieles schöner wurde. Sie *geben* sich mehr Mühe, unsere Männer. Es wird bereits viel besser geliebt als unter Napoleon!

Ich stehe auf, beginne den Tisch abzuräumen. Noch eine Stunde, und ich fahre ins Méridien. Ich freue mich wie ein Kind. Doch wohin wird das führen? Zu einem schrecklichen Abschied, kein Zweifel. Nur noch drei Tage Gnadenfrist! Heute, morgen, übermorgen. Dann ist Samstag. *Merde!*

Der Abschied *ist* furchtbar. Schwerer, als ich dachte. Doch am Sonntag, als ich traurig allein in meinem prunkvollen Doppelbett liege, ruft Prosper an. Aus Nizza. Er hat sich mit Rachel zerstritten. Sie ist abgereist. Er nimmt den Nachtzug zurück nach Paris. Hurra!

Am nächsten Morgen kommt er an. Ich hole ihn ab, vom Gare de Lyon. Drei weitere Tage und Nächte zusammen (fast wird es mir zuviel!). Als er am Mittwoch zurück nach New York fliegt, bin ich nicht traurig (aber reif für eine Woche Erholung!). Schön war's. Wunderschön.

Ich begleite ihn nach Roissy zum Flughafen.

Wir werden uns anrufen, schreiben, wiedersehn. Alles andere steht in den Sternen.

Und da steht es gut!

15

Ich bin fleißig wie eine Ameise.

Nelly ist versöhnt, das Buch praktisch fertig. Zweihundertsiebzehn Seiten habe ich bereits nach Kalifornien geschickt. Was noch fehlt, ist ein kurzes Schlußkapitel. In ein paar Tagen soll ich es erhalten.

Paris ist menschenleer. Im August sind alle Franzosen auf Urlaub. Ganze Straßenzüge sind verwaist, in manchen Vierteln findet man kein offenes Geschäft mehr. Zwei Drittel aller Cafés und Restaurants sind geschlossen, die Glasterrassen mit weißer Farbe verschmiert, Tische und Stühle zu hohen Türmen gestapelt. Nur Touristen gibt es in Massen. Man hört viel mehr englisch als französisch, im August ist die Stadt noch internationaler, als sie ohnehin schon ist. Oder besser: Paris ist im Sommer ein kosmopolitisches Dorf, denn das Leben beschränkt sich auf St. Germain, Montparnasse, den Montmartre und die Champs-Elysées. Dazwischen liegt das Niemandsland der geschlossenen Fensterläden.

Viel ist geschehen in den letzten vier Wochen. Ich wiege nur noch fünfundfünfzig Kilo! FÜNFUNDFÜNFZIG! Jawohl! Und ich besitze zwei Kleider und ein Kostüm von Yves St. Laurent. Außerdem kann ich schwimmen, zwar noch immer nicht im Tiefen, doch im Seichten stundenlang. Mein Geld ist eingetroffen und mein Verleger plötzlich aufgetaucht. Angeblich war er zur Kur, Gerüchten zufolge jedoch mit seinem australischen Au-pair-Mädchen auf den Malediven! Er ist braungebrannt, bestens gelaunt und verkauft mir die Rechte an den ersehnten Büchern für einen Spottpreis. Dafür erzähle ich ihm von Nellys Manuskript und verspreche ihm die französische Fassung, sowie ich sie fertig habe. Wer weiß? Vielleicht ersteht er sie und macht durch mich noch das Geschäft seines Lebens!

Der Dollar sinkt brav, dem Himmel sei Dank! Die erste Woche nach dem Verkauf *stieg* er nämlich gleich um zehn Prozent. Das kostete mich fast den Verstand. Unbeschreiblich, was ich litt. Nächtelang konnte ich nicht schlafen. Alpträume von vergeudeten Millionen, Konkurs und Bankrott quälten mich. Zitternd stand ich morgens auf, mit Todesangst suchte ich in den Finanzseiten die Wechselkurse. Was? Schon wieder höher? Es war zum Verzweifeln!

Ja, meine Lieben. Am eigenen Leib lernte ich, daß Spekulieren auf die Gesundheit geht. Nie mehr wieder. Das *schwöre* ich. Nie mehr lasse ich mich auf so was ein. Doch dann wendete sich das Blatt. Der Dollar begann zu fallen. Sofort sah alles anders aus. Welch ein Hochgefühl, wenn man morgens zum Frühstück die Zeitung liest und wieder um etliches reicher geworden ist. Den ganzen Tag ist man blendend gelaunt, vergessen ist die Angst und das Magenweh, man gratuliert sich, man frohlockt, man denkt: Das war genial! (Und das war es auch. Beim gegenwärtigen Stand der Dinge habe ich bereits siebentausend Dollar dazuverdient!)

Nouri ist erfreulicherweise nicht gekommen. Doch Jussuf, sein Cousin, der noch immer in der tunesischen Bäckerei am Place Contrescarpe aushilft, hat mir ein Geschenk von ihm gebracht. Ein hübsches Silberarmband mit Türkisen und ein lila Umschlagtuch mit Seidenfransen, das ausgezeichnet zu meiner Garderobe paßt. Auch eine Nachricht hat er für mich: Nouri geht es gut, er arbeitet mit seinem Vater, ich soll ihm treu bleiben, er liebt mich und kommt mich im Herbst besuchen.

Auch der weltberühmte Dirigent Reginaldo Rivera hat zweimal angerufen, einmal aus Rio de Janeiro und einmal von seinem Privatflugzeug aus. «Wir sind hoch über den Wolken, meine schöne Kanadierin», seine Stimme klang wie vom Mars, «unter uns liegt der Ärmelkanal. Denken Sie ab und zu an mich? Ich habe eine Überraschung für Sie. Schon unterwegs nach Paris. In ein paar

Tagen halten Sie sie in den Händen. *Good bye, my love!* Sie hören wieder von mir!»

Die Überraschung bestand aus fünf Kilo feinster Brüsseler Schokoladebonbons, und kaum hatte ich sie im Kühlschrank verstaut, meldete sich Reginaldo aus Südfrankreich. Es sei zwar furchtbar heiß, das Haus sei voller Gäste, doch er hätte noch Platz für mich. Ob ich nicht Lust hätte zu kommen? Er bliebe vierzehn Tage da, dann müsse er wieder in die Welt hinaus.

Ich sagte ab, und nach längerem Hin und Her akzeptierte er es auch. Das Haus voller Gäste? Ich kenne das. Vielleicht ein Wiedersehn mit den rosa Federohrringen? Danke! Darauf kann ich verzichten.

Dafür aber hatte ich ein nettes Erlebnis auf unserer Botschaft. Dorthin nämlich ging ich, um Neues über die kanadische Schriftstellerkolonie in Paris zu erfahren. Ich wurde auch sofort zu einer Lesung gebeten (in unser vornehmes Kulturinstitut an der Esplanade des Invalides), die jedoch keinerlei nützliche Kontakte brachte. Offensichtlich gehen erfolgreiche Autoren kaum zu Empfängen der eigenen Regierung, und die, die gehen (weil sie von Steuergeldern unterstützt werden müssen), bringen mir nichts. Mit denen kann ich sicher keinen Verlag aufbauen.

Ach, ich bräuchte ein Werk wie die Neue Romantik. Jawohl! Nellys Buch müßte ich verlegen, das wäre phänomenal. Ein einziger großer Erfolg – schon ist der Einstieg geschafft. Dann brauche ich nicht nach neuen Manuskripten zu jagen. Dann kommen nämlich die Autoren zu mir. Dann rennen sie mir die Türen ein. Dann ist meine Zukunft gesichert. Doch ich wollte von dem Erlebnis auf der Botschaft berichten.

Also: Kaum betrat ich die Halle, winkte mich der Portier zu sich. «Da sind Sie endlich», grinste er erfreut, obwohl ich ihn noch nie im Leben gesehen hatte, «wissen Sie es schon? Ihr Brief ist angekommen!»

«Welcher Brief?» fragte ich erstaunt.

Er lachte gönnerhaft. «Na, der Brief für Sie, Mademoiselle!»

«Für mich?» Das mußte ein Irrtum sein. «Mir hat jemand an die Botschaft geschrieben? Wer, bitte?»

«Keine Ahnung.» Der Portier kramte geheimnisvoll in einer Lade. «Vielleicht Monsieur Picasso?» Er hielt mir einen großen weißen Umschlag entgegen. «Das sind Sie, nicht wahr? Ich habe Sie sofort erkannt!»

Der Brief war adressiert: «An die Sonnenkönigin.» Darunter prangte mein Bild, mein Porträt, das Faddy alias Fabrice an jenem schönen Sonntag im Juli oben auf dem Montmartre von mir begonnen hatte.

Nur kleiner. Und fertig. Mit Gold zwischen den roten Locken, die wie Sonnenstrahlen (oder Feuerzungen) den Kopf umrahmen. Ein reizendes Bild. Und das Beste: Die Ähnlichkeit ist frappant. Die hohen Wangenknochen, die großen braunen Augen, der herzförmige Mund, das bin eindeutig *ich.*

Wer hätte Fabrice das zugetraut?

Im Café um die Ecke, einem der wenigen, die im August offen hielten, las ich später bei einem Glas frisch gepreßtem Orangensaft, was er mir zu sagen hatte.

«Liebste Ophelia! Ich kenne keine Adresse von dir, keinen Nachnamen, keine Telefonnummer. Dein Bild ist fertig! Ruf mich an. *Je t'adore!* Fabrice!» Datiert vom 25. Juli.

Also ehrlich, das gefällt mir. Der Mann ist im Bett ein Graus, doch Ideen hat er. Und Talent! Entzückt betrachte ich mein Ebenbild. Ist das Original so schön wie diese kleine Kopie, dann ist Faddy aus Dublin ein Meisterwerk gelungen. Ich muß mich sofort bei ihm melden. Das Bild muß mit nach Kanada. Ich lasse es wunderbar rahmen, wer weiß, vielleicht wird es noch zum Wahrzeichen meines Verlags? Wirkt sicher superb, die Sonnenkönigin auf meinen Buchrücken. Neugierig bin ich, wieviel Geld er dafür verlangt.

Fabrice verlangt anfangs gar nichts. Dafür will er ins Bett mit mir. Ich weigere mich strikte, und als er sieht, daß nichts hilft, wird er geschäftlich.

«Zwanzigtausend Franc», sagt er brüsk.

«Das ist zuviel. Zehn ist es wert, mehr nicht.»

«Mehr nicht? Da irrst du dich aber! In Rom habe ich für dreißigtausend verkauft! Kleinere Formate noch dazu!»

«Das Bild ist nicht einmal signiert.»

«Für zwanzig signiere ich es.»

«Zwanzig ist zuviel!»

Eine ganze Stunde verhandeln wir, oben auf dem Place de Tertre, bei Erdbeermilch und Rotwein. Endlich einigen wir uns auf fünfzehntausend Franc, die ich ihm bar überbringe. Jetzt steht das Porträt (signiert natürlich, da ist es mehr wert) in meinem Schlafzimmer. Ich habe es an die Wand gelehnt, so daß ich es vom Bett aus betrachten kann. Jedesmal, wenn mein Blick darauf fällt, muß ich vor Freude laut seufzen. Es ist so *schön!* Ein Meisterwerk! Gibt mir Zuversicht und Kraft!

«Nur keine Angst», sagt das Lächeln auf den roten Lippen, «wir schaffen das schon. Wir haben Erfolg mit allem, was wir beginnen!»

Soviel zu Nouri, Rivera und Fabrice. Meine Männer denken an mich, es ist nicht zu leugnen. Auch Prosper Davis hat zweimal angerufen, einmal aus New York, ein zweites Mal aus Washington. Angeblich ist auch ein Brief für mich unterwegs, und das weiß ich zu schätzen. Amerikaner schreiben nicht gerne. Es ist ihnen zu mühsam und dauert zu lang. Jazzmusiker (egal ob weiß oder schwarz) schreiben überhaupt *nie!* Diesen Brief werde ich gut aufbewahren. Er hat Seltenheitswert.

Um nichts zu verschweigen: Prosper fehlt mir sehr. Seine Küsse, seine sanfte Art, seine dunkle, langsame Stimme, sein schönes Gesicht, seine mächtige Gestalt – die ersten Tage allein schienen unerträglich. Er sagte so hübsche Sachen. Einmal sprachen wir über Frauen und Männer und die Tatsache, daß es noch immer keine Gleichberechtigung gibt. «Da fällt mir was ein», meinte Prosper, «das wird dir gefallen. Paß auf: Die Welt ist ein schöner Vogel. Seine beiden Schwingen sind Mann und Frau. Wenn auch nur ein Flügel verletzt wird, kann der Vogel nicht mehr fliegen. Schön, nicht? Nur leider nicht von mir. Ein Ba'hai hat mir das erzählt.»

Und noch etwas geschah: Die Woche, die wir zusammen verbrachten, lebte ich von Luft und Liebe. Nie dachte ich ans Essen, prompt nahm ich weiter ab, und am Mittwoch früh (der Tag, an dem ich ihn zum Flughafen brachte) wog ich zum erstenmal fünfundfünfzig Kilo. FÜNFUNDFÜNFZIG KILO! Das Ziel schien erreicht. Doch kaum war ich wieder zuhause und allein, begann der Hunger. Wahllos fing ich an zu essen: Haselnußschokolade, Maronenpüree, Mandelcroissants. Zum erstenmal in meinem Leben tat ich Zucker in Tee und Kaffee. Doch das war erst der Anfang.

Ich bereitete mir herrliche amerikanische Pfannkuchen zum Abendessen, flaumig, dick und rund, denn zufällig entdeckte ich hinter der Madeleine bei Fauchon (der Delikatessenhochburg von Paris) echten kanadischen Ahornsirup. Wer kann da widerstehn? Ich nicht! Zehn Stück aß ich auf einen Sitz, und am nächsten Tag noch einmal zehn. Zwischendurch hielt ich mich an Riveras Brüsseler Schokoladebonbons - sie schmeckten köstlich und schmolzen dahin wie Schnee im See.

Jedesmal, wenn ich an Prosper dachte, schrie mein Körper nach Kalorien! *Prosper! Hunger!* Ich vergaß alle Regeln, mischte Eiweiß mit Kohlehydraten, aß Spiegeleier mit Pommes frites und Käsefondue mit Brot und Wein. Ich trank Milch zum Essen (strengstens verboten, wenn man abnehmen will!), manchmal sogar Bier und Champagner. Mir war alles egal. In einer Woche nahm ich tatsächlich drei Kilo zu. Drei Kilo! Zurück auf ACHTUNDFÜNFZIG! Der Schock brachte mich zur Vernunft.

Ich habe (wie schon erwähnt) heute mehr Selbstdisziplin als früher, und so schritt ich entschlossen zur Tat. An einem Donnerstag entdeckte ich das Übergewicht, am Freitag aß ich nur braunen Reis. Am Samstag Käse mit Apfel. Am Sonntag Salat mit kernweichen Eiern. Am Montag Spaghetti mit Knoblauch und Butter. Am Dienstag Gemüseplatte mit Bratkartoffeln und Salat. Am Mittwoch braunen Reis mit Rohkost. Am Donnerstag Pilze mit Käse überbacken. Am Freitag verspürte ich starkes Verlangen nach gebratenem Grünkohl mit rohem Ei (schmeckt japanisch!) und am Samstag nach geriebenen Karotten mit Apfel und Zitrone. Jeden Tag aß ich nur eine einzige Speise, doch soviel ich davon wollte. Etwas aber befolgte ich eisern: Nach sieben Uhr abends nahm ich keinen Bissen mehr zu mir, um Verdauung und Haut zu schonen.

Am nächsten Morgen erwachte ich prompt mit klaren Augen (ohne Ringe darunter), mit feinen Poren und flachem Bauch.

Und noch etwas entdeckte ich: Die kleinen roten Pickel, die ich ab und zu um den Mund bekam, stammten vom Salinensalz, das mein Operndirektor zuhause hatte. Als ich Meersalz kaufte, verschwanden sie innerhalb einer Woche.

Überhaupt wurde aus der Fasten- eine Schönheitskur! Bei Jeanne in der Rue Lacépède erstand ich drei Cremen: aus Rosen, Kamillen und Thymian. Jeden Tag nahm ich eine andere. Der Rat stammt von Nelly. «Die Haut braucht Abwechslung, genau wie der Körper», schreibt sie in ihrem Kapitel «Schönheit, die nicht vergeht». «Man ißt ja auch nicht jeden Tag dasselbe. Abwechslung hält frisch und faltenfrei!»

Ja, meine Lieben. Seit ich keine Tiere mehr esse, nehme ich ab mit einer Leichtigkeit, die mich selbst erstaunt. Nie bin ich müde. Nach dem Essen fühle ich mich leicht und beschwingt. Pflanzliche Kost verwandelt sich sofort in Energie. Verdauungsschlaf, Verdauungsspaziergang, Verdauungsschnaps – das alles brauche ich längst nicht mehr! In zehn Tagen bin ich die drei Kilo Übergewicht los. Am Sonntagmorgen wiege ich wieder fünfundfünfzig Kilo. FÜNFUNDFÜNFZIG KILO! Und diesmal halte ich sie auch.

Mit dem Speck schmilzt auch der Kummer über Prospers Abreise. Jeden Tag wird es besser. Der Mann verblaßt, dafür tritt die Wirklichkeit um so deutlicher hervor. Ein Jazzmusiker in meinem Leben? Bin ich verrückt? Ich weiß, was das heißt. Jazzmusiker sind eine wilde Bande. Nie gehen sie vor vier Uhr früh ins Bett (dafür schlafen sie den ganzen Tag). Sie sind weltfremd, chaotisch und genauso unberechenbar wie ihre Musik. Sie rauchen alle, trinken zuviel, spielen zu hoch – und streiten immer alles ab.

Zum Leben sind sie einfach unmöglich. Werden sie berühmt, sind sie ständig auf Tournee, und man sieht sie kaum. Schaffen sie es nicht, liegen sie einem schwer auf der Tasche. Man muß sie durchfüttern und ihre arbeitslosen Freunde auch, denn die bringen sie treuherzig lächelnd zum Essen mit.

Alles muß man für sie tun: Verträge regeln, Gagen verhandeln, lange Listen mit Musiktiteln tippen (für die Urheberrechtskommission, damit die Komponisten ihr Geld kriegen).

Doch damit nicht genug.

Im Haushalt hat man keine Hilfe. Jazzmusiker waschen nicht ab. Auch Prosper ließ Zigarettenasche auf die schönen teuren Perserbrücken fallen. Man muß ständig kochen, putzen, fegen - und ihre umfangreiche Garderobe pflegen.

Darüber hinaus wird man fleißig betrogen. Eine Ehefrau, eine Geliebte und zwischendurch ein süßer neuer Schatz - ich habe das hundertmal gesehen.

Prosper soll bei seiner Familie bleiben. Ab und zu eine heimliche Liebesnacht, in Montreal oder New York. Ein Bonbon, wie die Franzosen sagen. Das muß genügen.

A propos Franzosen! Ich habe immer noch keinen! Vier Monate bin ich in Paris, doch die Einheimischen halten sich fern. Bis auf Pierre Duval, der mir neulich einen guten Dienst erwies. Ich kenne Pierre aus einem Jazz-Club. Ist Buddy nicht da, setzt er sich immer neben mich. Er ist klein, brünett, hat rote Wangen und ein Auto. Nach langem Drängen ließ ich mich gestern von ihm nach Hause fahren. Vor dem Aussteigen wollte er mich küssen, und als ich mich wehrte, wurde er gemein. Frauen seien alle frigide, teilte er mir mit, jede müsse man ins Bett zwingen. Außerdem wisse keine (am allerwenigsten eine Ausländerin wie ich), was Männer wirklich reizt.

«Was reizt sie denn?» fragte ich neugierig.

«Willst du das wirklich wissen?» staunte er.

«Natürlich. Das interessiert mich.»

Da begann er einen Vortrag über orale Wonnen, dem ich aufmerksam lauschte, doch nicht (wie er hoffte), um sofort zur Tat zu schreiten, sondern einzig und allein aus Bildungsgründen. (Um aber auch gar nichts zu verschweigen: Man nimmt das Ding nicht in den Mund, sondern in die *Hand,* zieht die Haut zurück und behandelt es wie ein Eis am Stiel, wobei man die Zunge so weit als möglich herausstreckt.) Kaum hatte Pierre seinen Vortrag beendet, stieg ich aus, dankte für den heißen Tip und die nette Begleitung und beschloß, den Mann nie wiederzusehen. Schon im Aufzug hatte ich ihn vergessen. Wirf den Krempel über Bord! Wichtigere Dinge beschäftigten mich.

Die BBC-Sendung über Schlankheitskuren wurde nämlich auf August verschoben. Morgen fliege ich nach England, elfenhaft zart, jawohl, und ich bringe Nellys Diät unter die Leute, daß es nur so knallt. Der Zeitpunkt paßt, ich bin in blendender Verfassung, noch dazu wird die Sendung per Satellit nach Amerika überspielt. Millionen werden zusehen, meine Taufpatin inbegriffen. *Die* wird staunen, was in vier Monaten Paris aus mir geworden ist! Ich glaube, sie erkennt mich gar nicht wieder.

Die Maschine geht um elf Uhr vormittags. Punkt halb neun bin ich in Roissy (so nennen die Franzosen den Flughafen Charles De Gaulle), erwartungsvoll, unausgeschlafen und ein bißchen ängstlich. Heutzutage weiß man nämlich nie, ob man aus der Luft auch wieder heil herunterkommt. Hat irgendein Schnucki Dynamit eingeschleust? «Heilige Kriege» und Bombenleger vermehren sich wie Blattläuse. Jeden Tag werden es mehr.

Zum Teufel! Man hat uns auch zweieinhalb Stunden früher herbestellt als sonst. Eine Stunde genügt nicht mehr. Von Kopf bis Fuß wird man untersucht: Kein Zeitzünder im Lippenstift? Kein Sprengstoff im Täschchen? Keine schwangere Palästinenserbraut, umfunktioniert zur Zeitbombe? Doch ich lasse mich nicht fertigmachen. Heute schon gar nicht. Heute ist ein ganz besonderer Tag, und ich habe das Gefühl, daß etwas Wunderbares passieren wird. Etwas Einmaliges! Großartiges! Niedagewesenes! Aber was?

Aufmerksam betrachte ich meine Mitreisenden. Viele sind es nicht, und sie sehen langweilig aus in ihren dunklen Mänteln mit Regenschirmen am Arm. Es gab nämlich einen Wettersturz von dreiunddreißig Grad im Schatten auf sechzehn in der Sonne. Der Tag ist unfreundlich, naß und kalt. Doch ich trage ein hellblaues Kostüm von Yves St. Laurent, und das ist nicht zu übersehen. Es hat ein Vermögen gekostet (man sieht es ihm auch an). Doch für den heutigen Tag war mir nichts zu teuer. Und Nelly auch nicht. Sie hat anstandslos bezahlt. Das Kostüm paßt wie angegossen!

Der Rock ist eng, die Jacke hat Schößchen, die Ärmel stehen wie Engelsflügel von den Schultern ab. Ein Ausschnitt bis zum Brustansatz. Drei große schwarze Knöpfe. Ein breiter schwarzer Lackgürtel. Und dazu eine neue Frisur!

Ausnahmsweise habe ich nämlich meine langen roten Locken zu einem Nackenknoten gebändigt. Es war Schwerarbeit. Ich habe viel zuviel Haare. Doch das Resultat ist perfekt: Mein Hals wirkt schlank und feiner, mein Kopf zart und kleiner. Noch ein Hauch Rouge. Ein Schimmer rosa Lippenstift. Ein paar Tropfen echtes bulgarisches Rosenöl. Und abwärts Strümpfe mit Naht und zierliche schwarze Lackschuhe mit Fersenspangen, in denen man trippeln *muß*.

Das Beste aber sind meine Fingernägel. Ich habe sie dem Anlaß entsprechend nicht lackiert, sondern sorgsam poliert, wie das früher in feinen Kreisen üblich war. Die Idee dazu stammt aus meinen Büchern. Immer wieder fand ich in alten Romanen Stellen wie folgt: «Das Kind schlummerte sanft, die Dame polierte lächelnd ihre Nägel.» Oder: «Sie polierte ihre zarten Nägel und dachte dabei an den Liebsten in der Ferne.» Das ließ mir keine Ruhe.

Womit sie polierten, fand ich bald heraus: mit weißem Puder und einem Stück Bein in Form einer Fibel, mit Rehleder überzogen. Doch in Kanada suchte ich umsonst danach. Hier in Paris aber polieren die Damen immer noch. Also kaufte ich ein Set in einem hübschen blauen Etui und machte mich ans Werk. Die fertigen Nägel wirken, als wären sie farblos lackiert. Doch der Glanz ist feiner. Ein Kenner sieht den Unterschied sofort. Es wirkt eindeutig vornehm – und paßt wunderbar zu meinem Ring mit dem Feueropal.

Gegenüber hat soeben ein Herr Platz genommen, der ist nicht ohne. Er trägt einen dunkelgrauen Tuchmantel mit schwarzem Samtkragen. Darüber, locker um den Hals geschlungen, einen langen weißen Seidenschal. Er sieht aus, als käme er direkt von der Oper.

Er hat lange Beine, breite Schultern, dichtes, lockiges braunes Haar. Sein Gesicht ist gebräunt, die Augenbrauen stark und gerade. Auch die Nase ist stark und gerade. Der Mund ist groß. Der Mund eines Genießers. Ein verwöhnter Mund mit schönen, vollen Lippen, doch das Kinn darunter ist kurz. Zu schwach für diesen Charakterkopf.

Ich mustere ihn gebannt, zwinge mich, nicht zu starren. Ich kenne diesen Mann. Doch woher? Ich überlege verzweifelt, doch es fällt mir nicht ein. Auf jeden Fall ist er ein Ausnahmemensch, dafür habe ich einen Blick! Er ist sich dessen auch bewußt, weiß, daß er auffällt, sieht nicht nach rechts und nicht nach links, sondern gerade vor sich hin und ab und zu auf die Uhr.

Seufzend streiche ich den blauen Rock meines kostbaren Kostüms glatt. Warum zum Teufel lerne ich nie solche Männer kennen? Kann mir das bitte jemand beantworten? Im Flugzeug sitzt er sicher ganz woanders, falls nicht, habe ich auch keine Chance. Diese Herren sprechen keine fremden Menschen an. Da müßte ein Wunder geschehen!

Ja, meine Lieben, das ist das größte Dilemma der erfolgreichen Frau. Man lernt keine ebenbürtigen Männer kennen. Kaum rappelt man sich hoch, kaum verdient man gut, ist gebildet, interessant und weltgewandt, stellt man fest, daß es keine gleichgestellten Verehrer gibt. Wo ist der zuständige Schnucki? fragt man anfangs und faßt es nicht. Wo sind die Generaldirektoren, Minister, Staatspräsidenten und Filmproduzenten, die eine Frau zum Vorzeigen suchen? Wo? Wo? Wo?

Ahhhhh, meine Lieben, inzwischen weiß ich, wo sie sind. Sie sitzen zuhause und sind oft mit schrecklichen Zwetschgen vermählt! Das ist die Wahrheit! Uns bleiben die Buddys und Faddys und Nouris und ab und zu ein Tristram und Prosper Davis! Und das ist gut so. Auch schreckliche Zwetschgen haben ein Recht auf Glück. Sie müssen sich nach oben heiraten, anders schaffen sie es nicht. Meinen Segen haben sie. Denn wir, wir kommen schon allein zurecht.

Aber schön wäre es, einen Großen zum Freund zu haben. Einen echten Gentleman. Einen Mann, mit dem man reden kann und nicht nur schlafen. Einen Mann, um die exklusivsten Clubs und Restaurants von Paris abzuklappern, einen Mann mit Verbindungen zum Elysée-Palast oder zum berühmten Circle Interallié mit dem schönsten Schwimmbad der Welt, in einem großen Park, mit Blick auf blühende Sträucher und frisches grünes Gras *mitten in Paris.*

Unser Flug wird und wird nicht ausgerufen.

Eine Stunde vergeht, nichts passiert. Wir sitzen und warten. Ich denke längst nicht mehr an den Circle Interallié, sondern an Bomben und Terroristen. Wie zur Bestätigung werden wir um halb zehn auf eine weitere Stunde vertröstet. Um elf erfahren wir, daß unsere Maschine noch immer nicht gelandet ist, genauer gesagt, sie befindet sich in London auf dem Rollfeld und wartet auf die Starterlaubnis.

«Nur eine kleine technische Panne», tröstet uns ein Angestellter der British Airways, «nichts Ernstes. Trinken Sie auf unsere Rechnung einen Kaffee und kommen Sie um halb zwölf zurück. Bis dahin wissen wir Bescheid.»

Der elegante Mann mit dem weißen Seidenschal springt auf, sichtlich empört, und entfernt sich mit den andern in Richtung Buffet. Soll ich mitgehn? Vielleicht ergibt sich ein Gespräch? Ich weiß aus Erfahrung: Diese Leute lernt man nur kennen, wenn man ihnen vorgestellt wird.

Die Zeit vergeht. Was ist nur passiert? Es wird zwölf, halb eins, kein Flugzeug. Als wir jedoch um dreizehn Uhr erneut vertröstet werden (wieder, ohne einen konkreten Grund zu erfahren), als wir allesamt aufspringen, uns verschreckt wie eine Herde verlassener Schafe um den Schalter drängen und wild durcheinanderreden, wie, wann und ob wir heute überhaupt noch nach London kommen, steht der Mann mit dem weißen Seidenschal plötzlich neben mir und sagt: «Das ist eine unerhörte Frechheit! Völlig logisch, daß niemand mehr mit British Airways fliegt!»

Das Wunder ist geschehen! Ein echter Weltmann hat mich angesprochen. Und wie er sprach! Mit jenem polierten, perfektionierten, leicht exaltierten Oxford-Englisch, das Tristram spricht, das uns Kanadier genauso bezaubert wie das echte Hochfranzösisch der gebildeten Pariser. Dieses Englisch raubt mir die Sprache. Es ist jedesmal dasselbe.

«Meinen Sie nicht auch?» fragt der Mann, verwundert über mein Schweigen und leicht verunsichert, denn *er* hat den ersten Schritt gewagt und fürchtet nun, brüskiert zu werden. «Das geht doch zu weit, oder?»

«Natürlich», sage ich und schlucke. «Ich bin ganz verwirrt. Sind Sie Engländer?»

«Ja. Versäumen Sie einen Termin?»

«Wenn das so weitergeht, schon. Ich muß zu einer Fernsehsendung.»

«Wann fängt sie an?»

«Um drei. Das heißt, um drei treffen wir uns alle im Greenwood Theatre. Ich weiß nicht einmal, wo das ist. Aufgezeichnet wird um vier. Um vier *muß ich dort sein!*»

Ich lege besonders viel Panik in meine Stimme, denn ich merke, daß das wirkt. «Könnten wir vielleicht mit Air France fliegen?» Hilflos schlage ich meine großen braunen Augen auf.

«Vielleicht. Bleiben Sie hier stehen. Ich werde kurz telefonieren, dann sage ich Ihnen Bescheid.»

Ich sehe ihm nach, wie er mit langen, sportlichen Schritten verschwindet. Der Mann ist gut in Form, das hat man gern. Er ist auch gleich wieder da, ein amüsiertes Lächeln um den verwöhnten Mund. «Sie werden es nie erraten! Sämtliche Flughäfen um London waren gesperrt.»

«Warum? Bomben?»

«Nein. Hagelsturm! Es hat derart gehagelt, daß die Landebahnen unpassierbar waren.»

«Ein Hagelsturm? Jetzt? Im August?»

«Sie kennen das englische Wetter nicht. Wir sind sehr verwöhnt. Ständig neue Überraschungen.» Er lacht kurz auf. «Was ich sagen wollte: Machen Sie sich keine Sorgen. Man hat alles geräumt. Die Maschine ist unterwegs. In einer Stunde fliegen wir.»

Wir fliegen tatsächlich. Punkt zwei gehen wir an Bord, und mein vornehmer Begleiter setzt sich ganz selbstverständlich neben mich, obwohl sich später zeigt, daß er ein Ticket erster Klasse besitzt.

«Ich heiße Ophelia und komme aus Kanada», sage ich, als ich mit dem Anschnallen fertig bin.

«Winston Hawthorn-Reed», stellt er sich vor.

Das klingt vertraut. Seltsam. Woher kenne ich ihn nur? «Ich habe Ihren Namen schon gehört. Aber ich weiß nicht mehr wo.»

Er lächelt geschmeichelt. «Ich bin Bankdirektor. Aber ich bin auch Politiker. Wenn meine Partei die Wahl gewinnt, bin ich der neue englische Finanzminister.»

Jetzt ist alles klar. Er hat den berühmten Schuldenreport geschrieben, der kürzlich in allen Finanzblättern heftig debattiert wurde. In den Zeitungen habe ich auch sein Bild gesehen.

«Sie haben den ‹Hawthorn-Reed-Report› geschrieben!»

Er nickt, erstaunt, daß ich ihn kenne. «Haben Sie ihn etwa auch gelesen?»

«Natürlich. Ein faszinierendes Thema.» (Es geht dabei um eine Verlängerung der Rückzahlungsfrist für die Schuldenberge des Ostblocks und der Dritten Welt, wobei vom Westen ständig neue Kredite gewährt werden sollen.)

«Sind Sie vielleicht auch im Bankfach?» fragt er, nachdem er mich eine Weile stumm gemustert hat.

«Nein. Gar nicht. Aber Geld interessiert mich.»

Er schmunzelt und zieht seinen eleganten Mantel aus. Sorgsam legt er ihn auf den freien Sitz zwischen uns. Er trägt einen wunderbaren Anzug, beste englische Maßarbeit, grau mit weißen Nadelstreifen, dazu eine kirschrote Krawatte und eine glänzende rote Seidenweste. Den weißen Schal behält er um. Jetzt entdecke ich auch, daß seine Augen nicht braun sind, sondern graugrün, mit faszinierenden goldenen Punkten mittendrin. Es sind leuchtende Augen. Unruhig. Sicherlich wechseln sie mit dem Wetter die Farbe. Sie sind auch leicht gerötet. Der Mann sieht aus, als hätte er die ganze letzte Nacht durchgefeiert.

Die Maschine startet.

Wie immer blicke ich gebannt aus dem Fenster. Die Erde weicht, wir brausen durch die dunkelgrauen Regenwolken, die Paris bedecken, hinauf in Richtung Sonne. Schon sind wir über der Grenze, lassen die nassen Dunstballen weit unter uns. Höher, immer höher. Endlich ist der Himmel blau, so weit das Auge reicht.

Die Sonne strahlt in die Kabine, die Stimmung wird ferienmäßig, sommerlich. Getränke werden serviert, die Raucher kramen ihre Zigaretten hervor. (Leider!) Winston lächelt mich an und lockert seine Krawatte.

«Was machen Sie, wenn ich fragen darf? Mode? Film?»

«Ich bin dabei, einen Verlag zu gründen. Zuhause in Kanada. In Montreal. Wenn alles gut geht, fange ich im Oktober an. Bis dahin bin ich in Paris.»

Das interessiert ihn. Sofort will er alles über mich wissen. Was ich studiert habe, wie sich die englischen Kanadier mit der französischen Sprache vertragen, welche Bücher ich veröffentlichen will. Er fragt gezielt, nicht nur aus Höflichkeit. Offensichtlich interessiere ich ihn wirklich.

«Frauen wie Sie sind selten», meint er dann mit Überzeugung. «Emanzipation hin oder her, wenn eine Frau schön ist, will sie heiraten, genau wie früher.»

«Da bin ich nicht so sicher.»

«Ich schon. Ich weiß das aus Erfahrung.» Er schmunzelt. «Da hat sich überhaupt nichts geändert.»

«Also sind Sie mit einer Schönheit verheiratet. Oder warten Sie – mit mehreren Schönheiten. Hintereinander natürlich!»

Er lacht laut, antwortet aber nicht gleich.

«Stimmt's?» helfe ich nach und lächle süß.

Er nickt amüsiert. «Sie haben einen scharfen Verstand, Ophelia. Und Sie? Sind Sie verheiratet?»

«Nein. Noch nicht. Darf ich Ihnen eine Fachfrage stellen?»

«Gern. Nur drauflos.»

«Wohin geht der Dollar Ihrer Meinung nach?»

Wieder lacht er und schüttelt den Kopf. «Nach unten», sagt er dann und wartet auf meine Reaktion. «Das Pfund übrigens auch. Das habe ich schon vor Monaten prophezeit, keiner hat mir geglaubt. Warum? Haben Sie Dollar?»

«Jetzt nicht mehr!» Ich berichte von meiner Spekulation, aber ohne eine genaue Summe zu nennen. Er hört aufmerksam zu.

«Bravo! Sie haben Talent. Natürlich müssen Sie aufpassen und rechtzeitig verkaufen. Der Dollar wird auch wieder steigen.»

«Wann?»

«Nicht gleich. Vielleicht in ein, zwei Jahren. Wenn kein Krieg dazwischenkommt. Da steigt er nämlich sofort.»

Die Zeit vergeht rasend schnell. Wir unterhalten uns blendend. Irgendwie ist alles vertraut, leicht, locker, amüsant, wir fühlen uns wohl miteinander.

«Wissen Sie was?» sagt er plötzlich. «Mein Chauffeur holt mich ab. Ich bringe Sie zu Ihrer Fernsehsendung. Nein, protestieren Sie nicht. Es macht keine Umstände. Im Gegenteil. Das ist eine amüsante Abwechslung.»

Kurz vor der Landung gibt er mir seine Visitenkarte mit der Bemerkung: «Das war der erfreulichste Flug seit langem. Sie müssen sich unbedingt melden, wenn Sie wieder nach London kommen.»

Ich verspreche es und bin traurig. Ich mag keine Visitenkarten. Meiner Meinung nach bedeuten sie das Ende. Wäre ihm wirklich daran gelegen, mich wiederzusehen, hätte er etwas Konkretes ausgemacht. «Nächste Woche komme ich nach Paris», hätte er gesagt, «haben Sie am Donnerstagabend für mich Zeit?» Dann wäre alles klar. Dann wäre ich mehr für ihn als nur eine nette kleine Reisebekanntschaft.

Und als er mich in seinem riesigen weinroten, chromblitzenden Jaguar zum Greenwood Theatre fährt und sein Chauffeur die Tür für mich öffnet, fällt mir der Abschied sichtlich schwer. «Ich würde mich wirklich freuen, Sie wiederzusehen, solange ich in Europa bin», stammle ich schließlich und reiche ihm die Hand, obwohl das in England nicht üblich ist. Er drückt sie fest und lächelt.

«Viel Glück bei Ihrem Auftritt. Ich werde Sie heute abend im Fernsehen bewundern.»

«Viel Glück in der Politik. Wann beginnt der Wahlkampf?»

«Hat schon begonnen.»

«Ich halte Ihnen die Daumen.»

«Danke! Wir tun unser Bestes!»

«*Au revoir,* Winston! *Et merci mille fois!*» Ich sage es auf französisch, das klingt intimer.

«*Au revoir,* Ophelia!»

Der vornehme Wagen verschwindet lautlos um die nächste Straßenecke, und ich fühle mich wie eine arme, gottverlassene Waise. Das Wunder war eben doch kein Wunder.

Ach was! Ich bin nicht hergekommen, um mich zu verlieben, sondern um für Nelly und die Neue Romantik zu streiten. Was soll das Ganze. Der Mann ist verheiratet, lebt in London, und ich muß in Kürze nach Kanada zurück. Außerdem hat er einen Wahlkampf vor sich und keine freie Minute, um an mich zu denken. Das ist doch klar. Wenn aber *er* nicht an mich denkt, werde *ich* an ihn keine Zeit verschwenden. Dazu ist das Leben zu kurz.

Ich hebe den Kopf und trete entschlossen durch die Studiotür. Der Portier wartet bereits auf mich. «Sie sind spät dran, aber es geht gerade noch.» Er ist nervös, zeigt mir stumm den Weg nach oben. Leichtfüßig laufe ich die Treppen hinauf. Ich bin auch hergekommen, um mich zu amüsieren. Heute ist, wie schon erwähnt, ein ganz besonderer Tag. Ich habe allerhand vor.

Und kein Mann der Erde soll mir die Freude daran verderben! Schon gar nicht ein Engländer mit schwachem Kinn, leidenschaftlichem Mund und goldgesprenkelten Augen...

16

Die Fernsehsendung wird ein Bombenerfolg, sowohl für Nelly als auch für mich. Dieses Medium liegt mir wirklich. Kaum sind die Scheinwerfer auf mich gerichtet, heiß und gleißend, versinkt die Umwelt und die Nervosität. Unglaubliche Dinge fallen mir ein, und ich sage sie frei heraus, frischfröhlich, ohne Stottern, ganz so, als säße ich gemütlich zuhause beim Nachmittagstee. Kaum flammen die Lichter auf, vergesse ich alles: die Kameras, die Gäste im Studio und die Millionen Menschen, die mich sehen. Nur was ich sagen will, das vergesse ich nie.

Ich kenne das aus Kanada. Ein ganzes Jahr lang hatte ich nämlich eine eigene Büchersendung. Sie machte mir sehr viel Freude und war auch von Anfang an ungeheuer populär. Zweimal im Monat, am Freitagabend von neun bis zehn, stellte ich Neuerscheinungen vor, interviewte Autoren und ließ Fachleute über die wichtigsten Themen diskutieren, die in den Büchern angeschnitten wurden. Seit damals habe ich nicht mehr vor der Kamera gestanden. Sechs Jahre ist es her. Um so mehr genieße ich diese Sendung.

Außer mir nehmen noch fünf Gäste teil, ein Arzt, ein Psychologe, eine Schauspielerin, die in einem Jahr fünfundzwanzig Kilo abgenommen hat (mit einer Fleisch- und Fettdiät, die ihr Herzbeschwerden verursachte), ein Hotelier, der auf seine dreißig Kilo Übergewicht stolz ist und nicht im Traum daran denkt, zu fasten, sowie ein jugendlicher Verleger, der mit Koch- und Diätbüchern ein Vermögen verdient (und der von Anfang an ein Auge auf mich geworfen hat). Geleitet wird das Ganze von einem bekannten englischen Journalisten.

Es wird eine sehr amüsante Sendung. Anfangs wird nur über Fasten diskutiert, dann werden die verschiedensten Kuren besprochen. Die Stimmung ist gut, es wird viel gelacht, und zu meiner großen Freude kennen alle die Hollywood-Bright-Star-Diät, ja der Arzt lobt sie sogar über alle Maßen. Als er jedoch die vegetarische Seite erklären will, fällt ihm der dicke Hotelier ins Wort.

«Ich bin keine Kuh, und ich weigere mich, Gras zu fressen», meint er grinsend in Richtung Publikum, «der Mensch braucht Fleisch. Die Leute wollen ihren Sonntagsbraten. Der Mensch ist ein Gewohnheitstier. Das war schon immer so. Da hat sich seit der Steinzeit nichts gebessert!»

«Natürlich hat sich was gebessert», sage ich, so ruhig ich vermag, «wir fressen nämlich keine Menschen mehr. Und über kurz oder lang werden wir auch unsere nächsten Verwandten, die Tiere, nicht mehr essen. Da bin ich mir ganz sicher.»

Ich mache eine kurze Pause und fühle, daß alle Augen auf mich gerichtet sind. Soll ich nun ehrlich meine Meinung sagen? Daß ich den Menschen für ein Raubtier halte und daß noch sehr viel Arbeit nötig ist, ihn zu ändern? Soll ich? Verlockt bin ich. Doch dann entschließe ich mich dagegen. Nur nicht predigen! Die Sendung soll ja auch nicht zu tragisch werden. Mit Leichtigkeit und Humor kommt man weiter als mit dem Holzhammer, das weiß ich aus Erfahrung.

Es beginnt eine wilde Diskussion über Vollwertkost, Vollreis, Vollkornbrot und die Schwierigkeiten, mit Gewohnheiten zu brechen, selbst wenn man *weiß*, daß die neue Ernährung gesünder ist.

«Alles Blödsinn», meint der beleibte Hotelier und zündet sich eine Zigarette an, «man soll essen, was einem schmeckt.»

«Sie haben aber sicher Beschwerden», kontert der Arzt, der neben ihm sitzt. «Herz? Kreislauf? Gelenkschmerzen?»

«Das ist meine Sache. Das geht Sie gar nichts an. Ich esse, was mir schmeckt, und leide, was ich kann!» Herausfordernd blickt er um sich und wirkt dabei so drollig, daß wir alle lachen müssen und das Publikum zu applaudieren beginnt. Dann werden Fragen gestellt. Ich halte mich zurück und lasse die andern reden. Nur am Schluß melde ich mich noch einmal zu Wort.

Die Schauspielerin behauptet nämlich gerade, daß sich die Reformkost niemals durchsetzen wird, und da *muß* ich einfach widersprechen. Ich habe nämlich (wie schon öfter erwähnt) viel gelesen und kann geschichtliche Parallelen ziehen. Also: Die ersten bequemen Kleider, die von Ärztinnen entworfen wurden, um dem Schnürmieder endlich den Garaus zu machen - wie hießen die wohl? *Reformkleider!* Na bitte! Und heute tragen wir sie alle. Unsere Alltagsmode ist die vielbelächelte Reformkleidung von früher! Genauso wird auch unsere vielbelächelte Reformkost in absehbarer Zeit Alltagskost werden, ganz einfach, weil sie gesünder ist, weil man sich wohler fühlt, weil sie schlank macht und weil sie uns vor Krankheiten schützt. Der Durchbruch ist bereits geschafft, wir wissen es nur noch nicht (wie üblich!). Und genauso sage ich es auch heraus. Mit meinen positiven Worten endet die Sendung. Und zur Belohnung werden wir alle noch zu einem kleinen Empfang geladen.

Voll froher Erwartung, die Wangen gerötet, folge ich den andern nach - in einen großen, kahlen Raum hinter dem Studio. Neonlicht, vorhanglose Fenster, meine Stimmung sinkt sofort auf Null. Auf einem schütteren Buffet warten Hamburger, fette verschrumpelte Würste, vertrocknende Hühnerbeine und salzige Kekse, genau das Gegenteil von all dem, was vorhin in der Sendung als gesund bezeichnet wurde. Keiner greift zu. Es ist direkt peinlich.

«Mahlzeit!» sagt der Arzt und lächelt in die Runde.

«Danke!» erwidere ich und akzeptiere ein Glas Sherry (der ist gut und trocken!). Der reiche Verleger, jugendlich schlank, stellt sich neben mich. Er heißt Simon Jones.

«Was Sie heute gesagt haben, hat mir sehr gefallen!» Er blickt mir tief in die Augen. «Ich bin ganz Ihrer Meinung. Haben Sie eine Ahnung, wie gut meine vegetarischen Kochbücher gehen! Ihr Kostüm ist übrigens ganz entzückend. Hat Ihnen das schon jemand gesagt?» Dann lädt er mich zum Abendessen ein, und ich nehme an. Winston Hawthorn-Reed wäre mir zwar lieber. Doch dieser Mann hier hat immerhin seinen eigenen Verlag aufgebaut, vielleicht werde ich von ihm etwas lernen?

Gemeinsam verlassen wir das Studio, zwängen uns in seinen kleinen schwarzen Sportwagen und rasen zuerst einmal kreuz und quer durch London, denn er muß mir unbedingt sein Büro zeigen (sehr schön, an einem eleganten Platz in Mayfair). Anschließend schleppt er mich in ein Pub, wo er mir noch mehr Sherry aufdrängt. Dann schlägt er vor, gemeinsam unsere Sendung anzusehen, denn was vorhin aufgenommen wurde, wird erst um zwanzig Uhr ausgestrahlt. Ursprünglich wollten wir in ein vegetarisches Restaurant, doch davon ist jetzt keine Rede mehr.

«Haben Sie in Ihrem Hotelzimmer einen Fernsehapparat?» will er wissen. «Meiner im Verlag ist leider kaputt.»

«Natürlich», sage ich arglos, «kommen Sie mit. Wir essen dann im Hotel.» Freudig willigt er ein.

Die BBC buchte mich ins Kensington Hilton. Ich aber zog auf Nellys Kosten ins Dorchester, gegenüber dem Hyde Park. Ich habe ein wunderschönes Zimmer, groß, freundlich, mit echten Teppichen, vielen Spiegeln und einem geräumigen, herrlich altmodischen Bad.

Den Fernseher kann man vom Bett aus bedienen, und noch ehe ich meinen Gast einlade, es sich bequem zu machen, hat er auch schon die Schuhe ausgezogen, seinen Rock über einen Stuhl gehängt und sich auf der Bettdecke breitgemacht. «Kommen Sie her», sagt er, «für Sie ist auch noch Platz. Und ziehen Sie Ihr Kostüm aus, den offiziellen Teil haben wir hinter uns.»

«Danke nein!» sage ich verblüfft. «Ich will diesen gemütlichen Ohrensessel ausprobieren.»

«Das Bett ist gemütlicher! Kommen Sie her!»

«Ich will aber nicht.» Hält der mich für blöd?

«Warum nicht?»

«Weil ich mir in Ruhe die Sendung ansehen will.»

«Ich auch. Aber deshalb brauchen Sie nicht so weit weg zu sein. Oder?»

So geht das eine Zeitlang hin und her. Dann wird mir klar, daß ihn die Sendung nicht im mindesten interessiert, daß er auch nicht darüber zu sprechen gedenkt, wie er seinen Verlag aufbaute, daß er nur ein schnelles Abenteuer will, ehe er zu seiner Frau nach Hause muß (und dem Abendessen, das sie gerade für ihn und zehn seiner Autoren gibt!).

Kaum wird mir das klar, werfe ich ihn hinaus. Höflich, denn wir Kanadier sind ein freundliches Volk, aber bestimmt. Simon seufzt, zieht seine Schuhe an und verschwindet prompt, das muß man ihm zugute halten. Offensichtlich ist er Absagen gewöhnt und läßt sich dadurch nicht den Abend verderben.

«Geben Sie mir wenigstens einen Kuß», murmelt er zum Abschied und will mich unters Kinn fassen, «wir hätten uns gut verstanden. Ich mag Frauen, wissen Sie? Vielleicht nächstes Mal?»

«Nächstes Mal bestimmt. Ich rufe Sie an, wenn ich wieder nach London komme.» Und mit dieser ältesten aller Lügen schließe ich erleichtert hinter ihm die Tür. Endlich allein! Jetzt werde ich es mir gemütlich machen.

Ich streife die Schuhe ab, befreie meine Haare aus ihren Klammern und lasse sie lang über meine Schultern fallen. Dann schlüpfe ich vorsichtig aus meinem wunderbaren Haute-Couture-Kostüm und hänge es außen an die Schranktür, damit ich es jederzeit sehen und mich daran ergötzen kann.

Dann bestelle ich über Room-Service einen herrlichen Salat aus Mais, Artischocken, Palmherzen und Avocado mit Roquefort-Dressing. Dazu feine Sesambrötchen und frischgepreßten Orangensaft. Auch einen Nachtisch leiste ich mir: Schokolademousse mit Kastaniencreme und Schlagsahne. Davon nimmt man zwar nicht ab, doch heute esse ich, was mir schmeckt. Heute ist ein ganz besonderer Tag. Ich habe ein Recht, mich zu verwöhnen.

Eingehüllt in ein großes weißes Badetuch öffne ich dem Zimmerkellner, der einen hübschen, weißgedeckten Tisch zu mir hereinrollt.

«Alles in Ordnung?» fragt er höflich mit gesenkten Augen, um mich nicht in Verlegenheit zu bringen.

«Wunderbar!» Schnell stecke ich ihm ein großzügiges Trinkgeld zu. Er soll sich einen schönen Abend machen.

«Thank you, Madam!» Erfreut entfernt er sich. Ich aber beginne sofort zu essen. Der Salat sieht sehr appetitlich aus, die Brötchen sind noch warm, alles schmeckt köstlich.

Den Becher mit Schokolademousse in der Hand, mache ich es mir anschließend auf dem Bett bequem und bewundere mich im Fernsehen. Gebannt verfolge ich die Sendung.

Keine Frage. Heute habe ich Nelly und der Neuen Romantik ein paar tausend neue Anhänger gewonnen. Bin das wirklich ich? Diese elegante, schlanke, selbstsichere junge Frau? Ich sehe aus wie ein französischer Filmstar. Ich erkenne mich selbst kaum wieder. Vor vier Monaten wog ich siebzig Kilo und zwängte mich mühsam in ein matronenhaftes grünes Wollkostüm von Jaeger, das unter den Achseln furchtbar kniff. So sah mich Nelly zum letzenmal. Und heute? Heute trage ich Haute Couture und wirke, als sei ich in diesen Luxuskleidern zur Welt gekommen. Auch der letzte Hauch von Provinz ist von mir abgefallen. Bei Gott! Sie kann zufrieden sein. Würdig habe ich sie vertreten.

Ich schalte ab und warte auf einen Anruf von Winston. Auch er hat mich gesehen. Er weiß, daß ich im Dorchester wohne. Er *muß* sich melden. Außerdem, meine Lieben, ist heute mein Geburtstag! Punkt siebzehn Uhr wurde ich zweiundvierzig Jahre alt. Deshalb habe ich mich so schön gemacht, mit Nackenknoten, Yves St. Laurent und polierten Fingernägeln, nicht nur, weil ich zufällig im Fernsehen aufgetreten bin. Ich tat es auch mir selbst zu Ehren.

Heute beginnt für mich ein neues Jahr. Und in Kürze sogar ein neues Leben mit neuem Beruf, neuem Büro, neuer Wohnung und sicher auch einer neuen Liebe, da habe ich keine Angst.

Doch bis ich eine neue finde, genügen die alten: Tristram, der jede Woche mit mir telefoniert und mich wieder einmal heiraten will. Leslie Rubin, mein letzter Freund, der gar nicht mehr böse ist und mich unbedingt von Paris abholen will. Er hat mir sogar einen Liebesbrief geschrieben. Hat man Worte? Ja, in Kanada bin ich versorgt. Und in New York ist Prosper Davis, der Unübertreffliche. Vielleicht sollte ich über New York nach Hause fliegen? Verlockender Gedanke.

Doch zuerst will ich Winston Hawthorn-Reed. Er fehlt mir noch in meiner Sammlung. Er ist der letzte Stein in meiner Männerpyramide vom arbeitslosen Einwanderer bis hinauf zum Minister - falls er die Wahl gewinnt. Er ist der einflußreiche Mann, der mir noch fehlt, er hat Ideen, Bildung, sagt interessante Sachen, wer weiß, vielleicht hat er auch den Überblick? (Auf jeden Fall hat er goldgesprenkelte Augen!)

Warum zum Teufel ruft er nicht an? Es ist bereits kurz vor elf Uhr. Er würde mir unbezahlbare Dienste erweisen, nämlich, mich bestärken, daß ich recht hatte, ledig zu bleiben. Daß ich in bezug auf Männer und Ehe nichts versäumt habe. Daß es auf der ganzen schönen großen weiten Welt keinen gibt, der mir wichtiger ist als meine Karriere. Nein! Nicht einmal ein Minister!

Eine kurze Liaison, mehr will ich nicht. Dann fliege ich um so lieber nach Hause zurück, dann stürze ich mich mit noch mehr Elan in die Arbeit. Dann weiß ich mit absoluter Sicherheit, daß mein Leben, so wie ich es bisher gelebt habe, für mich das einzig richtige war. Das heißt, ich weiß es ohnehin. Doch Winston Hawthorn-Reed wäre die beste Bestätigung.

Punkt elf läutet das Telefon. Das muß er sein. Aufgeregt hebe ich ab. Doch es ist Nelly aus Kalifornien.

«Du warst großartig, *ma petite!* Gratuliere! Gratuliere! Bildschön bist du geworden. Nicht zum Wiedererkennen! Gut, daß du das Kostüm gekauft hast. Du warst absolut überzeugend. Siehst aus wie ein Pariser Filmstar. Ich bin wirklich stolz auf dich. Hast du nicht heute Geburtstag? Ja? Alles Gute, meine Kleine. Ich bin da mitten in einer Besprechung. Kann nicht lange reden. Aber kauf dir noch was Schönes bei Yves. Vielleicht ein Abendkleid? Auf mein Konto! Wunderbar!»

Kaum lege ich den Hörer auf die Gabel, klingelt es erneut. Das ist er jetzt, wetten? Nein! Wieder nicht! Es ist Tristrams Schwester Imogen.

«Ophelia, Darling! Ich habe dich im Fernsehen bewundert. Wie lang bleibst du in London? Kannst du morgen mit mir mittagessen? Fein. Um ein Uhr. Bei Harrods. Oben in der Way Inn. Ich freu mich. Ich freu mich wirklich! Also, schlaf gut und träume süß. Auf morgen!»

Imogen! Das ist eine treue Seele. Das letztemal sahen wir uns vor zwei Jahren in Kanada. Sie ist Rechtsanwältin. Sieht Tristram ähnlich, wie aus dem Gesicht geschnitten. Eine hübsche Frau. Hat ein großes Haus in Hampstead. Ihr Mann ist Richter. Zwei süße Kinder. Bürgerliches Glück. Eigentlich beneidenswert. Aber nicht für mich. Zuviel Alltag. *Das stille Glück bringt mich um.* Und warum meldet sich Winston nicht?

Bis ein Uhr früh warte ich. Dann gebe ich die Hoffnung auf. Vielleicht meldet er sich am Vormittag? Wenn nicht, kriegt er eine Woche Gnadenfrist. Meine Pariser Nummer hat er ja, er kann mich jederzeit erreichen. Falls er wider Erwarten bis Mittwoch nichts von sich hören läßt, rufe *ich* ihn an. Genau das werde ich tun. Und auf diesen Entschluß hin trinke ich jetzt ein Glas Champagner.

Zweiundvierzig! Ich bin zweiundvierzig Jahre alt, da hat man die beste Hälfte noch vor sich. Jetzt wird es interessant. Man ist geistig reif, körperlich aber jung und frisch, offen für neue Ideen, bereit zu neuen Taten. Vierzig ist jung!

Mit vierzig kam meine Urgroßmutter von Brasilien nach Kanada und begann eine neue Karriere als Malermodell. Das heißt, sie führte diesen Beruf bei uns zuhause ein, denn ehe sie auf der Bildfläche erschien, gab es weder Musen noch Modelle. Unsere Maler malten Wasserfälle, Berge, Bäume, Flußgerölle, alle Arten von Natur – von hübschen Frauen keine Spur. Landschaft, nichts als Landschaft!

Meine Urgroßmutter änderte das schlagartig. Sämtliche Maler verliebten sich in sie, vergötterten sie, malten sie, und ihre Bilder hängen in fast allen Museen der Neuen Welt. Sie lächelt von den Wänden, mit Gewand und ohne, stark, stolz, rothaarig und vollbusig. (Schlank war sie nicht, doch das war damals unmodern.) Bis ins hohe Alter blieb sie schön.

Mit fünfundvierzig heiratete sie zum erstenmal, einen großen Holzhändler, und ein Jahr später kam meine Großmutter zur Welt. Mit sechzig gründete sie das erste Theater Kanadas und begann auch wieder zu spielen. Mit achtzig schrieb sie ihre Lebensgeschichte, ein faszinierendes Zeitdokument, das ich in meinem Verlag veröffentlichen werde.

Mein Verlag! Ich kann es kaum erwarten.

Am liebsten würde ich sofort nach Hause fliegen und mich kopfüber in die Arbeit stürzen. Noch dazu kam vorige Woche ein Brief von Tristram. Er hat alles wunschgerecht für mich erledigt. Das Haus in Outremont ist gemietet (das ist der schönste Stadtteil Montreals, mit riesigen alten Alleebäumen). Der Vertrag für mein Büro in der Rue St. Denis ist ebenfalls unterschrieben. Wunderbar!

Zweiundvierzig Jahre!

Und täglich werde ich stärker!

Nur meinen Geburtstag habe ich mir anders vorgestellt: Im Tour d'Argent mit einem französischen Liebhaber an der Seite. Das war mein Traum zuhause in Kanada. Doch vor ein paar Millionen Menschen im Fernsehn seine neugefundene Jugend und Schönheit zu demonstrieren und beides für eine gute Sache einzusetzen, das ist auch nicht ohne!

Ich lösche das Licht, strecke mich wohlig - und sehe Winstons goldgesprenkelte Augen vor mir. Unter starken, geraden Brauen sehen sie mich an, amüsiert, verheißungsvoll und neugierig. Aha, er denkt an mich. Und mit der Gewißheit, daß alles genauso kommen wird, wie es kommen *muß*, schlafe ich ruhig ein und überlasse den Rest dem Schicksal.

17

Schön könnte ich es haben, in meinen letzten Wochen in Paris. Und leicht. Denn mit einemmal melden sich die Franzosen. Monsieur Vernez hat zweimal angerufen und mich sogar einmal zum Mittagessen eingeladen, in ein kleines Café auf dem Boulevard Montparnasse. Er erzählte mir über den Prozeß (der jüngste Straßenräuber ging frei aus, die drei anderen bekamen je zwei Jahre Haft), und die ganze Zeit hindurch sah er verliebt in meine Augen.

Und ich?

Ich langweilte mich gründlich. Nicht besser erging es mir mit Jean-François, dem bildschönen Besitzer meines Sportclubs, der mit einemmal großes Interesse zeigte, mir überallhin folgte und mich zu sich nach Hause einlud, wo er eigenhändig für mich kochte (vegetarisch), und mir anschließend seine Sporttrophäen und Pokale zeigte.

Die Wohnung war schön, das Essen gut, der Wein schwer und edel, doch was geschah, als er sich zu mir auf das weiße Ledersofa setzte und mich zu küssen begann? Nichts! Kein Funke sprang über. Ich wurde schrecklich müde, begann zu gähnen und ging noch vor Mitternacht nach Hause. Ich langweilte mich. Mit einem *Franzosen!* Ist das zu begreifen? Franzosen sind mein Auftrag. Sie sind meine Pflicht und Schuldigkeit. Sie sind mit ein Grund für mein Hiersein, ich verstehe die Welt nicht mehr!

Doch ich will sie nicht.

Ich will Winston Hawthorn-Reed!

Ja, meine Lieben. Der Mensch ist im Grunde faul. Immer geht er den Weg des geringsten Widerstandes - nur in der Liebe nicht. Leider! In der Liebe will er Komplikationen. Was einfach zu haben ist, interessiert ihn nicht. In der Liebe wirft er sich freudigst Prügel vor die Füße, fällt darüber, stößt sich die Nase blutig und verflucht das böse Schicksal, das mit dem Ganzen nicht das geringste zu tun hat.

Selbst ist man schuld. Doch das will man nicht begreifen!

Winston Hawthorn-Reed ruft nicht an.

Fünf Tage nach meiner Rückkehr aus London entdecke ich jedoch sein Bild in der *Financial Times.* Seine Partei hat gute Chancen steht in dem dazugehörigen Artikel, höchstwahrscheinlich wird er der neue Finanzminister.

Lange betrachte ich das Foto. Es ist gut getroffen. Und es läßt mir keine Ruhe. Am nächsten Morgen, genau eine Woche nach dem Fernsehauftritt im Greenwood Theatre, rufe ich ihn an. Ich nehme allen Mut zusammen, es fällt mir nicht leicht, doch es muß sein.

Es ist ein schwüler Morgen, dunstig, die Luft steht still, das Atmen ist beschwerlich, und Paris ist wie ausgestorben. Seit dem Aufstehen ist auch alles schiefgelaufen, die Milch für meinen Kaffee war sauer, ich habe meinen Kamm abgebrochen, das neue Shampoo, das mir Jeanne empfohlen hat, riecht greulich und läßt die Haare fliegen, nirgends kann ich meine Hausschuhe finden, und der zitronengelbe, durchsichtige, spitzenbesetzte Morgenrock, den ich in London nach dem Mittagessen mit Imogen bei Harrods erstanden habe, gefällt mir überhaupt nicht mehr. Kann ein Tag schlechter beginnen?

Doch ich habe, wie schon erwähnt, viel gelesen und kann geschichtliche Parallelen ziehen. Auch Caesar, der berühmte römische Feldherr, schenkte bösen Vorzeichen keinen Glauben. Trotz schrecklichster Prophezeiungen vertagte er niemals eine Schlacht.

Deshalb lasse ich mich nicht beirren.

Heute morgen ging zwar alles schief, trotzdem rufe ich an. Jetzt erst recht!

Meine Hand zittert, als ich die Londoner Nummer wähle. Zweimal ist besetzt, erst beim drittenmal komme ich durch. Dafür ist Winston selbst am Apparat.

«Hallo!» seine Stimme klingt eiskalt.

«Hallo! Hier spricht Ophelia aus Paris. Erinnern Sie sich an mich?»

«Natürlich!» Sein Ton wird nicht wärmer.

«Sind Sie allein?» frage ich sicherheitshalber. Wer weiß, vielleicht ist er von neugierigen Sekretärinnen umgeben, die jedes Wort mitverfolgen. «Können Sie sprechen?»

«Ja, ja! Ich bin allein. Wie geht es Ihnen?» Es klingt keine Spur freundlicher, im Gegenteil. Ich habe das Gefühl, daß ich ihm ausgesprochen lästig falle. Für den nächsten Satz muß ich meinen gesamten Mut aufbieten.

«Ich wollte Sie nur fragen», sage ich zögernd, «wann Sie wieder nach Paris kommen.»

«Ich habe noch keine Pläne gemacht.» Es klingt kalt und abweisend.

«Schade», sage ich trotzdem, «ich hätte Sie wirklich gerne wiedergesehen, bevor ich nach Kanada zurückmuß.»

Er antwortete nicht. Eigentlich müßte ich jetzt auflegen. Die Sache ist klar. Der Mann interessiert sich nicht für mich. Es war ein Fehler anzurufen. Doch ich presse den Hörer ans Ohr und warte.

«Ich habe Sie neulich im Fernsehen bewundert», sagt Winston nach einer Weile. «Sind Sie gut nach Paris zurückgekommen?»

«Ja, danke. Was macht der Wahlkampf?»

«Geht gut. Wir können nicht klagen.»

Ich schlucke. «Sie haben die besten Aussichten, schreiben die Zeitungen.»

«Die haben wir!» Nicht einmal jetzt kommt Wärme in seine Stimme. «Und ziemlich viel Arbeit, wie Sie sich vorstellen können!»

«Ich will Sie nicht länger aufhalten», sage ich sofort, «entschuldigen Sie die Störung.»

«Gerne.»

«Auf Wiedersehn, Winston. Und weiterhin viel Glück.»

«Danke! Auf Wiedersehn!»

Langsam lege ich den Hörer auf. Ich habe mir eine Blöße gegeben. Na gut. Dafür weiß ich jetzt, wo ich stehe, nämlich *daneben,* und jeder weitere Gedanke an Winston Hawthorn-Reed ist Zeitverschwendung. Ich werde ihn mir aus dem Kopf schlagen und mich den Franzosen widmen. Ich rufe Vernez an und verabrede mich mit ihm zum Abendessen. Dann versuche ich Jean-François, doch er ist nicht da, weder zuhause noch im Club. Macht nichts. Ich kriege ihn schon. Übermorgen gehe ich schwimmen, dann bringe ich ihn auf Touren und tue meine Pflicht.

Doch es kommt nicht dazu.

Wie schon einmal erwähnt (im Zusammenhang mit der Kunst, in einem Lokal den richtigen Mann kennenzulernen), gibt es ein Naturgesetz, das ich bezeichnenderweise «Spätzünderphänomen» nenne. Es besteht darin, daß man das, was man sich wünscht, erst im letzten Moment bekommt, genauer gesagt, im *allerletzten,* präzise zu dem Zeitpunkt, da man die Hoffnung ein für allemal begraben hat. Genauso ist es diesmal. Nach einer Woche habe ich Winston vergessen. Eben da meldet er sich. Es ist Mittwoch, neun Uhr früh, und ich liege noch im Bett. In Paris stehe ich nie vor zehn Uhr auf. Ich genieße es, so lang wie möglich schlafen zu können, das macht den Aufenthalt hier erst richtig schön. Gehe ich abends in ein Jazzkonzert, bin ich manchmal erst ab zwei Uhr nachmittags auf den Beinen. Oder noch später (dafür wird in Kanada wieder um sieben Uhr früh der Wecker läuten). Also, Punkt neun klingelt das Telefon. Verschlafen greife ich zum Hörer.

«Hallo! Hier ist Winston!»

Sofort bin ich hellwach. Doch ich bringe den Mund nicht auf.

«Hallo! Hören Sie mich? Hier spricht Winston Hawthorn-Reed. Sind Sie das, Ophelia? Sie klingen so seltsam.»

«Ich schlafe noch.»

«Oh!» Überraschte Pause. «Was ich sagen wollte. Ich komme am Wochenende nach Paris. Freitagabend, mit der vorletzten Maschine.» Neuerliche Pause. Dann sagt er langsam, so, als ob es ihn gar nicht sonderlich interessieren würde: «Haben Sie am Freitagabend Zeit?»

«Natürlich!»

«Ich wohne im Intercontinental. Können Sie mich dort treffen? Zu einem späten Abendessen, sagen wir, um halb elf?» Er klingt hörbar erleichtert. «Können Sie? Gut! Wir treffen uns unten in der Halle. Wunderbar! Also am Freitagabend im Intercontinental um halb elf. Ich freue mich sehr!»

Kaum hat er aufgelegt, springe ich aus dem Bett und beginne im Zimmer umherzutanzen. Hurra! Gewonnen! Ich werde ihn wiedersehn, meinen Mann von Welt, mit den goldgesprenkelten Augen und dem leidenschaftlichen Mund. Er hat mich *nicht* vergessen. Er kommt nach Paris, höchstwahrscheinlich meinetwegen. Das sagte er zwar nicht, doch ich *weiß* es! Und so wahr ich Ophelia heiße, er wird es nicht bereuen.

Das Pariser Intercontinental ist kein seelenloser Betonklotz. Im Unterschied zu anderen Hotels dieser Kette befindet es sich in einem prächtigen Altbau mit Arkaden, gegliederter Fassade, herrlicher Eingangshalle und wunderbarem Innenhof.

Es liegt aber auch in unmittelbarer Nähe des Place Vendôme und somit des Hotel Ritz, und ich hoffe nur, das ist kein schlechtes Omen. Punkt halb elf bin ich in der Halle, Winston ist nirgends zu sehen. Ich setze mich auf eine gepolsterte Bank in der Nähe der *réception* und warte. Um elf ist er immer noch nicht da. Viertel nach elf, halb zwölf, kein Winston. Ich stehe auf und gehe zum Empfangsschalter.

«Ist Herr Hawthorn-Reed schon eingetroffen?» frage ich und versuche, nicht besorgt zu klingen. Wer weiß, vielleicht hat er das Flugzeug versäumt?

«Moment! Warten Sie eine Sekunde. Hawthorn-Reed.» Der junge Mann in der gutsitzenden Uniform lächelt mir zu und geht das Register durch. «Jawohl! Zimmer 1017. Der Herr ist um zehn Uhr gekommen und wieder weggegangen.»

«Er ist weggegangen? Sind Sie sicher?»

«Ja, Madame. Sein Schlüssel liegt im Fach.»

Kopfschüttelnd gehe ich zu meiner Bank zurück. Was bedeutet das? Er kommt nach Paris, um mich zu treffen, und verläßt das Hotel, ohne auf mich zu warten? Das verstehe ich nicht. Bis Mitternacht halte ich durch, dann mache ich einen letzten Versuch. «Könnten Sie mich bitte mit Zimmer 1017 verbinden?» frage ich den Angestellten noch einmal.

«Aber, Madame, der Schlüssel liegt im Fach.»

«Das macht nichts. Versuchen Sie es trotzdem.»

«Sie können selber wählen», gibt er zur Antwort, «drüben ist das Haustelefon, rechts um die Ecke. Sehen Sie? Dort!»

Gleich beim erstenmal Läuten wird abgehoben. «Hallo!» Es ist eindeutig Winstons Stimme. «Ophelia. Was ist los? Ich warte hier seit eineinhalb Stunden.»

«Ich auch. Aber unten in der Halle. Wir wollten uns *unten* treffen. Erinnern Sie sich?»

«Unten waren zu viele Bekannte. Ich kann nicht riskieren, daß mich jemand sieht. Aber ich bin gleich bei Ihnen. Ich komme sofort. Außerdem bin ich halb verhungert, und Sie sicher auch.»

Zwei Minuten später ist er da.

Ich beobachte ihn, wie er aus dem Lift steigt, groß, schlank, selbstsicher, elegant. Er trägt einen dunkelblauen Leinenanzug, modisch weit geschnitten, dazu ein blau-weiß gestreiftes Hemd, und um den Hals geschlungen - gekonnt locker - einen weißen Seidenschal. Der scheint sein Kennzeichen zu sein.

Ich gehe ihm entgegen. Er sieht mich sofort, lächelt, jetzt steht er vor mir. «Endlich», sagt er und mustert mich ungeniert. Was er sieht, scheint ihm zu gefallen. Ich trage ein kleines schwarzes chinesisches Kleid mit Stehkragen und Seitenschlitzen. Es ist kurz und eng anliegend wie eine zweite Haut. Die Haare trage ich offen. Meine roten Locken, frisch mit Henna gewaschen, fallen lang über meine bloßen Arme.

«Sie sehen anders aus», meint Winston.

«Andere Frisur. Letztesmal hatte ich einen Nackenknoten.»

Er nickt zustimmend. «Hübsch! Kommen Sie, wir gehen.»

Wir speisen in einem teuren Restaurant in der Nähe der Oper. Ich bestelle irgendwas, esse die Beilagen und lasse das Fleisch auf dem Teller zurück. Winston bemerkt es, sagt aber nichts. Ich habe überhaupt keinen Hunger. Seine Gegenwart ist überwältigend. Er sitzt mir gegenüber, stark, selbstsicher, braungebrannt. Er fasziniert mich mit seinen goldenen Augen, den starken geraden Brauen, der starken Nase, dem verwöhnten Mund. Solche Gesichter sind selten.

«Warum sind Sie doch gekommen?» frage ich beim Nachtisch, den ich kaum berühre.

Winston beugt sich vor. «Es war Ihr Anruf», er lächelt, «Ihr Anruf hat mich auf die Idee gebracht, daß es eigentlich sehr nett sein könnte, Sie wiederzusehen.»

«Und ist es das?» frage ich mit abgewandten Augen und klopfendem Herzen.

«Sehr! Sehen Sie mich an, Ophelia. Ich möchte ‹du› zu Ihnen sagen.» Ich habe es noch nicht erwähnt, doch wir haben den ganzen Abend französisch gesprochen. Winston beherrscht die Sprache wie ein Einheimischer. Nicht die geringste Spur eines fremden Akzents ist zu entdecken. Er hatte ein französisches Kindermädchen, studierte zwei Jahre in Paris, und seine erste Frau kam aus Lyon. Inzwischen weiß ich auch, daß er zum drittenmal verheiratet ist, mit einer Engländerin, von der er zwei kleine Töchter hat. Er ist neunundvierzig Jahre alt und vom Sternzeichen her ein Schütze.

Schütze und Löwe! Das paßt wie der Liebhaber ins Bett, der er wohl bald werden wird, denn wozu, frage ich mich, läßt der Wettergott mitten im August Hagelstürme auf London los? Wozu werden Flüge so lange verschoben, bis selbst künftige Minister jede Etikette vergessen und sich dazu herablassen, fremde Frauen anzusprechen? Wozu wohl?

«Natürlich sagen wir du.» Ich schlage seelenvoll meine Augen auf. «Du ißt ja nichts. Hast du keinen Hunger?»

«Nein!» Er schiebt den vollen Teller weg. Auch von den anderen Speisen hat er nur gekostet. Offensichtlich ist die Anziehungskraft zwischen uns so stark, daß für profane Handlungen wie Essen keine Zeit bleibt. Erotische Schwingungen füllen die Luft. Prickelnde kleine Pfeile bohren sich durch meine Haut. Ich schließe kurz die Augen und habe das Gefühl zu schweben. Das ganze große Restaurant versinkt, nur wir zwei sind wirklich. Stünde kein Tisch zwischen uns, lägen wir uns längst in den Armen.

«Komm, wir gehen!» sagt er unvermittelt.

«Wohin?»

«Zurück ins Hotel.»

Auf der Straße küssen wir uns. Es ist schön, aber nicht so schön wie mit Prosper Davis. Der Kuß ist hart. Fordernd. Es ist ein leidenschaftlicher Kuß, doch ohne die geringste Zärtlichkeit. Ein fremder harter Mann preßt sich an mich. Er weiß, was er will, und er will es sofort!

«Ich gehe mit dir ins Hotel», sage ich, als ich wieder sprechen kann, «aber ich schlafe nicht mit dir.»

«Was?» Winston kann es nicht fassen. «*Was* sagst du? Was ist los? Magst du mich nicht?»

«Doch.»

«Ich bin nur wegen dir nach Paris gekommen.» Er hält meine Hände fest und atmet stoßweise.

«Ich gehe nie am ersten Tag mit einem Mann ins Bett. Niemals.»

«Warum nicht?» Er läßt mich los, tritt einen Schritt zurück.

«Ich kenne dich noch zu wenig.»

«Und morgen?»

«Morgen vielleicht.»

Winston denkt nach und glättet dabei seinen weißen Seidenschal. Er hat die Brauen gerunzelt. Sein verwöhnter Mund mit den genießerischen Lippen ist zusammengepreßt. Wieder fällt mir auf, daß sein Kinn zu kurz ist. Zu schwach für diesen Charakterkopf. «O.K.», sagt er plötzlich, und er klingt wie ein trotziges Kind. «Allein schlafe ich nicht. Ich stürze mich ins Nachtleben. Kommst du mit?» Er steckt die Hände in die Taschen und sieht mich herausfordernd an.

«Gerne. Soll ich dir ein paar Jazz-Clubs zeigen?»

«Danke. Ich will ins Lido. Und ins Crazy Horse. Und dann sehen wir weiter.» Lido? Crazy Horse? Das wirkt auf mich wie eine kalte Dusche. Diese Touristenfallen mit Klimaanlage und verwässerter Musik vom Tonband, in denen das Glas Champagner zweihundert Franc kostet und jeder willkommen ist, der zahlt, egal ob Zuhälter, Drogenhändler, Massenmörder – ich kann sie nicht ausstehn. Doch ich mache mit. Eines ist nämlich sonnenklar: Aus diesem Abend werde ich lernen. Und lernen will ich immer.

Es wird eine völlig verrückte Nacht. Nie werde ich sie vergessen. Mit Winston auszugehen ist ein Erlebnis. Geld spielt keine Rolle, er ist überall bestens eingeführt, jeder kennt ihn mit Namen, auch der Besitzer des Lido ist ein alter Freund. Wir brauchen keine Sekunde zu warten, werden sofort eingelassen und mitten in der Vorstellung zu einem Prominententisch geführt. Schon steht Champagner vor uns, ein Kellner wird uns zugeteilt, der nichts anderes zu tun hat, als uns jeden Wunsch von den Augen abzulesen.

Im Crazy Horse ist es nicht anders. Das Lokal ist überfüllt, trotzdem werden wir freudigst begrüßt und an einen der besten Tische gesetzt. Winston findet das ganz normal. Er ist offensichtlich Stammgast und fühlt sich in diesem Milieu zuhause. Jetzt verstehe ich, warum seine Augen gerötet waren, damals im Flugzeug, als ich ihn zum erstenmal sah. Offensichtlich hat er wirklich die ganze Nacht lang durchgezecht. Genau wie heute. Doch diesmal leiste *ich* ihm Gesellschaft, da liegt der Unterschied.

Das Crazy Horse ist besser als erwartet. Doch ehrlich: Mit zwanzig wäre ich vor Eifersucht gestorben. Soviel nackte Haut! Nackte Busen, nackte Beine, nackte Arme, nackte Hüften. Die Bühne voll nackter Frauen. Halbnackte Mädchen verkaufen Zigaretten, ja selbst die Garderobiere hat ein Dekolleté bis zum Nabel. Und ich? Ich sitze da mit einem hochgeschlossenen Kleid.

Doch heute verstehe ich mehr als früher. Die Mädchen sind keine Konkurrenz. Sie tun mir leid. Ehrlich! Ich betrachte sie genau, besonders die Gesichter über den schönen Körpern, die trotz Tonnen von Schminke und falschen Wimpern einfältig sind (manchmal sogar derb und dumm). Mit vierzig hören sie zu tanzen auf – was haben sie für Zukunftschancen? Schlechte! Dann denke ich mir die bunten Kostüme weg, die Fächer, Federn und Schleier, die falschen Diamanten, die glitzernden Netze und straßbesetzten Hemdchen. Was bleibt? Arme Kinder, denke ich. Arme Schätze. Ich verstehe euch! Zeigt eure Busen, schwingt die Hüften, werft die Beine himmelhoch. Verkauft euch, so teuer ihr könnt. Ihr habt nicht viel Zeit. Und ich, ich halte euch die Daumen.

Winston sieht kaum nach vorne. Er sitzt neben mir, trinkt, schweigt und preßt sein Bein an meines. Plötzlich legt er den Arm um mich, drückt mich fest. «Darling», sagt er, und es klingt rauh und schwer, «ich halte das nicht aus. Du hast eine Ausstrahlung, so was habe ich noch nie erlebt. Du bist wie eine Sonne. Du strahlst. Ich fühle deine Wärme. Wir schlafen zusammen. Sag ja, sonst werde ich wahnsinnig.»

«Morgen», sage ich.

«Nein! Heute noch!»

«Heute geht es nicht.»

«Warum nicht?»

«Das habe ich dir vorhin schon erklärt.»

Winston nimmt den Arm von meiner Schulter. Er zieht sein Bein zurück, setzt sich kerzengerade auf und starrt auf die Bühne. «Schöne Frauen», sagt er, um mich zu strafen, «eine schöner als die andere. Man kann sie auch kaufen. Nicht einmal teuer.» Er wirft einen Seitenblick auf mich, doch ich reagiere nicht. «Die dritte von rechts heißt Denise», fährt er fort, «gefällt sie dir?»

«Ganz hübsch.»

«Wunderbarer Busen.»

«Meiner ist schöner.»

Winston blickt auf mein hochgeschlossenes Kleid. «Kann sein», meint er, «aber man sieht ihn nicht.»

«Willst du ihn sehen?»

«Jederzeit. Komm, wir fahren ins Hotel.»

«Ich will nicht ins Hotel», sage ich und stehe auf, «warte auf mich, ich bin gleich wieder da.»

«Wo gehst du hin?»

«Fort», sage ich lachend. «Wenn ich zurückkomme, kannst du mich mit deiner Denise vergleichen.»

«Was?» Winston reißt seine goldgesprenkelten Augen auf. Doch ich drehe mich um und marschiere zur Toilette. Dort angekommen, tue ich, was ich den ganzen Abend schon tun wollte: Vor einem großen Spiegel beginne ich, mein Kleid aufzuknöpfen.

Es ist, wie schon erwähnt, ein chinesisches Modell, aus schwarzer, fester, glänzender Chinaseide. Fünf Schlaufen halten es vorne zusammen. Zwei kann ich aufmachen, ohne den Büstenhalter bloßzulegen, doch zwei sind zu wenig! Wenn ich Winston eine Lehre erteilen will, muß ich sie *alle* öffnen, rückhaltlos, vom Hals bis zum Gürtel. Dabei aber ist besagtes Wäschestück im Weg. Was tun?

Gott sei Dank besitze ich einen gesunden Sinn für Humor. Und Mut! Schon ziehe ich das Kleid über den Kopf. Dann streife ich den Büstenhalter ab (ein hübsches Modell, schwarz, ganz aus Spitze, mit geflochtenen Trägern), ziehe das Kleid wieder an und lasse alle Schlaufen offen. Wirf den Krempel über Bord! *Voilà!* Das Resultat ist perfekt! Könnte nicht besser sein. Ein tiefer, schmaler Ausschnitt ist entstanden, gerade breit genug, um die Phantasie zu entflammen, jedoch ohne im geringsten vulgär zu sein. Ich drehe und wende mich vor dem Spiegel, begutachte mich von allen Seiten. Ausgezeichnet! Jetzt noch ein paar rote Locken nach vorne, so daß sie leicht und verspielt über die Brust fallen. Fertig!

Doch was mache ich mit dem Büstenhalter? Ich habe keine Handtasche dabei. Was ich für den Abend brauche, steckt in der Innentasche meines Gürtels, und die ist winzig. Soll ich ihn in den Abfall werfen? Nein! Dazu ist er zu schön. Ich falte ihn sorgsam zu einem kleinen Dreieck und verstecke ihn in meiner rechten Hand. Winston wird ihn aufbewahren. Natürlich. Es ist zwar nicht meine Art, Männern, die ich kaum kenne, meine Intimwäsche aufzudrängen, aber wenn ich Winston richtig einschätze, wird ihn das amüsieren. Der Mann liebt das Ausgefallene. Er will starke Sensationen. Wunderbar. Da ist er bei mir an die Richtige gekommen.

Aufrecht, den Kopf hoch erhoben, gehe ich zurück an den Tisch. Meine Haut schimmert weiß aus der schwarzen, glänzenden Seide, alle Blicke heften sich auf mich. Winston reißt die Augen auf und zieht nervös an seinem langen weißen Schal, als ich mich zu ihm setze.

«Da», sage ich und drücke ihm das kleine schwarze Dreieck in die Hand, «kannst du das für mich aufbewahren?»

«Was ist das?» fragt er mißtrauisch und macht Anstalten, es ans Licht zu heben und zu examinieren.

«Nicht!» Schnell halte ich seinen Arm zurück und beginne zu kichern. «Steck es bitte ein, ich erkläre es dir später.»

Winston gehorcht und läßt das kleine Ding in die Rocktasche gleiten. Dann steht er auf.

«Wir gehen jetzt.» Der Ton duldet keinen Widerspruch.

«Und Denise?» frage ich provokant.

«Die interessiert mich nicht. Das weißt du ganz genau.»

Natürlich weiß ich das, doch ich will es aus seinem Mund hören. Dieser verwöhnte Mund. Die genießerischen Lippen. Ich habe nicht umsonst dreiundvierzig Liebhaber gehabt (Paris nicht inbegriffen), der Mund verrät mir alles. Der Mann ist wild.

Das ist einer, der in erster Linie an sich denkt. Einer, der kriegt, was er will, und wenn er es hat, interessiert es ihn nicht mehr. Einer, der seine Frauen nicht mehr zählen kann. Einer, der sich schnell langweilt. Sofort vergißt. Nie mehr anruft. Keine Gefühle investiert.

Einer, der die Jagd mehr liebt als die Beute. Und diese Typen kenne ich. «Warum», sagte mir einmal einer von ihnen, «soll ich mich im Bett bemühen? Wenn eine Frau mit mir mitgeht, habe ich doch schon gewonnen.»

Mit mir nicht! Das schwor ich mir damals, und das habe ich auch gehalten. Winston ist gewohnt zu befehlen, doch ich gehorche nicht. Erst wenn er mich wirklich begehrt, *mich* und nicht das Abenteuer Nummer neunhundertzwölf, das ich für ihn vielleicht bin, erst dann schlafe ich mit ihm. Morgen ist es soweit, wetten?

Wir stehen in der leeren Avenue George V, es ist drei Uhr früh. Winston reißt mich an sich, küßt mich wie wahnsinnig, beißt mich in die Zunge, in die Wange, ins Ohr, fährt mit beiden Händen in mein Kleid, ich fühle seine Finger auf meinem nackten Rücken. Jetzt entblößt er meine Brust, beißt in die Spitzen, stöhnt wild auf - und stößt mich dann von sich.

«Kommst du mit ins Hotel?» Er atmet schwer.

«Morgen.»

Er starrt mich an. Schwankt. Offensichtlich hat er ziemlich viel getrunken. Der weiße Seidenschal ist verrutscht.

«Du machst einen Fehler», sagt er langsam. «Ich langweile mich schnell mit einer Frau.»

«O.K. Dann fahre ich nach Hause.»

Ich trete auf die Straße und gehe ein paar Schritte hin zum Taxistand. In dieser Gegend stehen die ganze Nacht hindurch Wagen. Sehr angenehm. Doch ich komme nicht dazu, einzusteigen. Schon ist Winston an meiner Seite.

«Ich fahre mit dir. Unterwegs trinken wir noch ein Glas zusammen.» Das ist ein Befehl.

Ich nicke stumm und knöpfe mein Kleid wieder zu.

Winston gibt dem Fahrer einen Namen an. Keine Adresse. Trotzdem versteht der sofort. Ich aber auch. Will er wirklich dorthin? Schon fahren wir in Richtung Pigalle, direkt zu Minou, wo man von Frauen mit bloßen Brüsten bedient wird. Dann will er unbedingt in ein obskures Lesbenlokal. Dann in eine öde Transvestitenbar. Dann in ein Café, wo müde Prostituierte ihre Arbeitspausen einlegen. Dann wieder in eine Bar, die schäbigste von allen, die ich nur mit größtem Widerwillen betrete. Wie sie heißt, weiß ich nicht. Es steht kein Name an der Tür. Man klingelt, dann wird man eingelassen. Drinnen ist rotes Licht. Eine Stripteasedame ist in Aktion. Allein. Mit gespreizten Beinen.

Winston steuert auf eine dunkle Ecke zu. Wir sitzen nebeneinander auf einer harten Bank, vor uns zwei Gläser mit Whisky und

Eis. Winston hat nur Augen für die Bühne. Die Tänzerin steckt sich nämlich eben eine brennende Zigarette zwischen die Beine, ganz richtig, *dort* hinein, man weiß schon wo. Sie ist völlig nackt, bis auf zwei große rote Blüten hinter den Ohren (die sie auch nicht hübscher machen).

Jetzt saugt sie mit dem Bauch die Luft ein. Die Zigarette beginnt hell zu glühen. Jetzt stößt sie die Luft wieder aus. Blauer Qualm steigt zwischen den gespreizten Beinen hervor. Sie wiederholt das vier-, fünfmal. Sie raucht tatsächlich mit ihrem ... Die Leute klatschen, pfeifen, johlen. Jetzt erst sehe ich, daß das Lokal voller Männer ist. «*Encore! Encore!*» brüllen sie und trampeln dazu im Takt mit den Füßen. Der Boden vibriert, die Luft ist nicht zum Atmen, und ich *kann* nicht mehr. Plötzlich habe ich genug. Von allem und jedem, insbesondere von Winston, der sich an einem Schauspiel begeilt, das mir den Magen umdreht.

«Ich muß aufs Klo», sage ich und stehe auf. «Ich bin gleich wieder da.» Er nickt, ohne mich anzusehen. Er ist ziemlich betrunken.

Hastig verlasse ich das Lokal. Draußen ist es hell. Es ist neun Uhr früh. Ein regnerischer Morgen, grau, kühl. Neun Uhr! Und da drinnen ist immer noch Nacht. Kopfschüttelnd laufe ich durch die kleinen Gassen. Endlich komme ich zu einem größeren Boulevard, wie heißt er nur? Rochechouart. Eine fürchterliche Gegend. Nichts wie weg. Endlich finde ich ein Taxi, erleichtert steige ich ein, sage meine Adresse, lehne mich in den Sitz zurück und schließe die Augen.

Winston hat gewonnen. Er hat mich bestraft, weil ich nicht mit ihm geschlafen habe. Er hat aber auch verloren, denn die Strafe war zu brutal. Ich habe keine Lust mehr auf ihn. Nein! Auch wenn er hundertmal Minister wird und mehr Geld hat, als ihm guttut. Die Sache ist aus, vorbei, erledigt. Sicher hat ihn noch keine Frau allein in einer Nachtbar sitzenlassen, das verzeiht er mir nie. Dafür ist er zu stolz. Er meldet sich nicht mehr.

Endlich daheim. Meine Wohnung erscheint mir wie eine helle, stille, sichere, liebliche Gartenlaube. Keine Zuhälter, keine Huren, keine Pornographie, keine Sex-Shows, keine Betrunkenen, kein Rauch, kein Gebrüll, kein Getrampel. Glückselig durchquere ich meinen wunderschönen Salon, streichle im Vorbeigehen die Kissen auf der gelben Méridienne. Ich will ins Bad, unter die Dusche. Ich muß den Dreck von heute nacht loswerden. Zwei Ratten habe ich gesehen, oben am Pigalle, und im letzten Club liefen große Schaben die Wände entlang.

Hoffentlich gab es keine Flöhe dort, die sind nämlich in Paris noch nicht ausgestorben. Kaum denke ich an Flöhe, beginnt mein ganzer Körper entsetzlich zu jucken. Jetzt juckt auch der Kopf. Läuse! Womöglich gab es Läuse dort. Hilfe! Flöhe, Läuse, Schaben, Ratten, das bin ich von zuhause nicht gewohnt. Wie wehrt man sich dagegen?

Panik befällt mich, ich stürze ins Bad, reiße mir das Kleid vom Leib, stelle mich unter die Dusche, wasche die Haare, schrubbe mich mit Seife ab, examiniere jeden Zoll meines Körpers. Kein Floh in Sicht. Gott sei Dank! Aber müde bin ich, todmüde. Ich schlage die nassen Haare in ein frisches Handtuch, schlüpfe in den vorgewärmten, flauschigen weißen Bademantel mit Kapuze und greife nach dem Fön. Ich blase sie fort, die letzte Nacht, die geilen Gesichter, die grölenden Stimmen und die Enttäuschung, denn es *war* eine Enttäuschung, da mache ich mir nichts vor.

Wann ist eigentlich alles schiefgelaufen? Im Restaurant waren wir noch ein Herz und eine Seele. Winston und ich, Schütze und Löwe, der Abend war verlockend, voll Verheißung, ich konnte das Ende des Essens kaum erwarten.

Es war der Kuß. Kein Zweifel. Der Kuß war zu brutal. Doch am meisten störte mich, daß er nicht gewillt war, einen einzigen Tag zu warten. Ein Gentleman hätte gesagt: Gut. Wenn du heute nicht willst, fein! Morgen ist auch noch ein Tag. Wir gehen in ein stilles Lokal und reden noch ein wenig. Morgen essen wir zusammen zu Mittag, im Bois de Boulogne. Dann gehen wir spazieren. Dann machen wir Pläne für den Abend, dann sehen wir weiter. So ähnlich habe ich mir das Wochenende vorgestellt.

Doch es soll nicht sein. Da kann man nichts machen. Winston ist zu unbeherrscht. Ja, ja, das schwache Kinn. Außerdem regnet es jedesmal, wenn wir uns sehen.

War das nicht das Telefon? Tatsächlich! Ich schalte den Fön aus, setze mich auf das taubengraue Sofa gegenüber der Wanne, greife nach dem Hörer und lege die Beine hoch.

«Hallo?» Es ist Winston. Er klingt völlig verstört.

«Das ist mir noch nie passiert. Noch *nie* in meinem Leben» - er schreit geradezu - «das ist wirklich die Höhe! Diese Behandlung bin ich nicht gewöhnt. Ich habe Sie überall gesucht, ich verstehe nicht - was war los?»

«Die Show war mir zu ordinär», sage ich ganz ruhig, «das bin *ich* nicht gewöhnt.»

«Sie haben mich einfach sitzenlassen! *Einfach sitzenlassen,* in diesem greulichen Club, in den ich nicht gehen wollte, weiß Gott, wie ich da hinkam. Wie kommen Sie dazu? Was habe ich Ihnen getan? Wieso tun Sie so was? Warum...»

«Wo sind Sie?» unterbreche ich den Wortschwall.

«Hier! Vor Ihrem Haus in der Telefonzelle! Ich habe Ihren Büstenhalter in der Hand.»

Was sagt man darauf? Sicherheitshalber schweige ich.

«Hallo», ruft Winston noch lauter, «hören Sie mich? Ich komme jetzt hoch. Ich bringe Ihnen das Ding zurück. Und dann verabschiede ich mich. Für immer.»

«Schicken Sie es mit der Post», sage ich leichthin. Doch er hat bereits aufgelegt. Kurz danach klingelt es, lang, stürmisch, viermal hintereinander. Woher kennt er meine Tür? Er muß den Hausmeister gefragt haben. Als ich öffne, ist sein Daumen noch immer auf dem Klingelknopf.

«Sie können aufhören zu läuten», sage ich und strecke die Hand aus. Wortlos gibt er mir das kleine Spitzendreieck.

«Danke», sage ich kühl, «vielen Dank für Ihre Mühe.»

Winston schweigt. Er sieht schrecklich aus. Bleich, mit roten Augen und eingefallenen Wangen. Das ganze Gesicht scheint zu hängen. Der blaue Leinenanzug ist zerdrückt, der lange weiße

Seidenschal hat Flecken, das dichte braune, lockige Haar wirkt struppig. Die Mundwinkel zeigen nach unten. Die Augen sind nicht mehr goldgesprenkelt, sondern grau wie der Himmel draußen. Auf dem Kinn hat er eine blutige Schramme. Eigenartigerweise aber wirkt er nüchtern.

Ich stehe vor ihm, barfuß, im Bademantel, ungeschminkt, mit nassen Haaren. Ich habe die Kapuze aufgesetzt und den Gürtel fest zugezogen. Kein Stück bloße Haut ist sichtbar.

«Mir ist so schlecht», sagt Winston kläglich und streicht mit der Hand über seine Stirn, «machst du mir eine Tasse Kaffee?» Er wirkt plötzlich rührend wie ein kleines Kind.

Ich zögere keine Sekunde. Der Arme ist wirklich mitgenommen, er braucht Hilfe.

«Natürlich! Komm herein.»

Er folgt mir in die Küche, setzt sich ans Fenster und sieht zu, wie ich Wasser aufsetze, Kaffeebohnen mahle, den Filter fülle, und weil ich schon dabei bin, decke ich gleich den Tisch, koche ein paar Eier, stelle Butter, Honig, Käse und Marmelade in die Mitte, bereite herrlich knusprigen Toast und gieße den Kaffee auf.

«Mhhhhm, riecht das gut!» Winston seufzt erleichtert, streckt die Beine aus, und zum erstenmal kommt wieder etwas Farbe in sein Gesicht. Nach der ersten Tasse wird es noch besser, nach der zweiten lächelt er sogar. Dann beginnt er zu essen, Eier, Toast, Marmelade, es schmeckt ihm sichtlich. Als er fertig ist, entschuldigt er sich gründlich für sein Verhalten letzte Nacht. Dann will er ein Bad und anschließend ein Bett.

«Hast du Platz für mich?» fragt er geradeheraus. «Oder muß ich ins Hotel zurück?»

«Du kannst bleiben. Komm, ich zeig dir, wo du schlafen kannst.» Ich vertraue ihm. Wir haben Frieden geschlossen.

Die Wohnung hat zwei Gästezimmer. Eines davon ist immer benützbar: aufgeräumt, gelüftet und das Bett frisch bezogen, ein samtener brauner Morgenrock im Schrank, Bücher auf dem Nachttisch. Es ist ein gemütlicher Raum mit grünen Tapeten und Rattanmöbeln.

«Hübsch», meint Winston anerkennend und sieht sich um, «sehr hübsch, wie alles hier.» Er ist frisch gebadet, trägt den braunen Morgenrock, der ihm paßt, als wäre er für ihn gemacht, und mit einem Seufzer der Erleichterung läßt er sich lang auf das Bett fallen.

«Setz dich noch einen Moment zu mir», sagt er dann, «nur zwei Minuten, bis ich mich nicht mehr ganz so fremd fühle.»

Als ich sitze, greift er nach meiner Hand.

«Woher hast du die Schramme?» frage ich. «Bist du gefallen?»

«Ich habe mich geprügelt», gesteht Winston, «oben in dem fürchterlichen Club. Mit dem Türsteher. Er hat mir nicht gesagt, wo du hingegangen bist.» Er beginnt meine Hand zu streicheln. «Es tut mir leid wegen heute nacht. Verzeihst du mir?»

«Natürlich!» Die Goldpunkte sind in seine Augen zurückgekehrt.

«Küß mich!» Flehend sieht er mich an. *«Bitte»,* sagt er, als ich zögere, «bitte, Ophelia!»

Wir küssen uns lange.

«Leg dich zu mir. Nur ein bißchen. Mir ist kalt. Ich will deine Wärme fühlen.»

«Nur zwei Minuten. Mehr nicht.»

«Wie du willst.» Er bettet meinen Kopf an seine Schulter und legt die Arme um mich, in einer Geste von rührender Zärtlichkeit. «Es tut mir so leid», sagt er dann, «ich schäme mich für heute nacht. Tröste mich, meine schöne Freundin, tröste mich.»

18

Was soll ich sagen. Ich *habe* ihn getröstet. Und dann verbrachten wir den ganzen Tag im Bett und auch noch die nächste Nacht. Wir schliefen und liebten uns, und zwischendurch redeten wir. Wir diskutierten über Gott und die Welt. Stundenlang! Zwischen uns war plötzlich alles wieder leicht, locker, ungezwungen, genau wie damals im Flugzeug, als wir uns zum erstenmal sahen.

Aber eines begriff ich schnell.

Auch Winston hat nicht den Überblick. Er besitzt zwar großes Wissen, genug, um in seinem Fach raketenhaft Karriere zu machen. Er weiß genau, was das beste ist für DAS GELD! Doch was für uns Menschen und unseren schönen Planeten das beste wäre, das weiß er nicht. Interessiert ihn auch gar nicht. Auch Frauen zählen nicht. Und schon gar nicht die Neue Romantik.

«Wie ist das bei dir zuhause?» frage ich ihn. «Hast du Zeit für deine Familie?»

«Nein», sagt er sofort, «keine Zeit. Außerdem langweile ich mich daheim.»

«Wann redest du mit deiner Frau?» will ich wissen, denn das interessiert mich.

«Nur in der Früh! Im Bad!»

«Und mit den Kindern?»

«Nie!»

«Nie?» Ich kann es nicht glauben.

«Nein. Ich habe keine Zeit. Meine Frau macht das.»

«Und was macht sie sonst noch?»

«Spielt Tennis, arbeitet im Garten, kümmert sich um die Kinder und die Hunde, Pferde haben wir auch» – er gähnt – «und kocht. Kochen kann sie hervorragend.»

«Schlaft ihr zusammen?»

«Selten. Wir haben getrennte Zimmer. Aber ich bin nicht unglücklich.» Er denkt nach, dann sagt er langsam und bedächtig: «Ich bin aber auch nicht glücklich, denn sonst hätte ich mich nicht in dich verlieben können.»

«Zum Verlieben kennen wir uns zu kurz», sage ich schnell.

«Lang genug für mich», er beginnt meinen Arm zu streicheln, «ich habe noch nie eine Frau wie dich gekannt. Deine Bildung, deine Erfahrung, deine finanzielle Unabhängigkeit, das stellt dich über die andern. Aber es ist gefährlich. Nach dir könnte man süchtig werden.» Er sieht mich an. «Du bist schön und schlank, du hast einen Körper wie ein junges Mädchen, man sieht, daß du noch nie geboren hast.»

«Woran sieht man das?»

«An den Hüften. Und am Bauch. Du bist ganz fest, hast keine weißen Streifen von der Schwangerschaft. Außerdem liebt keine Frau wie du. Du hast so starke Muskeln da unten, du wirst ganz eng, das habe ich noch nie erlebt. Machst du das absichtlich?»

«Manchmal. Aber am Schluß geht's dann automatisch.»

Was ich nicht sage, ist, daß es mit ihm *nicht* automatisch dazu kommt. Die Lust, die er mir schenkt, ist noch zu schwach, also spiele ich Theater. Wenn ich will, daß er aufhört, oder merke, er ist gleich am Ziel, beginne ich zu zucken, presse die Muskeln zusammen und spiele ihm einen wunderbaren Orgasmus vor. (Warum nicht? Es freut ihn!)

Ja, meine Lieben. Winston ist ganz gut entwickelt, groß, nicht beschnitten, und auf der Vorhaut hat er weiße Stellen, wie einer, der zu oft nackt in die Sonne geht. Ich finde das recht hübsch. Auch ist er sauber, appetitlich, gepflegt. Doch er verschrieb sich dem Fortschritt, und das bleibt nicht unbestraft.

Sein bestes Stück ist zwar nicht geschrumpft, doch es kränkelt spürbar unter Streß. Stundenlang muß man es halten, drücken, küssen, will man es zum Einsatz bringen. Das erstemal dauerte es ewig! Dann ging es etwas schneller. In der Nacht aber wollte es partout nicht mehr. Nichts zu machen. Dafür aber funktionierte es am Morgen wunderbar, fast von selbst und über eine Stunde lang. Und am Nachmittag funktionierte es abermals (und noch viel länger). Jawohl! Ich würde ihn schon hinkriegen, wenn ich wollte, mit Energie und Geduld. Aber will ich?

Jedenfalls ist es ein lehrreiches Wochenende. Winston ist ein Mann der Extreme: wild, unbeherrscht, rechthaberisch («Ich will dominieren» ist sein Wahlspruch), er ist aber auch freundlich, ruhig, dankbar und liebesbedürftig wie ein Kind.

«Seit zwanzig Jahren habe ich das nicht mehr gemacht, weißt du das?» sagt er gerührt. «Ein ganzes Wochenende im Bett! Unglaublich. Wir essen nichts, wir trinken keinen Alkohol, und wir lieben uns stundenlang. Ich habe gar nicht gewußt, daß ich das kann. Aber ich habe dich nicht gesucht, Ophelia, ich habe dich gefunden. Das ist ein Unterschied. Und noch was. Ich fürchte mich vor dem Abschied. Heute ist es wunderschön. Und morgen? Morgen tut es weh. Du bist meine Droge, Darling. Morgen habe ich sie nicht mehr. Da beginnen die Entzugserscheinungen. Das wird nicht leicht sein.»

Winston fliegt am Sonntagabend nach London zurück. Ich begleite ihn nicht zum Flughafen. Er will es so. Er hat Angst, daß uns jemand zusammen sehen könnte. Immerhin ist er ein bekannter Mann, und sein Bild auf den Wahlplakaten ist das eines braven, treusorgenden Familienvaters.

«Ich weiß nicht, ob wir uns wiedersehn», sagt er zum Abschied, «ich verspreche nichts, was ich nicht halten kann. Aber ich tue mein Bestes, Darling. Das mußt du mir glauben.»

Kaum ist Winston weg, hört es zu regnen auf.

Montag ist ein strahlender Tag mit zartblauem Himmel und kleinen weißen Wölkchen, die verträumt über der Kuppel des Panthéon und dem Sacré-Cœur in Richtung England ziehn. Es ist ziemlich warm, doch am Morgen lag erstmals etwas Herbstliches in der Luft.

Ich wache auf mit nagendem Hunger. Gibt es das? Ich wiege nur noch vierundfünfzig Kilo. VIERUNDFÜNFZIG! Noch ein Kilo weniger! Kein Wunder! Wir haben das ganze Wochenende kaum gegessen. Wir frühstückten zwar jeden Tag, doch abends nährten wir uns von Salzmandeln, die ich zufällig in der Küche fand. Vierundfünfzig Kilo! Heute kann ich essen, was mir schmeckt. Und das werde ich auch. Außerdem muß Winston gefeiert werden. Heute mittag? Im Grand Vevour? Gute Idee.

Ja, meine Lieben. Ich habe es geschafft. Ich habe es zu einem Weltmann gebracht, zu einem von ganz oben, der Bildung besitzt und ein großes Vermögen. Der Verbindungen hat und interessante Sachen sagt. Ein Mann, mit dem man reden kann und nicht nur schlafen, ein starker Mann, der sich vor einer intelligenten Frau nicht fürchtet.

Und mehr noch: Ich könnte ihn haben. Ganz. Wenn ich es wirklich darauf abgesehen hätte, könnte ich ihn dazu bringen, seine Frau zu verlassen, seine Kinder zu vergessen und sich zu mir zu bekennen, rückhaltlos! Aus meinem speziellen Talent könnte ich Kapital schlagen und mich hinauf in die englische Führungsschicht heiraten.

Sicher, es wäre ein harter Kampf. Kein Mann läßt sich gerne scheiden (schon gar nicht zum dritten Mal!). Doch ich würde gewinnen. Todsicher. Ein Mann von knapp fünfzig, der plötzlich seine Sexualität entdeckt, der zum erstenmal in seinem Leben leidenschaftlich liebt, der plötzlich stundenlang kann, und das mehrmals hintereinander zwei volle Tage hindurch, der ist bereit, sein Leben zu ändern.

Außerdem kenne ich gewisse Tricks, die wirken bombensicher. Ich weiß gar nicht, ob ich sie verraten soll. Aber bitte! Wir Kanadier sind nicht so. Also: Winston hat den Kopf voll, er ist mitten im Wahlkampf. Sollte er sich wirklich nicht mehr melden (was ich stark bezweifle), würde ich nächste Woche nach London fliegen, in einem schönen Hotel ein Zimmer mieten und ihn kurz in seiner Bank besuchen. *Sieht* er mich, will er auch mit mir *schlafen.* Jede weitere Nacht aber (oder halbe Nacht oder Nachmittag) bindet ihn enger an mich.

Problemlos könnte ich ihn dann jede Woche nach Paris locken. «Darling», würde ich sagen, «ich bin eine leidenschaftliche Frau. Ich liebe dich. Aber ich kann nicht lang allein sein. Eine Woche halte ich durch. Dann garantiere ich für nichts mehr. Aber wenn wir uns jede Woche einmal sehen oder alle zehn Tage im äußersten Notfall, dann kann ich dir treu bleiben. Hundertprozentig. Das schwöre ich bei meinem Leben.»

Wie gesagt, das *könnte* ich tun und noch viel mehr, doch wozu? Ich kann nicht heiraten, denn ich ertrage den Alltag nicht. Ich finde es leichter, einen Verlag aufzubauen, mit allen Mühen, Sorgen, Risiken und schlaflosen Nächten, als Ehefrau zu sein und mich einem Mann wie Winston unterzuordnen. Außerdem liebe ich ihn nicht. Das ist der Hauptgrund.

Eigentlich schade, denn er bemühte sich sehr. Er warf sich nicht auf mich, wollte nicht von vorne, streichelte mich sogar am richtigen Punkt (wenn auch mit trockenen Fingern und viel zu fest), er liebte mich, so lange es nur ging, ja ich bin überzeugt davon, *nie* hat er derartige Rücksicht auf eine Frau genommen. Er gab mir im Bett sein Bestes. Doch für mich ist das nicht gut genug.

Ich vergleiche ihn nämlich mit Prosper Davis. Und verglichen mit Prosper ist Winston aus Stein. Er ist hart, steif, eckig, verkrampft. Weiß wie Marmor und ebenso schmiegsam. Er ist starr wie Beton, seine Arme sind aus Holz, verglichen mit Prosper ist er tot, kein Funke ist da, der mich zum Brennen brächte. Keine Glut, kein Feuer, keine Flammen. Alles umsonst! Alle Mühe vergebens.

Verglichen mit Prosper ist er traurig und grau. Sein Lachen steckt nicht an, seine Stimme reißt mich nicht mit, in seiner Nähe bin ich nicht geborgen, Lichtjahre bin ich entfernt von Wollust und Ekstase.

Deshalb verbrachten wir auch das Wochenende im Gästezimmer. Ich wollte Winston nicht in meinem Doppelbett haben. Das Grand Lit gehört Prosper Davis und der Erinnerung an ihn. Prosper Davis! Dabei *will* ich gar nicht an ihn denken. Doch ich *muß*. Ich habe keine andere Wahl.

Es geht mir wie einer Frau, die zum erstenmal in ihrem Leben Maßschuhe bestellt. Sind sie fertig, denkt sie: Wirklich hübsch! Wunderbar! Aber *so* weltbewegend ist das auch wieder nicht. Doch dann findet sie an keinem anderen Schuh mehr Gefallen. Alles andere ist grob, ungeschlacht, lieblos und schlecht, nichts paßt perfekt, sie entdeckt tausend Fehler, kurz, sie ist fürs Leben gezeichnet.

Genauso ist es mit Prosper. Ich *wußte,* daß wir Sternstunden erlebten, doch ich wußte nicht, daß ich von da an jeden anderen Mann mit ihm vergleichen würde, negativ natürlich, nein, das hatte ich nicht geplant. Nicht Winston war der Grund, warum mich die Franzosen langweilten (das begreife ich plötzlich sonnenklar), sondern Prosper. Jawohl. Ich hatte zwar Winston im Kopf – doch Prosper Davis im Herzen. Und das zählt!

Außerdem ist heute ein Brief von ihm gekommen. Ein roter Brief mit vielen Marken, blau, weiß, rot, Streifen und Sterne, das paßt zu ihm. Ich habe den Brief sofort gelesen, gleich nach dem Frühstück, im Salon, auf der gelben Méridienne, hingegossen auf einen Berg sonnengelber Seidenkissen, genau wie damals, als ich das erstemal mit ihm telefonierte und wußte, daß wir die Nacht zusammen verbringen würden.

Es ist kein langer Brief. Prosper schreibt nicht gern. Noten liegen ihm mehr als Sätze. Doch ich lese und lese und liebe jedes Wort!

Was schreibt er da? Er kommt mich besuchen? Hurra. Und dann muß ich furchtbar weinen und kann nicht aufhören.

Tatsache ist: Seit seiner Abreise habe ich dagegen angekämpft. Doch nach dem Wochenende mit Winston gestehe ich es ein: Ich liebe Prosper! Nicht nur mit dem Körper!

«Baby», schreibt er mit schöner regelmäßiger Schrift, «ich habe Dich im Fernsehen gesehen. Ich denke immer an Dich. Ich kann nicht schlafen. Ich kann mich nicht auf meine Musik konzentrieren. Ich muß Dich sehen. Wir fliegen nächste Woche nach Brasilien. Dann nach Japan. Es wird sehr anstrengend, wir haben jeden Abend Konzerte. Erst im September haben wir frei. Am zweiten Oktober spielen wir in Holland. Ich könnte am 12. September in

Paris sein. Schreibe mir *sofort,* ob ich kommen soll. Wenn ich nichts von Dir höre, fliege ich nach New York zurück. Ich liebe Dich. *Je t'aime!* Prosper D.»

Kaum habe ich ausgeweint, greife ich nach dem Kuvert und examiniere den Poststempel. Er stammt vom 16. August, meinem Geburtstag, dem Tag der Fernsehsendung in London. Zweieinhalb Wochen war der Brief unterwegs. Heute ist der dritte September. Prosper ist bereits auf Tournee. Wo ist er? In Japan? In Brasilien? Ich kenne keine Adresse, kein Hotel, keine Stadt. Ich muß ihn sofort erreichen.

Aber wie?

Ich wische die Tränen aus meinen Augen. Bei Prosper muß ich immer weinen. Ein untrügliches Zeichen. Bisher ist mir das nämlich nur bei Tristram passiert. In Tristram war ich derart verliebt, daß ich bei jedem Lebenszeichen, jedem Anruf, jedem Brief zu schluchzen begann. Jetzt ist das wieder so.

Also gut. Sentimentalität beiseite, wie erreiche ich ihn? Bei ihm zuhause anzurufen ist ganz unmöglich. Doch ich habe nicht umsonst in den Medien gearbeitet, ich kann recherchieren, wie andere reden können, ich treffe immer instinktiv ins Schwarze. Genauso ist es diesmal.

Von Prosper weiß ich, daß es in Europa zwei Jazz-Agenturen gibt, die eine in Deutschland, die andere in Holland. Da diese Tournee in Holland endet, nehme ich an, daß letztere die Sache in der Hand hat. Hat sie auch tatsächlich. Ich rief die niederländische Botschaft an, verlangte die Presseabteilung – dort bewahrt man immer sämtliche heimischen Telefonbücher auf – und bat um die Nummer. Dann versuchte ich die Agentur, auf gut Glück. Schon verband man mich mit der Dame, die die Tournee organisiert.

Von ihr erfuhr ich alles. Prosper ist bereits in Japan. Ich weiß die Stadt, das Hotel, die Telefonnummer, ich weiß, wo sie spielen und um wieviel Uhr. Heute sind sie in Tokio. Jetzt ist mir leichter.

Sofort rufe ich an. Hier in Paris ist es halb elf Uhr morgens, dort bereits abends halb acht. Wenn ich Glück habe, erreiche ich Prosper noch vor dem Konzert.

Tatsächlich ist er noch in seinem Zimmer.

«Hallo! Hier ist Ophelia.»

«Oh, Baby!» Prosper lacht und lacht, es ist ein Lachen grenzenloser Erleichterung. Dann wird er langsam ernst. «Du fehlst mir so. Sehen wir uns in Paris?»

«Natürlich!» Nur mit Mühe unterdrücke ich neuerliche Tränen. Diese Stimme! Langsam, schwer, leicht heiser, sie hat mich völlig in ihrem Bann. Dieses tiefe, erotische Timbre regt mich auf, als stünde er direkt neben mir.

«Ich habe gedacht, du magst mich nicht mehr. Du hast nicht zurückgeschrieben.»

«Dein Brief ist heute erst angekommen. Ich habe ihn gerade gelesen. Vor einer Minute.»

«Also sehen wir uns am Dienstag?»

«Sicher! Ich hole dich ab. Weißt du deine Flugnummer?»

«Ja. Moment!» Er gibt sie mir durch. Dann sagt er schnell: «Übrigens habe ich zweimal angerufen. Du warst nie zuhause. Ich habe Angst bekommen, du bist nach Kanada zurück.»

«Ich? Ich war immer da. Wann hast du angerufen?»

«Das letztemal am Samstag um fünf Uhr nachmittags. Das heißt, in Paris war es acht Uhr früh.»

«Stimmt. Da war ich weg.» Oben am Pigalle. In der fürchterlichen Kneipe mit der rauchenden Stripteasetänzerin. Doch das sage ich natürlich nicht. «Geht's dir gut?» frage ich stattdessen.

«Danke. Sehr gut. Nur müde. Wir sind alle müde. Wir haben fast keine Zeit zum Schlafen. Wir spielen oft bis Mitternacht, und um sieben Uhr früh stehen wir auf und fahren in die nächste Stadt, und am Abend spielen wir wieder. O Baby!» Er hört kurz zu sprechen auf. «Ich liebe dich!»

«Ich dich auch.»

«Wirklich?»

«Absolut! Ich freu mich so auf dich!»

Er lacht. «Wir bleiben drei Tage im Bett. O.K.?»

«O.K.»

«Ich ruf dich morgen an. Jetzt muß ich gehen. Ich bin noch nicht fertig umgezogen.»

«Ist das Publikum gut?»

«Sehr gut. Und nett. Auf morgen dann. *Bye, bye!*»

«*Bye, darling.* Und spiel sie alle an die Wand!»

Ich lege auf. Winston ist vergessen. Morgen in einer Woche kommt Prosper. Ich kann schon anfangen, Pläne zu machen. Doch zuerst sehe ich die restliche Post durch. Na endlich! Nelly hat das letzte Kapitel geschickt. Es ist gar nicht lang, nur fünfzehn kleine Seiten. Wunderbar. Das werde ich in ein paar Tagen erledigen. Auch einen kurzen Brief hat sie beigelegt. Sie entschuldigt sich für die Verspätung. Doch *warum* sie so lang nichts hat hören lassen, schreibt sie nicht.

Meine Mutter aber schickt mit derselben Post eine Illustrierte. Aha! Die letzte Nummer von *Peoples Magazine.* Und was steht darin? Daß sich Nelly in den neuen Gouverneur von Kalifornien verliebt hat. Und er sich in sie. Er sieht sehr sympathisch aus, ist Witwer, angeblich zehn Jahre jünger, doch auf den Fotos sieht man keinen Altersunterschied. Die Bilder wurden übrigens in Hollywood aufgenommen, im Haus eines berühmten Filmproduzenten. Er gab für die beiden einen großen Empfang. Sogar von Heirat wird gesprochen.

Ich betrachte die Fotos genauer.

Lieben sie sich wirklich? Oder ist es nur eine oberflächliche Geschichte, um kostenlos in die Zeitung zu kommen? Nein. Der Mann sieht echt aus. Außerdem sieht er nur Nelly und nicht die Kamera, und das ist gut. Die meisten Politiker ignorieren ihre Begleitung, sowie sie entdecken, daß sie fotografiert werden. Sofort beginnen sie mit der Kamera zu flirten, alles rundherum wird Luft für sie. Doch hier ist das nicht der Fall. Die beiden haben nur Augen füreinander. Sie mögen sich. Zufrieden lege ich die Illustrierte beiseite.

Und ehe ich's vergesse: Auch das Rätsel um Rivera ist gelöst. Meine Mutter verwechselte die Namen. Valerie Beltour, mein Operndirektor, war Nellys große Liebe. Die beiden sind immer noch befreundet, platonisch nehme ich an. Er befindet sich übrigens gerade auf der Hollywood Bright Star Ranch, um sich vor seiner Rückreise in Form bringen zu lassen. Rivera war nur ein Seitensprung. Ein mißglückter. Genau wie bei mir!

Prosper kommt nach Paris! Winston wird *nicht* gefeiert. Keine Zeit dazu. In der Charcuterie auf dem Place Contrescarpe kaufe ich schnell mein Mittagessen: Maissalat mit rotem Paprika, dazu überbackene Melanzane und Champignons sowie eine große Schnitte Reispudding mit Karamelsoße. Alles ist frisch, appetitlich und fertig zum Mitnehmen. Ich brauche nichts zu kochen, und genau das will ich. Ich will arbeiten, ich muß soviel wie möglich erledigen, ehe Prosper kommt. Im September bin ich immer in Hochform!

Der Monat beginnt vielversprechend. Doch nicht nur für mich. Nelly eröffnet ihr erstes vegetarisches Restaurant, Buddy spielt vier Abende im «Salzigen Kuß», mit einer neuen amerikanischen Gruppe, und er spielt besser als je zuvor. Prosper beglückt inzwischen die Japaner, meine Mutter hält ein Sommerseminar über berühmte kanadische Maler um die Jahrhundertwende. Tristram macht Geschäfte in Montreal: Er kaufte ein ganzes Stadtviertel, das zum Abbruch bestimmt war, und hat bereits mit der Renovierung der ersten Häuser begonnen. Und Winston gewinnt tatsächlich die Wahl. Er ist der neue englische Finanzminister, und am Abend, nach Auszählung der Stimmen, ruft er an, um mir das mitzuteilen.

«Darling, wir haben gewonnen!»

«Gratuliere! Ist das sicher?»

«Ganz sicher. Es war ein absoluter Erdrutsch!» Im Hintergrund höre ich Lachen, Stimmengewirr und Singen. Telexmaschinen rattern, Telefone klingeln, offensichtlich ist ein Riesenfest im Gange.

«Wo bist du?» frage ich. Es ist bereits kurz nach Mitternacht.

«Bei uns. In der Parteizentrale.»

«Müde?»

«Nein, gar nicht. Glücklich. Aber die nächsten drei Wochen kann ich unmöglich weg. Vielleicht kommst du mich besuchen?

Darüber sprechen wir noch. Wann mußt du nach Kanada zurück?»

«Ich fliege am 15. Oktober.»

«Dann sehen wir uns sicher. Ich komme Anfang Oktober nach Paris. Als Minister. Ich kann nicht zu lange sprechen. Du hörst, wie es hier zugeht. Ich wollte dich nur informieren. Ich denke viel an dich. Du hast mir Glück gebracht.»

Ich lege auf und sehe sein Gesicht vor mir, seine gerade starke Nase, die geraden Brauen, den verwöhnten Mund, die goldgesprenkelten Augen, das schwache Kinn. Er trägt sicher wieder einen wunderbaren Anzug. Und seine rote Seidenweste. Und wie ich ihn kenne, einen langen weißen Seidenschal. Plötzlich ist er mir wieder sehr vertraut. Ich mag ihn. Ich freue mich für ihn. *Voilà!* Einer von uns hat es geschafft. Ich hoffe nur, daß ich die nächste sein werde.

Die ganze Woche arbeite ich wie besessen. Ich stelle den Wecker auf neun Uhr, um zehn sitze ich schon an der Schreibmaschine. Das Buch ist in zwei Tagen fertig. Und sofort beginne ich die französische Fassung. Das heißt, ich habe sie schon begonnen, noch ehe ich nach London zur Fernsehsendung flog. Über hundert Seiten sind gemacht, und flott geht es weiter. Manchmal bis vier Uhr früh.

Das Schwerste liegt hinter mir. Ich brauche nicht mehr herumzurätseln, was Nelly wohl gemeint haben könnte, nein, ich habe meine schöne, klare, perfekte englische Fassung als Vorlage. Ich übersetze von meiner zweiten Muttersprache in meine erste, es ist ein reines Vergnügen.

Am Sonntagabend bin ich auf Seite zweihundert. Fast fertig. Wunderbar! Am Montag schlafe ich mich aus, dann gehe ich zu Jeanne in der Rue Lacépède und lasse mich für Prosper schön machen.

«Haben Sie schon einen schwarzen Freund gehabt?» frage ich sie, das Gesicht in einer Dampfwolke. Und als sie nickt: «Wie war das?»

«Gut im Bett, sonst miserabel.»

«Warum miserabel?»

«Zu arrogant», sagt Jeanne und tupft meine Wangen trocken, «und stinkfaul wie die meisten Afrikaner. Die, die nach Paris kommen, sind alle Häuptlingssöhne. Ich bin ein Prinz! Das ist immer die Ausrede. Ich kann das nicht tun. Das ist Frauenarbeit. Am Anfang hat er glatt verlangt, daß ich auf der Straße zwei Schritte hinter ihm gehe.»

«Haben Sie das getan?»

Jeanne lacht. «Niemals! Ich habe ihn hinausgeworfen. Nach zwei Monaten. Das heißt, nicht nur ihn, auch drei Verwandte und einen Freund. Die Sache ist nämlich so: Einer zieht ein, und jede Woche werden es mehr. Warum fragen Sie? Haben Sie sich in einen Schwarzen verliebt?»

«So halb. Aber in einen Amerikaner, die haben mehr Respekt vor Frauen. Außerdem ist seine Mutter weiß.»

«Viel Glück», sagt Jeanne, «mein Beileid haben Sie!»

Zuhause wasche ich meine Haare mit Henna (oben und unten). Und am Dienstagnachmittag hole ich Prosper vom Flughafen ab. Als ich ihn sehe, versagen mir die Knie. Der Mann ist so schön, es ist kaum zu ertragen. *«Hi, Baby!»* Er lächelt auf mich herunter, breitet die Arme aus und drückt mich an sich. Ein mächtiger dunkler Hüne und eine zierliche helle Frau. Die Leute starren. Doch uns ist das egal. Wir küssen uns im Taxi, den ganzen langen Weg zurück nach Paris. Zuhause fallen wir sofort ins Bett, in mein herrliches, breites, weiches Grand Lit, und stehen drei Tage nicht mehr auf.

Drei Tage Ekstase. Jetzt kann die Welt untergehn. Prosper in meinen Armen! Dieser schöne, geschmeidige Körper, der in meinen paßt, als wäre er für mich gemacht, ich will ihn nie mehr entbehren.

Nein! Keine Sekunde! Wer weiß, was kommt. Wir leben in gefährlichen Zeiten. Ich verlasse mich auf nichts mehr. Ich will ihn jetzt, solang die Welt noch steht. Und ich will ihn ganz!

Wenn wir uns nicht lieben, reden wir. Stundenlang.

Prosper spricht zum erstenmal über seine Familie. Seine dänische Großmutter ist eine wohlhabende Landwirtin. Seine amerikanische Urgroßmutter war noch eine schwarze Sklavin in Virginia. Er hat Verwandte in den Südstaaten, fährt jedoch ungern zu Besuch, denn als kleiner Junge durfte er einmal im Kino nicht vorne sitzen, sondern mußte hinten hinauf auf den Balkon, wo die anderen Schwarzen saßen. Das hat er nie vergessen.

«Ich fahre lieber nach Dänemark», sagt er, «dort bin ich der exotische Vetter aus Amerika.» Er lacht. «Mein Onkel hat ein großes Haus und vier Töchter von fünfzehn aufwärts. Sie fassen mich ununterbrochen an. Und wenn ich bade, kommt immer eine herein und muß unbedingt irgendwas holen, weißt du, ein Handtuch oder sonstwas, und dann schaut sie schnell in die Wanne, ob sie was Verbotenes sieht, und dabei entschuldigt sie sich ununterbrochen für die Störung.»

«Warum schließt du die Tür nicht ab?»

«Weil das nicht geht. Da sorgen sie vor, verstehst du? Spätestens am zweiten Tag ist der Badezimmerschlüssel verschwunden. Und mein Zimmerschlüssel auch. Sie kommen nämlich auch in mein Zimmer. Keine Angst. Nicht in der Nacht. Aber in der Früh, wenn ich mich anziehe.»

«Und was sagen sie zur Entschuldigung?»

«Das Frühstück ist fertig!» Prosper lacht.

«Das gefällt dir, oder?»

«Besser, als im Kino hinten zu sitzen. Oder zum Friseur zu gehn, der sagt: Es tut mir leid, ich schneide keine schwarzen Haare. Das ist mir auch schon passiert. Unten im Süden. Bei unserem letzten Familientreffen.» Er hört zu sprechen auf, denkt nach. «Jetzt wechseln wir das Thema. O.K.? Ich bin bei dir. Wir sind in Paris. Und wir haben vierzehn Tage nur für uns.» Er küßt mich auf die Wange, streichelt meine langen Locken. «Ich will an nichts anderes denken. Nur an uns. Verstehst du?»

Wir verbringen viel Zeit zuhause. Warum, ist schnell erklärt. Die Pariser sind aus dem Urlaub zurück (drei Millionen Menschen laut Radio und Fernsehen), und die Straßen sind wieder voll, verstopft, verdreckt. Überall stehen Autos, hupen, spucken giftige Gase in die Luft, überall ist Krach, überall sind Menschen, die Hektik ist greifbar.

«Das ist ärger als in New York», meint Prosper, als wir nach einem kurzen Spaziergang völlig erschöpft zuhause ankommen, «man müßte die Autos verbieten. Aber weißt du, Paris ist trotzdem die schönste Stadt der Welt. Hundertmal schöner als Amerika. Hier haben wir uns kennengelernt.» Er sieht mich an. «Oh, Baby, ich habe lange darüber nachgedacht. Für dich könnte ich meine Familie verlassen. Die letzten Wochen zuhause waren furchtbar. Meine Frau und ich, wir reden nichts mehr. Und wenn, dann streiten wir. Ich will bei dir sein. Ich will mit dir leben. Ich will der ganzen Welt zeigen, wie verliebt ich bin. Ich will nicht lügen, ich will mich nicht verstecken. Ich will ein neues Leben anfangen. Und ich meine es ernst!»

Am nächsten Tag fahren wir an die Loire.

Wir mieten ein schnelles rotes Auto und besuchen die schönsten Schlösser, von Chambord bis Chenonceaux, und natürlich auch Villandry mit dem weltberühmten Gemüsegarten, der wie eine Parkanlage wirkt. Wir geben viel Geld aus, wohnen in den besten Hotels, essen in feinen Restaurants und lieben uns in breiten französischen Doppelbetten. Es ist wie eine Hochzeitsreise. Nur viel, viel schöner. Ja, meine Lieben, es ist die schönste Woche meines Lebens, und ich bin mir dessen bewußt. Prosper verwöhnt mich, wo er kann. Er stellt mein Essen zusammen, füttert mich bei Tisch, bringt mir das Frühstück ans Bett. Er will alles über mich wissen, hat hundert Fragen, und ich erzähle ungeniert, auch über meine Schwierigkeiten, schwimmen zu lernen (denn im Tiefen geht's noch immer nicht!).

Prosper hört aufmerksam zu, nickt ein paarmal stumm – und scheint es sofort wieder zu vergessen. Doch in Valençay bringt er es plötzlich zur Sprache. Dort nämlich hat das Hotel ein Schwimmbad.

«Baby», sagt er am Nachmittag, «heute wirst du zum erstenmal *wirklich schwimmen.*»

«Du meinst im Tiefen?» Sofort bricht mir der Angstschweiß aus. «Ganz allein? Das kann ich nicht!»

Wir sitzen am Beckenrand und lassen unsere Füße ins Wasser hängen. Es ist so heiß wie im Hochsommer.

«Natürlich kannst du das! Ich helfe dir.»

«Ich trau mich nicht.»

«Du traust dich aber sonst sehr viel. Dein ganzes Geld, und das Geld deiner Mutter, steckst du in einen Verlag und hast keine Ahnung, ob er gehen wird. Das ist ein viel größeres Risiko.» Prosper lacht und stubst mich in die Seite.

Ich schweige und fixiere meine Knie.

«Außerdem habe ich manchmal Träume, die stimmen immer. *Heute* muß es sein, Baby. *Heute* mußt du schwimmen. Wenn du heute ins Tiefe gehst, sagt mein Traum, schaffst du alles, was in Kanada auf dich zukommt. Dann kann dir nichts mehr passieren!»

Ich blicke ins Wasser. Auf die kleinen glitzernden, trügerischen Wellen. Dann auf Prosper. Er trägt eine rote Badehose und ist schön wie ein Filmstar.

«Ich schaffe alles? Bist du sicher?»

«Alles, Baby! Alles! Meine Träume stimmen. Du schwimmst heute im Tiefen, und du überwindest die größten Schicksalsschläge, nichts kann dich kleinkriegen, kein Unglück, kein Unfall, kein Börsenkrach, kein Mann...»

Schon stehe ich im Wasser und stecke die Haare hoch. «Kommst du mit?»

Prosper nickt. «Wenn du untergehst, rette ich dich!»

Zögernd wage ich die ersten Züge. Geht eigentlich ganz gut. Aber hier kann ich noch stehen. Dort vorne aber geht's hinunter in den Abgrund. Plötzlich klopft mein Herz zum Zerspringen. Ich atme schneller, halte krampfhaft den Kopf hoch, schlucke trotzdem einen Mundvoll Wasser, gleich versinke ich in den Fluten.

«Nur keine Angst», sagt Prosper beruhigend, «ganz langsam, Baby! Ganz langsam! Ich bin bei dir. Es kann dir nichts geschehn. Ganz langsam. Ganz langsam!»

Kaum hat er ausgesprochen, ist plötzlich meine Panik verschwunden. An der Seite dieses dunklen, sanften, starken Riesen schwimme ich hinaus ins Tiefe, die ganze lange Strecke bis zum Beckenrand. Und von dort schwimmen wir wieder zurück. Und dann schwimme ich allein. Prosper ist auf das Sprungbrett geklettert und sieht mir von oben herab zu.

«Ich schwimme!!!» schreie ich, so laut ich kann. Ich schwimme tatsächlich. Ich schwimme im Seichten. Ich schwimme im Tiefen. Ich bin ein Fisch! Eine Nixe! Ein Delphin! Ich bin eine Meerjungfrau! Eine Nymphe in Person. Hier bin ich zuhause. Das Wasser ist mein Element. Ich drehe mich auf den Rücken und schlage mit den Füßen Fontänen in die Luft.

«Hurra!» schreit Prosper, breitet die Arme aus und springt vom Dreimeterbrett. Er taucht unter mir durch, kommt neben mir hoch. Er lacht. Seine weißen Zähne blitzen in seinem dunklen Gesicht, Wassertropfen glitzern auf seinen Wimpern, seine nasse Haut glänzt golden in der Sonne, er schwimmt zu mir und küßt mich auf den Mund.

«Ich springe auch! Ich springe auch! Ich trau mich! Schau mir zu!» Schon klettere ich aufs Trockene. Jetzt die Leiter hoch, schnell, ehe mich mein Mut verläßt.

Jetzt stehe ich oben. Zu hoch! Drei Meter sind zu hoch. Gleich werde ich schwindlig. Überall ist Luft. Nirgends kann man sich halten. Das Wasser ist so weit weg. Ich bin doch nicht verrückt. Ich springe nicht. Das überlebe ich nicht. Ich habe Angst!

Ich habe Angst? Nein! Ich habe keine Angst! Angst ist das größte Übel, das größte Hindernis. Angst macht alles kaputt. Angst ist ein Luxus, den ich mir nicht mehr leisten kann. Wirf den Krempel über Bord! Ich springe, und wenn ich dabei *draufgehe!*

Ich mache einen Schritt nach vorn und werfe mich ins Ungewisse. Zwei schreckliche Sekunden! Dann schlage ich auf. Es tut weh! Wasser in der Nase. Wasser in den Ohren. Wasser im Mund. Ich ertrinke! Ich bin verloren! Doch dann komme ich hoch. Ich schnappe nach Luft. Ich huste, keuche, strample, pruste. Ich schlage um mich. Ich lache. Ich weine. Meine Augen brennen. Die Lunge sticht. Meine Nase rinnt - doch ich atme. Ich lebe. Ich bin gesprungen. Ich kann schwimmen! *Ich werde nie mehr untergehn!*

19

Prosper ist nach Holland geflogen.

Ich bin allein in Paris und bereite meine Abreise vor. Fast sechs Monate war ich hier. Kaum zu glauben. Mit einer halbleeren Tasche kam ich an. Siebzig Kilo war ich schwer. Ich sprach mit starkem kanadischen Akzent, aß Fleisch, Speck, Schmalz und Fisch. Ich kleidete mich schlecht und hatte die Provinz in Bewegung und Blick.

Ich verlasse Paris rank und schlank, dreiundfünfzig Kilo leicht, zehn Jahre jünger, ich spreche anders, gehe mit zierlichen Schritten, esse mich schön und gesund, habe viel dazugelernt, neue Freunde gewonnen, und nichts, absolut nichts an mir erinnert heute noch an Port Alfred.

Ich kann schwimmen und mich selbst verteidigen.

Und meine Männerpyramide bekam die langersehnte Spitze durch Winston, den englischen Finanzminister. Ich habe einen dunklen Geliebten. Ich weiß, was Ekstase ist. Ich überwand einen Überfall, ließ mich nicht unterkriegen. Ich habe viel nachgedacht, viel gelesen, viele Ideen ausgegoren.

Drei schwere Büchertaschen nehme ich mit nach Hause. Und zwei Koffer mit Kleidern und Schuhen, Haute Couture, *bien sûr!* Sorgsam falte ich mein gelbes Knöpfchenkleid. Hat es mir wirklich einmal gepaßt? Unfaßbar. Und das Mieder lege ich dazu. Das trug ich, als ich nach Paris kam. Ich schenke beides der Heilsarmee. Doch den schönen grünen Samtmantel mit Kapuze nehme ich mit. Den werde ich zuhause gut verwenden können. Und wohin stecke ich Nellys Grembbelkissen? Und wie verpacke ich mein Porträt? Was nehme ich mit? Was werfe ich weg? Prospers Briefe lege ich in meinen Paß, da kann ich sie nicht verlieren.

Und jetzt räume ich mein Arbeitszimmer auf. Wehmütig blicke ich auf den Schreibtisch. Von hier aus habe ich nach Montreal telefoniert. Für meine erste Spekulation (die gutging, Gott sei Dank!). Und hier habe ich Nellys Buch in Form gebracht, das war Schwerarbeit. Ein Buch über die Kunst, ewig jung zu bleiben. Wie wird der Titel lauten? «Die Neue Romantik»? Oder: «Endlich über vierzig»? Nelly weiß es noch nicht.

Jedenfalls ist sie mit mir zufrieden. Ich habe beide Fassungen termingerecht nach Kalifornien geschickt, zusammen mit fünfzig Fotos, Zeichnungen, Stichen und alten Schönheitsrezepten, die ich nach langer Suche in verschiedenen Archiven gefunden habe.

Und für meinen Verlag erwarb ich die Rechte für zehn weitere Bücher. Alte Sachen. Lang nicht mehr in Druck. Doch wichtige Werke, die die Liebe zwischen den Menschen fördern. Und die brauchen wir wie einen Bissen Brot. Der letzte Tag in Paris bricht an. Ich verabschiede mich von Jeanne und Buddy, spaziere durch den Luxembourg. Um elf Uhr, kurz vor dem Einschlafen, sehe ich die Fernsehnachrichten.

Plötzlich bin ich hellwach. Die erste Meldung trifft mich wie ein Schlag. Flugzeugabsturz kurz nach dem Start. Bombe an Bord. Alle tot. Schiphol Airport. Eine Boeing 747. TWA. Auf dem Flug von Amsterdam nach New York. Rauchende Trümmer. *Mein Gott! Das ist Prospers Maschine. Prosper ist tot!* Er hat heute morgen mit mir telefoniert, um zu sagen, daß er abends nach Hause fliegt.

Ich habe nicht die Energie, den Apparat abzuschalten. Halb bewußtlos liege ich auf dem Boden. Rosa Spannteppich. Wie ich dorthin kam, weiß ich nicht.

Prosper ist tot. Ich beginne zu schluchzen. Mein Körper bebt, es schüttelt mich von innen heraus, ich habe keine Kontrolle über mich, ich weine, bis ich keine Tränen mehr habe. Ich will nicht mehr leben.

Ich stehe auf, schalte den Apparat ab und alle Lichter. Schnell gehe ich ins Bad. Zum Medikamentenschrank. Schlaftabletten. Wo sind sie? Neulich fiel mir auf, daß große Mengen davon vorhanden waren. Offenbar litt der Operndirektor unter starker Schlaflosigkeit. Das kommt mir jetzt gelegen.

Wasser. Ein großes Glas. Nein. Zwei Gläser. Und die Tabletten. Alles auf den Nachttisch. Jetzt ist mir leichter.

Ich lege mich aufs Bett. Ich trage den zitronengelben, durchsichtigen, spitzenbesetzten Morgenrock, den ich damals in London bei Harrods gekauft hatte. Prosper fand ihn wunderschön. Vielleicht bringe ich mich doch nicht um. Aber dann ändere ich meine Pläne. Ich baue *keinen* Verlag auf. Wozu anstrengen? Wozu? Ich verkrieche mich auf der Hollywood Bright Star Ranch. Irgendeine Arbeit wird Nelly mir schon geben. Fixes Gehalt. Keine Sorgen.

Oder ich ziehe aufs Land – und sage mich los von der menschlichen Rasse. Ich habe genug von diesen Bestien! Sollen sie sich gegenseitig umbringen, prügeln, erschießen, erschlagen, zerfleischen und in die Luft sprengen, es ist mir ganz egal.

Die Welt steht sowieso nicht mehr lang. Wie könnte sie auch? Überall Atomkraftwerke! Unser Wasser ist vergiftet. Die Meere sind verseucht. Die Wälder sterben. Die Wüste breitet sich aus. Den Rest besorgen die Terroristen.

NEIN! NEIN! NEIN! NEIN! NEIN!

Ich will nicht mehr.

Ich lösche die Nachttischlampe. Ich schließe die Augen. Ich taste nach dem Wasserglas.

Es hat alles keinen Sinn.

Die Welt geht unter.

Wirf den Krempel über Bord!

20

Die Welt ist nicht untergegangen.

Ich liege zufrieden auf einer grünen Méridienne in meinem Landhaus in der Nähe von Montreal. Ich trage ein langes rotes, weichfließendes mexikanisches Sommerkleid, goldene Spangenschuhe und ein zartes golddurchwirktes Jäckchen. Heute ist der 18. August. Wir schreiben das Jahr zweitausendfünfunddreißig. Das einundzwanzigste Jahrhundert hat begonnen. Es ist besser als das letzte. Gott sei Dank!

Vorgestern feierte ich meinen neunzigsten Geburtstag. Das Fest dauerte bis jetzt. Mein Haus quillt über von exotischen Blumen. Es ist vier Uhr nachmittags. Eben sind die letzten Gäste gegangen. Olivia, mein Mädchen, bringt mir eine Tasse Tee. Ich setze mich auf, blicke hinaus in den Park. Ich freue mich, daß ich lebe.

Ich habe die Schlaftabletten *nicht* geschluckt, damals in Paris vor achtundvierzig Jahren. Ich habe nur das Wasser getrunken. Und am Morgen kam ein Anruf aus New York. Von Prosper Davis. Er lebte. Er war mit einer früheren Maschine geflogen. Mein Gott! Die Freude! Die Erleichterung! Ich habe Prosper sehr geliebt. Doch ich habe ihn nicht geheiratet. Er blieb bei seiner Familie. Und das war gut so. Wir waren lange in Verbindung, sahen uns oft. Er hat mein Leben bereichert und ich das seine.

Blumen werden gebracht. Und noch mehr Glückwunschkarten. Wo stellen wir sie hin? Sie sind nicht mehr zu zählen. Ganz Kanada hat mir gratuliert. Aus aller Welt kamen Anrufe, Geschenke, ja sogar Orden, Medaillen und Preise.

Bücher wurden über mich geschrieben und Hunderte von Artikeln. Dissertationen sind im Entstehen. Und mein Leben wird verfilmt (wieder einmal!).

Ja, meine Lieben, ich habe es erreicht. Ich bin die größte Verlegerin Kanadas und die wichtigste Filmproduzentin Nordamerikas. Prosper hatte recht: Ich bin *nie mehr* untergegangen.

Doch es war nicht immer leicht. Es gab schlimme Jahre. Oft dachte ich, ich *kann* nicht länger weitermachen, jetzt verkaufe ich. Einmal brannte mein Lagerhaus ab, ausgerechnet im dritten Jahr, als ich endlich anfing, besser zu verdienen. Ich mußte Kredite aufnehmen, stand Todesängste aus, sie nicht zurückzahlen zu können. Doch ich kam wieder hoch, genau wie nach dem Sprung vom Dreimeterbrett.

Damals, nach dem Feuer, hat mich meine Urgroßmutter gerettet. Ihre Memoiren wurden ein Riesenerfolg. In die ganze Welt verkaufte ich sie. Mehrmals wurden sie verfilmt, denn die erste Ophelia lebte in einer Zeit, die an das Ende des zwanzigsten Jahrhunderts erinnert. Seuchen, Naturkatastrophen, Terror, Bürgerkrieg, Putschversuche, das alles hat sie damals schon miterlebt als junge Schauspielerin in Brasilien.

Doch sie ließ sich von der allgemeinen Angst nicht mitreißen. Weltuntergangsstimmung? Nein danke! Pessimismus lag ihr nicht, genausowenig, wie er mir liegt, das habe ich wohl von ihr geerbt. Auch *ich* glaube an die Zukunft, habe immer daran geglaubt. Und jetzt, von der Höhe meiner neunzig Jahre, glaube ich erst recht daran!

Ich habe mich niemals dem Zeitgeist gefügt, vor allem dann nicht, wenn er negativ war. Ja, meine Lieben! Ich habe den Grundstein meines Vermögens in einer Depression gelegt. Ich ließ mich nicht abschrecken vom allgemeinen Pessimismus, ich verkaufte nicht, nein, ich *erwarb dazu!* Neue Buchrechte, eine Druckerei und Buchbinderei von einem Mann, der den Mut verlor, der in Panik geriet und alles abstieß, was er besaß – zu Schleuderpreisen!

Den Mut aber darf man *nie* verlieren! Ich erinnere mich noch gut an die Schlagworte kurz vor der Jahrtausendwende: Der Wald stirbt. Der Atomkrieg steht vor der Tür! Hunderte Millionen Menschen werden in den nächsten zehn Jahren an AIDS zugrunde gehen.

Und was geschah? Der Wald ist nicht gestorben. Die wichtigsten Bestände wurden weltweit gerettet. Und AIDS? - AIDS entstand durch den Mißbrauch von Antibiotika. Das wissen wir heute. Überdosen von Antibiotika zerstören das Immunsystem. Heute dürfen sie nur noch bei echter Lebensgefahr verschrieben werden. Damals aber aß man sie wie Bonbons, verschrieb sie sogar Kindern und mästete Tiere damit. Das gab dem Virus die Chance. Ja, meine Lieben. AIDS war vom Menschen gemacht.

Überhaupt hat sich viel zum Positiven geändert in den letzten vierzig Jahren. Und das Beste: Wir haben das Atomzeitalter hinter uns. Jawohl! Das Atomzeitalter ist vorbei! Wir haben es überlebt, und die Erleichterung ist ungeheuer.

Es dauerte nur hundert Jahre, länger reichten die Uranvorräte nicht. Es gibt keine Atomkraftwerke mehr, nein, kein einziges! Angeblich auch keine Atombomben und Atomraketen (was ich bezweifle). Doch neue kann man nicht mehr produzieren. Hundert kurze Jahre. Ein winziger Bruchteil in der Geschichte der Menschheit. Ein Bruchteil, in dem sie sich fast ausgerottet hätte. Ja, das war der Höhepunkt des Defekten Denkens.

Wir stehen *nicht* mehr am Rande des Abgrunds. Wir sind ein paar Schritte zurückgetreten. Wir wissen jetzt, daß man aus schlechten Zeiten gute machen kann, *wenn man nur will.* «Die Zeiten» werden nämlich von uns gemacht (nicht von den Bäumen im Wald oder von den Tauben auf dem Dach!). Sämtlicher Krempel, der zu Wirtschaftskrisen, Rüstung und Kriegen führt, wird vom Menschen künstlich herbeigeführt. Was aber herbeigeführt wird, kann wieder entfernt werden. Und das tun wir heute, wir, im einundzwanzigsten Jahrhundert. Wir beseitigen das Gift, den Dreck, den man damals angehäuft hat. Nie wieder zwanzigstes Jahrhundert!

Nelly hat mir ihr Buch über die Kunst, ewig jung zu bleiben, nicht gegeben. Dafür aber hat sie mir ihr gesamtes Vermögen vermacht. Sie hatte nämlich ein schlechtes Gewissen. Sie war *tatsächlich* die Geliebte meines Vaters, ihretwegen hat er uns verlassen, ihretwegen habe ich als Kind schwere Zeiten durchlebt. Nun hat sie es wiedergutgemacht. Und ich habe ihr Vermächtnis bestens verwaltet.

Die Hollywood Bright Star Ranch existiert immer noch. Auch die Kette feiner vegetarischer Restaurants, die sie gegründet hatte. Sie floriert wie eh und je – nur ist es heute umgekehrt. Es gibt fast nur noch fleischlose Gaststätten, und überall wird Vollwertkost serviert. Ich hatte recht. Die Reformkost von früher ist jetzt Alltagskost. Tiere werden kaum mehr gegessen. Sie machen zu schnell alt, häßlich und krank. Und das Resultat? Schlagartig gingen die meisten «Zivilisationskrankheiten» zurück. Noch nie waren wir im Westen so gesund!

Ach Kinder, ich bin neunzig Jahre alt, und ich gefalle mir immer noch. Meine Haare sind voll und weiß, aber meine Augen haben ihr Feuer behalten. Ich habe wenig Falten, mein Mund ist straff, und meine Hände sind ohne das kleinste Knötchen Gicht. Ich hielt mein Gewicht, aß keine Tiere, und selbst heute schwimme ich noch jeden Tag.

Faddys Bild hängt hier in meinem Salon, ich sehe ihr immer noch ähnlich, der Sonnenkönigin. Sie hat sich durchgesetzt. Sie ist das Wahrzeichen meines Verlages geworden. Auf der ganzen Welt ist sie ein Begriff. Die Sonnenkönigin mit den roten Locken auf goldenem Grund ist auf allen meinen Büchern, auf dem Vorspann aller Filme und Kassetten. Die Sonnenkönigin ist das Symbol einer besseren Zeit!

Ja, ich habe viel ins Rollen gebracht.

Es war ein harter Kampf, härter, als ich dachte.

Was setzt man ein gegen Greuel und Blut? Noch mehr Gewalt? Schärfere Messer? Größere Sägen? Härtere Foltern?

Nein! Meine Waffe gegen Mord und Totschlag war Humor. Ich brachte sie zum Lachen, meine Lieben. Und das tue ich immer noch. Ich ließ Lustspiele schreiben, Komödien und Possen. Ich unterhielt sie *besser*. Bei mir lachten sie Tränen. Mein Fernsehkabarett (zweimal die Woche im Hauptabendprogramm) hat die höchste Einschaltquote Nordamerikas. Fünfmal soviel wie «Killer Joe», der zur selben Zeit läuft (auf einem anderen Sender. Aber nicht mehr lang!).

Alle wollen lachen. Und alle wollen lieben! Liebe ist die zweite Waffe, mein Sturmgeschütz, das alle erobert. Ich ließ wunderschöne Liebesgeschichten schreiben und verfilmen. (Aber auch als Hörspielkassetten verkaufen sie sich gut.) Ich brachte sie als kostbare Romanausgaben heraus, auf teurem Hochglanzpapier, geschmackvoll illustriert, mit der Sonnenkönigin in Farbe über jedem neuen Kapitel.

Ja, die Neue Romantik ist in voller Blüte. Man darf wieder Gefühle zeigen. Männer dürfen weinen. Frauen dürfen wieder schön und elegant sein. Man geniert sich nicht mehr, einander zu helfen. Kinder lernen bereits Zivilcourage. Wir haben uns genug verwirklicht. Wir sind wieder füreinander da!

Doch das Beste: Die Männer nehmen die Liebe ernst. Früher gab es in Kanada ein Sprichtwort: *Take a wife, but don't make her your life!* (Nimm dir eine Frau, aber nimm sie nicht ernst!) Wohin das führte, sah man im späten zwanzigsten Jahrhundert. Frauen ließen sich scheiden – scharenweise!

Heute heiratet man nicht mehr so schnell. Frühestens mit dreißig. Doch dann bemüht man sich *wirklich.*

Glaubt mir, meine Lieben, das Leben ist so lang. Jetzt, von der Höhe meiner neunzig Jahre, sehe ich, wie jung vierzig ist. Oder fünfzig. Oder sechzig. Ja, selbst achtzig scheint gar nicht mehr alt.

Und doch vergeuden Millionen Menschen diese kostbaren Jahre mit Nörgeln, Jammern und Klagen, weil sie nicht mehr zwanzig sind. Das habe ich nie verstanden. Das ist Defektes Denken.

Und noch etwas. Als ich zur Schule ging, hieß es: Bis man das Leben versteht, ist es meist schon zu spät!

O nein! dachte ich. *Ich nicht!* Ich lerne, solange noch Zeit ist. Und das tat ich auch, damals in Paris.

Ich zog die Konsequenzen.

Ich habe nie geheiratet. Ich wollte in diese übervölkerte, gefährliche Welt keine Kinder setzen. Also habe ich eine kleine Tochter adoptiert und sie Ophelia genannt. An ihrem dreißigsten Geburtstag schenkte ich ihr den Familienring mit dem Feueropal und den funkelnden Diamanten. Sie wird die Tradition fortsetzen.

Sie ist ein Kind der Zukunft. Groß, stark, mit goldener Haut und intelligenten, sanften, schwarzen Mandelaugen. Seit fünf Jahren führt sie mein Verlagsimperium. Sie hat mich nicht enttäuscht. Sie hat viele Freunde. Vielleicht heiratet sie sogar. Sie ist ruhiger als ich, erträgt den Alltag besser. Doch das überlasse ich ihr.

Ja, mein Leben war schön. Ich habe viel gearbeitet. Ich habe viel geliebt und bereue keine Sekunde davon. Ich bin oft in der Suite 101 im Hotel Ritz in Paris abgestiegen. Und nie allein. Ich hatte immer Männer um mich herum. Und sie gaben mir ihr Bestes (Gott segne sie). Ja! Seit meinem dreißigsten Geburtstag *wollte* ich mit ihnen schlafen. Seit meinem vierzigsten (um nichts zu verschweigen) *mußte* ich es. Nicht jede Nacht, versteht sich, aber zwei-, dreimal im Monat - und das brachte manchmal Probleme.

Als ich von Paris nach Kanada zurückkam, arbeitete ich wie besessen. Und auf einmal war Freitagabend (die Stunde der Wahrheit), und ich fragte mich verzweifelt: Mit wem *schlafe* ich diese Woche? Prosper war oft auf Tournee, Tristram nicht immer zur Hand, doch fand ich keinen, der *mir* gefiel, nahm ich einen, dem *ich* unwiderstehlich schien. So war die Sache meist recht schön, denn die Männer hier in Montreal sind freundlich und sanft, eine perfekte Mischung aus Frankreich und der Neuen Welt. Und weil wir schon beim Thema sind: Die Franzosen sind unmöglich! Ja, meine Lieben, die Erfahrungen, die ich damals für Nellys Buch sammeln sollte, habe ich inzwischen nachgeholt. Jetzt weiß ich, warum die Französinnen so lange jung bleiben. Es ist der Mut der Verzweiflung!

Diese Männer brächten mich um.

Man sieht es schon an ihren Filmen. Sie haben alle dasselbe Thema, nämlich: Wie kompliziere ich mir unnötig mein Leben? Und genauso sind sie im Bett. Diese schwierigen, gierigen Kinder, verwöhnt, arrogant (und gar nicht mehr charmant), denken nur an sich. Beiß mich hier. Kratz mich da. Küß mich dort. Stell dich auf den Kopf. Nein! Nicht so. Anders! Man macht es ihnen niemals recht.

Was soll ich sagen? Sie kochen ganz gut. Doch sie sind unzuverlässig und kommen immer zu spät. Um zehn statt um acht oder erst am übernächsten Tag. Jawohl! Sie bringen *alles* durcheinander. Und sie sind Meister im Zerstören. (Das merkt man gleich beim ersten Rendezvous. Da zerstören sie einem die Frisur!)

Und die Französin? Entgegen allen Gerüchten ist sie keine leidenschaftliche Frau. Doch sie tut ihre Pflicht. (Ihr Vaselineverbrauch würde mich interessieren!) Wird sie betrogen, weiß sie sich zu helfen. Sie überzieht das gemeinsame Konto, kauft sich ein Modellkleid (plus vier Paar neue Schuhe). Dann beginnt sie eine Schlankheitskur, auch wenn sie dünn ist wie ein Strich.

Die Französin hat Selbstdisziplin (sonst würde sie diese Männer nicht überleben). Sie frißt nie! Kummerspeck kennt sie nicht. Sie hat eine hohe Meinung von sich. Und sie liebt sich zu sehr, um sich gehenzulassen.

Ach, die Franzosen!

Ich mag sie trotzdem. Sie faszinieren mich. Sie haben die schönste Stadt der Welt gebaut. Ich habe viele liebe Freunde in Paris. Und sie kaufen meine Bücher. Und Filme. In Massen. Wer hätte das gedacht?

Olivia, mein Mädchen, kommt herein. Das Kamerateam ist da. Ich gebe ein Interview für das französische Fernsehn. Anschließend essen wir in kleinem Kreis, das heißt, wir sind nur sieben. Sonst sitzen immer mehr bei Tisch. Ich bin nie allein. Ich führe nämlich ein großes Haus. Meine fünf Gästezimmer (mit Bad) sind immer belegt. Bekannte kommen aus aller Welt, Musiker, Maler, Schriftsteller, manchmal auch Politiker und Geschäftsfreunde – und unsere Tischgespräche sind druckreif. Wir reden und reden und reden. Stundenlang. Bis ich müde werde.

Dann ziehe ich mich zurück und schlafe ein bißchen. Und denke nach. Und freue mich über meinen Erfolg. Und das Wohnviertel, das ich für die Armen in Montreal gebaut habe. (Hübsche Häuser mit Gärten. Keine Betonklötze!) Ich habe auch zwei Schulen gestiftet. Und Kindergärten. Und ein Hotel in ein Heim für Obdachlose umgebaut. Viel Geld habe ich verschenkt (und verschenke es immer noch). Ich unterstütze Studenten. Und Musiker. Und talentierte Schriftsteller. Ich spende große Summen für medizinische Forschung *ohne Tierversuche!* Ich unterstütze alle Anliegen, die den Frieden fördern.

Und was ziehe ich an zum Abendessen? Ach was. Das rote Kleid genügt. Wir sind ja *en famille:* Olivia. Li, mein chinesischer Koch. Tanja, meine indische Sekretärin. Clem, mein schwarzer Gärtner. Madame Naulot, meine kanadische Haushälterin. Meine Tochter Ophelia. Und ich.

Ja, und was ich noch sagen wollte: Schleppt nicht zu viel Krempel mit euch herum. Das macht alt, häßlich und krank. Werft ihn über Bord!

Und lernt schwimmen, meine Lieben! Dann geht ihr niemals unter.